LE DRAGON À LA FRONTIÈRE

GORDON R. DICKSON

Le dragon et le georges	*J'ai lu* 3208/**4**
Le chevalier dragon	*J'ai lu* 3418/**7**
Le dragon à la frontière	*J'ai lu* 3620/**6**

GORDON R. DICKSON

LE DRAGON À LA FRONTIÈRE

TRADUIT DE L'AMÉRICAIN
PAR MICHEL DEUTSCH

ÉDITIONS J'AI LU

Collection créée et dirigée
par Jacques Sadoul

Titre original :

THE DRAGON ON THE BORDER
An Ace Book, published by The Berkley Publishing Group,
New York

1

– Ah ! le printemps ! s'exclama le chevalier Brian Neville-Smythe. Pourrait-on imaginer un temps plus merveilleux, James ?

Sir James Eckert, baron de Malencontri et de Riveroak, qui chevauchait à son côté, fut pris de court par la question.

Certes, le soleil brillait de tout son éclat, mais, de son point de vue – celui d'un homme venu du XXe siècle –, il faisait quand même un peu frisquet. Encore heureux que son armure fût matelassée. Quant à Dafydd ap Hywel, qui trottait derrière eux, vêtu de sa tenue d'archer (un justaucorps de cuir bardé de plaques d'acier), Jim était prêt à parier qu'il se sentait aussi à son aise que Brian.

En fait, la réaction de ce dernier était compréhensible : l'année précédente, ils avaient bénéficié d'un temps splendide, aussi bien en France qu'en Angleterre. Mais il y avait eu ensuite un automne pourri. Il avait plu sans discontinuer. Et, l'hiver, il n'avait pas cessé de neiger. Mais maintenant, l'hiver et ses neiges étaient loin derrière eux. C'était le printemps. Partout, même ici, dans le Northumberland, à la frontière de l'Ecosse. Et c'était précisément vers cette frontière que, remontant vers le nord, se dirigeaient Jim et ses deux compagnons.

Il se rendit brusquement compte qu'il n'avait pas

répondu à la question de Brian. Et y répondre était indispensable. S'il ne faisait pas écho à l'allégresse que le beau temps inspirait à son ami, celui-ci en déduirait aussitôt qu'il était souffrant. C'était là un des ennuis propres à ce monde parallèle du XIVe siècle où il avait été projeté avec Angie, sa femme, et auxquels il avait fini par s'accoutumer. Pour Brian comme pour tous ses contemporains, si tout n'allait pas pour le mieux, c'était qu'on était malade.

Et être malade, cela voulait dire ingurgiter toutes sortes de concoctions douteuses dont aucune n'avait la moindre efficacité. Certes, les gens du XIVe siècle avaient quelques talents dans le domaine de la médecine, mais ces lumières se limitaient à la chirurgie. Ils étaient capables d'amputer un membre atteint par la gangrène – sans anesthésie, bien entendu – et ils avaient assez de bon sens pour cautériser une plaie qui paraissait s'infecter. Aussi Jim vivait-il dans la hantise permanente de la blessure alors qu'il était par monts et par vaux et ne pouvait se faire soigner par Angie.

Il n'avait guère qu'un moyen de se soustraire aux soins, certes bien intentionnés mais indésirables, que tiendraient à lui prodiguer les Brian et autres Dafydd : affirmer qu'il pouvait se soigner tout seul en ayant recours à la magie. Car Jim, encore qu'il n'y fût pour rien, était un magicien. Un magicien bas de gamme, un magicien du tout premier barreau de l'échelle, certes, mais c'était quand même là un titre qui inspirait le respect au commun des mortels.

Il n'avait toujours pas répondu à la question de Brian qui commençait déjà à le regarder d'un air soucieux. Il n'allait pas tarder à lui demander s'il avait la diarrhée ou s'il se sentait fiévreux.

– C'est tout à fait vrai ! s'exclama Jim. Un temps superbe ! Vous avez raison : comment imaginer qu'il puisse faire plus beau ?

Ils traversaient une lande plate sans un seul arbre

en vue. Rien que des bruyères poussant sur un sol tapissé de linaigrettes. Bientôt, le plateau commencerait à plonger pour rejoindre la mer. A ce moment, ils ne seraient plus très loin de leur destination, le château de Mer, demeure de sir Giles, leur ancien ami. Giles était mort héroïquement en France un an plus tôt en protégeant le prince Edouard, héritier de la couronne d'Angleterre, assailli par une troupe puissamment armée. Comme c'était un ondin, il avait ressuscité sous la forme d'un phoque quand on avait immergé son cadavre dans la Manche.

Le voyage qu'ils avaient tous trois entrepris faisait partie des devoirs des chevaliers. Il leur appartenait d'apporter la triste nouvelle aux parents d'un défunt ami, faute de quoi elle risquait, en ce XIVe siècle-là, de ne pas leur parvenir par d'autres voies. Cela n'aurait d'ailleurs pas été différent au XIVe siècle du monde natal de Jim.

Ce n'avait, cependant, pas été là aux yeux d'Angie une raison suffisante. Pour elle, si son époux avait décidé de prendre la route, c'était seulement un caprice de sa part.

Jim ne pouvait vraiment pas la blâmer. Elle n'avait pas apprécié qu'il l'ait abandonnée presque tout l'été, l'obligeant à s'occuper non seulement du château et de ses occupants – ce qui lui incombait normalement – mais aussi – et cela était du ressort de Jim – de tout le domaine de Malencontri, des fermiers, des hommes d'armes et de tous ceux qui vivaient sur ses terres. Angie s'était fermement opposée à ce nouveau départ et il avait fallu deux bonnes semaines pour qu'elle consente enfin à mettre les pouces.

Finalement, Jim lui avait promis que le trajet ne prendrait pas plus de dix jours, qu'ils ne passeraient qu'une semaine auprès de la famille de Giles et que, compte tenu du voyage de retour, son absence ne se prolongerait pas au-delà d'un mois. Ce dernier argument avait laissé Angie de glace mais, heureusement, S. Carolinus, leur ami intime et le mentor de Jim en matière de magie, avait eu la bonne idée de leur rendre une visite inopinée. Il avait pris fait et cause pour son élève et avait remporté le morceau. Angie s'était résignée, la mort dans l'âme, à laisser partir Jim.

L'objectif du trio était la côte juste au-dessous de Berwick, à l'extrémité orientale de la frontière séparant l'Angleterre de l'Ecosse – là où prenait fin l'ancien rempart romain. Le château de Mer, édifié près du rivage, était censé se dresser à quelques milles seulement de la ville.

D'après les descriptions qui leur en avaient été faites, ce n'était qu'une petite tour carrée à laquelle étaient accolés quelques rares bâtiments. Il était situé tout au nord du Northumberland, l'ancienne Northumbrie, aussi loin qu'on pouvait aller sans pénétrer en terre écossaise.

– Le soleil ne va pas tarder à se coucher, dit soudain Dafydd ap Hywel. Regardez : il a presque atteint la ligne d'horizon et la brume commence déjà à monter. La nuit va être fraîche. Espérons qu'il fera encore jour quand nous arriverons au château de Mer. Sinon, nous serons forcés de bivouaquer une nuit de plus.

Il n'était pas courant pour un simple archer de parler aussi librement en présence de chevaliers. Mais Dafydd, en qualité de compagnon de Jim et de Brian, avait par deux fois affronté les créatures des Noires Puissances qui cherchaient inlassablement à rompre l'équilibre existant entre le Hasard et l'Histoire dans ce monde médiéval.

Parce qu'il était originaire d'une civilisation technologique qui avait six cents ans d'avance et parce qu'il avait absorbé une certaine quantité d'énergie magique quand il avait été catapulté avec Angie dans cet univers, Jim s'était manifestement attiré l'animosité des Noires Puissances à l'œuvre en ce temps et en ces lieux.

Carolinus, l'un des trois magiciens de classe AAA+ – il habitait près de l'Eau Qui Tintinnabule, à deux pas du château de Malencontri –, l'avait averti qu'elles étaient bien décidées à l'éliminer pour la simple raison qu'il était plus difficile à manipuler que les médiévaux bon teint de ce monde et de cet âge.

Mais, pour l'heure, la question n'était pas là. Dafydd avait à peine ouvert la bouche que Jim s'était aperçu que le froid qui traversait son armure était encore plus mordant. En outre, pour Dieu sait quelle raison – c'était sans doute purement psychologique –, il avait brusquement l'impression que le soleil était beaucoup plus bas sur l'horizon que deux minutes plus tôt.

Qui plus est, les voiles de brume qui envahissaient la lande gagnaient indiscutablement en densité. De grosses volutes flottaient au-dessus du sol. Ces traînées commençaient à s'amalgamer et, bientôt, toute la lande serait recouverte d'un manteau nébuleux. Il serait peut-être dangereux de continuer de cheminer dans ces conditions...

– Oh, oh ! s'écria tout à coup Brian en tendant le doigt. Il n'y a pas que la nuit qui arrive. Voilà de l'inattendu !

Jim et Dafydd regardèrent dans la direction qu'il indiquait. Devant eux, la brume était moins épaisse et l'on distinguait quelque chose qui bougeait un peu plus loin. Quelque chose qui se révéla être cinq cavaliers qui se ruaient droit sur les trois compagnons. Mais ce n'était pas encore le plus étrange.

– Que les saints nous protègent ! (Brian se signa.) Ils volent ou ils montent des chevaux invisibles !

C'était vrai ! Les cinq cavaliers paraissaient voler dans les airs. A en juger par les mouvements de leur corps et par la hauteur à laquelle ils se trouvaient, le doute n'était pas possible : ils étaient à cheval et leurs montures fantômes jouaient des quatre fers. Mais il n'y avait rien de visible entre leurs jambières et le sol.

– Qu'est-ce que ça veut dire ? C'est de la sorcellerie ! (Sous la visière relevée de son heaume, le visage de Brian – un visage maigre et osseux percé d'une paire d'yeux bleus étincelants, doté d'un nez en bec d'aigle et d'un menton carré barré d'une fossette – avait pâli.) De quelle sorte de magie s'agit-il, James ?

Le fait qu'il s'agisse de magie, et non de sorcellerie, suffirait à chasser, dans une large mesure, la terreur superstitieuse qui s'était emparée de Brian. Mais, du point de vue de Jim, cela ne rendrait pas la situation moins périlleuse pour trois hommes, dont un vêtu d'un simple justaucorps, sur lesquels cinq chevaliers en armure et bassinet se ruaient, lance au poing. Un spectacle qui lui figeait le sang dans les veines... beaucoup plus que n'importe quel phénomène surnaturel. Mais il en allait différemment pour Brian.

– Oui, je pense qu'il y a de la magie là-dessous, répondit-il, essentiellement pour rassurer son ami.

Restait quand même le faible espoir que ces cavaliers sans chevaux ne nourrissaient pas d'intentions hostiles. Un espoir que le geste lourd de menaces qu'ils firent soudain, avec ensemble, réduisit instantanément et définitivement à néant.

– Ils abaissent leurs lances, dit d'une voix presque allègre Brian, dont les joues avaient recouvré leurs couleurs habituelles. Le mieux serait de les imiter, James.

C'était exactement le genre de situation qu'Angie avait redoutée quand elle s'était opposée au départ de Jim. Comme cela avait jadis été le cas dans leur propre monde, la vie, au XIVe siècle, était placée sous le signe de l'incertitude. Une femme dont le mari était parti vendre ses légumes au marché du bourg voisin ne savait jamais si elle le reverrait vivant. Les périls qui attendaient son époux en cours de route étaient innombrables. Il n'y avait pas seulement les voleurs de grand chemin et les hors-la-loi sur qui il risquait de tomber. D'autres dangers le guettaient. Les rixes, par exemple. Il pouvait même se faire arrêter sans raison valable et être pendu sous prétexte qu'il avait enfreint telle ou telle disposition réglementaire municipale. Ainsi en allait-il au Moyen Age. Cela, Jim et Angie en étaient parfaitement conscients. Ils le savaient intellectuellement. N'avaient-ils pas été, au XXe siècle, chargés de cours à l'Université ? Et ils avaient connu la réalité de cette situation durant les premiers mois qui avaient suivi leur arrivée ici. Mais il leur avait fallu un peu plus longtemps pour la sentir avec leurs tripes, comme c'était en cet instant le cas pour Jim. Et, à présent, Angie se rongeait d'inquiétude. Avec juste raison.

Mais l'heure n'était pas à philosopher. Jim empoigna la lance maintenue verticalement dans le manchon spécial de sa selle pour la faire reposer, pointe en avant, sur le pommeau. Comme il s'apprêtait à rabattre la visière de son heaume, Dafydd les dépassa au petit trot, Brian et lui, tira sur ses rênes et mit pied à terre.

– Je vous prierais de ne pas bouger avant d'avoir vu ce qu'une flèche d'un yard peut faire à ces oiseaux-là, dit-il en sortant son arc de l'étui et en ouvrant son carquois. Il n'y a pas lieu pour vous deux d'engager le fer avec eux sauf en cas de nécessité, si vous m'en croyez.

Jim était loin de partager le flegme de l'archer. Des hommes revêtus d'armures et montant des chevaux invisibles pouvaient fort bien être invulnérables aux flèches, fussent-elles tirées par l'arc long de Dafydd. Mais ce dernier paraissait persuadé du contraire.

Avec le plus grand calme et sans prêter la moindre attention aux chevaux invisibles qui se rapprochaient dans un bruit de tonnerre et n'allaient pas tarder à passer au galop, ni aux cinq étincelantes pointes de lance dont chacune était propulsée par un poids d'une bonne demi-tonne, Dafydd glissa la courroie de son carquois sur son épaule droite afin que, ainsi porté en bandoulière, il pende confortablement à la hauteur de sa hanche gauche. Comme à l'accoutumée, chacun des gestes de ce garçon grand et mince, d'une beauté athlétique, aurait pu être une démonstration exemplaire de l'art de se servir d'un arc.

Il sortit une flèche du carquois. Après l'avoir examinée de la tête à la queue, il l'encocha et tira la corde. La tige de l'arc s'incurva jusqu'à ce que l'empennage soit à la hauteur de son oreille. La flèche prit alors son essor. Ce fut à peine si Jim put en suivre la trajectoire avant qu'elle n'arrive au terme de sa course : il la vit s'enfoncer jusqu'aux ailerons dans le plastron d'acier du chevalier qui galopait en tête.

Le chevalier – si c'en était un – tomba mais les autres continuèrent de charger. Presque aussitôt, de nouvelles flèches se plantèrent dans le corselet de trois autres cavaliers. Tous, à l'exception de celui qui avait été désarçonné, firent alors demi-tour et battirent en retraite, ceux qui avaient été touchés se cramponnant à leurs invisibles montures. Ils eurent bientôt disparu, avalés par la brume.

Le plus calmement du monde, Dafydd rangea son arc dans l'étui qu'il raccrocha à sa selle avec le carquois, et enfourcha à nouveau son cheval. Les trois compagnons s'approchèrent alors de l'endroit où était tombé celui des cinq cavaliers qui avait été touché le premier.

Il était difficile de distinguer la victime de la flèche de Dafydd et quand ils atteignirent l'emplacement où elle devait se trouver, ils comprirent pourquoi. Brian se signa de nouveau.

– Pourriez-vous regarder le premier, James ? demanda-t-il d'une voix hésitante. Pour voir s'il y a de la magie là-dedans...

Jim acquiesça. Maintenant que l'effroi qui l'avait initialement saisi avait reflué, il était plus intrigué qu'autre chose par ce dont il venait d'être témoin. Sautant à bas de sa monture, il alla s'accroupir devant le tas de mailles de fer et de plaques d'acier répandues sur le sol.

La flèche de Dafydd qui avait traversé le pectoral ressortait par le dorsal. Cette armure ressemblait beaucoup à celle que Jim portait lui-même mais elle donnait l'impression d'être d'un modèle plus ancien. Son œil était dorénavant suffisamment exercé pour se rendre compte que tous les éléments de cette cuirasse ne s'adaptaient pas entre eux comme ils l'auraient dû.

Dafydd tira sur la pointe de sa flèche pour la récupérer et en examina l'empennage, à présent quelque peu détérioré.

Jim se releva.

– Deux choses, en tout cas, sont sûres et certaines, dit-il. La première est que cette flèche l'a neutralisé – de façon définitive, semble-t-il. La seconde est que ce qui se trouvait dans cette armure n'y est plus.

Brian se signa pour la troisième fois.

– Se pourrait-il que ce soient des âmes de damnés rappelées de l'enfer et lancées contre nous ?

– J'en doute. Mais nous allons emporter cette armure.

Jim avait toujours un rouleau de corde avec le reste de son équipement, précaution qui s'était souvent révélée utile. Il s'en servit pour attacher les éléments épars de l'armure dont il fit un paquet qu'il fixa derrière sa selle. Dafydd regardait en silence.

Brian jeta un coup d'œil à la ronde.

– La brume ne cesse de gagner, fit-il. Elle va rapidement se transformer en un épais brouillard et nous ne verrons plus notre chemin. Qu'allons-nous faire ?

– Continuons encore un moment, répondit Jim.

Ils remontèrent en selle et se remirent en marche. Effectivement, le brouillard devenait de plus en plus opaque. Mais au bout d'un moment, ils sentirent une brise humide et froide leur caresser le visage. Elle venait de la droite, là où le plateau commençait à s'incliner. La pente était même assez accentuée.

Ils firent pivoter leurs montures et attaquèrent la descente. Cinq minutes plus tard, ils émergeaient de la nappe cotonneuse. Ils étaient au-dessous du brouillard qui formait comme un banc de nuages bas s'effilochant dans le ciel alors qu'ils atteignaient le rivage couvert de galets et de rochers. A quelque cinq cents mètres à gauche se dessinait la silhouette sombre d'une tour carrée, une de ces forteresses comme il en existait en abondance le long de la frontière écossaise. Plantée à la limite extrême d'une falaise verticale, elle se dressait comme un doigt tendu, tout noir, dominant les bâtiments annexes rassemblés à sa base.

– Pensez-vous que c'est le château de Mer, Brian ? demanda Jim.

– Aucun doute, répondit joyeusement sir Brian en éperonnant son cheval.

Ses compagnons suivirent son exemple. Quelques instants plus tard, la petite troupe franchissait le pont-levis de bois enjambant une douve à sec et donnant sur un grand portail béant flanqué de deux torchères qui chassaient les ténèbres environnantes.

2

– James ! Brian... et Dafydd !

Hurlant leurs noms à plein gosier, un jeune homme de petite taille mais carré d'épaules se précipitait à leur rencontre depuis le fond de la cour. Nanti d'une moustache luxuriante, le nez très fort et busqué, il ne portait qu'une légère cotte de mailles par-dessus ses chausses. Ses cheveux du même blond filasse que sa moustache étaient tout ébouriffés.

Brian tira brutalement sur ses rênes.

– Dieu du ciel ! D'abord, des chevaux invisibles. Et maintenant, un ami surgi d'entre les morts !

En l'espace d'une seconde, il avait sauté à terre et, en bon fils du XIVe siècle qu'il était, il embrassait le garçon et l'étreignait à l'étouffer.

– Ouille ! fit Brian d'une voix étranglée. Mais quelle joie de vous revoir, Giles ! Nous avons eu beau faire aussi vite que nous le pouvions, il y avait presque une semaine que vous étiez mort quand nous vous avons immergé dans la Manche. Certes, une fois dans l'eau, nous vous avons vu vous métamorphoser en phoque. Mais après, pas un mot. Rien.

Des torchères brûlaient tout autour de la cour mais elles n'éclairaient pas suffisamment pour que l'on puisse dire si Giles rougissait ou non. Néanmoins, Jim était prêt à parier qu'il était écarlate.

– Un ondin ne peut mourir sur la terre ferme,

répliqua Giles, mais je dois reconnaître que la suite a été pénible. Je suis rentré chez moi. Les miens m'ont reconnu, bien sûr, mais ils ne pouvaient rien faire pour que je retrouve ma forme humaine. Et puis, le hasard a voulu qu'un saint abbé vienne à Berwick. Ma famille l'a invité à passer quelques jours au château. Finalement, mon père l'a prié de me bénir pour que je redevienne homme et il a accepté. Mais père m'a aussi prévenu que je ne tromperai pas une seconde fois la mort si, ayant recouvré mon apparence humaine, je périssais à nouveau sur la terre ferme. Maintenant que j'ai reçu cette bénédiction, je peux toujours me transformer en phoque dans l'eau mais, sur la terre ferme, rien ne me fera échapper à mon destin. Ah ! James...

Giles se jeta sur Jim et, l'enlaçant, l'embrassa avec fougue. La cotte de mailles de l'un grinçait contre la cuirasse de l'autre, faisant un bruit comparable au crissement des poils de barbe acérés de Giles qui mettaient à mal les joues de Jim.

En cet âge, l'accolade était l'équivalent de la banale poignée de main : tout le monde embrassait tout le monde. Pour conclure une affaire, un marché ou un achat quelconque avec une personne, homme ou femme, qu'on ne connaissait ni d'Eve ni d'Adam, on l'embrassait. En quittant l'auberge où l'on avait passé la nuit, on embrassait l'hôtesse. Et comme la plupart des gens de l'époque avaient les dents gâtées, leur haleine était une épreuve en soi !

En général, Jim se débrouillait pour éviter d'en passer par là, mais avec Giles, ne pas se soumettre à cette coutume aurait été considéré comme une marque de froideur. Comment, se demandait-il, les femmes supportaient-elles le frottement de toutes ces joues barbelées ? Il se jura, tout en sachant qu'il aurait oublié sa promesse quand il serait rentré, de se raser d'aussi près que possible avant de faire des mamours à Angie. Et il frémit en songeant à ce que

Giles avait dû souffrir, en dépit de la protection que lui assurait sa cotte de mailles, quand Brian avait noué autour de lui ses bras revêtus d'acier. Pourtant, il n'avait ni protesté ni manifesté le moindre signe de désagrément. Maintenant, il donnait l'accolade à Dafydd qui, lui aussi, paraissait enchanté, bien que les maillons de la cotte de Brian dussent s'enfoncer profondément dans sa tunique de cuir.

– Mais entrez donc ! (Giles tourna la tête.) Holà, palefreniers ! Que l'on conduise aux écuries les chevaux de ces braves gentilshommes !

Une demi-douzaine de valets surgirent, répondant à cet appel avec la même célérité suspecte que les propres serviteurs de Jim, qui apparaissaient miraculeusement chaque fois que se produisait quelque événement sortant de la routine. Les uns prirent les bêtes par la bride tandis que les autres – dont deux en kilt aux couleurs et aux motifs différents – portaient à l'intérieur les selles et les bagages des visiteurs.

Giles entraîna les trois compagnons jusqu'à un long bâtiment de bois jouxtant la tour, dont il ouvrit la porte toute grande. C'était de toute évidence la salle d'honneur. Nettement plus petite que celle du château de Malencontri, elle était néanmoins aménagée de la même manière : une table occupant toute la longueur de la pièce et, au fond, une autre, surélevée et disposée perpendiculairement à la première – la « table haute » vers laquelle Giles s'empressa de conduire ses amis. A en juger par les odeurs qui flottaient, elle se trouvait juste à côté de la cuisine qui devait être au pied de la tour. Les portes étaient si hautes et si larges qu'on aurait aisément pu les franchir à cheval.

Il sautait aux yeux que ce château, comme tous ceux situés le long de la frontière, était avant tout une forteresse. Il avait été édifié de façon que tous ses occupants puissent se réfugier derrière les massives murailles de pierre de la tour qui se riaient du feu. Procédure aussi judicieuse que courante lorsque les assaillants étaient trop nombreux ou trop forts pour qu'il fût possible de livrer bataille dans la cour ou à l'extérieur de la courtine protégeant le portail.

Giles fit s'installer les arrivants sur des bancs et demanda à grands cris que l'on apporte du vin. Ce qui ne tarda pas, les valets faisant preuve de la même étonnante célérité que ceux qui, dans la cour, s'étaient occupés des chevaux et des bagages.

A peine avaient-ils rempli les gobelets qu'un personnage qui écrasait tout le monde par sa taille sortit de la cuisine.

– Père, lui dit Giles avec un sourire épanoui, ces seigneurs sont les deux nobles chevaliers qui furent mes compagnons en France et dont je vous ai parlé. Et voici l'illustre archer qui était avec nous. James, Brian, Dafydd, je vous présente mon père, sir Herrac de Mer.

Giles ne s'était pas encore assis mais, à côté de son père, il avait l'air d'un nain.

Sir Herrac de Mer ne devait pas mesurer moins d'un mètre quatre-vingt-quinze et il était musclé en proportion. Il avait un visage carré et ses cheveux noirs coupés court étaient piquetés de gris. Ses épaules étaient d'une bonne main plus larges que celles de Dafydd qui n'avait pourtant rien d'un gringalet.

Le maître de céans avait eu un froncement de sourcils désapprobateur en voyant que des étrangers avaient pris place à la table haute, mais ces présentations suffirent à effacer les rides de son front.

– Asseyez-vous ! Asseyez-vous ! dit-il avec un grand geste à l'appui car tous s'étaient automatiquement levés à son entrée. Oui, toi aussi, Giles, si ce sont des amis à toi...

– Merci, père.

Giles posa séant sur un banc à une certaine distance du reste de la compagnie. Il était clair que s'il avait sa place à la table haute, non seulement en tant que chevalier mais aussi en tant que membre de la famille, il n'était pas question qu'il puisse s'y asseoir en présence de son père sans la permission de celui-ci.

Les autres se rassirent.

– Père, reprit Giles, le gentilhomme qui est le plus près de vous est sir James Eckert, baron de Bois de Malencontri et de Riveroak. A sa droite se trouve sir Brian Neville-Smythe. Et son voisin est maître Dafydd ap Hywel qui, croyez-m'en, n'a point d'égal pour ce qui est du tir à l'arc long.

– Grand merci, sir Giles ; en effet aucun archer ne m'a jamais surpassé, qu'il s'agisse de tir à longue distance ou de tir sur cible.

Un bref sourire éclaira le visage d'Herrac, qui s'était rembruni lorsqu'il avait vu un homme en pourpoint de cuir assis à la haute table. Il n'avait naturellement pas pour habitude d'y accueillir un simple archer. Mais celui-ci n'était pas un archer ordinaire.

– Aucun d'entre vous, messires, n'était un inconnu pour moi, même avant que Giles ne m'eût parlé de vous. (La voix caverneuse de sire Herrac paraissait sortir du fond de ses entrailles.) La *Ballade de la Tour Répugnante* a été chantée dans cette salle même. Vous êtes les bienvenus en ces lieux, messeigneurs – et vous aussi, maître archer. Vous serez mes hôtes le temps qu'il vous plaira. Quel bon vent vous amène ?

Sur ce, Herrac s'assit à son tour.

Il n'était pas seulement grand : il était de ces hommes qui, comme Dafydd, se tenaient roides, le dos droit comme une flèche. Même assis, il dominait tout le monde plus encore, même, que lorsqu'il était debout.

Dafydd et Brian demeurèrent cois. C'était – la chose allait de soi – à Jim, l'homme du plus haut rang du trio, qu'il appartenait de répondre.

– Le but de notre visite était de faire part du décès de Giles à sa famille. Sir Brian et moi-même avons... assisté à son retour à la mer.

C'était une manière subtile de relater la chose. Jim n'était pas sûr que sir Herrac aurait apprécié que les autres sachent que son fils avait du sang ondin dans les veines. Mais il était certainement capable de saisir le sens caché de ces mots.

– Mais, poursuivit Jim, l'idée qu'il puisse revenir parmi les siens ne nous avait jamais effleurés. Et nous imaginions encore moins que nous le retrouverions dans toute sa force, heureux et débordant de santé.

– De cela, c'est à la Sainte Eglise qu'il nous faut rendre grâce, dit Herrac de sa voix grave. Mais Giles ne nous a rien dit hormis qu'il avait été tué en France lors d'une grande bataille. Mes autres fils ne vont pas tarder à rentrer. En attendant leur retour, nous préparerons un souper digne des convives que vous êtes. (Il leva une main solide en un geste d'excuse.) Cela demandera à peu près une heure. Puis-je vous suggérer de vider un ou deux cruchons ? Après quoi, si vous le voulez bien, Giles vous conduira à votre chambre afin que vous vous prépariez à festoyer, coupe en main, ainsi qu'il convient. Lorsque vous redescendrez, vous pourrez ainsi faire votre récit à toute la famille réunie. Hélas !... (une ombre de tristesse passa fugitivement sur le visage de sir Herrac) ... ma femme ne sera pas là pour l'entendre. Elle est morte voilà déjà six ans d'une mort brutale et douloureuse. Trois jours avant la Noël. Ce fut un bien sombre Noël...

– Je vous crois sans peine, sir Herrac, dit Brian, emporté par son naturel généreux. Combien d'enfants avez-vous ?

– J'ai cinq fils, deux plus âgés que Giles et deux qui sont ses cadets. Le plus jeune n'a que seize ans.

J'ai aussi une fille. Elle rend aujourd'hui visite à des voisins mais elle sera de retour demain.

– C'est là chose excellente, dit Dafydd de sa voix douce. Pour que sa vie atteigne toute sa plénitude, un homme doit avoir et des garçons et des filles.

– Je partage votre sentiment, maître Dafydd. (Herrac parut se secouer pour chasser son émotion.) Mais, pour l'heure, c'est le présent qui nous intéresse, et, en particulier, la soirée qui s'annonce. Je serai heureux d'apprendre par votre bouche ce que Giles a fait en France. C'est un garçon qui parle peu de lui-même.

Il posa un regard affectueux sur Giles qui, songea Jim, devait certainement être maintenant rouge comme une pivoine. Mais les torches n'avaient pas assez d'éclat pour qu'on puisse s'en rendre compte.

Herrac se leva.

– Giles, quand tes amis auront bu à leur suffisance, voudras-tu les conduire à la chambre du haut et veiller à ce que tous leurs désirs soient satisfaits ?

C'était là plus un ordre qu'une question. Giles bondit sur ses pieds.

– Je prendrai soin d'eux du mieux que je pourrai, père.

– J'y compte.

Sur ce, sir Herrac s'éloigna à grands pas pour disparaître au milieu du bruit et des odeurs de la cuisine afin, probablement, de regagner ses appartements dans la tour.

Vingt minutes plus tard, quand les cruchons furent vides, Giles conduisit les trois compagnons dans la plus haute chambre de la tour. Visiblement, c'était celle de son père. Herrac en laissait la jouissance à ses hôtes.

– Vous allez rester au moins un mois, n'est-ce pas ? dit Giles avec excitation. (Il s'adressait à ses trois amis mais c'était sur Jim qu'il rivait ses yeux.) Quand il fera un peu plus chaud, nous chasserons. La région est giboyeuse. Et si vous aimez la pêche, vous serez servis : le poisson pullule. Il y a mille choses que je meurs d'envie de vous montrer. Vous resterez quelque temps, n'est-ce pas ?

Jim se raidit.

– Je suis navré, Giles, mais mes affaires ne me permettent pas de passer plus d'une semaine avec vous. (La mine soudain chagrine de Giles lui serra le cœur.) Rappelez-vous que nous vous croyions mort ou perdu à jamais sous la forme d'un phoque dans les eaux profondes de la Manche. Nous comptions seulement dire à votre famille comment vous aviez péri et vous faire des funérailles décentes. Si nous avions su que vous étiez sain et sauf, peut-être aurions-nous agi différemment...

– Oui... oui, je comprends, dit Giles avec un sourire forcé. Bien sûr, vous ne pouviez envisager qu'un bref séjour, juste le temps nécessaire pour présenter vos condoléances à une famille qui avait perdu l'un de ses fils. J'étais fou de m'imaginer qu'il se prolongerait. Et, pris ainsi que vous l'êtes, James, par vos devoirs tant de magicien que de seigneur... Oui, bien sûr. Nous nous efforcerons de profiter au mieux de cette semaine, voilà tout.

Jim s'en voulait à mort. La déception de Giles le bouleversait. Mais il ne pouvait retarder son départ, sinon Angie s'imaginerait immédiatement qu'il lui était arrivé malheur. Il hésita, espérant que Brian dirait quelque chose pour lui prêter main-forte. Mais le chevalier demeurait muet. Pour lui et ses pareils, il était impensable de se soustraire à une obligation comme cette visite au château de Mer simplement à cause des craintes d'une épouse. Une telle expédition faisait partie des usages et, en ce temps, les usages étaient autant de lois d'airain.

– Je suis navré, Giles.

Giles eut un sourire contraint.

– N'en parlons plus. Ce sera quand même une semaine qui restera gravée dans nos mémoires. Dites-moi, ce lit a beau être large, il sera peut-être un peu étroit pour vous trois...

– C'est sans importance, l'interrompit Jim. Je couche sur le sol. Cela fait partie des règles que m'impose la magie.

Au début, Jim prétextait qu'il avait fait le vœu de ne jamais coucher dans un lit – lesquels étaient invariablement des repaires de vermine. Mais si cette explication avait fort bien marché l'année précédente quand ses compagnons et lui s'étaient rendus en France, elle commençait à s'user aux entournures. Aussi prétendait-il maintenant que son statut d'apprenti ès arts magiques lui faisait obligation de dormir par terre. L'excuse avait fait merveille. Et Jim avait compris plus tard qu'à peu près n'importe quelle autre aurait eu la même efficacité pour peu qu'elle eût fait référence à la magie.

Aussi, passant à l'action, il se mit en devoir de dérouler sur les dalles le duvet matelassé qu'Angie avait confectionné à son intention.

Quand ils couraient la campagne, les chevaliers ne s'encombraient guère de bagages. La garde-robe des trois compagnons était donc réduite au strict minimum ; aussi se contentèrent-ils d'ôter leurs armures. Jim, pour sa part, demanda à Giles de lui apporter un peu d'eau et il se débarbouilla avec le savon de fabrication maison qu'il avait pris soin d'emporter.

C'était également un indispensable rite magique, avait-il expliqué. Brian et Dafydd l'avaient admis sans broncher, ce qui ne les empêcha pas de manifester une certaine impatience tandis qu'ils attendaient que Jim en ait fini.

A peine étaient-ils de retour dans la grande salle que Giles les rejoignit. Ils se rassirent devant la table où les attendaient de nouveaux cruchons de vin. Tandis qu'ils bavardaient en remplissant leurs gobelets, les frères de Giles rentrèrent.

De toute évidence, ils avaient été prévenus qu'il y

avait des invités et que leur père ne voulait pas qu'on vienne importuner leurs hôtes car ils demeurèrent invisibles. Néanmoins, on les entendait. Comme Herrac et Giles, ils avaient des voix profondes, on aurait dit des rugissements qui résonnaient d'un bout à l'autre du château.

Finalement, et avec une hésitation et une timidité surprenantes, ils apparurent les uns après les autres – dans un ordre préalablement étudié, c'était visible – pour être présentés à ces illustres convives.

Le premier à se montrer fut, bien sûr, Alan, l'aîné de la famille. Il était bâti sur le même modèle que son père – les trois voyageurs devaient d'ailleurs constater un peu plus tard que c'était également vrai de ses frères. Comme Herrac et Giles, ils avaient des yeux de jais, des cheveux de lin, le nez fort et busqué. Aucun, cependant, n'avait un appendice nasal aussi protubérant que celui de Giles. Et aucun, pas même Alan, n'était aussi large d'épaules que leur père. Néanmoins, tous étaient considérablement plus grands que Jim et que Dafydd, et leur musculature était tout aussi impressionnante que celle de leur géniteur. C'était un peu, se dit Jim, comme si Brian, Dafydd et lui étaient invités chez des géants.

Il était toutefois indéniable que les géants en question, les jeunes géants en particulier, étaient impressionnés à l'idée de rencontrer en chair et en os ces héros dont les ballades chantaient les exploits. Les présentations faites, Alan prit la place qui lui revenait de droit à la table et donna la permission de s'asseoir à ses frères à mesure qu'ils arrivaient – successivement et par rang d'âge, Hector, William, le premier cadet de Giles, et Christopher, enfin, le plus jeune des frères. Tous parlaient aussi bas que cela leur était possible.

Il sautait aux yeux qu'Herrac menait sa maisonnée d'une poigne de fer.

Cependant, à mesure que le vin disparaissait dans

leurs gorges, ils s'enhardissaient et harcelaient les trois invités de questions sur la chevalerie, les armes, les armures, les Français, les dragons, et tout ce qui leur venait à l'esprit, à condition que cela ne puisse être tenu pour une question discourtoise.

Brusquement, les frères se turent. Quand il leva la tête, Jim comprit la raison de ce soudain silence : sir Herrac était entré, venant de la cuisine, et approchait de la table.

Il s'assit au haut bout. Fronçant les sourcils, il observa quelques instants ses bavards de fils qui, l'air coupable, baissaient les yeux.

– Tes frères n'ont-ils pas importuné tes hôtes, Giles ? demanda-t-il de sa voix caverneuse.

3

Etait-ce son imagination, se demanda Jim, ou le seigneur Herrac avait-il mis un léger accent d'insistance sur le mot *« importuné »*, comme lorsqu'on adresse un message qui ne doit être compréhensible qu'aux seuls membres de la famille ?

Mais que craignait sir Herrac ? Qu'est-ce que ses fils auraient bien pu leur dire, à lui, à Brian et à Dafydd, qui aurait été susceptible de les *importuner* ?

En tout cas, quel que fût le message codé, Giles avait manifestement rassuré son père en ignorant ses allusions. Maintenant, il se rengorgeait, tout fier que celui-ci se réfère à ses trois amis comme à *ses* hôtes. Une réplique parut lui chatouiller le bout de la langue mais il la ravala et quand il parla, ce fut avec bonhomie :

– Je crois qu'ils ont simplement été aussi excités et heureux que moi de se trouver en présence de ces seigneurs et du maître archer.

– C'est bien. William, va signaler aux cuisines qu'ils peuvent commencer à servir. Nous parlerons tout en soupant... avec votre permission, seigneur baron, et la vôtre, sir Brian ?

Il y avait comme une muette interrogation à la fin de sa phrase et Dafydd lui adressa un sourire destiné à le mettre à l'aise. Il comprenait parfaitement, disait ce sourire : le chevalier qu'était sir Herrac ne pouvait inclure un archer, même de sa valeur, dans cette requête protocolaire.

Une fois de plus, et bien qu'il eût employé la forme interrogative, le ton du seigneur de Mer exigeait une réponse affirmative ; Jim et Brian s'empressèrent de se rallier à sa suggestion.

Jim, à vrai dire, ne demandait pas mieux. Il avait déjà bu un peu trop de vin, sachant qu'il en boirait encore pendant et après le repas. Certes, il avait toujours la possibilité de le changer magiquement en lait. Mais il tenait à économiser jusqu'à la moindre parcelle l'énergie magique qu'il avait en réserve.

Il avait imaginé que les exploits accomplis par Giles en France constitueraient le premier sujet de conversation. Maïs il apparut qu'Herrac avait son idée sur la façon dont devaient s'organiser les propos de table et ce fut lui qui mena la barque tandis que ses fils demeuraient silencieux pendant le début du souper.

Il avait la parole facile, mais – Jim en fut quelque peu surpris – semblait décidé à ne dire que fort peu de choses, voire rien du tout, sur lui, sa famille, son domaine et la situation locale. Chaque fois que Jim se risquait par pure courtoisie à aborder ces sujets, Herrac détournait adroitement la conversation sur les invités eux-mêmes.

Ils parlèrent du temps – de celui de cette année et de celui de l'année passée –, des différences entre cette région et le sud de l'Angleterre, de leurs compagnes, de leurs hauts faits et de la ballade narrant la bataille de la Tour Répugnante dont les échos étaient parvenus au château de Mer. Cela donna à Jim et à ses amis, et ils en furent fort aises, l'occasion de mettre les choses au point en soulignant les erreurs que contenait ce récit.

En vérité, les diverses versions de la ballade étaient toutes fallacieuses, les différents ménestrels qui s'étaient fait les chantres de l'événement ayant enjolivé les faits et en ayant rajouté afin que leurs variantes soient aussi passionnantes, aussi longues et aussi dramatiques que possible. Presque toutes les versions, y compris celle que la famille de Mer avait entendu réciter, prétendaient que Jim était allé à Londres demander au roi Edouard la permission de livrer combat aux créatures qui avaient élu domicile dans la Tour. A les en croire, le souverain lui avait gracieusement donné l'autorisation de leur livrer l'assaut, étant entendu qu'il en serait récompensé par la suite.

En fait, Sa Gracieuse Majesté avait elle-même eu vent de cette fable, qui l'avait suffisamment satisfaite pour la convaincre de sa véracité ; en conséquence, elle avait, dans sa bienveillance, confirmé Jim dans ses droits sur le château du Bois de Malencontri et les terres attenantes.

Autre invention : les armes patentes que le souverain avait délivrées à Jim en guise de récompense. Certes, il était exact que l'intéressé s'était fabriqué de toutes pièces un blason, celui de l'imaginaire baronnie de Riveroak dont il se prétendait détenteur – et qui n'était autre que le nom de l'université où Angie et lui avaient fait leurs études au XXe siècle et avaient ensuite exercé les fonctions de chargés de cours. Mais recevoir ses lettres de noblesse de la main du roi était de beaucoup préférable car c'était un honneur insigne pour l'impétrant.

Pour cette raison et quelques autres encore, l'histoire de l'autorisation accordée par le roi était un élément de la ballade que pas plus Jim que Brian ou que Dafydd ne se souciait de corriger. D'autant que ses deux compagnons avaient fort bien pu se persuader, tout comme le roi, que c'était la vérité ! Mais la ballade contenait d'autres additions, voire des erreurs qui pouvaient être rectifiées, et tous trois ne s'en privèrent point.

Lorsqu'il ne resta plus rien dans les plats, on passa aux libations postdînatoires. Cela donnait quelques inquiétudes à Jim car tout indiquait qu'Herrac et ses colosses de fils étaient capables de battre de plusieurs longueurs même le buveur impénitent que Giles s'était révélé être lors de leur expédition en France. Aussi éprouva-t-il une vive satisfaction quand la question des exploits de celui-ci outre-Manche fut enfin amenée sur le tapis par sir Herrac lui-même :

– La seule chose que Giles nous a rapportée est qu'il avait été tué quelque part en France lors d'une grande bataille et que vous aviez tous les trois immergé son corps en pleine mer, fit-il en adressant un regard de reproche à son fils qui détourna les yeux. D'après les propos que vous avez tenus, messires, j'ai cru comprendre qu'il y a plus à en dire ?

– Beaucoup plus, répondit Jim.

– Pourquoi avoir tu le reste ? demanda Herrac, les yeux toujours braqués sur son fils embarrassé. Je suis sûr que tu n'as rien fait de déshonorant ou d'indigne d'un chevalier.

– Bien au contraire, murmura Brian.

– Alors, Giles ?

– Je... (Giles bégayait presque) ... j'espérais... j'espérais seulement, comprenez bien... que quelque ménétrier en quête d'inspiration choisirait peut-être ce thème pour une ballade. C'est tout.

A l'autre bout de la table, Hector éclata d'un rire tonitruant.

– Comme ça, Giles pensait qu'on ferait une ballade sur lui ? Ça, c'est vraiment la meilleure de la soirée ! Giles, héros d'une ballade !

La voix douce de Dafydd s'éleva :

– Je connais, en vérité, bien des ballades qui ont moins de raison d'être et dont les héros méritent moins d'être salués !

Brian abattit bruyamment son poing sur la table.

– Par saint Dunstan, il a raison ! Il y aurait plus à dire que dans les chansonnettes dont nous avons les oreilles rebattues !

– Quitte immédiatement la table, Hector, ordonna Herrac.

– Père... s'exclama Hector qui, déjà piqué par les reparties de Dafydd et de Brian, était maintenant bouleversé à l'idée qu'il n'allait pas pouvoir entendre ce qui allait être porté à la connaissance des autres.

Jim vola à son secours :

– Seigneur Herrac, faites-nous la grâce d'accorder pour cette fois votre pardon à votre fils. Il est malaisé de se rendre compte que quelqu'un avec qui l'on a été élevé puisse accomplir de grandes actions aux yeux du monde. Ce n'est facile pour personne.

Herrac décocha un regard sévère à Jim, puis un autre qui l'était deux fois plus à Hector.

– Soit. Tu peux rester, Hector – mais c'est uniquement parce que notre hôte le demande. Seulement, à partir de maintenant, tu vas me faire le plaisir de tenir ta langue.

– Oui, père, murmura le colosse.

Herrac se tourna vers ses hôtes :

– Vous vous apprêtiez donc à nous relater le détail des événements auxquels Giles a pris part en France avant sa mort ?

Une fois encore, Jim vit que ses deux compagnons attendaient qu'il prenne la parole le premier.

– Sir John Chandos nous avait choisis, sir Giles et moi, pour remplir une mission secrète en France. Nous étions chargés d'apprendre, grâce à quelques informateurs, où le Premier ministre gardait prisonnier l'héritier du trône d'Angleterre, notre gracieux prince Edouard. Nous devions organiser son évasion et lui faire rejoindre la flotte qui faisait voile vers la côte française pour le ramener sain et sauf en Angleterre.

Jim ménagea une pause, espérant plus ou moins

que Brian ou Dafydd prendrait le relais. Mais le premier vidait sa coupe à petites gorgées en s'ingéniant à éviter son regard tandis que le second, les yeux fixés sur lui, se bornait à faire de la figuration. Force fut donc à Jim de reprendre le fil de son récit.

– Nous avons rejoint avec Dafydd les forces anglaises au moment où elles se déployaient pour livrer bataille à l'armée que le roi de France commandait en personne. Malheureusement Malvinne, son ministre, des mains duquel nous avions arraché le prince, était un magicien très puissant, beaucoup plus que je ne le suis moi-même. Après que nous eûmes délivré Edouard, il créa, par sortilège, une copie conforme de Son Altesse et l'amena sur le champ de bataille où Anglais et Français devaient engager le combat. Grâce à cet artifice, il prétendit que Son Altesse Royale le prince Edouard avait renoncé à son titre d'héritier de la couronne, qu'il faisait cause commune avec Jean, roi de France, contre ses propres compatriotes.

– C'est là chose dont nous avons eu plus ou moins connaissance, dit sombrement Herrac. Mais je vous interromps, pardonnez-moi. Continuez, messire.

– Aussi, nous quatre – moi, Brian, Dafydd et sir Giles qui s'était joint à nous –, avec l'appui des hommes d'armes que sir Brian et moi avions levés dans nos fiefs respectifs...

Jim nota le coup d'œil empreint de gratitude que lui décocha Brian : sa manière de présenter les choses donnait, en effet, l'impression que leur contribution à tous deux avait été égale.

– ... et quelques autres agissant indépendamment, nous avons décidé d'intervenir.

– C'est sir James qui a pris la décision, rectifia Brian. C'était lui qui avait le commandement.

– Bon, bon... Toujours est-il qu'une trêve avait été négociée entre les deux armées. Elle devait durer jusqu'au lendemain. Selon le plan que nous avions mis au point, notre petit groupe chargerait aussitôt qu'elle prendrait fin. L'attaque, lancée de derrière les lignes françaises, avait pour objectif le roi de France et sa garde personnelle composée de cinquante à cent chevaliers lourdement cuirassés. Outre le roi Jean, cette escorte avait pour mission de protéger le magicien Malvinne et le faux prince, quelle que soit l'évolution de la bataille. Si les Français lâchaient pied, elle couvrirait leur retraite.

Jim se tut. Ses auditeurs, à commencer par Herrac, étaient aussi immobiles que des statues, comme hypnotisés.

– Alors, reprit Jim, recourant à un petit tour de magie...

– Il nous a tous rendus *invisibles*, père ! l'interrompit Giles d'une voix surexcitée. Nous avons coupé par l'arrière, là où étaient rangés les fourgons, sans que personne ne s'aperçoive de rien, et nous sommes parvenus jusqu'à la troisième ligne de défense des Français.

– Giles, laisse notre hôte nous conter cette affaire comme il l'entend.

– Oui, père.

– Eh bien, en deux mots, avant de charger, nous sommes redevenus visibles, car passer à l'attaque sous le couvert de l'invisibilité aurait constitué une déloyauté indigne d'un chevalier. Nous avons donc chargé l'escorte royale au su et au vu de tous, en la prenant à revers. Ils n'avaient pas songé qu'ils pourraient être attaqués par-derrière. Il leur a fallu un certain temps pour se rendre compte de ce qui se passait et riposter.

Christopher toussa. Il se retenait depuis quelques minutes, c'était clair, et cela fit le bruit d'un gargouillement étranglé. Le reste de la famille le regarda d'un air furibond et son teint vira au cramoisi.

– Ils n'étaient encore qu'à moitié prêts à faire front quand le choc eut lieu et, avec l'aide de Dafydd et de quelques archers d'une adresse peu commune qu'il avait recrutés dans les rangs anglais, nous avons pu enfoncer l'escorte et faire prisonnier le roi en personne. Une fois qu'il se fut rendu, il ordonna à ses chevaliers de mettre à bas les armes, ce qu'ils ont fait.

Jim s'interrompit. Devoir ainsi jouer les bardes lui demandait plus d'efforts qu'il ne l'aurait cru. Il porta son gobelet à ses lèvres. La gorgée de vin qu'il avala le rafraîchit singulièrement.

– Et que faisait Giles lors de cette rencontre ? s'enquit Herrac. Quelle part a-t-il prise dans la charge que vous meniez ?

– Il n'était pas avec nous. Auparavant, j'avais mis le vrai prince à l'abri un peu plus loin, dans un petit oratoire en ruine. On pouvait s'y introduire en se glissant entre les murs écroulés par un passage si étroit qu'il était impossible à deux personnes d'y pénétrer de front. J'y avais laissé le prince – en dépit de ses vives protestations, je dois dire – et avais donné mission à sir Giles d'empêcher un éventuel assaillant d'arriver jusqu'à lui. A ce moment, aucun d'entre nous ne pensait que quiconque le trouverait dans cet amas de ruines et nous imaginions encore moins qu'il risquait d'y être attaqué.

– C'était avant que vous ayez capturé le roi Jean ? demanda Herrac.

Ce fut Brian qui répondit :

– Oui, en effet, mais peu avant. A peu près le temps qu'il faut à un homme pour réciter ses prières du matin.

– Merci, sir Brian. Poursuivez, messire, de grâce.

– Une fois le roi, le magicien et le faux prince capturés, nous n'avions plus qu'un désir : mettre ce dernier en présence du vrai Edouard. J'ai donc chargé un de nos hommes d'aller le chercher, ainsi que sir Giles. Quelques minutes plus tard, il nous apprenait que celui-ci était en train de résister à un groupe de chevaliers qui l'avaient attaqué avec une violence inouïe. L'emblème de leur casque les identifiait comme des hommes de Malvinne. Grâce à ses talents de magicien, il avait localisé la cachette et avait donné ordre à ses sbires de neutraliser sir Giles et de capturer ou de tuer le véritable prince Edouard.

– Combien étaient-ils ? voulut savoir Herrac.

– Nos hommes d'armes en ont affronté près de vingt. Certes, en raison de l'étroitesse de l'issue, sir Giles n'avait affaire qu'à un seul à la fois. Mais à peine avait-il eu raison d'un adversaire qu'un autre le remplaçait. Et tous étaient des chevaliers d'élite ayant l'expérience du combat.

– Qu'est-il advenu ensuite ?

Herrac avait posé la question avec autant d'impatience que n'importe lequel de ses fils.

– J'ai immédiatement envoyé des renforts au secours de sir Giles et du prince. Mes hommes les ont ramenés tous les deux. Son Altesse était saine et sauve, mais votre fils avait près de vingt blessures et il avait perdu une telle quantité de sang qu'il était clair qu'il ne survivrait pas. Mais vous voulez sans doute me demander avec combien de ces chevaliers il a croisé le fer et quel sort il leur a infligé ?

Jim planta ses yeux dans ceux d'Herrac et, tour à tour, dans ceux de chacun de ses fils. Puis son regard revint à Herrac.

– C'est précisément ce que je désire savoir, répondit ce dernier.

Jamais encore sa voix de basse n'avait été aussi caverneuse.

– On a décompté huit chevaliers tués et quatre si grièvement blessés qu'ils n'ont pu s'enfuir et sont morts un peu plus tard. Tel fut le prix que votre fils a fait payer pour assurer la protection de Son Altesse Royale. Et il l'a protégée avec une efficacité telle qu'aucun de ses assaillants n'a pu s'approcher d'elle à moins d'une longueur d'épée.

Jim en était arrivé au point culminant de son récit mais, visiblement, ses auditeurs étaient si passionnés qu'ils souhaitaient en entendre encore davantage.

– Nos hommes ont transporté sir Giles aussi délicatement que possible jusqu'à l'endroit où nous nous tenions autour du roi et de sa garde pour lors désarmée. Nous ne pouvions pas faire grand-chose pour lui. Il avait perdu trop de sang et il continuait à en perdre. Il n'y avait aucun moyen de l'arrêter de couler. Néanmoins, tout ce qu'il était possible de faire l'a été...

Giles lui coupa la parole :

– Il y avait une dame, une dame blonde, plus blonde que la blondeur même... elle était ravissante. Elle me disait des foules de choses gentilles pour me réconforter. Pas seulement à propos de mon état mais aussi de ma taille et de... euh !... de mon nez. Comme j'aimerais retourner en France pour essayer de la retrouver !

Le seul fait qu'Herrac ne réprimandât pas son fils pour avoir pris ainsi la parole de son propre chef montrait à quel point le récit de Jim l'avait bouleversé. Ce dernier se tourna vers Giles.

– Surtout, gardez-vous-en, pour votre bien, Giles ! C'est un esprit élémental, une espèce de fée. Elle n'aurait qu'un désir : vous entraîner au fond du lac où elle demeure pour que vous y restiez à jamais. Vous avez, je pense, bien d'autres choses à faire en ce monde que de vous laisser dorloter pour l'éternité dans les profondeurs d'un lac de France.

– Est-ce un lac d'eau douce ? demanda Herrac.

– Oui, sire Herrac – d'eau douce.

– Tu entends, Giles ? Eh bien, tu peux dire que tu as eu de la chance ! As-tu, au moins, remercié sir James ?

– Je... je n'en ai pas eu l'occasion auparavant, balbutia Giles. Oui, je vous remercie de tout cœur, James. Non seulement parce que vous venez de m'ouvrir les yeux sur le danger que la dame blonde présentait pour moi mais aussi parce que j'ai pu grâce à vous glaner quelques lauriers ce jour-là.

– Voilà qui est bien parlé, même si c'est tardivement, gronda Herrac. Tu as rendu honneur à notre nom, Giles.

Giles rougit, tandis que Herrac se tournait vers son autre fils :

– Eh bien, Hector ? Ton frère est-il, oui ou non, digne d'inspirer un chanteur de ballades ?

– En vérité, père... mon seul vœu est d'être un jour jugé pour moitié aussi valeureux que lui pour mériter qu'on chante mes exploits.

– Fort bien. Maintenant, messires, cessons d'évoquer les prouesses de Giles, si bienvenu qu'ait été le récit que sir James en a fait. Passons plutôt le reste de cette soirée à converser d'autres sujets. Avez-vous fait bonne route, messires ?

– En vérité, répondit Brian, faire ce voyage à l'orée du printemps a été une joie. Mais, à quelque distance du château, il nous est advenu une étrange aventure sur laquelle vous pourrez peut-être nous éclairer. Nous avons fait la rencontre de cinq chevaliers revêtus de leur armure... (Jim eut soudain le sentiment qu'Herrac et ses fils se raidissaient à ces mots) ... mais leurs chevaux échappaient aux regards. Ils se dirigeaient droit sur nous dans l'intention manifeste de nous chercher noise. Mais les flèches de l'ami Dafydd ap Hywel leur ont fait rebrousser chemin avant que le contact n'ait lieu. L'un d'eux avait vidé ses étriers, mais quand nous nous sommes approchés de l'endroit où il était tombé nous n'avons rien trouvé hormis son armure, sa lance et des vêtements. Tout le reste, l'homme et la monture, s'était volatilisé.

Brian se tut. Il se rendait maintenant compte – comme Jim et Dafydd – que l'expression de leurs hôtes avait changé. Le visage d'Herrac avait la rigidité du roc, tout comme ceux de Giles et de ses quatre frères étaient blêmes.

4

Il y eut un long, un très long silence. Herrac, qui, pendant tout ce temps, avait regardé fixement les trois compagnons, finit par le briser.

– Je dois, me semble-t-il, vous parler de nos problèmes locaux, malgré le désir que j'avais de ne pas assombrir votre séjour chez moi. (Il ménagea une courte pause avant de poursuivre :) Je suis heureux que l'escarmouche qui vous a opposés à ces ennemis de l'homme et de tous les dieux ait eu une heureuse issue. Les créatures que vous avez rencontrées ne sont pas des adversaires ordinaires. On les appelle les Hommes Creux et ils nous ont fait beaucoup de mal. Ils sont la malfaisance même. Ce sont les âmes de défunts, morts dans la région de la Frontière qui s'étend de la mer du Nord à la mer d'Irlande. Ils sont là depuis le temps des Romains qui ont construit le mur séparant l'Ecosse de l'Angleterre. D'aucuns, à qui l'accès au paradis ou même à l'enfer a été interdit en raison de l'horreur des péchés commis de leur vivant, sont devenus des Hommes Creux. Même ceux qui adorent d'autres dieux, comme Odin, ne peuvent entrer au Walhalla ni dans leur Au-Delà païen, quel qu'il soit. Bref, ce sont des âmes maudites qui ne connaîtront pas le repos jusqu'au Jugement dernier.

– Aussi ne le connaîtrons-nous pas, nous non plus,

puisque nous sommes condamnés à subir leur malfaisance, dit Hector d'une voix lugubre.

Cette fois, son père s'abstint de tout reproche. Il se borna à hocher la tête.

Comme s'ils avaient subitement tous besoin de boire à plein gosier, ils se mirent d'un commun accord, qui à vider ce qui restait dans son gobelet, qui à le remplir à ras bord.

– Mais ces chevaux invisibles ? demanda Brian quand tout le monde eut reposé sa coupe.

– Il est possible que ce soient aussi des fantômes, lui répondit Herrac. Normalement, les Hommes Creux n'ont ni forme ni corps. Mais s'ils peuvent s'habiller ou revêtir une armure, ils redeviennent, apparemment, les hommes qu'ils étaient jadis, dotés de la même force et des mêmes capacités. Mais si une épée parvient à traverser leur armure, c'est comme si elle frappait dans le vide : il n'y a rien sous la cuirasse.

– Ah ! voilà donc l'explication, murmura l'archer.

Jim se tourna vers lui.

– Que voulez-vous dire, Dafydd ?

– Cela explique ce qui est arrivé à ma flèche une fois qu'elle a eu transpercé le pectoral de celui que j'ai abattu. On aurait dit qu'elle n'avait rien rencontré en dessous – ni chair ni os. (Dafydd parut méditer.) Il y a une possibilité... Il faut que j'y réfléchisse.

– Mais s'il n'y avait rien à l'intérieur, comment se fait-il que nous ayons retrouvé son armure et ses effets par terre comme s'il avait été tué ? s'étonna Brian.

– Il l'a été, répondit sir Herrac. Mais pour quarante-huit heures seulement. Passé ce laps de temps, les Hommes Creux reviennent à la vie. Celui dont vous avez eu raison devra trouver de nouveaux vêtements et une nouvelle armure pour recouvrer un corps. Et il ne pourra commencer à se mettre à la recherche de ce matériel que quarante-huit heures après avoir reçu la flèche que vous lui avez décochée, maître archer. (Herrac s'interrompit pour dévisager Dafydd qui inclina la tête.) C'est là la malédiction avec les Hommes Creux, reprit-il. On peut les tuer mais leur nombre n'en diminue pas pour autant car ils resurgissent immanquablement. De plus, ils ont amassé au fil des ans d'importantes réserves d'armes et d'armures et, quand il reviendra à la vie, celui que vous avez abattu ne mettra guère de temps à redevenir un ennemi dangereux.

Un long silence succéda à ces mots.

Jim réfléchissait intensément. Il avait le sentiment très net qu'Herrac n'avait pas dit tout ce qu'il savait sur les Hommes Creux, qu'il taisait quelque chose de plus horrifiant encore. Et, tel un vent glacé venu de nulle part, une pensée inquiétante lui vint à l'esprit.

L'année précédente, en France, il s'était entretenu en rêve avec Carolinus, son maître. Au cours de cette conversation, ce dernier lui avait avoué avoir à son insu tout mis en place pour qu'il engage le fer avec Malvinne. Or, magicien de classe AAA, Malvinne, qui était en outre tombé depuis un certain temps sous l'influence des Noires Puissances, possédait une supériorité écrasante sur le modeste mage de classe D qu'était Jim. Cette histoire d'Hommes Creux signifiait-elle que Carolinus avait récidivé ?

Jim se souvint de quelle façon son magister avait opportunément surgi à Malencontri « par le plus grand des hasards » à l'époque où Angie s'opposait farouchement à ce qu'il se rende au château de Mer, et comment le magicien avait pris fait et cause pour son élève. Il avait fait valoir, en particulier, que Jim ne pouvait échapper à certains devoirs s'il ne voulait pas porter atteinte à la réputation qu'il avait acquise.

Jim avait soudain l'impression que, pour des raisons qui lui échappaient, Carolinus lui avait peut-être forcé la main en le plaçant dans cette situation imprévue. Mais, à bien y réfléchir, c'était impossible. En effet, c'est avant même que le corps de Giles ne soit livré aux flots gris de la Manche que Brian, Dafydd et lui avaient résolu de se rendre dans les délais les plus brefs au château de Mer pour faire part à sa famille de la fin tragique du disparu et lui relater ses hauts faits.

Une autre question se posait : les Noires Puissances n'avaient-elles pas décidé de concentrer, à nouveau, leurs coups sur lui, Jim ? Qu'il ait dû, à peine arrivé sur ce monde avec Angie, leur livrer bataille lors de l'affaire de la Tour Répugnante lui semblait de plus en plus suspect, un peu trop gros pour n'être qu'une coïncidence.

Plus tard, il avait découvert que c'était encore contre elles qu'il s'était dressé, par Malvinne interposé. Et voilà que, maintenant, il arrivait dans un endroit hanté par des créatures surnaturelles animées, à l'évidence, d'intentions malveillantes. Et qui, ce n'était pas moins évident, étaient mûres pour servir de pions aux Noires Puissances – si toutefois ces dernières ne les manipulaient pas déjà !

– Pourriez-vous nous donner quelques exemples des méfaits de ces Hommes Creux ? demanda Jim à sire Herrac.

– Autant que vous en voudrez.

Et, une heure durant, Herrac et Giles, se relayant, énumérèrent les multiples incidents dont les habitants de la région avaient été victimes, tandis que l'on remplissait en cadence les cruchons dont le niveau baissait régulièrement.

Les coups de main lancés par les Hommes Creux – le terme de razzias eût été d'ailleurs plus indiqué pour ces attaques menées par des groupes de cinquante ou plus – avaient apparemment un double but. Ils avaient beau compter dans leurs rangs les âmes d'hommes venues d'un lointain passé, leur objectif premier semblait être de s'emparer d'armes et d'armures aussi modernes et efficaces que possible. En second lieu, ils cherchaient à se procurer des vivres et du vin – ou de l'argent qui leur permettrait d'en acheter à ceux qui n'hésitaient pas à leur en vendre.

Ils attaquaient systématiquement en force, comptant sur leur supériorité numérique pour l'emporter, dans les premiers temps, peut-être parce qu'ils n'étaient que quelques-uns à disposer du matériel de guerre adéquat. Mais au cours des deux derniers siècles, c'était plutôt, semblait-il, parce qu'ils étaient de piètres combattants. Ils ignoraient tout de la discipline et de la nécessaire unité de commandement. Ils attaquaient seulement pour dépouiller leurs victimes de leurs armes, de leurs armures et des vivres ou de l'argent qu'elles pouvaient avoir sur elles.

Ces derniers temps, cependant, leurs attaques semblaient mieux organisées et avoir pour but de prendre le contrôle des monts Cheviot et de la zone qui les prolongeait au sud.

Quand les libations eurent commencé à produire leurs effets sur les fils – sans, toutefois, en avoir de visibles sur leur père –, certains faits furent mis au jour, sans que l'on pût dire qui les avait divulgués : les de Mer, comme beaucoup de leurs voisins, avaient été récemment accusés d'être les auteurs d'actes perpétrés en réalité par les Hommes Creux.

Un nombre suffisant de leurs voisins avaient été accusés à tort pour qu'Herrac se demande s'il ne serait pas possible de les mobiliser afin de constituer une force qui donnerait l'assaut aux Hommes Creux sur leur territoire. Mais, pour l'heure, ceux qui étaient disposés à faire ainsi cause commune étaient trop peu nombreux pour pénétrer en profondeur dans la zone des monts Cheviot, tenue par des centaines et des centaines d'Hommes Creux.

Arrivé à ce point, Herrac passa brusquement à un autre sujet :

– Il y a aussi certains bruits qui courent, ces derniers temps. Des rumeurs qui prétendent que les Ecossais ont l'intention d'envahir le Northumberland. Et peut-être même de pousser jusqu'aux Midlands.

Jim se pencha en avant.

– Vous croyez cela possible ?

– Absolument. On dit aussi que les Hommes Creux profiteraient de cette invasion pour se livrer au pillage et semer la mort bien au-delà de la Frontière. Ils accompagneraient les armées écossaises comme des corbeaux avides de dévorer les cadavres sur le champ de bataille. Si cela devait se produire, les châteaux comme le nôtre auraient toutes les chances d'être dévastés et leurs occupants massacrés. Pour Giles et moi, c'est un risque qui fait partie de l'existence. Mais pour mes autres fils qui n'ont pas encore été adoubés et pour mon unique fille...

Le regard qu'Herrac posa sur ses fils assis à la gauche de Giles était éloquent.

– Mais la paix ne règne-t-elle pas présentement entre l'Angleterre et l'Ecosse ? demanda sir Brian.

Il ne paraissait guère plus affecté que sir Herrac par tout le vin qu'il avait ingurgité. Seule une certaine liberté dans le ton dénonçait leurs copieuses libations.

– Certes, mais il suffit qu'un laird ayant derrière lui un clan conséquent lance une incursion en représailles de prétendus vols de troupeaux. Ils enrôleront de l'autre côté de la Frontière des hommes qui viendront grossir leurs rangs avant de fondre sur nous.

– Vraiment ? fit Dafydd.

– Eh oui, maître archer. Maintes fois cette tour a été notre refuge, quand nous étions attaqués par des forces assez importantes pour incendier et détruire les bâtiments annexes mais pas assez pour l'investir, ou qui n'avaient pas la patience d'en faire le siège jusqu'à ce que nous capitulions. Encore que, même dans le pire des cas, nous n'ayons nul besoin de capituler. Le mur d'enceinte donne directement sur la mer. Et une fois dans l'eau...

Herrac n'alla pas plus loin. Ses fils et lui savaient que leurs visiteurs connaissaient leur nature d'ondins. Mais de là à évoquer ouvertement cette singularité avec des personnes qui n'étaient, somme toute, que des amis de fraîche date...

Herrac se rendit compte qu'il en avait dit plus qu'il n'en avait eu l'intention. Il se leva brusquement.

– Je vous prie de m'excuser, messires, et vous, maître archer. Ce sont là des problèmes locaux et point n'est besoin de vous importuner davantage avec nos difficultés. Il faut maintenant que j'aille me coucher. Et... (il tourna son regard vers ses fils) ... eux aussi. Venez, Alan, Hector, William et Christopher. Il est temps d'aller dormir. Quant à toi, Giles, puisque tu es chevalier et que nos hôtes sont tes amis, tu peux rester en leur compagnie aussi longtemps que tu le désireras.

Mais Giles se leva, lui aussi.

– S'ils veulent bien ne pas m'en tenir rigueur, père, dit-il en s'étirant, je crois que je vais faire comme vous. James, Brian, Dafydd... m'en voudrez-vous beaucoup si je vous abandonne ?

Jim se mit debout à son tour.

– En ce qui me concerne, je n'ai pas de projets précis pour demain. Mais, la nuit portant conseil, j'aimerais approfondir en dormant tout ce que m'a appris cette soirée.

Brian avait bondi sur ses pieds presque aussi vite que Jim. Dafydd, lui, était toujours assis. Il regarda sir Herrac.

– Vous serait-il possible de me donner une chandelle ? J'aimerais bricoler quelques-unes de mes flèches, messire.

Un bref instant, sir Herrac eut l'air embarrassé.

– Je suis profondément navré, maître archer, mais les chandelles sont une des choses que le château de Mer ne possède point. Toutefois, il y a un porte-torches dans votre chambre... si vos amis peuvent dormir malgré sa lumière...

– Moi, fit Brian, je crois que j'en suis arrivé au point où je serais capable de dormir avec le soleil en plein dans les yeux. Et vous, James ?

– Je n'y vois pas d'inconvénient.

Mais Dafydd décocha à Jim un coup d'œil entendu.

– Quelque chose me dit que c'est plus la politesse que la sincérité qui vous fait parler, messires. Aussi, si notre hôte le permet, je resterai ici et je m'installerai à la table pour faire ce que j'ai à faire. La salle est suffisamment éclairée.

– Je vous en prie, répondit vivement sir Herrac. Et maintenant, mes fils, montez vous coucher.

Tout le monde, hormis Dafydd, quitta la salle, chacun prenant un des fagotins alignés contre le mur qu'ils allumèrent à une torchère. Giles, lui, en prit deux, et accompagna Jim et Brian jusqu'à leur chambre. Il leur remit une de ses deux torches et, au moment de se retirer, il hésita un instant sur le seuil.

– Je ne saurais vous exprimer la joie que j'éprouve à vous revoir, James, murmura-t-il.

Puis, comme gêné d'avoir prononcé ces mots, il sortit précipitamment et disparut.

Au moment où Brian mettait sa torche dans la torchère, Dafydd surgit brusquement

– Pardonnez-moi, messire, mais j'avais oublié que mes flèches et mes outils étaient ici. Je n'en ai que pour un instant. (Son maigre bagage était posé au fond de la pièce ; il prit son carquois et un petit sac.)

J'aurai le pied léger et je ne ferai pas de bruit quand je remonterai, je vous le promets.

– Inutile de vous inquiéter pour ça, Dafydd, dit Jim en bâillant à s'en décrocher la mâchoire. Je crois que je ne me réveillerais même pas si le château était envahi.

– Non, confirma Brian, vous ne nous dérangerez pas, Dafydd.

Il s'assit sur le bord du lit pour retirer ses bottes et, sans plus de façons, se laissa choir en arrière, bras et jambes écartés.

– Quel dommage que votre apprentissage de la magie vous interdise de coucher, vous aussi, dans un lit bien moelleux, James. Enfin, c'est comme ça ! Bonne nuit.

– Bonne nuit à vous.

Le matelas de fortune sur lequel Jim s'allongea n'était guère plus épais qu'un tapis et n'amortissait pas vraiment la dureté des dalles sur lesquelles il était posé, mais Jim était habitué à l'inconfort. Le faisceau de brindilles faisant office de torche ne tarda pas à se consumer et quand les derniers tisons rougeoyants moururent, l'obscurité fut totale. Dans ces ténèbres, Jim réfléchissait à la conversation de tout à l'heure.

Pour Brian et Dafydd, il ne faisait aucun doute que leur séjour durerait plus d'une semaine. Abandonner un ami et sa famille alors qu'ils étaient sous la menace d'une attaque, c'était impensable.

Mais, bien sûr, comment avait-il pu être assez stupide pour ne pas l'avoir compris plus tôt ? C'était à cela qu'Herrac avait fait discrètement allusion quand, juste avant le souper, il avait demandé à Giles s'ils n'avaient pas *« importuné »* leurs hôtes.

Quelque chose était certainement en train de se tramer. Il ne s'agissait pas seulement des Noires Puissances et des Hommes Creux, mais peut-être aussi d'une tentative d'invasion de l'Angleterre par les Ecossais.

Le château de Mer courait probablement un grave danger et sir Herrac avait craint qu'un de ses fils ne pose une question ou ne lâche étourdiment quelque confidence qui les déciderait Brian, Dafydd et lui, à prolonger leur séjour afin de lui prêter main-forte. Si Brian avait maintenant la puce à l'oreille, Jim était mal parti. Le chevalier Neville-Smythe et Dafydd – malgré son apparente douceur – aimaient se battre. Presque autant que faire bonne chère. En outre, son code d'honneur ne lui permettrait en aucun cas d'abandonner la famille de Mer en pareilles circonstances, et il ne comprendrait jamais que Jim ne réagisse pas comme lui.

D'un autre côté, Jim n'avait aucun mal à imaginer la réaction d'Angie s'il n'était pas de retour à la date prévue. Surtout si elle avait vent de ce qui risquait de se passer ici.

C'était curieux : il avait fallu que l'obscurité soit complète pour que l'esprit de Jim se mette en marche !

Une fois, en France, il était entré en contact avec Carolinus en rêvant volontairement de lui. Le magicien lui avait dit, cette nuit-là, que Malvinne rêvait, lui aussi, et que ce moyen de dialoguer était risqué pour tous les deux puisque le sorcier noir pouvait entendre tout ce qu'ils se disaient.

Par ailleurs, ce que Jim avait vu dans ce rêve avait été pour l'essentiel la réédition d'une scène qui avait eu lieu antérieurement : l'entretien que Carolinus avait eu avec Aragh quand il avait persuadé le loup de suivre son disciple en France en lui confiant que Jim allait affronter un magicien devant lequel il ne faisait pas le poids.

Mais, à présent, Jim ne voyait pas en quoi une conversation avec Carolinus pourrait être dangereuse. Certes, n'importe quel magicien de même rang que lui – ou un cran en dessous, peut-être – pourrait être à l'écoute. Et les Noires Puissances aussi, probablement. Cependant, il était important d'établir le contact. Il ferma les yeux et s'efforça de s'endormir en se donnant l'ordre de rêver de Carolinus.

Il s'assoupit plus vite qu'il ne s'y était attendu. Dans son rêve, il remontait l'allée menant à la demeure de Carolinus. Il faisait nuit, et la maisonnette était obscure et silencieuse.

Arrivé devant la porte, Jim hésita. Réveiller les gens en pleine nuit n'était pas dans ses habitudes. Mais, d'un autre côté, rêver de Carolinus en plein jour serait difficile. De plus, la question qu'il avait à lui poser avait un caractère d'urgence. Et c'était le magicien qui l'avait lui-même mise sur le tapis par l'aveu qu'il lui avait fait l'année précédente.

Ce fut néanmoins d'une main qui manquait d'assurance que Jim toqua à la porte.

Il n'y eut pas de réponse.

Il attendit. L'herbe, les fleurs, la petite fontaine – tout était là comme en plein jour. Mais sans couleurs. Avec la lune qui brillait au-dessus des arbres entourant le petit pavillon, on aurait dit le négatif d'une photo.

Comme il ne se passait toujours rien, Jim frappa à nouveau. Plus fort, cette fois.

Au bout d'un bon moment, enfin, il entendit bouger à l'intérieur. La porte s'ouvrit et il se trouva face à Carolinus. Le magicien était revêtu d'une longue chemise de nuit blanche et coiffé d'un bonnet.

– Naturellement ! s'exclama-t-il d'un ton rogue. Ce ne pouvait être que toi ! Personne d'autre n'aurait l'impudence de venir me réveiller au beau milieu de la nuit.

– Il ne doit pas être beaucoup plus de dix heures, rétorqua Jim, qui s'était souvenu qu'au château de Mer, on s'était mis à table juste après le coucher du soleil.

– Si j'ai dit au milieu de la nuit, c'est que c'est au milieu de la nuit, grogna le magicien.

Il fourra dans sa bouche un coin de sa moustache qu'il se mit à mâchonner, ce qui était chez lui le signe d'une profonde irritation, puis l'en retira, recracha quelques poils vagabonds et fit deux pas en arrière.

– Enfin... puisque tu es là, entre, fit-il de mauvaise grâce.

5

Jim referma la porte et s'approcha de Carolinus, maintenant planté au milieu de sa pièce à tout faire.

– Eh bien ? grommela le magicien.

Jim n'était pas trop à son aise. Il était venu dans l'intention d'exposer ce qu'il estimait être un problème létigime. Mais la façon acariâtre dont Carolinus l'accueillait, selon son habitude, commençait à lui échauffer les oreilles.

– Au moins tu n'es pas dans ton corps de dragon. Je n'ai pas à craindre que tu bouscules tout et que tu mettes le mobilier en miettes, c'est déjà ça.

Dans son corps de dragon, Jim n'avait jamais bousculé, et encore moins cassé, le moindre meuble ; donc Carolinus lui cherchait querelle. Néanmoins, il préféra l'ignorer et entrer sans plus attendre dans le vif du sujet.

– M'avez-vous, une fois encore, chargé de je ne sais quelle mission contre les forces à la solde des Noires Puissances, Carolinus ? attaqua-t-il d'une voix sèche.

Le mage lui décocha un regard indigné.

– Moi ? Te charger d'une mission ?

– Comme vous l'avez fait l'an passé sans me demander mon avis. Le combat singulier qui m'a opposé à Malvinne... c'était vous qui aviez tout manigancé.

M'avez-vous une fois encore envoyé jouter contre les Noires Puissances, oui ou non ?

– Voilà une question intéressante. (Le ton de Carolinus s'était brusquement fait à la fois aimable et pensif.) Laisse-moi réfléchir...

Le regard soudain fixe, il resta quelques secondes plongé dans ses pensées. Enfin, ses yeux revinrent à la vie et se posèrent derechef sur Jim.

– La réponse est oui et non, James, dit-il, la voix toujours aussi onctueuse. Oui, il semble que tu sois effectivement à nouveau en conflit avec les Noires Puissances. Non, je n'y suis pour rien. De deux choses l'une. Ou bien elles cherchent activement à en découdre avec toi ; ou bien le Hasard ou l'Histoire ont pour dessein de te placer dans des situations qui t'obligeront à... jouter contre elles, pour reprendre ta formulation.

– Ah bon ? s'écria Jim, maintenant à bout de patience. Dans ce cas, comment dois-je m'y prendre pour avoir un entretien avec le Hasard ou avec l'Histoire afin de leur faire savoir que je ne suis pas candidat à ce petit jeu ?

Carolinus le dévisagea.

– Mais le Hasard et l'Histoire sont des forces naturelles, James ! Tu ne peux pas t'adresser à eux comme à des êtres humains. Même pas leur parler comme tu pourrais parler aux Noires Puissances. Elles ont au moins, elles, une certaine faculté d'appréhension qui les rapproche des êtres pensants, alors que le Hasard et l'Histoire agissent en fonction de leurs fins propres. Même si tu pouvais les atteindre et leur dire le fond de ta pensée, ce serait peine perdue. Ils ne dévieraient pas leur trajectoire d'un iota.

– Mais vous avez dit que l'un des deux – le Hasard ou l'Histoire – a pu me choisir. L'idée m'est alors spontanément venue de...

– Mais c'est quelque chose de différent ! le coupa

Carolinus. Comment t'expliquer ? Voyons... Même toi, tu as dû entendre parler du roi Arthur ?

– Si j'en ai entendu parler ? Figurez-vous que j'ai *étudié* la légende d'Arthur. C'était un mythe ou un cycle de mythes que l'on a d'abord crus d'origine celte mais dont des travaux plus récents donnent à penser qu'ils ont pu être importés par les légions romaines venues de la Russie méridionale, habitée dans des temps très anciens par les Sarmates qui...

– S'il te plaît, James ! Cesse de raconter des imbécillités.

– Mais je... commença Jim avec indignation.

Carolinus brandit un index menaçant sous son nez.

– Tout ça, ce sont des âneries. N'affirme jamais rien dont tu ne sois certain. Ce siècle est beaucoup plus proche de l'époque où vécut le vrai roi Arthur que de celui d'où tu viens. Il a été impliqué, c'est vrai, dans bon nombre des événements que rapporte la légende, encore qu'il n'ait pas été tout à fait le héros sublime qu'elle dépeint. Il ne s'est peut-être pas autant couvert de gloire que le jeune prince Edouard que nous avons arraché aux mains de Malvinne...

Ah bon ? se dit amèrement Jim. Parce que c'est *nous* qui avons délivré Edouard ? Carolinus, lui, était resté tout ce temps-là – enfin, presque – en Angleterre. Mais Jim préféra garder ses protestations pour lui. Obtenir des informations de Carolinus offrait plus d'intérêt qu'ouvrir un débat avec lui. En vérité, le magicien savait aussi bien que son interlocuteur que sa contribution à la délivrance de l'héritier de la couronne d'Angleterre s'était limitée à les envoyer, lui, Jim, Brian, Dafydd, Giles et Aragh, faire tout le travail. Tout ce qu'il avait fait (à part prêter secrètement à Jim un crédit magie) avait été de les expédier là où il fallait et d'attendre qu'ils reviennent, mission accomplie. L'équivalent, en quelque sorte, du « Va chercher, Médor ! »

– Néanmoins, poursuivit Carolinus, Arthur fut un

instrument clé entre les mains de l'Histoire et du Hasard – surtout de l'Histoire. Ce que j'essaie de te faire comprendre, mon cher enfant, c'est qu'il y a des gens qui se retrouvent toujours en première ligne. Cela a été le cas d'Arthur. Et il se peut fort bien que, eu égard à la situation particulière qui est la tienne, puisque tu viens d'un monde futur, il en aille de même pour toi. Et s'il en est ainsi, ni toi, ni moi, ni personne n'y pouvons rien. L'Histoire et le Hasard feront en sorte que tu sois condamné à affronter perpétuellement les Noires Puissances, une nouvelle confrontation succédant immanquablement à la précédente. J'espère que non. Mais il se pourrait qu'il en aille ainsi.

– Merci. Vous êtes vraiment très réconfortant !

– Je te dis la vérité, mon garçon, c'est tout. Est-ce que tu comprends, maintenant ?

– Non.

– Alors, crois-moi sur parole. Tu n'as d'ailleurs pas d'autre choix.

– Mais si c'est comme ça, si j'ai pour destin de combattre encore et toujours les Noires Puissances, ne devrais-je pas avoir le droit de recevoir un peu d'aide ? Vous êtes censé être mon maître. Mais, sauf au début, quand vous m'avez enseigné le charme qui me permet de me transformer de dragon en homme et vice versa, vous m'avez purement et simplement lâché dans la nature en me laissant le soin de résoudre tout seul les problèmes qui se poseraient à moi, au mieux de mes capacités. Après m'avoir prêté un certain crédit magie, naturellement.

– Et, même sans aide, tu as triomphé.

– Oui... parce que j'ai eu beaucoup de chance.

– Peut-être est-ce justement parce que tu n'as pas reçu d'aide que tu as eu de la chance. Tu viens, ne l'oublie pas, d'un endroit différent, tu vois les choses sous un angle différent ; aussi, tu peux sans doute percevoir des possibilités, des solutions que quelqu'un qui est né et a été élevé dans ce monde et dans ce temps ne verra pas. C'est peut-être cela ta chance.

– Je crois quand même qu'un peu d'aide de votre part me serait utile, rétorqua Jim avec entêtement. Ou, au moins, quelques conseils.

Carolinus posa sa chandelle sur une table déjà tellement encombrée que, en équilibre précaire, elle penchait dangereusement, menaçant de mettre le feu à la pile de papiers sur laquelle elle trônait. Mais, songea Jim, jamais une chandelle de Carolinus ne basculerait : elle n'oserait pas.

– Je serai toujours heureux de te donner un conseil – si j'en ai à te donner. Dis-moi ce que tu veux savoir.

– Très bien. Qui sont les Hommes Creux ?

– Oh ! (Carolinus eut un geste dédaigneux.) Tu veux parler des fantômes des réprouvés qui hantent les parages de la muraille romaine édifiée par l'empereur Hadrien pour séparer ce qui est l'actuelle Angleterre de l'Ecosse ? Fondamentalement, ils sont inoffensifs.

– Ce n'est pas l'impression qu'ils donnent. Ils ont occupé les monts Cheviot et la région qui s'étend plus au sud. Et ils s'en prennent à leurs voisins et aux voyageurs. Nous avons failli être victimes de cinq d'entre eux alors que nous nous rendions au château de Mer pour prévenir les proches de Giles... Oh ! à propos, il est vivant.

– Je sais, fit Carolinus d'une voix glaciale. Et je sais aussi qu'il a repris sa forme humaine. Ce n'est pas à un vieux singe comme moi qu'on apprend à faire la grimace. Pour en revenir aux Hommes Creux, officiellement ils ne sont considérés que comme une nuisance. Je t'accorde que, en ce siècle et dans les conditions de vie qui sont les nôtres, le mot « nuisance » correspond à quelque chose d'un peu plus sérieux que les dégâts que le chien du voisin peut faire à la pelouse d'un homme de ton temps. Néanmoins, ils sont une nuisance, et rien de plus.

– Mais on peut admettre qu'ils soient utilisés par les Noires Puissances pour inciter l'Ecosse à lancer une attaque contre l'Angleterre ? Une attaque au terme de laquelle elle annexerait au moins une partie du Northumberland et serait dès lors en mesure d'ouvrir un second front dans le nord du pays si le roi Jean débarquait dans le sud, d'où les forces françaises déclencheraient une offensive ?

– Hmmm ! grommela Carolinus en tiraillant sur sa barbe. C'est théoriquement plausible. Mais une invasion française !...

– Pourtant, on en parle beaucoup – comme on parle aussi d'une invasion du Northumberland par l'Ecosse. Et les Hommes Creux ont l'air bien décidés à jouer leur propre jeu en semant la pagaille dans les campagnes. Il y aurait peut-être lieu de faire quelque chose pour contrer une éventuelle invasion écossaise.

Jim estimait inutile de préciser à Carolinus que, dans le monde du XXe siècle, de tels projets de second front étaient devenus pour les spécialistes un fait historique irréfutable.

– Ça, James, ce n'est pas mon rayon. La tactique et la stratégie militaires ne sont pas mon fort. De même, mon ignorance est grande en matière d'intrigues et de menées politiques. Mais si l'on en est vraiment là, qu'envisages-tu de faire ?

– Je n'en sais rien. Mais si le Hasard m'a impliqué dans une pareille situation, je suis dans un fichu pétrin. Angie s'opposait vivement à ce que je me rende au château de Mer. Vous vous en souvenez sûrement : vous êtes arrivé au beau milieu d'une de nos discussions. Vous m'avez soutenu et la force de vos arguments m'a permis de faire triompher mon point de vue.

– Je suis heureux de te voir reconnaître l'efficacité

de mon appui, dit Carolinus en croisant les doigts sur son ventre replet.

– Toujours est-il qu'aux termes de l'accord que nous avons passé, Angie et moi, mon absence ne devait pas se prolonger au-delà d'un mois. Mais si votre supposition se vérifie et si le Hasard décide de me flanquer dans une situation de ce genre, je risque fort de rester coincé ici plus d'une semaine. Accepteriez-vous de faire un saut à Malencontri pour exposer à Angie comment se présentent les choses ? Et lui expliquer que je risque d'être un peu retardé mais que je reviendrai dès que possible ?

– Me prends-tu pour ton grouillot ? s'exclama Carolinus dont la barbe se hérissa sous l'outrage.

– Je vous demandais cela comme un service.

– Un service ! grommela le magicien. (Sa barbe retrouva un peu de son moelleux.) Bon... j'imagine que je peux me charger de cette commission. Oui. Oui, je peux. Je comprends la situation. En fait...

Son regard se perdit dans le vide, signe manifeste que ce que faisait ou voyait pour le moment son esprit ne concernait en rien son corps physique.

– Ma vision est peut-être meilleure que la tienne, James. Je m'intéressais à une petite chose dont je devais m'occuper, mais c'est là une tout autre question, reprit-il avec un entrain inattendu, en se frottant les mains. N'en parlons plus. Je présume que tu n'as pas encore rencontré la fille ?

– La fille ? Quelle fille ?

– Tu le découvriras quand tu feras sa connaissance, répondit le mage, accompagnant sa réponse d'un geste négligent de la main. L'important, c'est ce que tu dois faire maintenant. Les Hommes Creux, une invasion écossaise, tes amis ondins... oui, tu es indiscutablement associé à un moment de l'Histoire dont les Noires Puissances essaient de tirer parti. Ce que tu dois faire ? C'est bien simple : suivre ton instinct. Faire ce qui te semble approprié.

– Juste faire ce que je désire faire ?

– Exactement. Il te faut choisir ton camp : le Hasard ou l'Histoire. Et je te conseille d'opter pour l'Histoire. J'imagine que tu sais pourquoi il vaut mieux coller à elle qu'au Hasard ?

– C'est... plus risqué, je suppose, répondit Jim d'un ton hésitant.

– C'est *intelligent* ! rétorqua sèchement Carolinus. Réfléchis donc une minute. Personne ne peut avoir tout le temps de la chance, n'est-ce pas ?

– Non, c'est vrai.

– Cela signifie que si tu cherches à travailler avec le Hasard, tu finiras tôt ou tard par perdre tout ce que tu auras gagné.

Cela semblait si évident que Jim se borna à acquiescer.

– Eh bien, voilà la question réglée. Désormais, tu sais ce que tu dois faire. Maintenant, je vais me recoucher – si je parviens à dormir après avoir été réveillé en sursaut comme ça. La porte est derrière toi.

Jim fit volte-face. Il était un peu étourdi et toutes sortes de questions se bousculaient dans sa tête. Une fois dehors, il se retourna. Carolinus était planté sur le seuil de la maisonnette, sa chandelle à la main.

– Bonne nuit, dit Jim.

– Bonne...

Le claquement de la porte étouffa la fin de la phrase du mage.

6

Quelqu'un secouait Jim par l'épaule. Cela le déconcerta. Une seconde plus tôt, il était dans l'allée menant à la maison de Carolinus, qui venait de lui claquer sans façon la porte au nez. Quand il eut repris ses esprits, il reconnut celui qui le secouait de la sorte : c'était Brian.

– Alors, on se réveille ? disait-il. Vous n'allez quand même pas dormir toute la matinée ! J'ai déjà commandé le petit déjeuner et Giles est en passe de périr d'inanition, le malheureux. Il refuse de manger sans vous, afin de ne pas enfreindre les règles du savoir-vivre. Allez, James ! Debout ! Levez-vous et descendons.

– Je suis... réveillé, grommela Jim qui avait le plus grand mal à empêcher ses dents de s'entrechoquer sous l'effet du traitement énergique que lui infligeait Brian. Mais arrêtez ! Vous allez m'arracher l'épaule.

Brian le lâcha.

– Vous êtes vraiment réveillé ? C'est sûr ?

– Je ne vois pas comment il pourrait en être autrement.

Jim avait la voix pâteuse. Après un bâillement magistral, il entreprit de s'extraire du cocon de la toile matelassée qui l'enveloppait. Comme les autres, il avait dormi tout habillé, se contentant de retirer ses bottes. Il les chercha d'une main tâtonnante et entreprit de les enfiler.

– C'est bien vrai ? lui demanda Brian. J'ai vu plus d'un bonhomme qui se rendormait d'un seul coup alors qu'il s'était déjà assis et qu'il parlait le plus raisonnablement du monde. On tournait un instant le dos et hop ! il ronflait derechef.

– Je ne ronfle pas.

– Oh que si !

– C'est vous qui ronflez. Ce sont probablement vos propres ronflements que vous entendez.

– Pas du tout. J'étais parfaitement éveillé à ce moment de la nuit – ou de la nuit dernière. Et ce n'était pas la première fois que je vous entendais. Il n'y a pas de doute possible, James : vous ronflez. Pas très fort, je vous l'accorde. Pas comme Giles, dont le nez est une véritable corne de chasse. Mais vous ronflez.

– Je ne ronfle pas ! grommela Jim en se levant enfin, à la vive satisfaction de Brian.

Celui-ci avait déjà pris son petit déjeuner, ce qui avait eu pour effet de lui rendre sa bonne humeur habituelle. Mais Jim, qui avait le ventre vide et était à peine réveillé, avait la pénible impression que tout son corps était encore endormi. Il mourait d'envie de se recoucher et de replonger dans le sommeil. Mais il était clair que Brian avait été chargé de le rappeler poliment à l'ordre et, faire la sourde oreille à ses objurgations eût été un impardonnable manquement aux règles de la civilité.

Aussi descendit-il avec lui ; ils traversèrent la cuisine et firent leur entrée dans la grande salle du rez-de-chaussée – quelle chose étrange qu'il faille pour cela passer par la cuisine ! Giles était assis, tout seul, à la table haute, face à l'inévitable alignement de pichets et de coupes. A l'arrivée des deux compagnons, il bondit sur ses pieds.

– James ! s'écria-t-il, débordant de la même allégresse matinale que Brian.

– B'jour, marmonna Jim en s'asseyant.

Il balaya du regard la théorie de cruchons disposés devant lui en espérant que l'un d'eux, au moins, contenait de la bière légère car, au réveil, il avait la bouche et la gorge sèches. Mais tous étaient exclusivement remplis de vin. Il se servit une coupe qu'il porta à ses lèvres, et constata que le breuvage descendait parfaitement.

Giles avait dû prévenir la cuisine pendant ce temps car à peine avait-il reposé son gobelet vide que les valets apportèrent l'inévitable bœuf accompagné de miches de pain noir. Jim arracha un bout de pain qu'il entreprit de mâchonner tout en se disant qu'il n'avait guère d'appétit. Mais après l'avoir avalé et l'avoir fait suivre d'une bouchée de viande, il constata qu'il avait une faim de loup. Bientôt, il ne pensa plus à rien d'autre qu'à se remplir la panse.

Et lorsqu'il n'y eut plus que des os dans son assiette, qu'il eut dévoré tout le pain et eut encore sifflé plusieurs coupes de vin, il s'aperçut avec surprise qu'il se sentait à présent d'excellente humeur. Son esprit, maintenant tout à fait réveillé, s'était remis à fonctionner et la conversation qu'il avait eue en rêve avec Carolinus lui revint à la mémoire. Ses projets originels lui accordaient encore un délai de six jours. Il pourrait les utiliser de manière profitable.

Levant la tête, il regarda Brian et Giles qui sirotaient leur vin. Tous deux avaient mangé deux fois autant que lui en deux fois moins de temps ou presque !

– Ouf ! fit-il.

– Alors, on se sent mieux, James ? sourit Brian. On ne peut espérer qu'un homme se montre aimable et poli tant qu'il n'a pas le ventre plein.

Oui, il fallait bien le reconnaître : Brian avait raison. Mais Jim n'en gardait pas moins le souvenir de son réveil brutal !

– Je crois bien que vous avez raison, Brian. En tout cas, maintenant, je me sens en pleine forme. Prêt à tout.

– Voilà qui est bien ! s'écria Giles. Figurez-vous que j'ai quelqu'un à vous présenter : ma sœur, qui est rentrée ce matin. (Il tordit le cou pour inspecter la salle.) Mais où est-elle passée, cette bougresse ? Liseth !

Il avait élevé le ton et Jim ne put que se rendre à l'évidence : pour ce qui était de se faire entendre, il valait presque ses frères.

– *Liseth !* Où es-tu donc ? Sir James est là. LISETH !

L'équivalent féminin des voix mâles de la maison parvint à leurs oreilles, venant d'un endroit situé quelque part derrière la cuisine – et d'un étage supérieur :

– J'arrive !

Stupéfiant comme les membres de la famille de Mer savaient se faire entendre en dépit du bruit et de la distance, horizontalement aussi bien que verticalement ! Aucune autre voix sortant d'un gosier humain n'aurait vraisemblablement été capable d'une pareille performance.

– C'est la plus jeune de la nichée – elle vient juste après Christopher – et elle ne tient pas en place, expliqua Giles à Jim sur un ton d'excuse. Mais elle devrait être là d'une seconde à l'autre. Je lui ai dit que je voulais qu'elle fasse votre connaissance. Et père lui a dit de son côté qu'elle devait vous être présentée à tous trois le plus vite possible. Elle a déjà rencontré Brian.

Jim s'arma de tout son courage pour se préparer à l'entrevue, se demandant à quoi pourrait bien ressembler une version féminine du visage au nez busqué dont étaient affublés les de Mer.

Une voix cristalline retentit derrière lui :

– Me voilà.

Il amorçait un mouvement pour se retourner mais, déjà, la jeune fille était à côté de lui.

Elle ne correspondait en rien à ce qu'il avait pu imaginer. Son ossature délicate faisait un tel contraste avec la charpente massive de son père et de ses frères qu'on aurait presque pu croire que c'était une enfant trouvée. Elle avait cependant les noirs yeux ondins profondément enfoncés dans les orbites qui étaient la caractéristique de la famille, et la même chevelure de lin que Giles. La ressemblance s'arrêtait là.

Après deux années passées dans ce monde, Jim avait commencé à deviner la qualité et la fonction des gens à partir de leur costume. La jeune fille était vêtue d'une robe à guimpe brune dont le bas balayait le sol. Ses cheveux tressés en deux lourdes nattes lui pendaient dans le dos.

Cette robe, comme celles que portaient en général ses contemporaines, ajustée sur le buste, s'évasait largement à partir de la taille. La seule particularité qu'enregistra l'œil maintenant plus expérimenté de Jim était qu'elle avait le fond lustré, signe que la jeune fille faisait régulièrement du cheval.

Les chaussures de Liseth n'étaient guère plus que des espèces de chaussons maintenus par une bride que fermait une boucle en os.

Mais l'élément le plus remarquable de sa toilette était la large ceinture de cuir à laquelle étaient accrochés des clés et divers autres objets sans doute à usage domestique. Cette parure ne pouvait signifier qu'une seule chose : Liseth était la châtelaine des lieux. En dépit de sa jeunesse, elle assumait le rôle de maîtresse de maison et avait la haute main sur la domesticité.

Jim était impressionné. Pareille responsabilité réclamait une force de caractère et une poigne que l'on n'attendait guère d'une frêle jeune fille. Pourtant, elle n'aurait pas arboré la ceinture de châtelaine si elle n'avait pas été capable d'assumer les obligations qu'impliquait pareil attribut.

– Alors, Giles, dit-elle, tu ne me pries pas de m'asseoir ?

– Oh !... si. Si, bien sûr. Mais j'avais espéré que tu serais là pour accueillir sir James.

– Tu oublies les tâches que j'ai à accomplir, répliqua la jeune fille en s'asseyant sur le banc à côté de Jim. D'ordre de mon père, je suis depuis Pâques la châtelaine et aussi longtemps que je serai dans ces murs, les devoirs que cette fonction m'impose me laisseront bien peu de liberté. Il y a toujours quelque chose à faire à la cuisine ou à la buanderie. Je dois surveiller les valets, veiller à tout, prendre des décisions. C'est pour cela que j'aime tant sauter sur ma jument et galoper un peu de temps en temps. Mais, pour l'heure, je suis en votre compagnie, sir James, et faire votre connaissance est, en vérité, un très grand honneur pour moi. Je n'avais jamais rêvé qu'il me serait donné de rencontrer quelqu'un qui a tué un Ogre... presque comme le roi Arthur. Bien rares sont ceux qui peuvent s'enorgueillir d'un pareil exploit.

– Oh, vous savez...

C'était une situation un peu embarrassante. Devant ces louanges, Jim devait faire montre de modestie. Mais, d'un autre côté, le combat sans merci que, dans le corps de Gorbash le dragon, il avait livré contre l'Ogre avait duré quatre ou cinq heures et l'avait mené à la limite extrême de ses forces. Prétendre que ce n'avait été que broutille aurait donné l'impression qu'il maquillait la vérité.

– Excusez-moi, dit la jeune fille en posant une main légère sur son bras. Je n'aurais pas évoqué ce sujet si j'avais pensé qu'il pouvait vous être pénible d'en parler.

– Ce ne l'est pas le moins du monde. En fait, pour être franc, c'est un souvenir dont je suis plutôt fier.

Simplement, il n'y a pas grand-chose à en dire – sinon que ce fut une rude bataille.

– Je n'en doute pas. Et vous vous êtes transformé vous-même en dragon dans le château de ce magicien afin de délivrer votre ami ?

– Oui, en effet. Pourtant, je ne me rappelle pas avoir mentionné cet épisode hier soir devant votre père et vos frères...

– Mais c'est que j'ai posé à Giles une foule de questions sur vous ! (Un sourire malicieux illumina le visage de Liseth.) Il m'a même parlé de cette fée du lac qui est tombée amoureuse de vous, qui vous a poursuivi pendant des lieues et des lieues et vous a finalement rejoint sur le champ de bataille entre les lignes françaises et les lignes anglaises. Cela a dû être bien ennuyeux.

– Oh ! qu'elle se soit lancée à mes trousses n'était pas tellement grave. Le gros problème a été de lui fausser compagnie après qu'elle m'eut entraîné au fond du lac. Elle m'avait persuadé que je ne pourrais respirer que si j'y restais. Mais j'ai pu me sauver grâce à un petit tour de magie. Cela n'a donc été, somme toute, qu'un simple incident de parcours.

– Pensez au chagrin de votre femme si vous étiez resté pour toujours prisonnier de ce lac ! Sans parler de vos amis qui avaient besoin de vous pour délivrer le prince.

– Parce que Giles vous a également parlé d'Angie ?

Liseth sourit de nouveau.

– Bien sûr. Je l'ai aussi interrogé sur elle.

Avoir été ainsi capturé par Mélusine, la sublime fée des eaux, était toujours resté en travers de la gorge de Jim. Angie n'avait jamais vraiment cru qu'il ne s'était rien passé entre eux durant sa captivité aquatique. Mais il n'avait pas l'intention de revenir sur cette aventure.

– Soyez tranquille : même si j'avais été dans l'incapacité de les rejoindre, sir Brian ici présent et Dafydd se seraient débrouillés pour libérer le prince.

– J'en suis convaincue. (Liseth se tourna vers Brian assis un peu plus loin sur le banc.) Et votre épouse se serait inquiétée, elle aussi, sir Brian – même en sachant qu'un paladin tel que vous ne manque pas de ressources.

– Moi, un paladin ? Allons donc !

Brian reposa dans l'assiette de Jim l'os qu'il grignotait distraitement et avala une gorgée de vin pour faire descendre les bribes de viande qui restaient collées entre ses dents.

– Tout le mérite de l'opération revient à James et à Dafydd, reprit-il. Et je n'ai pas d'épouse – du moins, pas encore. Je suis fiancé à damoiselle Geronde Isabel de Chaney, mais nous attendons pour nous marier que son père revienne de Terre sainte pour lui en demander la permission. Une attente qui dure depuis près de quatre longues années.

– Comme c'est triste ! s'exclama Liseth. Mais il ne devrait plus tarder à rentrer, maintenant.

– S'il est toujours vivant.

– Oui, bien sûr, soupira la jeune fille. Nous aussi, gens de la Frontière, nous savons que la vie est un tissu d'incertitudes. Nous faisons des projets pour les années à venir sans jamais être sûrs que nous les verrons se réaliser.

Mais ce moment de mélancolie se dissipa comme un nuage fugace qui cache un instant le soleil. Liseth se tourna de nouveau vers Jim.

– Et combien de temps comptez-vous honorer notre humble demeure de votre présence, sir James ?

Avant que Jim ait pu répondre, quelqu'un d'autre surgit – un homme mince et de haute taille portant une casaque d'archer.

– Et voici le troisième de mes bons amis dont je voulais que tu fasses la connaissance, dit Giles à sa sœur tandis que Dafydd s'approchait de la table sur laquelle il posa son arc et son carquois. Dafydd ap Hywel, le meilleur de tous les archers du monde. Il était avec Brian à la Tour Répugnante et en France avec moi.

Liseth bondit sur ses pieds, contourna vivement la table et fit la révérence.

– Vous rencontrer est pour moi un plaisir immense, maître archer. Asseyez-vous, je vous en prie.

– Mon plaisir égale le vôtre, en vérité. Voulez-vous vous asseoir aussi et me permettre de vous servir un peu du vin que je vois là ?

– Eh bien... la moitié d'une coupe, alors. Je vous remercie, ajouta-t-elle tandis que tous deux s'asseyaient. Giles m'a dit que vous êtes marié, vous aussi ?

– A une dame des plus ravissantes qui portait naguère le nom de Danielle o'the Wold. Et nous avons un fils. Il a six mois, maintenant.

Mais Giles les interrompit :

– Finissons-en avec les politesses d'usage et tes devoirs de châtelaine, Liseth. Nous avons des décisions à prendre sans plus tarder. Quels étaient vos projets pour aujourd'hui, James ? Si nous allions pêcher, qu'en dites-vous ? Il y a de fort gros poissons à attraper. La mer n'est pas loin et c'est un plaisant divertissement. Nous pouvons aussi aller à la chasse. Mais il nous faudra probablement parcourir une certaine distance pour trouver des bois peuplés de cerfs et de gibier digne de ce nom...

– Rien de tout cela, l'interrompit Jim.

Il avait brusquement arrêté sa décision : il allait enquêter sur ce qui se passait ici. Si les Noires Puissances se préparaient effectivement à lui jouer de nouveau un tour à leur façon, rester tranquillement à se tourner les pouces serait de la folie.

– En fait, mon intention était d'observer un peu les Hommes Creux...

– Excellente idée ! approuva Brian. Ce sera autrement divertissant qu'une partie de pêche ou de chasse.

– Je pense, moi aussi, que c'est une bonne idée, déclara à son tour Dafydd que l'on venait de servir. Ce matin, j'ai essayé une des flèches auxquelles j'ai apporté quelques petites transformations. Et je serais heureux de faire un essai en grandeur réelle sur les cibles pour lesquelles j'ai précisément effectué ces modifications.

– Je vous accompagnerai ! s'écria Giles. Vous aurez besoin d'un guide. Mais je dois naturellement en demander l'autorisation à père.

– Il faut que vous m'emmeniez avec vous, dit alors Liseth d'une voix douce mais déterminée. Ma présence te sera nécessaire, Giles, puisque moi seule suis capable de trouver les chemins à prendre pour approcher les Hommes Creux.

Giles se tourna vivement vers sa sœur et la dévisagea.

– Voyons, Liseth ! père n'acceptera jamais.

– Je pense que si. (La jeune fille était déjà debout.) Et je vais le lui demander de ce pas.

Dans l'instant qui suivit, elle disparut dans la cuisine.

– C'est pourtant la vérité, soupira Giles, la mine chagrine. Elle parle aux animaux, aussi bien sauvages que domestiques, et elle connaît mieux les collines que nous tous réunis. Or, c'est justement dans ces collines que se trouve le territoire des Hommes Creux. Il y a fort peu de chances pour que père n'en passe pas par ses quatre volontés. Elle s'y entend à merveille pour obtenir de lui tout ce qu'elle veut. Oh ! ça me fait penser que je dois, moi aussi, parler à père. Je suis adulte et chevalier, je n'ai donc pas besoin de sa permission mais, pour survivre, notre famille doit faire bloc. Il est possible qu'il ne veuille pas que je m'absente en ce moment, mais j'en doute. Je reviens tout de suite.

– Une petite minute, dit Jim. J'avais prévu d'y aller seul. Ce que je veux, c'est me glisser jusqu'à l'un de leurs camps sans me faire voir pour pouvoir les observer et, qui sait ? entendre ce qu'ils se disent.

– Vous n'y parviendrez pas sans moi, objecta Brian. Supposez qu'ils vous repèrent en train de les espionner. Vous aurez besoin d'au moins quelqu'un pour couvrir votre retraite s'ils se lancent à votre poursuite.

– Absolument, confirma Dafydd. D'ailleurs, comme je vous le disais, j'ai hâte d'essayer les nouvelles flèches que j'ai bricolées. Je les ai taillées spécialement pour faire mouche sur les Hommes Creux si l'occasion se présentait. Or, elle aura beaucoup plus de chances de se présenter si je vous accompagne quand vous irez à leur recherche.

– Et, conclut Giles, vous ne trouverez jamais leur repaire si vous n'avez pas quelqu'un – Liseth ou moi – pour vous guider et vous empêcher de vous perdre dans cette région que vous ne connaissez pas. C'est une question réglée. Je reviens dans un instant.

L'absence de Giles ne dura que quelques minutes. Quand il réapparut, Liseth le suivait et son sourire annonçait que son père avait dit amen. Jim se demanda fugitivement pourquoi personne ne lui avait demandé s'il voulait qu'on l'escorte. Mais, en définitive, il n'était pas désagréable d'avoir quelques compagnons pour affronter un territoire inconnu et peuplé d'habitants pour le moins dangereux !

Ils enfourchèrent leurs chevaux et, Giles en tête, prirent la direction de la lande. Seuls quelques arbres épars rompaient la monotonie du terrain. Mais, bientôt, ce morne décor céda la place à une enfilade de montagnes miniatures sur les flancs desquelles ruisselaient de petits torrents qui dégringolaient dans les vallées.

Ce paysage évoquait vaguement quelque chose à Jim. Mais quoi ? Cela lui échappait. Ce fut seulement quand ils eurent péniblement effectué l'ascension d'une crête surplombant une minuscule vallée disparaissant sous une véritable forêt de scirpes que la mémoire lui revint.

C'était la vue de ces scirpes, ces « joncs de chaisiers », qui avait ramené ce souvenir à la surface. Un poète anglais du début du XIXe siècle y faisait allusion dans, « Les fées », dont il se remémora soudain un quatrain :

Sur les monts battus par le vent,
Au fond des gorges abruptes,
Nous n'irons pas chasser
Car les Petits Hommes nous guettent.

Elle était là, juste au-dessous de lui, la vallée de joncs où se tapissaient ces Petits Hommes, encore que le sommet de la montagne balayée par les vents qui la dominaient n'eût sans doute pas plus de soixante mètres de haut.

La voix de Giles brisa le fil de ses pensées.

– A toi de jouer, Liseth. Quelle direction devons-nous prendre ?

– Droit devant nous, lui répondit sa sœur. J'ai vu trois lapins qui filaient par là.

– Et qu'est-ce que cela est censé signifier ?

– Tu verras, répondit gaiement Liseth.

Elle montait à califourchon – les selles d'amazone n'avaient pas encore été inventées – avec l'aisance de quelqu'un pour qui galoper était une seconde nature ; mais la décence était sauve : son ample jupe cachait ses jambes.

Elle prit la tête du groupe qui, longeant la crête, ne tarda pas à atteindre une déclivité qui plongeait dans la vallée. Ce n'était même pas un sentier, juste une sorte d'épaulement pentu où deux chevaux ne pouvaient passer de front. Mais Liseth s'y engagea résolument. Son frère, Brian et Dafydd lui emboîtèrent le pas sans la moindre hésitation, bien que le terrain risquât de s'effondrer à tout instant. Jim, qui fermait la marche, s'efforçait de ne pas montrer son appréhension. Seule l'insouciance de ses compagnons l'empêchait de trahir l'effroi qui l'étreignait.

Enfin, ils parvinrent au pied de la paroi. Le sol de la vallée était plus ferme.

– Tu es sûre que c'est la bonne direction ? demanda avec méfiance Giles.

Liseth ne se donna même pas la peine de se retourner.

– Absolument. C'est juste après le coude que fait la vallée devant nous.

Ils continuèrent d'avancer. Ils négocièrent la courbe et...

Ils étaient là.

Les yeux de Jim s'écarquillèrent à la vue d'un groupe composé d'une cinquantaine d'individus. Mais qui n'avaient rien à voir avec les Hommes Creux. Non, c'étaient les Petits Hommes chantés par le poète, qui marchaient tous ensemble et du même pas.

Droit sur lui.

Ils étaient harnachés de gilets de cuir renforcés de plaques de métal. Et étaient munis de divers objets dont le poème ne soufflait mot ! Une courte épée à double tranchant rappelant le glaive des légionnaires romains pendait à leur ceinture et tous avaient à la main des javelines qui ne dépassaient pas un mètre vingt, ce qui ne les empêchait nullement d'être d'apparence fort robuste.

Si le visage de la plupart disparaissait derrière une barbe en broussaille, quelques-uns étaient rasés de près, ce qui permit à Jim de constater que le visage au menton effilé de ces Petits Hommes était presque en forme de cœur. Leurs yeux étaient d'un bleu éclatant. Et leur nez court, presque camus. Un nez qui n'était pas sans ressemblance avec celui, délicat, de Liseth mais en aucun point commun avec le nez en bec d'aigle de Giles ou celui, un peu moins agressif, de Brian. Dafydd, lui, avait ce nez droit d'une finesse presque incroyable qui allait si bien avec l'élégance de ses traits et trahissait son ascendance galloise. Quant à celui de Jim, il était légèrement tordu : en effet, cassé au cours d'une partie de volley, il n'avait jamais été redressé.

Les Petits Hommes les avaient vus surgir au détour du chemin. Aussitôt, les deux premiers rangs s'étaient portés en avant, piques abaissées. Jim et ses amis avaient maintenant en face d'eux une troupe qui évoquait une phalange d'hoplites.

Mais quelqu'un avait de toute évidence reconnu Liseth car un ordre bref retentit et les piques se redressèrent instantanément. La colonne s'arrêta net comme à l'exercice. Liseth s'en approcha, suivie des autres, et l'un des Petits Hommes, dont l'abondante barbe rousse se piquetait de gris, vint à sa rencontre.

– Liseth de Mer ! s'exclama-t-il.

Sa voix étonnamment profonde avait le ton de l'autorité.

– Tous ceux qui m'accompagnent sont des amis, Ardac, fils de Lutel, dit la jeune fille. Vous connaissez Giles, mon frère. Les trois autres sont ses proches compagnons. Ils étaient avec lui en France quand il a été tué et ils lui ont rendu la vie en l'immergeant dans la Manche d'où il a pu regagner le château. (Liseth tourna la tête vers Jim.) Il vaudrait mieux que vous mettiez pied à terre, messire.

– C'est donc à la rencontre des Petits Hommes que tu nous conduisais ! murmura Giles à l'oreille de sa sœur en descendant de son cheval.

– Evidemment, répondit-elle sur le même ton. Qui pourrait mieux qu'eux nous dire où trouver les Hommes Creux ?

Maintenant qu'il était à leur niveau, Jim pouvait mieux se rendre compte de la carrure des Petits Hommes. Ils avaient beau être hauts comme trois pommes, leur ossature était massive et leur musculature solide. Ils étaient à présent en position de repos, le talon de leurs piques fiché en terre, mais on reconnaissait en eux des guerriers parfaitement aguerris.

Liseth continuait les présentations.

– Et voici sir James Eckert, un chevalier qui s'est rendu illustre pour avoir tué un Ogre à l'occasion de ce qu'on a appelé la bataille de la Tour Répugnante...

– Nous avons entendu le récit de cette bataille, l'interrompit Ardac, fils de Lutel. Mais nous ignorions qu'un Ogre y avait trouvé la mort, et en combat singulier.

– Le chevalier à son côté est sir Brian Neville-Smythe. Il était, lui aussi, à la Tour Répugnante et il a tué un Ver de ses propres mains.

– Tous semblent être des guerriers éprouvés, dit Ardac. Mais vous ne nous avez pas encore dit pour quelles raisons nous devons les considérer et les accueillir comme des amis. Je dois toutefois reconnaître que le fait qu'ils aient abattu un Ogre et un Ver les range dans notre camp. Et qui est votre troisième ami ?

Dafydd s'avança.

– Je me nomme Dafydd ap Hywel et, si je ne me trompe, nous sommes proches par le sang, encore que notre parenté remonte à fort loin dans le temps.

– Vraiment ? D'où venez-vous ?

Ce fut Liseth qui répondit :

– Dafydd est un Gallois. Mais ce n'est pas la seule raison pour laquelle vous pouvez voir en lui un ami. Il a participé, lui aussi, à l'affaire de la Tour Répugnante et a failli trouver la mort en tenant en respect avec ses flèches les Harpies qui fondaient sur ses compagnons.

– Voilà un exploit que je n'aurais jamais cru possible. Vous êtes certaine de ce que vous avancez ?

– C'est un fait avéré, toute l'Angleterre le sait et je vous en donne ma parole.

– Je ne la mets pas en doute. Mais où donc est son arc ?

– Là.

Dafydd retourna à son cheval et tapota l'arc dans son étui fixé derrière la selle dans un manchon spécial.

– Ça ? Un arc ? s'étonna Ardac. On dirait plutôt la hampe d'une lance. Personne n'a jamais vu un arc de cette taille. Il est deux fois plus long que ceux de nos archers.

– Sa taille n'est pas sa seule particularité. Il y a aussi le fuselage particulier de sa tige. C'est là que réside le secret de l'arc long, vous pouvez en croire le façonneur d'arcs et de flèches que je suis.

– Ah ! si vous confectionnez des objets, vous êtes le bienvenu, cousin. Oui, je vous appellerai cousin car c'est la preuve évidente que nous sommes descendants de la même ancienne souche. Il fut un temps où le territoire de notre peuple s'étendait largement au nord et à l'ouest de la Bretagne. Mais dites-moi une chose. Il me semble, maintenant que nous savons que vous êtes gallois, que vous êtes marqué de quelque signe nous commandant respect et obéissance. Mes yeux ne me trompent pas, n'est-il pas vrai ?

– Vous parlez là de choses qui remontent à des temps lointains et aujourd'hui oubliées. Mais si vous voyez ce que vous croyez voir, vous êtes dans le vrai.

– Ces choses, nous qui sommes le Peuple, nous ne les avons pas oubliées.

Ardac se retourna et lança un ordre sec.

Les Petits Hommes, aussitôt, levèrent leurs piques et les brandirent, faisant scintiller leurs fers au soleil en un salut silencieux. Sur un nouvel ordre d'Ardac, ils les reposèrent.

– Je vous remercie, dit simplement Dafydd.

– Et maintenant, nous souhaiterions vivement que vous nous fassiez une démonstration avec cet arc long.

– Ce serait avec joie, mais à condition que nous ayons en face de nous les cibles pour lesquelles j'ai façonné mes flèches. Autrement, une démonstration n'aurait guère de valeur et...

Dafydd se tut brusquement car une certaine agitation venait de troubler les rangs des petits guerriers dont les têtes s'étaient soudain tournées du même côté. Jim et ses compagnons regardèrent dans cette direction.

C'était un loup qui approchait. L'espace d'un instant, Jim, saisi d'une joie profonde, crut que c'était son vieil ami Aragh qui arrivait, comme il avait surgi un an plus tôt en France, juste au moment où l'on avait besoin de lui.

Toutefois ce loup était plus petit qu'Aragh – mais à peine – et son ossature était un peu plus puissante. Il avait émergé des joncs à moins de cinq mètres et il marchait droit sur Liseth, tête baissée et oreilles couchées, en remuant la queue.

Jim éprouva un court instant un sentiment d'irritation. Qu'est-ce que les humaines avaient donc de particulier qui attirait tellement les loups ? Certes, celui-ci n'avait pas tout à fait la même attitude de soumission qu'avait eue Aragh quand il s'était approché de Danielle, l'épouse de Dafydd. Mais il s'en fallait de bien peu.

Et, comme l'avait fait alors Danielle, Liseth alla à sa rencontre. Elle lui entoura le cou de ses bras et le câlina en grattant la fourrure de sa collerette.

– Je ne pensais pas que je te trouverais ici, Liseth.

La voix du loup avait la même tonalité rêche et impérieuse que celle d'Aragh.

7

– J'ai amené quelques amis pour leur présenter les tiens, Snorrl, dit Liseth. Celui qui est à côté de moi est sir James, baron de Malencontri et de Riveroak. Et voici sir Brian Neville-Smythe. Le grand, juste derrière eux et qui n'a pas d'armure, est le maître archer Dafydd ap Hywel. Le dernier, enfin, est mon frère Giles que tu as déjà sûrement vu, même s'il ne t'a jamais rencontré.

– Je connais Giles. (Les yeux jaunes du loup se posèrent tour à tour sur les trois autres.) Et ceux-là sont des amis, dis-tu ? Tu as confiance en eux ?

– Une confiance totale. Ils ont sauvé la vie de Giles.

– Ce n'est pas rien, en effet. Eh bien, soit. Je leur fais confiance, moi aussi, puisque tu te portes garante d'eux. Ils peuvent écouter.

– Et pourquoi ne pourrions-nous pas écouter, messire loup ? demanda Jim avec curiosité.

Les yeux d'or de Snorrl se braquèrent sur lui.

– Parce qu'on ne peut pas se fier aux gens qu'on ne connaît pas. Voilà une question aussi puérile qu'inepte, seigneur chevalier.

– Ne lui parle pas sur ce ton ! s'exclama Giles avec irritation. Ce n'est pas seulement notre ami, c'est aussi un mage. (Il se tourna vers Jim.) Faites-leur voir, James.

Du coup, comme cela lui arrivait chaque fois qu'il lui fallait relever ce genre de défi, Jim se trouva bien embarrassé. Jusqu'alors, son meilleur truc magique avait consisté à se métamorphoser en dragon. Mais, pour ce faire, il lui fallait entièrement se déshabiller, sans quoi ses vêtements seraient réduits à l'état de loques. Sans compter qu'il ne tenait nullement à se devêtir devant Liseth, quelle que pût être la liberté des mœurs du XIVe siècle. Heureusement, il avait depuis peu découvert un succédané à ce tour de magie. Il ôta son heaume et écrivit mentalement, comme sur un tableau noir, le charme derrière son front :

TÊTE MIENNE ——————➤ TÊTE DRAGON

Comme à l'accoutumée, il ne sentit rien, hormis un poids inhabituel sur ses épaules. La transformation avait été instantanée. En tout cas, la réaction des témoins fut indiscutable.

Leur expression ne changea pas, personne ne sursauta, personne ne laissa échapper le moindre cri de surprise. Mais ce fut comme si les Petits Hommes et Snorrl étaient soudain frappés de paralysie – à croire que Jim leur avait jeté un sort !

Il s'empressa d'inscrire la contre-formule derrière son front :

TÊTE DRAGON ——————➤ TÊTE MIENNE

Le supplément de poids qui pesait sur ses épaules disparut. Il remit son heaume. Des rangs des Petits Hommes s'éleva un soupir clairement audible et les muscles crispés du loup se relâchèrent.

– Vous êtes bien un magicien, dit alors Snorrl, et, en tant que tel, mon respect vous est acquis. Il en ira de même de tous les animaux car nous savons de longue date que les magiciens sont nos amis. Je ne vous présenterai pas d'excuses pour les paroles que j'ai prononcées car je les pensais. Mais je m'inclinerai désormais, sir James, devant vos talents de magicien.

– Je préfère être franc, répondit Jim. Je ne suis encore qu'un magicien d'un rang très bas et, en vérité, je ne mérite pas qu'on me donne le titre de mage, dont seuls sont dignes les magiciens de grande puissance et de rang très élevé. Mais si modestes soient mes talents, ils n'en existent pas moins. Et vous pouvez me croire si je vous dis que mes compagnons et moi-même sommes vos amis à tous. Vous pouvez vous fier à nous comme vous vous fiez à ceux que vous connaissez depuis de longues années.

– Sir James, dit alors Ardac, notre peuple détient lui aussi des pouvoirs de magie. Mais c'est là une très humble magie et nous avons le plus grand respect pour ceux qui se sont engagés sur la dure voie de l'apprentissage afin d'acquérir un plus grand savoir en cet art. Aussi, vous pouvez nous considérer comme des amis de toujours. Je parle pour tous, n'est-ce pas ? ajouta-t-il en se tournant vers la troupe des Petits Hommes.

Un murmure d'assentiment lui répondit.

– Merci. (Jim revint à Snorrl.) Pouvons-nous entendre maintenant les nouvelles que tu apportes ?

Les yeux du loup se posèrent sur Ardac.

– Il s'agit des Hommes Creux. N'ayant que rarement l'occasion de manger, de boire ou de fricoter avec des femelles de leur espèce, ils se consolent en tuant et en dansant – et quand ils dansent, c'est en général pour se préparer à se battre. Un détachement d'une centaine d'Hommes Creux s'est à nouveau mis en marche mais, cette fois, c'est dans votre direction qu'ils avancent. Ils ont gagné les hautes vallées et ils fondront avant peu sur vous si vous ne tournez pas les talons.

– Ils pénètrent dans nos vallées ? Pourtant, ils savent que ce territoire leur est interdit. Et ils savent aussi que s'ils s'y risquent, nous leur faisons front.

Nous n'avons jamais battu en retraite devant eux. Parce que nous sommes de sang ancien et que ce qui est à nous est à nous, même si nous devons mourir pour défendre notre sol. Mais nous prenons nos décisions de commun accord, aussi vais-je poser la question aux autres. (Ardac se retourna face aux Petits Hommes massés derrière lui.) Quel est votre avis ? Devons-nous rester l'arme au pied et laisser passer les Hommes Creux ?

Un silence de mort fut la seule réponse.

– Alors, faut-il nous mettre en marche pour les chasser de nos vallées ?

Toujours le même silence mais, cette fois, les Petits Hommes levèrent, comme tout à l'heure, leurs piques à bout de bras.

– C'est bon, dit Ardac – et les lances s'abaissèrent. Nous te remercions d'être venu nous prévenir, Snorrl. Où pourrons-nous les attaquer en terrain découvert ?

– Au-dessus de l'endroit où le ruisseau rencontre son affluent. Là, comme tu le sais, la vallée s'élargit et débouche sur une petite prairie. Elle est ceinturée de rochers aux parois verticales et ils n'auront d'autre solution que de se replier. Je combattrai à vos côtés si vous le souhaitez.

– Non, ami Snorrl. Tu nous es trop précieux comme agent de renseignements pour risquer ta vie en te battant contre ces spectres furieux. Peut-être perdrons-nous quelques hommes mais nous avons les moyens de regarnir nos rangs, ce qui n'est pas le cas pour les Hommes Creux.

– Mais moi je combattrai avec vous, par tous les diables ! s'écria Brian. Je n'en ai encore pas frappé un seul de mon épée alors qu'ils ont eu l'impudence de nous attaquer, le seigneur James, Dafydd et moi, quand nous nous rendions au château de Mer. Je suis des vôtres, à moins que vous n'ayez quelque raison pour refuser mon concours.

– Tous ceux qui veulent combattre avec nous seront les bienvenus, sire chevalier, pourvu que ce soit de bon cœur et dans l'intérêt commun, et non pour des motifs personnels.

– Je me placerai sous vos ordres.

Brian s'interrompit brusquement et se tourna vers Jim :

– Pardonnez-moi, messire. J'avais oublié que je suis sous les vôtres.

Jim tiqua. Toujours cette attitude caractéristique du XIVe siècle qui voulait que le commandement revienne à celui qui avait le rang le plus élevé ! Or, il n'avait pas les qualités requises pour jouer les chefs, et Brian le savait mieux que quiconque. Cela faisait maintenant deux hivers qu'il lui apprenait le maniement des armes et, face à lui, Jim n'était toujours qu'un piteux adversaire. Mais il fallait s'en tenir aux règles. Cela signifiait, bien sûr, qu'il devrait se battre, lui aussi, bien que personne ne le lui eût demandé. Pour Giles et pour Brian – en particulier pour Brian –, cela allait de soi. Et apparemment aussi pour Snorrl et les Petits Hommes.

– Je vous laisse libre d'agir à votre gré, sire Brian. Il en va de même pour vous, Giles. Quant à Dafydd ap Hywel, il serait présomptueux de ma part de lui dicter sa conduite.

– En ce cas, je serai fort heureux de participer au combat, dit l'archer. Comme je vous l'ai dit, j'ai façonné un nouveau modèle de flèches que je désire expérimenter. Elles sont destinées à être utilisées contre les Hommes Creux. Ce sera l'occasion idéale pour en faire l'essai.

Ce fut au tour de Liseth d'intervenir :

– Je combattrai en votre compagnie, moi aussi. Mais il faudra que l'on me prête un bouclier et une épée.

– *Toi*, tu ne croiseras le fer en aucun cas et en aucune circonstance, répliqua Giles. Tu m'entends, Liseth ?

– Je t'entends. Et puisque tu es mon frère et mon aîné, je pense que je dois obéir.

– Que cela te plaise ou non, la question n'est pas là, fit Giles avec emportement. Que dirais-je à père si je ramenais ton cadavre au château ? Souhaites-tu me mettre dans une telle situation ?

– Euh... non. (Le ton de Liseth s'était radouci.) Tu as raison, Giles. Je resterai à l'écart du combat.

– Le mieux serait que tu grimpes sur une hauteur à la minute où nous pénétrerons sur ce qui sera notre champ de bataille, tu en suivras le déroulement depuis ce poste d'observation. Snorrl pourra rester avec toi s'il le veut. Il veillera sur toi et te reconduira au château au cas où, par malheur, aucun d'entre nous ne serait en état de t'escorter une fois la bataille terminée.

– C'est la raison qui parle par sa bouche, Liseth, dit Snorrl. Pas plus que ton père ou ton frère, je ne suis désireux de te perdre. Et même si les Hommes Creux se lançaient à notre poursuite, je n'aurais aucun mal à les semer. Pour je ne sais quelle raison, la plupart ont peur des loups. (Snorrl fit claquer ses mâchoires.) Un sentiment sans commune mesure avec la normale. La peur qu'ils ont des loups ressemble à celle qu'ont les humains des fantômes à leur image.

– Dans ce cas, dit Ardac, Snorrl et vous, Liseth, vous marcherez derrière le schiltron. Il se tourna vers Jim. Si vous n'y voyez pas d'inconvénient, sir James, nous préférerions que vos compagnons et vous restiez aussi derrière nous.

– Bien sûr. Nous ferons comme il vous plaira.

– Mais... (Dafydd dévisagea Ardac.) Soit. Nous fermerons la marche si vous le désirez. Mais quand nous serons en vue des Hommes Creux, il me faudra prendre position devant la troupe, pour que les flèches que je tirerai ne touchent aucun de vos guerriers.

– Vous n'aurez qu'à contourner notre flanc gauche, répondit Ardac. Mais vous retournerez à l'arrière, si vous le voulez bien, avant que ne s'engage le corps à corps.

– C'est entendu, promit Dafydd.

Snorrl et les autres rejoignirent la place qui leur avait été assignée et la colonne s'ébranla. Malgré leurs jambes courtes, les Petits Hommes marchaient si vite que Jim et ses amis devaient, de temps à autre, faire prendre le trot à leurs montures, pour ne pas se laisser distancer. Jim observait avec curiosité l'attitude disciplinée des guerriers d'Ardac. Une troupe de nabots ainsi hérissée d'épées, de piques et de boucliers avançant à vive allure, tels des soldats de plomb grand format, aurait dû être un spectacle presque désopilant. Mais il n'en était rien. Leur détermination et leur professionnalisme manifestes donnaient l'impression que c'étaient des gens auxquels il ne faisait pas bon se frotter. Et Jim tressaillit presque, en prenant soudain conscience qu'il n'aurait vraiment eu aucune envie de se retrouver face à eux.

Quand ils atteignirent l'endroit dont avait parlé Snorrl, il n'y avait personne. Les Hommes Creux n'étaient pas encore arrivés – les Petits Hommes avaient eu raison d'accélérer le pas.

En gros, la vallée ressemblait beaucoup à celles qu'ils venaient de franchir – une succession d'étroites combes entourées de falaises se resserrant aux deux extrémités. La seule particularité de celle-ci était que le ruisseau bordé de scirpes qui la traversait coulait juste au pied d'une de ces murailles rocheuses. Au-delà de la jonchaie s'amorçait une prairie couverte d'une herbe épaisse qui descendait en pente douce jusqu'au cours d'eau. Tout au bout, là où arriveraient les Hommes Creux, les parois se refermaient presque mais elles laissaient toutefois un espace suffisant pour qu'une douzaine de cavaliers puissent y passer de front.

Ardac disposa ses hommes à l'entrée de la vallée, et l'attente commença.

Liseth et Snorrl avaient déjà entrepris d'escalader la crête. Bien que son ascension ne présentât pas de difficultés insurmontables, la jeune fille était obligée de varapper en s'accrochant des deux mains et en jouant des genoux. Néanmoins, sa silhouette et celle du loup ne tardèrent pas à se découper à contre-ciel tout en haut de la falaise. Liseth agita le bras et Giles lui répondit de la même façon.

– Est-ce qu'elle va rester là pendant tout le combat ? lui demanda Jim.

– Même à coups de fouet, vous ne la ferez jamais partir. Elle voudra raconter à père comment les choses se sont passées. Naturellement, elle espère que nous vaincrons et qu'elle pourra nous rejoindre.

Les Hommes Creux ne firent leur apparition qu'une vingtaine de minutes plus tard. Les premiers qui débouchèrent dans la vallée s'arrêtèrent, à la vue des Petits Hommes qui les attendaient en ordre de bataille. Mais ils se remirent en marche, une horde disparate se pressant derrière eux.

Ceux de l'avant-garde, montés sur des chevaux invisibles, étaient revêtus de belles et bonnes cuirasses. Les autres n'avaient, semblait-il, que des pièces d'armures hétéroclites. Mais tous étaient armés, qui d'une épée, qui d'une hache, qui d'une masse ou d'une javeline.

Quand ils furent tous dans la vallée, une certaine confusion parut se manifester dans leurs rangs.

– Mais qu'est-ce qu'ils attendent ? tempêta Brian.

L'un des Petits Hommes de l'arrière-garde se retourna.

– En général, il y en a plusieurs qui prétendent prendre le commandement de la troupe. Alors, ils palabrent pour choisir celui qui sera le chef. Ardac va en profiter.

– Dafydd ap Hywel ! appela presque au même instant ce dernier.

Dafydd, son carquois en bandoulière, avait déjà mis pied à terre et sorti son arc de l'étui. Il alla rejoindre Ardac en coutournant la colonne par le flanc gauche. Brian le suivit comme si l'invitation s'adressait à eux tous. Giles lui emboîta le pas, imité par Jim.

Quand ils arrivèrent, Ardac les observa tour à tour mais ne dit rien. Les Hommes Creux, à l'extrémité opposée de la vallée, continuaient à s'agiter sur place et à palabrer pour savoir qui prendrait le commandement. Ou peut-être discutaient-ils de la tactique à adopter. Huit Petits Hommes, leur arc en travers du dos, s'étaient, eux aussi, regroupés devant les premiers rangs.

– Ça ne va pas manquer d'intérêt, dit l'un d'eux. Les Hommes Creux sont presque hors de portée. Si on leur décoche une flèche, elle n'aura presque plus de force quand elle atteindra son but.

La voix du petit archer était parfaitement audible mais Dafydd porta autant d'attention à ses propos que s'il avait été sourd. Il avait déjà sorti de son carquois une flèche d'une longueur égale à celles dont il se servait habituellement. Mais au lieu d'être munie du large fer des flèches de guerre, elle s'achevait par un embout de métal presque conique à l'extrémité aussi fine qu'une pointe d'aiguille. Jim conclut que c'était un morceau d'acier tendre qu'on avait martelé et affilé avec le plus grand soin. La pointe était fixée à la tige par une surliure faite à l'aide d'un bout de corde d'arc.

Dafydd encocha sa flèche, banda son arc et tira.

Le trait ne s'éleva même pas à deux mètres. Il filait à la hauteur de la poitrine d'un homme à cheval quand il arriva au terme de sa trajectoire – les premiers rangs des Hommes Creux...

... et disparut.

– Manqué, murmura le petit archer qui avait parlé tout à l'heure.

– On va bien voir, laissa tomber Dafydd.

Quelques instants plus tard, un des Hommes Creux de la ligne d'avant-garde dégringola de son cheval et les rangs s'écartèrent quand les deux qui se trouvaient derrière lui s'écroulèrent à leur tour. Lorsque les cavaliers aux invisibles montures eurent reculé en désordre, on put voir que les trois corps qui gisaient sur le sol se touchaient presque.

Le petit archer bavard reprit pour la troisième fois la parole :

– Par les Ombres de la Nuit ! s'exclama-t-il d'une voix effarée. Est-ce qu'il les aurait descendus tous les trois ?

– C'est ce qu'il semble, répondit Jim. En fait, on dirait que sa flèche les a traversés de part en part les uns après les autres.

Un murmure de stupéfaction parcourut la colonne des Petits Hommes. Ardac secoua la tête.

– Voilà qui dépasse l'entendement. A moins que cette flèche n'ait été dotée de quelque vertu magique ?

Il lança un coup d'œil en coulisse à Jim qui se tenait à côté de lui.

– Non. Les seules vertus qu'elle possède sont le résultat du travail de Dafydd ap Hywel lui-même. (Jim dévisagea l'archer.) Cela aurait-il quelque chose à voir avec la pointe inusitée dont elle était munie ?

– En effet. (La main en visière au-dessus des yeux, Dafydd observait l'avant-garde des Hommes Creux, maintenant en proie à une évidente agitation.) Je ne pensais pas, je l'avoue, faire une démonstration aussi éclatante. Mais j'espérais bien que le résultat ne me décevrait pas.

– Je ne comprends pas, dit Ardac.

– C'est que vous pensiez, et vous n'étiez pas le seul, que, sous leur armure, les Hommes Creux avaient le même corps massif, même s'il était invisible, que lorsqu'ils étaient vivants. Mais une fois que la flèche a crevé le corselet, elle ne rencontre que le vide. Aucun obstacle n'est là pour l'arrêter. Aussi l'idée m'est-elle venue de fabriquer une pointe qui, une fois qu'elle aurait traversé la cuirasse, poursuivrait sa trajectoire au lieu de se borner à tuer son occupant.

Ardac n'avait nul besoin qu'on lui fasse un dessin.

– Vous aviez déjà rencontré des Hommes Creux ?

Dafydd se tourna vers Jim, lui laissant le soin de répondre à la question d'Ardac, et Jim s'exécuta :

– Alors que nous faisions route vers le château de Mer, nous avons été attaqués par cinq d'entre eux, apparemment à cheval. Dafydd les a arrosés de flèches normales à pointe large. Alors, ils se sont repliés et se sont tous évanouis dans le brouillard à l'exception de celui qui avait été désarçonné et dont nous n'avons retrouvé que les vêtements et l'armure. Mais pourquoi nous demandez-vous cela ?

– Parce qu'ils se comportent de façon... insolite, depuis quelque temps. (Ardac s'interrompit pour observer ce qui se passait à l'autre bout de la vallée. Manifestement, les Hommes Creux n'avaient pas encore fini de discuter.) Que ce groupe ait décidé de vous attaquer tous les trois, visiblement des étrangers, cela n'a rien de surprenant. Mais prendre ainsi la fuite n'est pas dans leurs habitudes. A moins que les flèches de Dafydd ap Hywel n'aient effectivement fait mouche mais ne les aient que blessés...

– J'en doute, l'interrompit sèchement l'archer. Elles ont touché les quatre fuyards presque au même endroit de la poitrine que celui qui avait été tué et avait vidé ses étriers.

– Alors, il est possible qu'ils aient été déroutés par

une arme qu'ils ne connaissaient peut-être pas – comme nous qui n'avions encore jamais vu d'arc long – et aient jugé préférable de battre en retraite. En principe, ils attaquent, ils n'ont pas peur de la mort qui, pour eux, n'est que temporaire. Tant qu'il reste quelque part un Homme Creux en vie, ceux qui mordent la poussière ne tardent pas à écumer à nouveau le pays. Mais laissons cela. J'en reviens à mon propos. Qu'ils aient pénétré avec une pareille audace dans nos vallées c'est là chose étrange. Ils savent que, bien loin de reculer à leur vue, notre peuple contre-attaquera. Et que nous mourrons plutôt que de leur céder un pouce de notre territoire. Ce petit bout de terre est encore nôtre. Il abrite nos femmes et nos enfants, tout ce qui subsiste de notre race. Pour parvenir jusqu'à eux, il faudra d'abord nous passer sur le corps. (Tendant le bras, Ardac désigna le fond de la vallée.) Or, comme je vous le disais, ils sont prêts à nous attaquer à nouveau. Malgré ces flèches capables d'en tuer trois à la fois et bien qu'ils aient tout un schiltron en face d'eux. Ils ne peuvent espérer l'emporter. Pourquoi essaient-ils de se lancer dans une opération perdue d'avance ?

Jusque-là, Jim ne s'était pas attardé à chercher la signification du mot *schiltron*. Sur le moment, ces Petits Hommes armés de javelines lui avaient rappelé la phalange grecque. Mais il avait existé d'autres formations de combat dotées de lances à différentes époques de l'Histoire. Et *schiltron* était aussi le nom des unités de lanciers des armées écossaises qui avaient combattu les Anglais. En équipant leurs premiers rangs de lances très longues, les Ecossais pouvaient faire barrage à la cavalerie adverse. Ces lanciers n'étaient vulnérables que face aux archers que les Anglais faisaient venir du pays de Galles et du sud de l'Angleterre. Mais, pour les Petits Hommes, le terme *schiltron* avait un sens plus large. Il évoquait, semblait-il, une unité de combat statique –

un peu comme la légion romaine – et, de fait, le large bouclier rectangulaire et la courte épée de taille dont étaient armés ces petits guerriers étaient d'inspiration plus romaine que grecque ou moyenâgeuse.

– Avez-vous encore de ces flèches ? demanda Ardac à Dafydd.

Celui-ci secoua la tête.

– Non. J'avais seulement bricolé celle-là à titre d'essai. J'en fabriquerai d'autres si je survis à cette journée. Mais mon carquois est rempli de flèches traditionnelles et plus l'ennemi sera proche, plus elles seront efficaces, et ce d'autant plus que vos propres archers seront aussi à l'œuvre. Laissez-moi faire une nouvelle expérience.

Dafydd encocha une de ses flèches de guerre à la corde de son arc et la tira en direction de l'avant-garde des Hommes Creux qui, maintenant, chargeaient. Il avait visé bas de sorte qu'elle passa sous le cavalier qu'il avait pris pour cible. Celui-ci s'écroula instantanément. Bien vivant mais indéniablement désarçonné.

– Je peux, au moins, les faire tomber de cheval, conclut Dafydd. Que préférez-vous ? Que je les en boute ou que j'en tue jusqu'à épuisement de mes munitions ?

– Tuez-les, fut la réponse laconique d'Ardac. Maintenant, si vous, ainsi que messires James, Brian et Giles, voulez bien passer sur notre flanc avec nos archers, nous allons nous préparer à essuyer la charge.

Les intéressés s'empressèrent d'obtempérer. Les guerriers du premier rang mirent un genou à terre et pointèrent leurs lances. Leurs camarades du deuxième rang posèrent les leurs sur les épaules de ceux qui étaient devant eux et ceux du troisième firent de même. Le dispositif fut mis en place juste à temps : les Hommes Creux – ceux, du moins, qui semblaient être à cheval – arrivaient au grand galop.

Ils étaient une bonne dizaine de front – visiblement

prêts à mourir. Au dernier moment, les chevaux invisibles, effrayés par les lances braquées sur eux, parurent broncher, mais les Hommes Creux se laissèrent choir à bas de leurs selles au mépris de ces fers acérés sur lesquels ils se précipitaient délibérément en faisant tournoyer leurs armes. Seulement, ils se heurtèrent dans leur élan au mur des boucliers haut dressés et ils ne firent pas long feu : en un rien de temps, tous avaient péri.

Cependant, ceux qui, derrière eux, constituaient le gros de la troupe se précipitaient impétueusement sur les défenseurs, jetant le poids des corps temporairement vivants qu'abritaient leurs armures contre les rangs avancés du schiltron. Et, finalement, ils réussirent leur trouée.

Ce fut d'abord presque en spectateur que Jim, Brian, Giles et Dafydd, qui se tenaient au pied de la falaise que Liseth et Snorrl avaient escaladée, assistèrent à la mêlée. Jim nota avec intérêt que les Petits Hommes étaient manifestement familiarisés avec la tactique des Hommes Creux et préparés à y faire face. Ils laissèrent les attaquants enfoncer leur dispositif, mais ce fut pour se reformer immédiatement par petits groupes de dix à quinze hommes qui étaient autant de hérissons – javelines braquées dans tous les azimuts et boucliers tendus à bout de bras au-dessus des têtes.

Et soudain, Jim cessa d'être en situation de simple spectateur. Derrière les Hommes Creux harnachés de pied en cap arrivait maintenant la nuée de ceux dont l'armure n'était faite que de pièces et de morceaux. L'un n'avait qu'un pectoral, un autre rien qu'un gantelet étreignant une épée. Une telle vision aurait paru d'un ridicule achevé si elle n'avait pas été aussi lourde de menaces. Et la horde déferlait sur les Petits Hommes.

Les petits archers, qui avaient laissé tomber leurs arcs et tiré leurs épées, se précipitèrent pour rejoindre le schiltron le plus proche. Les attaquants à l'équipement hétéroclite se ruaient à présent sur Jim, Brian et Giles qui, rendant coup pour coup, se serraient autant qu'ils le pouvaient les uns contre les autres pour faire de leurs armures un rempart autour de Dafydd. Celui-ci, à la surprise de Jim, s'était emparé à deux mains d'une épée, prise à un Homme Creux abattu, et ses moulinets furieux sonnaient sur les cuirasses des assaillants.

Ils eurent raison de leurs agresseurs mais d'autres venaient immédiatement remplacer ceux qui tombaient. A en juger par les hurlements de joie qu'il poussait, Brian était en train de vivre un grand moment et son enthousiasme communicatif avait contaminé Giles, qui frappait d'estoc et de taille. C'était un massacre et les armures dont étaient caparaçonnés leurs invisibles adversaires s'entassaient de plus en plus nombreuses sur le sol.

Cette ivresse contagieuse gagnait Jim lui-même, il finit par évoluer dans un état second. Un seul impératif l'animait : tuer, ou essayer de tuer, pour rester vivant. Et il continua de se battre dans cette brume jusqu'au moment où il n'y eut plus devant lui personne à tuer.

Alors, épuisé, il s'immobilisa, appuyé sur son épée. Brian et Giles, également à bout de souffle, se tenaient à ses côtés ainsi que Dafydd, miraculeusement sain et sauf, et qui semblait le moins éprouvé.

Ce n'étaient pas seulement leurs alentours immédiats qui étaient maintenant dégagés, mais l'ensemble du champ de bataille. Les Hommes Creux qui n'avaient pas été réduits à des tas de vêtements et d'armures vides avaient joué les filles de l'air.

Jim, qui commençait à retrouver sa respiration, rejoignit Ardac. Le chef des Petits Hommes avait remis l'épée au fourreau et posé son bouclier par terre. Il avait l'air las. A présent Dafydd, qu'accompagnaient les autres archers, s'était mis en devoir de récupérer toutes ses flèches encore utilisables.

– Eh bien, voilà qui est fait, dit Ardac. Mais il n'empêche que cet assaut a été chose étrange.

– Comment cela ? s'enquit Jim, conscient de la présence de ses trois compagnons derrière lui.

– Que quelques-uns d'entre eux aient pu filer à la dernière minute sans que nous nous en soyons aperçus n'est pas impossible. Mais ils n'ont pu être qu'une poignée. Nous les avons pratiquement tous anéantis. Et cela ne leur ressemble pas.

Ardac ôta son casque et ébouriffa ses cheveux poissés de sueur.

– Ne se battent-ils pas généralement jusqu'au dernier ? lui demanda Jim. (Ardac hocha la tête.) Je croyais pourtant vous avoir entendu dire qu'il leur était égal de mourir, puisqu'ils étaient de nouveau sur pied au bout de quarante-huit heures ?

– C'est la vérité, répliqua Ardac en se grattant le crâne. Ils acceptent plus volontiers de mourir que nous autres humains. Mais à condition que ce ne soit pas pour rien. En principe, quand il leur apparaît qu'ils ne peuvent massacrer suffisamment de monde pour que leur propre mort se justifie, ils battent en retraite. Or, cette fois, ils ne l'ont pas fait. Cela, plus le fait qu'ils se sont aventurés sur notre territoire alors que nous leur avons bien fait comprendre qu'il leur est interdit, m'intrigue. (Ardac se passa à nouveau les doigts dans les cheveux pour que le vent puisse les sécher.) Par ailleurs, dans leur ardeur à en découdre, ils nous ont fait plus de mal que d'habitude. Six d'entre nous sont morts et quatre sont dans un état si grave qu'il nous faudra leur prodiguer des soins attentifs pour les sauver. Je vous l'ai déjà dit : nous pouvons remplacer les disparus – mais pas si des tueries de cette importance se reproduisent régulièrement. N'importe comment, nous ne mettons jamais à bas les armes mais, si nos pertes dépassent nos capacités de renouvellement, ce sera finalement la mort pour notre peuple. Ce qui se prépare ne me plaît pas du tout.

Un sifflement lointain se fit entendre à plusieurs reprises. Jim et Brian jetèrent un regard surpris à la ronde mais, comme Giles et Ardac levaient la tête, ils les imitèrent. Ils virent alors en haut de la falaise Liseth qui leur faisait de grands signes.

– Alors, comme si cela ne suffisait pas, il va falloir qu'on grimpe là-haut ! fit Giles avec écœurement. Enfin ! Si Liseth nous appelle, c'est qu'elle a une bonne raison. M'accompagnerez-vous dans cette escalade, messires ? demanda-t-il à ses trois compagnons, en essuyant son visage ruisselant de sueur – comme tout le monde, il avait retiré son heaume.

– Si vous pensez que c'est nécessaire, lui répondit Brian tandis que Jim acquiesçait.

Comme d'habitude, quand il fallait vraiment passer à l'action, Brian reprenait son rôle naturel : il redevenait le chef.

L'ascension de la falaise fut longue et ce ne fut pas une partie de plaisir. La première chose qu'ils firent, une fois parvenus à la cime, fut de s'asseoir un moment pour reprendre leur souffle : ils étaient incapables de prononcer un mot. Liseth tenait sur son poing ganté un faucon pour l'instant encapuchonné à l'aide d'un fin morceau de tissu – une légère écharpe, apparemment.

Si essoufflé qu'il fût, Jim observa avec intérêt le faucon. L'étude de l'histoire médiévale sur laquelle il avait planché à l'Université lui avait apporté quelques lumières sur la fauconnerie et il identifia l'oiseau : c'était un pèlerin – et il était superbe. Pourtant, au Moyen Age, les femmes utilisaient le plus souvent des faucons de bas vol, des émerillons, voire des fauconneaux, quand ce n'étaient pas de simples émouchets.

– Inutile de poser des questions, je vais tout vous

expliquer, dit Liseth. Père m'a envoyé Grisailes, sachant qu'il me chercherait et me retrouverait. Un message était attaché à sa patte. Un morceau de parchemin sur lequel étaient dessinés une épée et un manteau. Cela signifie qu'un visiteur d'importance est arrivé au château ou ne va pas tarder à s'y présenter. Aussi nous faut-il rentrer le plus rapidement possible. (Elle enveloppa les trois compagnons d'un regard compatissant.) Le mieux est que vous redescendiez chercher vos chevaux. Vous amènerez le mien. Nous vous retrouverons, Snorrl et moi, en terrain plat.

8

– Pourquoi ne descends-tu pas avec nous ? bougonna Giles.

– Comment veux-tu que je fasse en tenant Grisailes au poing ? (De sa main libre, Liseth tapota le bras de son frère.) Si tu veux que Snorrl t'accompagne en bas...

– Snorrl n'en a pas l'intention, l'interrompit le loup. Je suis là pour protéger Liseth et lui servir de guide. Un point, c'est tout.

– Bon, bon ! il semble que nous n'ayons guère le choix.

Ils redescendirent donc. Leur seule consolation, une fois arrivés dans la vallée, fut de se dire que ce serait à cheval et non à pied qu'ils referaient la route.

Les Petits Hommes avaient déjà disparu. Ils avaient emporté non seulement leurs morts mais aussi tous les équipements, toutes les pièces d'armures que les Hommes Creux avaient abandonnés derrière eux. Rien ou presque ne laissait deviner que la petite prairie avait été le théâtre d'une bataille.

Ils enfourchèrent leurs montures et se mirent en route.

– Il n'y a pas de risque de se perdre en chemin, j'espère ? demanda Jim.

– Non, répondit Giles. Je ne connais pas le terrain

aussi bien que Liseth, sans parler, évidemment, du loup qui se glisse partout et qui voit tout. Mais je le connais quand même suffisamment pour trouver la bonne route. Il ne nous faudra pas plus d'un quart d'heure pour atteindre l'endroit où nous attendent Liseth et Snorrl.

Quand ils arrivèrent au lieu de rendez-vous, Jim nota que le faucon n'était plus perché sur le gant de cuir de Liseth.

– Qu'as-tu fait de Grisailes ? demanda à sa sœur Giles qui l'avait, lui aussi, remarqué. Tu l'as réexpédié au château ? Il n'y a personne, là-bas, à qui il puisse parler ou qui soit capable de le comprendre. Ils ne sauront pas s'il nous a trouvés ou pas.

Liseth secoua la tête.

– Il m'a dit quelque chose. En planant au-dessus de la forêt, très haut – tu sais comment volent les pèlerins...

Jim se rappela que le pèlerin était, en effet, un oiseau de haut vol. Grisailes avait probablement plafonné à une altitude de six cents mètres ou plus encore quand il était à leur recherche.

– ... il a aperçu un *laidly* Ver. Or, on n'a jamais vu trace d'une pareille horreur dans la région, sauf dans les vieilles histoires qu'on raconte. J'ai chargé Grisailes de faire une reconnaissance et de venir me dire où il se trouve.

A ces mots, Jim tira sur les rênes et son cheval fit halte. Automatiquement, les autres l'imitèrent et le regardèrent d'un air interrogateur.

– Alors, le mieux est de l'attendre pour qu'il puisse nous retrouver ici, non ?

Liseth laissa échapper un petit rire mélodieux.

– Grisailes nous retrouvera n'importe où, n'ayez crainte, messire. Il vole si haut qu'il voit à des lieues et des lieues à la ronde. Il suffit qu'un lapin bouge pour qu'il fonde sur lui – encore qu'étant un pèlerin, et un pèlerin dressé qui plus est, il préfère s'emparer de sa proie dans les airs. Même si nous arrivons au château avant qu'il revienne pour me rendre compte du résultat de ses recherches, il nous suivra et regagnera son perchoir en passant par la fenêtre.

– Vous croyez ? fit Jim, dubitatif, tandis qu'ils se remettaient en marche.

– Moi ? Je n'en doute pas un seul instant. Il peut parfois arriver à un fauconnier ordinaire de perdre son faucon. Mais Grisailes et tous les autres oiseaux, comme tous les autres animaux que je connais, sont pour moi autant de frères et de sœurs. Il reviendra au château si nous y arrivons avant lui. Je lui parlerai alors, s'il ne m'a pas été possible de le faire plus tôt.

– Elle a raison, James, dit Giles. Parce qu'ils se « parlent », comme elle dit, cela crée un lien particulier entre elle et les bêtes.

– Dans ce cas, c'est parfait.

– Il vaudrait mieux accélérer l'allure maintenant que nous avons rejoint la plaine. En terrain plat, il y a peu de risques que les chevaux se cassent une jambe.

Et la petite troupe repartit en trottant.

Un quart d'heure plus tard, ils franchissaient le portail du château et sautaient à bas de leur cheval. Au moment où il mettait pied à terre, Brian chancela et dut se retenir au pommeau de sa selle. Il était blanc comme un linge. Jim ouvrit la bouche pour lui demander ce qu'il avait mais Liseth fut plus prompte que lui. Elle se précipita et le prit à bras-le-corps.

– Sir Brian ! Etes-vous blessé ?

– Il semble bien que j'aie été plus ou moins touché, en effet, répondit Brian d'une voix faible avant de s'écrouler.

Liseth essaya de le remettre sur ses pieds, mais en vain : avec son armure, il était beaucoup trop lourd.

– Aidez-moi ! Il faut le coucher et le saigner immédiatement !

– Non ! dit Jim sur un ton autoritaire. Pas de saignée ! Qu'on le transporte avec précaution dans la chambre qui nous a été prêtée.

Tout en parlant, il détachait le paquetage fixé à sa selle.

Giles et Dafydd étaient déjà à côté de Brian et entreprenaient de le soulever, presque aussitôt aidés par les deux palefreniers accourus pour conduire les chevaux à l'écurie. A eux quatre, ils portèrent Brian à l'intérieur du château.

– Veuillez me pardonner, dit Jim à Liseth, mais, les choses étant ce qu'elles sont, je suis mieux à même de le soigner que qui que ce soit d'autre.

– Bien sûr, vous avez vos pouvoirs magiques ! Mais hâtez-vous, messire ! Je crains que, blessé comme il l'est, l'ascension de la falaise et notre chevauchée n'aient encore aggravé son état.

– C'est ce dont j'ai peur, moi aussi, dit sombrement Jim en emboîtant le pas aux brancardiers de fortune.

Lorsque Brian eut été allongé sur le lit et qu'on eut commencé à lui retirer son armure, ils virent que son pourpoint était imbibé de sang.

– Soulevez-le ! aboya Jim.

Il n'avait pas eu l'intention d'employer ce ton cassant mais son inquiétude avait été la plus forte. Heureusement, les autres trouvaient on ne peut plus naturel que ce soit lui qui prenne les choses en main.

Giles et Dafydd soulevèrent leur ami avec le concours des garçons d'écurie, dont l'un maintenait la tête de Brian. Jim arracha la literie qu'il jeta littéralement dans les bras de Liseth.

– Descendez ces draps à la cuisine et qu'on les fasse bouillir. Après, il faudra les mettre à sécher le plus vite possible.

– J'y vais, messire.

Et Liseth se précipita hors de la chambre en courant.

Jim, qui s'était défait de son armure pour avoir sa pleine liberté de mouvement, ouvrit le paquetage qu'il avait monté et en sortit son manteau de pluie qu'il étala sur les planches servant de sommier.

– Allongez-le là-dessus. Bien... C'est parfait. Maintenant, nous allons le déshabiller entièrement. Il faudra aussi faire bouillir tout ce qu'il porte... Non ! Attendez, dit Jim en voyant Dafydd se mettre en devoir de faire un tas des vêtements à mesure qu'on les lui passait.

Brian n'apprécierait sûrement pas que ses frusques aient rétréci de moitié ou soient irrémédiablement fripées quand on les lui rendrait.

– Réflexion faite, mieux vaut les étendre devant la cheminée de la cuisine pour les faire sécher. Et qu'il ne reste plus une seule puce ni un seul pou. (Jim regarda tour à tour Giles et Dafydd.) L'un de vous d'eux veut-il s'en occuper ?

– J'y vais, répondit vivement Giles. Je sais à qui on peut faire confiance pour ne rien déchirer.

Il prit les derniers vêtements de Brian sous le bras et, comme sa sœur, disparut en courant. Une fois de plus, Jim se félicita que lorsque quelqu'un, fût-ce un comte, recevait un ordre venant d'une personne d'un rang supérieur, il prît le pas de course pour l'exécuter sans discuter. Dans les premiers temps, quand il était arrivé dans ce monde, cela l'agaçait. Mais à présent il voyait dans cette docilité un avantage appréciable.

Le manteau sur lequel Brian gisait nu, maintenant, était vierge de toute vermine. Il était d'une parfaite propreté après qu'on l'eut préparé pour le voyage sous la direction d'Angie et Jim avait fait en sorte qu'il reste dans cet état. N'empêche que cela ne rendait pas moins dures les planches sur lesquelles le vêtement était étalé. Mais comme Brian était toujours inconscient, il ne le sentait pas.

Il était impossible de savoir quelle quantité de sang il avait perdue. Beaucoup, c'était tout ce que l'on pouvait dire. Au moment où Jim se tourna pour donner un ordre à Dafydd, il s'aperçut qu'Herrac et ses deux aînés les avaient rejoints.

– Il y a encore des dispositions à prendre. Si vous pouviez vous en occuper ou en charger quelqu'un, messire Herrac, je vous en serais reconnaissant. Il faudrait qu'on m'apporte de la cuisine au moins une douzaine de tranches de pain moisi. N'importe quelle sorte de pain, sauf du seigle, pourvu qu'il soit recouvert d'une couche de moisissure bleuâtre. C'est elle qui m'intéresse, pas le pain en lui-même, mais qu'on enveloppe ces tranches dans le torchon le plus propre qu'on trouvera dans la cuisine. Et quand je dis le plus propre, je dis bien le plus propre !

– Alan !

Herrac n'avait même pas posé les yeux sur son fils que celui-ci prenait la porte avec une célérité égale à celle dont Liseth et Giles avaient déjà fait preuve.

Jim se pencha pour examiner la blessure de Brian. Heureusement, bien qu'elle saignât abondamment, elle ne paraissait pas très grave. Le tout était qu'elle ne s'infecte pas. Une lame ou un fer de lance acéré avait pénétré l'armure, entaillant la cage thoracique presque jusqu'à l'aisselle. La coupure était longue mais peu profonde.

Jim fouilla à nouveau dans son bagage pour en extraire un objet qui ressemblait à un bloc de cire. Mais seule l'enveloppe qu'il brisa était en cire. Son contenu était constitué par un épais morceau de tissu ouaté de soixante centimètres sur quatre-vingt-dix. C'était à l'intention de Jim qu'Angie l'avait préparé, au cas où il recevrait une blessure. Elle l'avait désinfecté et fait sécher en prenant les précautions voulues pour qu'il demeure stérile, puis l'avait elle-même hermétiquement scellé à la cire.

Après l'avoir pliée en deux dans le sens de la longueur, Jim appliqua délicatement cette bande sur la plaie.

– Maintenez fermement ça en place, dit-il à Dafydd qui obéit sans mot dire.

Jim sortit de son sac plusieurs bandelettes qu'il enroula et attacha autour de la poitrine de Brian. Elles devinrent rapidement rouges mais, si du sang coulait encore un peu de la plaie, ce n'était plus guère qu'un suintement.

Brusquement, il se rendit compte qu'il ne faisait pas chaud du tout dans la pièce. Brian, nu comme un ver et dont la plaie pouvait à tout moment s'envenimer, risquait d'attraper une pneumonie en prime.

Le problème était de trouver des vêtements propres. Il n'y en avait pas. Voyons... Mais si ! Il y en avait. Plus propres, en tout cas, que tout ce que l'on pouvait trouver au château.

Il entreprit de se déshabiller et de recouvrir le blessé de ses propres vêtements. Lorsque, en chemise et en caleçon, il leva la tête, ce fut pour s'apercevoir que tout le monde avait quitté la pièce à l'exception du seigneur de Mer et de Dafydd.

– J'ai pensé, messire, dit Herrac, que, pour pratiquer votre médecine magique, votre préféreriez qu'il n'y ait guère de témoins. Pouvons-nous, moi ou les miens, faire quelque chose de plus ?

– S'il était possible de réchauffer la chambre...

– Mais certainement. Il n'y a qu'à faire monter un fourneau à bois. Et garnir et allumer la torchère murale qui vous fournira de la chaleur en même temps que de la lumière. Souhaitez-vous que je donne les ordres en conséquence ?

– Oui. (Mais Jim songea soudain que la fumée envahirait cet espace relativement exigu.) Ou plutôt non. La pièce serait vite enfumée et cela gênerait mes... euh !... mes opérations magiques.

Herrac, qui s'apprêtait déjà à sortir, se retourna.

– Lorsque cette chambre est devenue notre chambre nuptiale, à ma chère femme et à moi, je n'ai pas regardé à la dépense, messire. J'ai fait garnir les fenêtres de carreaux de verre. Mais comme nous avons eu à peu près le même problème avec la torchère et le fourneau, j'ai également fait installer un évent pour évacuer la fumée.

Herrac s'approcha du mur extérieur et, levant le bras, indiqua à Jim une sorte de petit panneau de métal auquel était fixée une chaînette. Quand il tira sur celle-ci, le panneau, monté sur charnières, se rabattit, révélant une ouverture percée dans la muraille.

Jim, à cette vue, éprouva un vif soulagement.

– Ça a été une idée tout à fait ingénieuse, sir Herrac. Dans ces conditions, je vous serais obligé de faire monter ce fourneau. Un blessé a besoin de chaleur.

Herrac opina, referma la trappe d'aération et appela :

– Alan !

C'était à peine s'il avait haussé le ton mais la voix des De Mer se riait d'un mur, fût-il en pierre.

Il n'y eut pas de réponse et il marmonna quelque chose qui ressemblait à s'y méprendre à un juron.

– Holà ! (Cette fois, il avait crié et sa voix avait pris toute sa formidable ampleur.) Que quiconque m'entend rapplique ici dare-dare ! (Il attendit un moment, mais comme son appel demeurait toujours sans réponse il dit avec hargne :) Je vais donner moi-même les ordres aux domestiques. Attendez-moi. Je reviens tout de suite.

L'instant d'après, il avait disparu.

– Ce n'est pas à moi, monseigneur, qu'il appartient de faire quelque suggestion que ce soit à un mage alors qu'il opère, dit Dafydd sur un ton presque cérémonieux. Mais Brian a battu par deux fois des paupières. Il va bientôt sortir de sa pâmoison et ma grand-mère m'a enseigné qu'un homme qui a beaucoup perdu de sang doit boire le plus de liquide possible. Faut-il que j'aille lui chercher du vin ?

– Non, surtout pas de vin ! De l'eau... non, pas l'eau d'ici. De la petite bière, plutôt. Et en quantité !

– Je crois qu'il préférerait du vin, se risqua timidement à protester l'archer.

– Il peut préférer ce qu'il veut, je m'en moque ! dit Jim d'un ton sans réplique. J'ai dit de la petite bière !

– Bien, messire, dit Dafydd en s'esquivant.

Demeuré seul avec Brian, Jim vit les paupières de son ami palpiter pour la troisième fois. Il tâta précipitamment la bande de tissu qui comprimait étroitement la blessure. Elle était encore humide mais la plaie n'avait plus l'air de saigner. Il allait sans doute falloir procéder le plus rapidement à la phase suivante du traitement, même au risque de provoquer un nouvel épanchement de sang.

Il n'existait pas plus de germicides dans ce XIVe siècle qu'au XIVe siècle du monde natal de Jim – hormis un seul que tout un chacun connaissait depuis des temps immémoriaux, à savoir l'urine humaine. Elle nettoyait les plaies et semblait les protéger peu ou prou de l'infection grâce, entre autres, à l'ammoniac qu'elle contenait. Jim était bien content d'être seul, et que Brian n'ait pas repris connaissance car la brûlure de l'urine versée sur une plaie ouverte devait provoquer une douleur féroce difficilement supportable.

Après avoir baissé son haut-de-chausses, il dénoua les bandelettes maintenant le linge faisant office de compresse et le souleva aussi délicatement que possible. La plaie se remit immédiatement à saigner mais très peu. C'était tout juste un suintement.

Jim urina directement sur elle. Du coup, elle recommença à saigner plus abondamment. Ses chausses sur les chevilles, il se hâta d'enfoncer le pansement entre les lèvres de la blessure et renoua solidement les bandelettes autour du torse de Brian. Un peu d'urine avait coulé par terre. Il épongea la flaque à l'aide d'un linge qu'il trouva dans un coin.

Tout allait bien : le bandage avait à nouveau stoppé l'épanchement de sang.

A peine Jim avait-il remonté ses chausses et rattaché sa ceinture qu'Alan réapparaissait avec, à la main, une espèce de poêlon sur lequel étaient empilés des morceaux de pain dont la croûte était recouverte d'une pellicule de moisissure. De la moisissure d'où on extrairait la pénicilline au XXe siècle – si ce monde devait connaître un XXe siècle analogue à celui où était né Jim.

Pour l'heure, celui-ci n'avait pas le choix : il lui fallait utiliser la moisissure à l'état de nature. Elle se présentait comme il l'avait expliqué à Herrac et à Alan sous la forme d'excroissances floconneuses légèrement bleuâtres. Il commença par gratter avec soin chacun de ces petits croûtons rassis au-dessus d'une tranche de pain relativement large. Quand il en eut fini, il défit à nouveau les bandages avec l'aide d'Alan, ôta le pansement et, pincée par pincée, répandit la moisissure ainsi récupérée à l'intérieur de la plaie.

– Si vous n'avez plus besoin de moi, messire, puis-je m'en aller ? lui demanda presque timidement Alan quand il eut refait le pansement. Père est furieux de n'avoir personne avec lui pour l'aider. Il a menacé de pendre quelques domestiques pour que cela serve de leçon aux autres.

– Il ne faut pas qu'il fasse une chose pareille ! s'exclama Jim.

– Non, il ne le fera pas. Enfin... je ne pense pas. Mais il serait bon que la famille soit là au grand complet pour qu'il passe sa colère sur elle. Nous, il ne nous pendra évidemment pas. Il finira par recouvrer son calme et nos gens n'auront plus rien à craindre.

– Eh bien, filez... Allez le rejoindre le plus vite possible.

Alan sortit en courant.

Un gargouillement rauque s'échappa de la gorge

de Brian et Jim se pencha sur lui. Les yeux du blessé étaient maintenant grands ouverts et il essayait péniblement de dire quelque chose.

– Ne parlez pas, Brian. Il faut économiser vos forces.

– Que... Quelle heure est-il ? réussit finalement à demander son ami dans un souffle. L'heure de se lever ? Est-ce que j'ai dormi trop longtemps ?

– Il ne s'agit pas de ça. C'est l'après-midi. Vous ne vous rappelez pas ? Nous avons livré bataille aux Hommes Creux avec les Petits Hommes. Vous avez été blessé. Une blessure sans gravité mais vous avez perdu beaucoup de sang. Vous devrez garder la chambre quelques jours.

Brian le considéra fixement pendant un temps qui parut interminable à Jim. Enfin, il reprit la parole. Sa voix était toujours aussi faible :

– Les Hommes Creux ? Oui... maintenant, je me souviens...

– N'essayez pas de parler. Cela vous fatigue inutilement et vous avez besoin de récupérer. Tout ira bien, je vous le promets. Je m'occupe moi-même de vous.

– Ahhhhh...

C'était le soupir d'un homme qui avait atteint les limites de l'épuisement. Les yeux de Brian se refermèrent. On avait l'impression que, cette fois, il ne s'était pas évanoui mais simplement assoupi. Dormir était ce qu'il pouvait faire de mieux. Jim arrangea les vêtements qu'il avait empilés sur lui à la va-vite pour le tenir au chaud dans la mesure du possible. On n'allait pas tarder à apporter le fourneau et de quoi allumer la torchère. Alors, la température de la chambre serait plus supportable.

Comme, soudain, il bâillait profondément, il réalisa que l'agitation fébrile qui s'était poursuivie sans discontinuer depuis l'instant où Brian avait perdu connaissance l'avait complètement vidé. Il était exténué. Il jeta un coup d'œil circulaire dans la pièce. Il y avait un banc où il pourrait s'asseoir.

Un nouveau bâillement le prit – et il demeura la bouche ouverte, sentant quelque chose de pointu s'enfoncer dans sa nuque.

Sa réaction instinctive fut de se retourner mais une voix de baryton grinçante l'immobilisa.

– On ne bouge pas ! disait-elle avec un accent écossais à couper au couteau. Ah ! je t'ai eu, maudit sorcier ! C'est la dernière fois que tu feras des misères à des gens comme ce pauvre garçon qui est sur ce lit. Cette fois, tu es bon pour le bûcher, l'ami !

9

Jim était complètement dépassé. Il devait sûrement s'agir d'un fou – un fou armé de quelque chose de très, de vraiment très pointu. Il ouvrit à nouveau la bouche mais ne trouva rien à dire. Au même instant, une autre voix s'éleva derrière lui :

– Et toi non plus, l'Ecossais, tu ne bouges pas un muscle. (C'était la voix de Dafydd.) C'est une flèche de guerre qui est encochée à mon arc et elle est pointée sur ton cou. Si tu fais un seul mouvement, elle se plante dans ta colonne vertébrale et dans ton œsophage.

La voix de l'Ecossais résonna à nouveau, rompant le silence qui avait succédé à ces mots :

– Tu peux me tuer mais ça ne sauvera pas ton ami. Un MacGreggor n'est pas...

Mais une troisième voix retentit – et, celle-là, c'était celle de Liseth :

– Lachlan MacGreggor ! Que faites-vous à sire James ? Que se passe-t-il ici ? Et pourquoi Dafydd vous tient-il en respect avec cette flèche ? Pour vous empêcher de faire du mal à ce galant gentilhomme ?

– Ce n'est pas un galant gentilhomme, répliqua le nommé MacGreggor. C'est un noir sorcier ! Et j'en débarrasserai la terre comme je l'en débarrasserai de tous ceux de sa race, quoi que puisse tenter le pleutre d'archer qui est derrière moi.

– Il n'y a pas de sorciers, à moins de donner ce nom aux magiciens qui ont mal tourné, protesta Jim, se rappelant ce que Carolinus lui avait dit un jour. Je suis un magicien, un authentique...

– Assez jacassé ! Peut-être que tu échapperas au bûcher mais pas à la pointe de mon épée...

La voix de Liseth l'interrompit.

Les hommes et les femmes du XIVe siècle, avait découvert Jim, ignoraient presque entièrement les inhibitions dans leurs actes et, plus encore, dans leurs émotions. La courtoisie raffinée sous laquelle ils dissimulaient le plus souvent leur capacité d'éprouver ou de faire ce qu'il leur était indispensable d'éprouver ou de faire n'était jamais qu'une voile fragile. Et Liseth en apportait une nouvelle preuve – une preuve à proprement parler criante, le mot n'était pas trop fort.

Jim avait noté que la voix de la jeune fille possédait certaines des qualités de celles de son père et de ses frères mais il avait été loin de la créditer d'un volume égal. Il s'apercevait maintenant qu'il avait eu tort. Angie, son épouse, était dotée d'une voix d'une rare stridence quand elle le voulait. Mais force était à Jim d'admettre que Liseth la battait d'une bonne longueur sur ce point.

– HIIIIIIII ! glapissait-elle. Père ! Venez vite !

Sa voix était non seulement capable de traverser tous les murs et tous les plafonds de la tour : son timbre était, en outre, à tel point suraigu que les oreilles de Jim sonnaient et qu'il se retrouva à moitié sourd.

Quand elles se débouchèrent, il perçut d'autres voix, lointaines mais qui se rapprochaient rapidement, parmi lesquelles il reconnut le timbre des De Mer mâles – encore qu'il fût dans l'incapacité de comprendre exactement les mots qu'ils prononçaient. Pendant quelques instants encore, personne ne fit un geste. Jusqu'au moment où, soudain, la voix d'Herrac explosa à son tour dans la pièce :

– Lachlan MacGreggor ! hurlait-il. Reposez cette saleté ! Qu'est-ce à dire ? Mettre sa lame à nu dans ma propre demeure et en menacer un de mes hôtes ! Vous... un MacGreggor ! Comment pouvez-vous expliquer cela ?

La pression de la pointe sur sa nuque cessa brusquement et Jim se retourna. Dafydd, l'arc bandé, tenait en respect le personnage en kilt qui se trouvait derrière lui.

– Je crois que vous pouvez maintenant abaisser votre flèche, Dafydd, lui dit-il.

– Si tel est votre désir. Mais prends garde, l'Ecossais : je peux encore la tirer plus vite que ta main n'est capable de bouger.

– Jamais un de mes hôtes n'en tiendra un autre sous la menace de son arme, tonitrua Herrac. Si sir James ne vous avait pas donné cet ordre, c'est moi qui l'aurais fait !

– Peut-être, mais la valeur d'un ordre dépend de celui qui le donne, répondit Dafydd de sa voix douce.

Néanmoins, il avait abaissé son arc et en avait relâché la corde. L'homme en kilt fit volte-face pour le dévisager.

– On se rencontrera de nouveau. Quel est ton nom ?

– Je suis Dafydd ap Hywel, maître archer gallois, et l'on n'a nulle peine à me rencontrer.

– Est-ce fini, vous deux ? tonna Herrac. Qu'est-ce que tout cela veut dire, Lachlan ?

– J'ai trouvé ce sorcier noir à qui vous donnez du sire Je-Ne-Sais-Quoi en train d'envoûter le malheureux qui est sur ce lit, fort mal en point à n'en pas douter. Ou il est victime de ses maléfices, ou il est grièvement blessé – en tout cas, il était incapable de lui opposer la moindre résistance.

L'exaspération commençait à gagner Jim.

– Je ne suis pas un sorcier, sinistre abruti, mais un *magicien !* Et les magiciens ne sont rien de plus que des hommes qui ont étudié la magie pour le bien de leurs frères humains tout comme les docteurs qui étudient la médecine. Les « sorciers » n'existent que dans les histoires que racontent les ignorants pour faire peur aux gobe-mouches qui les écoutent.

– C'en est trop ! gronda Lachlan. Je ne vais pas laisser ainsi insulter ma grand-mère sans bouger !

Jim ouvrit de grands yeux.

– Qu'est-ce que votre grand-mère vient faire là-dedans ?

Son ébahissement n'avait rien de feint.

– C'est elle qui m'a parlé des sorciers et de leurs agissements. Oseras-tu me dire qu'elle mentait ?

– Certes pas. Il est fort possible qu'elle croyait les fables qu'elle racontait. Mais...

Liseth ne laissa pas Jim poursuivre.

– Lachlan MacGreggor, s'exclama-t-elle, vous ne savez ni à qui vous vous adressez, ni de quoi vous parlez. Ce gentilhomme en qui vous voyez un sorcier n'est pas seulement un *bon* magicien. Il a, en outre, aux côtés de l'homme couché sur ce lit et de cet archer, combattu et anéanti les créatures aux ordres des Noires Puissances dont, sans aucun doute, votre *Auld Hornie*[1] fait lui aussi partie. Ce fut une bataille terriblement inégale qu'ils livrèrent toute une journée durant dans les marais du sud de l'Angleterre au lieu-dit la Tour Répugnante. Et, depuis, les ménestrels la chantent dans leurs ballades. La seule explication à votre attitude est qu'aucune d'entre elles n'est jamais parvenue à vos oreilles.

– Comment cela ? fit sur un ton à présent radouci Lachlan MacGreggor en grattant son menton hérissé de poils qui, s'il les avait laissés pousser, lui auraient fait une barbe aussi rouge que sa chevelure. Je les ai

1. Le Diable (« Vieux Cornu ») en écossais.

entendu chanter bien des fois, ces ballades. Vous ne voulez quand même pas dire que ces deux-là ont participé à cet exploit ?

– Si ! C'est exactement ce qu'elle veut dire ! lança sèchement une nouvelle voix. (Et Giles surgit entre sa sœur et son père.) Et ce n'est pas tout. J'étais en France avec le seigneur James quand il a affronté un authentique magicien noir dont les pouvoirs étaient moult fois supérieurs aux siens. Il l'a défait et m'a en même temps sauvé la vie. Je suis resté quelques mois en sa compagnie et je peux témoigner qu'il n'y a point d'adversaire des choses maléfiques plus noble et plus vaillant que messire James de Bois de Malencontri auquel vous faites face.

Lachlan dévisagea Jim en plissant les yeux.

– Vous l'affirmez ?

– Il l'affirme et nous tous ici présents l'affirmons également, tonitrua Herrac. Nous les avons rappelés, lui et ses deux amis, alors qu'ils chassaient avec ma fille, pour qu'il fasse votre connaissance. Et voilà le bel accueil que vous lui avez réservé !

– Que voulez-vous ? Il peut arriver à tout le monde de se tromper, rétorqua Lachlan avec philosophie. J'oublierai ce que j'ai pu penser tout à l'heure si le seigneur James – encore que donner du « seigneur » à un Anglais m'arrache la gorge – oublie et pardonne telle ou telle petite erreur de jugement que j'aurais pu commettre.

Un an plus tôt, quand, venant du XXe siècle, Angie et lui avaient tout juste atterri sur ce monde, Jim n'aurait pas compris ce discours comme il le comprenait aujourd'hui. Ces mots, il le savait, étaient pour un homme du XIVe siècle la seule façon de présenter ses excuses sans s'humilier plus que sa fierté ne le lui permettait.

– C'est déjà oublié, dit-il en tendant la main à l'Ecossais.

Celui-ci la prit. Et cette poignée de main scella leur réconciliation.

– Bon, laissa tomber Herrac. Tout est bien qui finit bien. Mais rappelez-vous ce que j'ai dit : je ne veux pas de querelles sous mon toit – surtout des querelles qui se règlent l'arme au poing.

– Pour ma part, seigneur Herrac, dit Jim, non seulement je ne l'oublierai pas mais je vous rends hommage, car veiller à ce qu'il en soit ainsi est tout à votre honneur.

– Moi pareillement, s'empressa d'ajouter MacGreggor. Je sais aussi bien que n'importe qui en ce pays comment me conduire sous le toit de celui qui m'offre son hospitalité. Je reconnais que je me suis peut-être laissé un peu emporter, suite à une erreur toute naturelle. Herrac, mon vieil ami, la lame de mon poignard ne verra plus la lumière tant que je serai hôte de ce château, à moins que vous ne me donniez permission de la dégainer.

– C'est bon, grommela le maître des lieux. Maintenant que c'est là une affaire réglée, messire James, que pouvons-nous faire d'autre pour sir Brian ?

– Rien de plus pour le moment. Dès que l'on aura monté le fourneau et allumé la torchère...

– Il y a longtemps que cela aurait dû être fait ! (Le ton d'Herrac était à nouveau celui de la colère.) Giles, va voir ce qu'ils fichent en bas. Et à part ça, sire James ?

– J'aimerais que quelqu'un reste avec Brian et m'appelle s'il se passe quoi que ce soit. Je donnerai des instructions aux personnes que vous chargerez de le veiller. Oh ! il faudra aussi remonter les draps pour refaire le lit dès qu'on les aura fait bouillir et qu'ils seront secs.

– Je crois qu'ils le sont presque. Veux-tu t'occuper de cela, Liseth, et choisir deux solides gaillards ou deux filles dignes de confiance – ou deux de chaque, ce sera encore mieux – pour veiller sir Brian ?

Herrac revint à Jim qui grelottait dans ses sous-vêtements moyenâgeux.

– Si vous daigniez accepter que mes fils ou moi-même vous prêtions quelques vêtements, ce serait avec joie que nous les mettrions à votre disposition.

– Je vous remercie mais ce n'est pas la peine, répondit vivement Jim. J'ai des chausses de rechange et une cotte neuve dans mes bagages. Je les mettrai en attendant que le lit soit refait. Je ne veux pas quitter le chevet de sir Brian avant.

– Je pense que vous préférez que nous vous laissions seul avec Brian. Nous allons donc nous retirer. Lachlan ? Maître archer ?

– Si messire James est d'accord...

Il y avait de la réticence dans la voix de Dafydd.

– Oui, Dafydd, descendez avec les autres. Je vous rejoindrai tous avant peu. Et vous aussi, sir Lachlan...

– Si j'étais chevalier – ce qui est d'ailleurs le cas –, grommela MacGreggor, vous n'auriez pas à en tenir compte. Ces titres de noblesse ne sont que des hochets qui ne signifient rien pour moi.

Tous se retirèrent. Jim réalisa soudain qu'il avait été tellement pris par l'urgence de la situation qu'il ne s'était pas rendu compte du froid qui régnait dans la chambre. Frissonnant, il fouilla dans son bagage – un bagage réduit, puisqu'il devait tenir derrière sa selle !

Une fois rhabillé, il se sentit nettement plus à l'aise.

Quelques instants plus tard, Liseth revint avec deux servantes qui apportaient le fourneau et la literie. Deux valets les suivaient.

Brian se réveilla quand ces derniers le soulevèrent avec l'aide de Jim pour refaire le lit. Jim tint à se charger lui-même de cette tâche. Il se reprochait de n'être pas allé lui-même chercher la literie pour éliminer tout risque de contamination. Au XIVe siècle, les valets d'un seigneur, fût-il de la qualité d'Herrac de Mer, ne pouvaient passer pour des parangons de propreté.

Jim lui-même, malgré ses efforts pour leur faire adopter des habitudes plus hygiéniques, avait constaté que ses propres serviteurs avaient leurs limites dans ce domaine. Tout au plus Angie était-elle parvenue à convaincre la plupart d'entre eux de se laver les mains avant de toucher aux aliments.

Une fois le lit refait et Brian recouché, Jim s'abstint de tout commentaire. Pour autant qu'il puisse en juger, les draps et les couvertures étaient vierges de nouvelle vermine et celle qui y pullulait précédemment n'avait pas survécu à l'ébouillantage.

– Maintenant, Liseth, je vais vous expliquer ce qu'il convient de faire car vous saurez mieux que moi le faire comprendre à vos gens. Je veux qu'un homme et une femme restent éveillés en permanence. Interdiction absolue de toucher aux cruchons ou aux ustensiles que Brian pourrait avoir à utiliser. C'est d'une importance extrême. (Une idée un peu perverse lui vint à l'esprit. Pourquoi ne pas tirer une fois de plus avantage de sa réputation de magicien ?) Si jamais ils s'y risquaient, ils se ratatineraient aussitôt comme des crapauds desséchés par le soleil.

Il fut satisfait de voir les quatre domestiques devenir blêmes. D'expérience, il savait que la peur de la magie dissiperait toute velléité de désobéissance.

– Autre chose, poursuivit-il. Il ne faudra laisser s'éteindre ni le fourneau ni la torchère. Le vase de nuit sera régulièrement vidé et lavé. Quand Brian sera éveillé, ils lui donneront à boire – et le plus souvent possible. Rien d'autre que de la petite bière. Il est indispensable qu'il ingurgite beaucoup de liquide pour remplacer tout le sang qu'il a perdu. Entretemps, nous descendrons, vous et moi, à la cuisine pour y chercher du foie de veau que nous hacherons menu et dont nous ferons une soupe. Pensez-vous que ce soit possible ?

– Assurément, messire, répondit Liseth. Je peux faire cela moi-même.

– Vous vous assurerez que les personnes qui prépareront cette soupe soient d'une propreté irréprochable et que le récipient dans lequel on la versera soit récuré à fond. Au savon.

– Au savon ? répéta Liseth d'un ton interrogatif.

– Vous ne savez pas ce qu'est le savon ? C'est une substance très utilisée par nous autres magiciens. (Jim réfléchit une seconde.) Bon ! qu'ils frottent l'intérieur de la marmite jusqu'à ce qu'elle brille. Ensuite, ils la rempliront d'eau à ras bord et ils la feront bouillir le temps qu'il faut pour réciter au moins dix *pater noster*. Cela fait, ils la laisseront refroidir et, aussitôt après l'avoir vidée, ils y verseront la soupe, la feront réchauffer et la monteront dans la chambre. Et nous devrons faire en sorte que Brian en avale le plus possible.

– Sir Brian aime-t-il la soupe de foie de veau ? s'enquit Liseth.

– Probablement pas mais il devra l'avaler quand même. Et qu'il boive le plus possible. Il ne faut pas... je répète : il ne faut pas lui donner une goutte de vin, même s'il en réclame à cor et à cri. Pouvez-vous faire comprendre tout cela à vos gens ?

– Certainement, messire. (La jeune fille se tourna vers les quatre serviteurs.) Vous répondrez de la vie de sir Brian sur votre propre vie. S'il meurt ou si vous ne suivez pas à la lettre les instructions du mage, vous serez pendus !

Elle se tourna vers Jim.

– Je crois que voilà cette question réglée, dit-elle allégrement. Souhaitez-vous descendre maintenant dans la salle avec moi, sir James ?

– Oui, oui. Qu'ils m'appellent immédiatement s'ils constatent quelque chose d'anormal. Et une servante lui tâtera le front de temps en temps pour s'assurer qu'il n'est pas plus chaud qu'il ne devrait l'être.

– Vous avez entendu, vous autres ? Je suis à votre disposition, messire. Quand vous voudrez...

Tandis qu'ils descendaient côte à côte l'escalier en colimaçon, Jim demanda à Liseth :

– Est-ce que vous les exécuteriez vraiment ? Après tout, si jamais Brian mourait – ce qui ne se produira pas, j'en suis sûr –, ils n'y seraient pour rien. Si quelqu'un devait être tenu pour responsable de sa mort, ce ne pourrait être que moi.

La jeune fille leva vers lui ses yeux noirs au doux regard.

– En voilà une question ! Nous ne saurions vous pendre, messire. Cela dit, il faudrait bien que quelqu'un soit puni. Et, après tout, c'est aussi pour cela que sont faits les domestiques. Comment un homme tel que vous peut-il poser une question pareille ?

– Euh... oui, bien sûr ! fit Jim en balayant l'air d'un grand geste du bras en guise de réponse.

Puis Liseth, à sa vive satisfaction, abandonna ce sujet.

– Oh ! reprit-elle. Grisailes est rentré et j'ai parlé avec lui. Il a bien retrouvé le *laidly* Ver.

– Je vous demande pardon mais j'aimerais que vous m'expliquiez ce qu'est au juste un *laidly* Ver.

Liseth se mit à rire.

– « Laidly » est un mot écossais que nous employons, nous aussi. Il s'applique à quelque chose de très, de vraiment très laid... quelque chose d'horrible à voir. Vous comprenez ?

Jim opina.

– Oui. Mais continuez. Vous disiez donc qu'il avait trouvé ce Ver ?

– Absolument. Il se chauffait au soleil en haut d'une petite falaise. Quelque part dans les bois de Cheviot, probablement.

– Probablement ? Votre Grisailes ne sait donc pas exactement où il l'a vu ?

– Oh ! bien sûr que si. Mais il n'a pas la même vision du sol que nous. Il m'a fait comprendre que l'endroit en question est, à vol d'oiseau, à peu de distance du château. Mais « à peu de distance » peut aussi bien vouloir dire cinq lieues que cinquante. Cela dépend du parcours qu'il a effectué. En fait, il y a des chances pour que ce soit plus près de cinquante lieues si le Ver était bien au cœur des bois de Cheviot, dans le territoire des Hommes Creux.

– J'aimerais que nous puissions le localiser de façon précise, dit songeusement Jim.

– J'en toucherai deux mots à Snorrl la prochaine fois que je le verrai.

Snorrl leur avait tiré sa révérence sur le chemin du retour avant même qu'ils aient été en vue du château. Il avait apparemment autant de répulsion qu'Aragh pour tout ce qui était murs ou maisons.

– Et cette prochaine fois, ce sera quand ?

– Oh ! demain... ou la semaine prochaine. Avec Snorrl, on ne peut jamais savoir d'avance. Il en va de même pour presque toutes les bêtes, y compris les oiseaux. Ils ne conçoivent pas le temps et les distances comme nous les concevons nous.

– Et ce Ver... quelle taille avait-il ?

– Ce détail aussi, j'ai eu du mal à l'arracher à Grisailes. Il a commencé par me dire qu'il était plus gros qu'un lièvre. Comme je savais qu'il devait être beaucoup plus gros que ça encore, je lui ai demandé s'il était aussi gros qu'une vache. Oui, m'a-t-il dit après avoir réfléchi. Finalement, j'ai réussi à comprendre qu'il était plus grand qu'un chariot.

– Avait-il des yeux pédonculés ?

– Oui, en effet ! Comment le savez-vous ? Grisailes m'a dit qu'il avait des yeux d'escargot mais, qu'en dehors de cela, il avait l'air d'une limace géante.

– D'après cette description, il ressemble beaucoup

trop pour mon goût au Ver avec lequel Brian s'est battu à la Tour Répugnante.

Arrivés au pied de l'escalier, ils passèrent dans la grande salle. Herrac et ses fils étaient assis à leurs places accoutumées autour de la table haute en compagnie de Lachlan MacGreggor et de Dafydd. Répondant à l'invite du vieux seigneur, Jim et Liseth s'installèrent sur le banc qui lui faisait face.

– Alors, comment se porte Brian ? demanda-t-il au premier en remplissant généreusement un gobelet à son intention.

– Avec un peu de chance, il sera bientôt remis sur pied. Le gros problème, comme vous savez, c'est qu'il a perdu beaucoup de sang. La plaie est peu profonde mais elle est longue – tout le côté gauche de la cage thoracique. J'ai fait ce que j'ai pu. Maintenant, s'il boit abondamment et avale le plus possible de la soupe que l'on confectionnera à son intention suivant la recette que j'ai indiquée à Liseth, je pense qu'il pourra se lever avant la fin de la semaine.

– Oh ! s'exclama la jeune fille. Cela m'était complètement sorti de la tête, messire. Il faut que je fasse préparer cette soupe. Je reviens tout de suite. Puis-je disposer, père ?

– Mais bien sûr ! Bien sûr ! Dépêche-toi, répondit Herrac en tendant le bras vers la cuisine.

Liseth se leva et quitta la table.

– Il est regrettable que sir Brian ne puisse être avec nous alors que nous avons à parler de la situation délicate qui se présente.

Ce fut à ce moment que Jim remarqua pour la première fois la gravité des visages qui l'entouraient. Il avala une sérieuse rasade, puis une autre et finit par vider entièrement son gobelet. Ce vin âpre descendait fichtrement bien et faisait agréablement chaud au ventre. Une constatation qui lui fit réaliser qu'il n'avait pas seulement soif mais que les soins qu'il avait apportés à Brian l'avaient soumis à une tension considérable. Il ne protesta pas quand Herrac remplit à nouveau sa coupe. Mais ce n'était pas au vin qu'allaient vraiment ses pensées. Il s'efforçait d'établir un lien entre la visite inattendue de cet Ecossais, le *laidly* Ver, les Hommes Creux et la possibilité d'ouverture d'un second front. Une éventualité que Carolinus avait pourtant paru balayer d'un revers de main.

Même les mages peuvent se tromper.

10

– Oui-da, je pense comme vous. (La mine chagrine, Lachlan emplit sa coupe et but une gorgée.) Nous sommes à la veille de l'invasion de l'Angleterre et il est le seul Anglais parmi nous.

– Non point, dit Herrac. Messire de Bois de Malencontri est anglais, lui aussi.

Jim faillit préciser qu'il n'était pas anglais mais américain – ou aurait été américain dans des circonstances ordinaires. Mais expliquer ce point de détail aurait été trop compliqué et il jugea préférable de garder bouche close.

– Qu'un Ecossais, un Gallois, un Northumbrien soient assis autour de la même table, et même avec un Anglais, pour parler d'une affaire comme celle-ci n'est quand même pas chose ordinaire.

– Tout cela importe peu, fit Herrac d'un ton rogue. D'une part, la Northumbrie est devenue le comté de Northumberland et, maintenant, nous sommes, nous aussi, considérés comme anglais. Par ailleurs, cette affaire n'intéresse pas seulement le Northumberland et l'Angleterre : elle concerne tout autant l'Ecosse et les Galles. Si les Français nous envahissent, ce sera blanc bonnet et bonnet blanc. Ne vous est-il pas venu à l'idée que tout Français ayant le droit de porter l'épée cherchera à s'emparer d'un lopin pour y établir son propre domaine sans se soucier de savoir quel en était le précédent occupant ? Cela vaut aussi pour les Galles et plus que vraisemblablement pour l'Angleterre. Et il se peut fort bien que le danger menace à son tour l'Ecosse une fois que les Français régneront en maîtres de l'autre côté de la Frontière.

– Sur ce point aussi, je partage votre avis, grommela Lachlan. Les Français ne lésinent pas sur l'or qu'ils expédient. Mais un roi ne dépense pas son or par pure bonté d'âme !

Lachlan regarda Jim droit dans les yeux.

– En un mot, sir James – je vous appellerai ainsi car « sir » vient plus aisément que « messire » à mes lèvres –, nous parlons d'une invasion de l'Angleterre venant d'Ecosse, financée par de l'or français, mais menée au prix de sang écossais. Car c'est le sang des Ecossais qui devra être versé avant que l'espoir d'une conquête de l'Angleterre puisse devenir réalité – bien que pareil espoir soit encore à naître.

– Vous vous souciez donc des vies écossaises ? fit Jim. Comment se fait-il qu'un Ecossais comme vous soit ici, pour avertir un futur ennemi potentiel que son propre peuple prépare la guerre ?

– Parce que Herrac est en droit d'être prévenu. Nous pouvons tous être la proie des Français. De plus, je ne suis pas l'ami du clan MacDougall qui pousse à la roue pour que ce bain de sang ait lieu. Encore que je ne sois pas vraiment opposé à une conquête de l'Angleterre qui réussirait. Mais celle qui est envisagée ne peut pas réussir. Et elle ne réussira pas.

Ces derniers mots firent mouche dans l'esprit de Jim.

– Et pourquoi ne réussirait-elle pas ?

– Parce que ces maudits Français ne seront pas là au moment voulu ! répondit Lachlan en assenant son poing sur la table. (Il avait presque crié.) Il en est toujours allé ainsi avec eux et il n'y a pas de raison que cela change. Ce qu'ils veulent, c'est que les Ecossais leur tirent les marrons du feu. Qu'ils conquièrent l'Angleterre. Alors, le sourire aux lèvres, ils prendront la mer et débarqueront suffisamment de troupes fraîches pour massacrer et mettre en déroute ces braves Ecossais qui auront fait le travail à leur place. Comment pourraient-ils l'emporter autrement ?

– Vous ne nous avez pas encore dit ce qui vous rend tellement sûr qu'ils se comporteront de cette façon, intervint Dafydd.

– C'est qu'ils ont toujours employé cette recette ! Ils cherchent à acheter les Ecossais pour qu'ils s'emparent de l'Angleterre à leur place. Ça a de tout temps été leur tactique et il n'y a pas de raison pour qu'ils en changent. Que se passerait-il si les Ecossais et les Français devaient se partager l'Angleterre ? Ils ne se sont peut-être jamais fait la guerre pour d'autres motifs mais, là, ils se la feraient !

Jim remarqua que, curieusement, l'accent de Lachlan avait des hauts et des bas. Parfois, il parlait comme les autres et, à d'autres moments, ce qu'il disait était à peine compréhensible.

– Pour ma part, dit Herrac, connaissant les Anglais et les Français, je partage totalement le point de vue de Lachlan. Les hommes de la Frontière que nous sommes ont appris qu'il n'y aura jamais de paix réelle entre les Ecossais et les Anglais. Mais que jamais un Ecossais ni un Anglais de la Frontière ne cédera de son plein gré un pouce de ce qui lui appartient à un Français. Il ne fait pas de doute que la nouvelle que Lachlan nous apporte est la vérité. Nous ne sommes pas là pour nous demander *si* ces choses vont se produire mais *comment* elles se produiront. Et comment il nous serait possible de briser le fer de la lance dès l'instant où elle se braquera vers le sud.

– Savons-nous d'où elle partira, cette lance ? demanda Jim. Et quelle forme elle prendra ? Si c'est toute une armée en ordre de marche...

– Plaise à Dieu que ce soit le cas, soupira Herrac. Je crains, quant à moi, que ce ne soit quelque chose de bien plus terrible.

– Pourquoi ? A quoi pensez-vous ?

Jim était surpris de voir ce robuste soldat de la Frontière, fort d'une longue expérience des combats locaux, adopter une attitude de vaincu alors qu'aucune espèce de conflit n'avait encore montré le bout de son nez.

– Pourquoi ? Parce que ce ne sera pas à une armée que nous aurons affaire, mais à nos vieux ennemis. A ceux que vous avez vous-même déjà affrontés et à qui sir Brian doit d'avoir reçu la blessure qui le tient alité.

– Qui ? Voulez-vous parler...

Jim voulait que Herrac prononce lui-même le nom maudit.

– Des Hommes Creux.

Bingo !

En plein dans le mille, songea Jim. Et c'étaient les Noires Puissances qui tiraient les ficelles.

– Vraiment ? Mais je ne vois toujours pas en quoi cela constitue un problème si épineux. Combien peuvent-ils être, vos Hommes Creux ? Pas plus de deux mille, à vue de nez ?

– Sans doute. Personne ne connaît leur nombre exact, naturellement. Personne de vivant.

– Eh bien, il n'y a pas de bile à se faire, dit Jim, conscient que l'effet du vin commençait à se faire sentir et le rendait un peu plus prolixe qu'il ne l'aurait habituellement été. Une force d'invasion basée en Ecosse qui voudrait lancer une attaque sérieuse contre l'Angleterre devrait être forte d'au moins trente mille hommes, pas vrai ? Au minimum. Peut-être même quarante mille, ou cinquante mille. Voire plus encore...

Herrac lui coupa sans façon la parole :

– Quelle importance les effectifs de l'armée écossaise peut-elle avoir ? Quel que soit leur nombre, l'Angleterre peut aligner autant d'hommes, et davantage. Ce qui compte, c'est la pointe avancée du dispositif. Les Hommes Creux. Que voulez-vous qu'on fasse contre eux, même s'ils ne sont que deux mille, si on ne peut pas les tuer ?

– Si, on peut les tuer...

– Oui, mais temporairement, voilà le hic ! Vous en tuez un et, quarante-huit heures plus tard, il ressuscite et se remet à massacrer des mortels qui, eux, ne reviendront pas à la vie ! Comment se fait-il, selon vous, que personne n'ait pu les déloger du territoire qu'ils occupent depuis si longtemps dans les monts Cheviot ?

– Mais...

Jim n'alla pas plus loin : il s'apercevait soudain qu'il n'avait pas d'arguments à opposer à Herrac. Il y avait indiscutablement là un problème, c'était le moins qu'on pût dire. Néanmoins, il ne voyait pas comment l'intervention des Hommes Creux pourrait donner le signal d'une offensive sanglante pénétrant jusqu'au cœur de l'Angleterre. Et encore moins d'une écrasante victoire écossaise. Les Hommes Creux étaient bien trop peu nombreux pour assurer le triomphe des Ecossais.

– Le diable vous emporte, l'ami ! (Lachlan avait retrouvé son accent.) Faites donc un peu fonctionner votre cervelle. Ils ne peuvent pas perdre... les Hommes Creux, je veux dire. Aussi longtemps qu'ils laisseront l'un des leurs à l'abri dans les Cheviots – ou, mieux encore, plusieurs par sécurité –, ils pourront se faire tuer autant de fois qu'ils voudront, puis regagner leur base et se donner du bon temps avec le butin qu'ils ramèneront. Plus l'or que les Français leur auront donné !

– Mais à quoi peuvent leur servir leur butin et leur or s'ils sont morts et n'ont pas de corps ?

– Ils sont peut-être morts, mais quand ils sont vivants, ils ont un corps comme vous et moi, un corps qui a les mêmes appétits – le manger, le boire et les femmes. C'est ce qu'il y a de répugnant en eux.

– Oui, bien sûr. Cependant...

– Toujours est-il que l'armée écossaise ne peut pas espérer l'emporter à elle seule. Tôt ou tard, une force anglaise supérieure, renforcée par des archers du même tonneau que notre ami gallois ici présent – nous n'avons jamais eu d'archers de force égale à leur opposer – cernera et écrasera les Ecossais. (Dafydd soutint sans broncher le regard noir que lui décocha Lachlan.) Tous ceux qui n'auront pas pris la fuite périront. Beaucoup d'Hommes Creux mourront aussi mais quelques-uns s'échapperont. En particulier, ceux qui, chargés d'un riche butin, auront filé avant la bataille décisive. L'Angleterre pourra lancer la totalité de ses forces contre les armées d'Ecosse car, je vous l'ai déjà dit et je le répète, les Français ne viendront pas.

Lachlan se tut, le temps de jeter un coup d'œil circulaire autour de lui.

– Ils ne débarqueront jamais en temps voulu pour se porter à notre aide. Nous serons seuls face à l'Angleterre. Et l'Angleterre est un pays plus grand que le nôtre, plus peuplé, plus riche et plus fort. Nous défendre contre elle, ça, oui, nous le pouvons s'ils viennent nous chercher dans nos montagnes, nos lochs et nos rivières. Mais nous ne pouvons espérer les battre sur leur terrain. Tout bon Ecossais le sait aussi bien que moi.

Il avala une rasade, puis prit une profonde inspiration et continua plus calmement :

– Mais le clan MacDougall croit dur comme fer que les Français débarqueront. Que les Anglais, pris de panique, disperseront leurs forces et que nous remporterons ainsi une victoire facile alors que nos alliés auront tout juste touché terre. Du coup, nous serons en situation de leur dire de retourner d'où ils viennent. Et, selon MacDougall, ils ne demanderont pas mieux puisque ce sera seulement pour honorer *Auld Alliance*, le pacte qui leur fait obligation de se porter à notre aide, qu'ils seront venus.

Un reniflement de mépris ponctua cette dernière phrase.

– Qu'est-ce qui vous rend si sûr que l'avant-garde des Hommes Creux réussira si bien sa percée en territoire anglais ? demanda Jim. Quand on les tue, ils ne restent morts que pendant quarante-huit heures, c'est vrai. Mais on peut les tuer. Et les Anglais auront tôt fait d'en mettre suffisamment hors de combat pour qu'ils ne soient plus d'un grand secours pour les forces écossaises.

– Vous croyez ? (Lachlan remplit sa coupe en dévisageant Jim.) Herrac m'a dit que vous et vos deux amis étiez tombés sur un groupe d'Hommes Creux avant d'arriver au château. Quelle a été votre réaction en les voyant ? Vous battre, ou prendre la fuite ?

Jim eut l'impression d'être pris en tenaille. Brian et Dafydd lui-même, très probablement, avaient fort bien pu avoir eu envie de tourner les talons plutôt que d'engager le combat à la vue de ces cavaliers revêtus d'armures qui chargeaient sur des chevaux invisibles. Lui-même avait été plus intrigué qu'effrayé. Mais il se voyait mal expliquer qu'il n'appartenait pas réellement à ce monde ; et que, dans celui d'où il venait, on n'évoquait pas automatiquement la magie et les fantômes quand on tombait sur quelque chose que l'on ne comprenait pas.

– La première réaction est évidemment de s'enfuir. Voir des armures et des armes qui se promènent toutes seules, ce n'est pas naturel.

– Vous l'admettez donc ! Eh bien, que pensez-vous que feront les Anglais, qui n'ont même jamais entendu parler des Hommes Creux, quand ils se trouveront pour la première fois face à eux ?

– Nous non plus, nous n'en avions jamais entendu

parler, dit Dafydd non sans une certaine sécheresse. Et nous sommes passés à l'attaque. Bien sûr, tout le monde n'est peut-être pas taillé sur le modèle de messire James, de sir Brian et de votre serviteur.

– Mais c'est justement là que je veux en venir, l'ami ! Les Hommes Creux pénétreront profondément en territoire ennemi parce que la plupart des Anglais prendront leurs jambes à leur cou aussitôt qu'ils les verront. S'ils disposent de suffisamment de chevaux spectraux, il ne leur sera pas difficile d'écraser et massacrer des fuyards démontés. Une telle charge – des chevaliers en armure montés sur des chevaux fantômes – suffira pour semer le désordre dans les rangs d'une troupe déployée pour arrêter l'élan des Ecossais... au début, tout au moins.

Lachlan dut s'interrompre pour reprendre sa respiration. Il criait presque.

– De la sorte, reprit-il, les Ecossais tireront profit des heurts de ce genre et seront en mesure de pénétrer plus profondément en terre anglaise. Entretemps, la rumeur se répandra, les précédant et allant grossissant, de sorte que la terreur gagnera les Anglais. Au bout du compte, certains qui auront été au contact avec eux découvriront que les Hommes Creux peuvent être tués, temporairement tout au moins. Mais à ce moment, les Ecossais auront pénétré si profondément en territoire anglais que l'adversaire pourra les cerner et leur couper toute retraite. Et les Anglais, comme je vous le disais, seront en mesure de réunir des forces beaucoup plus importantes – et ils ne mettront pas longtemps à s'apercevoir que les flèches des archers qu'ils auront rameutés sont l'arme qui convient pour tuer les Hommes Creux, de loin et en toute sécurité.

Lachlan se tut. Au bout d'un moment, Herrac prit la parole, les yeux fixés sur Jim et sur Dafydd.

– J'espère que vous êtes convaincus, messires. Quant à l'issue, elle ne peut être que défavorable aux

Ecossais et à tout ce qui se trouvera sur leur passage. Il est hors de doute, en effet, qu'ils mettront tout à sac, qu'ils porteront partout le fer et le feu. La seule façon d'empêcher de tels événements, y compris le débarquement des Français, serait d'arrêter les Hommes Creux avant le déclenchement de l'offensive. Mais comment ? J'avoue que je n'en ai aucune idée.

– Vous pourriez prendre les Hommes Creux à revers et commencer par les tuer, suggéra Dafydd. Il a été dit, si je me rappelle bien, que s'ils étaient tous tués en même temps, pas un seul d'entre eux ne pourrait revenir à la vie. La solution serait alors, simplement, qu'une troupe venue de la Frontière les cerne et les massacre jusqu'au dernier – et je crois pouvoir affirmer sans crainte d'être démenti que les Petits Hommes participeraient à l'opération.

Lachlan eut un ricanement sarcastique.

– Lachlan, le morigéna Herrac, vous n'avez jamais brillé par votre savoir-vivre et, en cette heure, nous n'apprécions guère vos manières. Nos deux amis font de leur mieux pour tenter de trouver la clé du problème. Prêtons-leur l'oreille. Il se peut qu'ils n'aient pas de réponse toute prête mais ce qu'ils diront sera peut-être de nature à nous suggérer une solution.

A la surprise de Jim, l'expression renfrognée que l'Ecossais arborait depuis le moment où il était entré dans la salle, s'effaça subitement. Il se leva et ce fut sans la moindre trace d'accent qu'il s'adressa à lui et à Dafydd :

– Je vous présente mes excuses, leur dit-il. Herrac a raison. Je peux parfois me conduire comme un *kerle*. Et je me rends compte que c'est précisément ce que je viens de faire. Me pardonnerez-vous, messires ?

Jim et Dafydd y consentirent d'une même voix. Ce qui n'empêcha pas le premier de se demander ce que pouvait bien signifier le mot « *kerle* ». Finalement, il l'identifia comme étant la forme écossaise du vieil anglais *carle* désignant un rustre mal embouché.

– Fort bien, n'en parlons plus, dit alors Lachlan. Je rends hommage à votre courtoisie. Maintenant, parlez : je vous écoute.

Il se rassit et, croisant les bras sur sa poitrine, attendit en silence.

Ce fut Herrac qui reprit la parole.

– Ce que vous proposez, sir James – les encercler et les tuer tous –, est certainement une excellente solution. Il me faut toutefois vous dire que nous, les habitants de la Frontière, en avons discuté à maintes et maintes reprises sans jamais parvenir à établir un plan d'action défini. C'est un peu comme l'histoire de la souris qui voulait qu'on attache un grelot au cou du chat. Quand on a demandé qui s'en chargerait, ça a été le silence... Il y a dans la région de la Frontière bien des gens qui haïssent suffisamment les Hommes Creux pour oublier leurs querelles personnelles le temps qu'il faudrait pour débarrasser la Terre de cette engeance. Mais la question demeure : comment saurons-nous que nous les avons tous tués ?

– Et personne n'a trouvé un moyen qui permettrait d'avoir la certitude qu'ils sont tous réunis au même moment dans un même endroit ? demanda Dafydd.

– Eh, non ! L'un de vous deux a-t-il une idée ?

– Moi je n'en ai pas mais je crois, et j'ai toujours cru, qu'il n'existe pas de question sans réponse. (L'archer se tourna vers Jim.) Sir James, ne pouvez-vous imaginer un moyen, naturel ou magique, de les obliger à se regrouper tous en un seul et même lieu ?

Les regards d'Herrac et de Lachlan se rivèrent sur Jim. Celui-ci les dévisagea d'un air songeur avec une pointe de tristesse. Encore cette foi universelle et sans bornes que les gens du XIVe siècle avaient en la magie ! Pour eux, un magicien pouvait faire n'importe quoi, résoudre n'importe quel problème en utilisant des moyens surnaturels.

– De prime abord, je suis tout aussi réduit à quia que vous autres, répondit-il. (A ces mots, Herrac et

Lachlan parurent se tasser sur leur siège.) Mais laissez-moi un peu de temps pour réfléchir. Je vais essayer de trouver une solution.

– Prenez le temps qu'il faudra, fit vivement l'Ecossais. Ce sera avec joie que nous attendrons. Mais je doute que vous trouviez une idée à laquelle nous n'avons pas déjà pensé et rejetée comme inapplicable.

Ils se turent. Herrac remplit les coupes et tous restèrent immobiles, buvant à petits coups, les yeux fixés sur la table ou regardant le vide.

Au bout d'un moment, Jim, le seul à ne pas lever le coude, brisa le silence qui s'était appesanti autour de la table.

– Pouvez-vous me dire, Lachlan, comment vous avez eu connaissance de ces plans ? Et qui y est impliqué ?

– Eh bien, dit pensivement l'Ecossais d'une voix lente, ces dix derniers mois, je me trouvais à la cour – la cour d'Ecosse, bien entendu... (il toussota avec gêne et avala une gorgée de vin)... où j'avais des affaires à régler. J'y avais été introduit grâce au seigneur d'Argyle avec qui j'ai quelques rapports et qui m'a accordé cette faveur.

Levant les yeux de sa coupe, il regarda directement Jim.

– C'est ainsi que j'ai entendu parler de ce projet d'invasion. Au début, ce n'étaient rien de plus que des bruits qui couraient. Un familier de la cour de France qui avait fait des confidences au parti pro-français de la cour. Peut-être MacDougall en personne a-t-il fini par en toucher deux mots au roi dont il a l'oreille. La rumeur a grossi et s'est répandue parmi ceux qui voyaient les choses du même œil que MacDougall. Tant et si bien qu'on a commencé à mettre des plans sur pied.

Il se tourna vers Herrac.

– Vous connaissez lord Argyle, Herrac. Le considérez-vous comme un homme avisé ou non ?

– Je répondrai par l'affirmative.

– Eh bien, le seigneur d'Argyle estime que ce genre d'attaque insensée contre l'Angleterre qui ne servirait qu'à tirer les marrons du feu pour la France ne nous rapporterait rien. Il sait aussi bien que moi et d'autres encore que les Français nous ont maintes fois promis de l'aide mais qu'ils n'ont jamais tenu leurs promesses jusqu'au bout. Toujours est-il qu'il m'a chargé de m'informer sur ces projets. Comment je m'y suis pris? C'est mon affaire. Le fait est que j'ai découvert que les Français se sont engagés à fournir de l'argent, que cet argent doit arriver à la cour d'un jour à l'autre et que MacDougall le remettra en personne aux Hommes Creux qui, en échange, combattront pour l'Ecosse. Il ne doit, notez-le, leur verser qu'un acompte, le solde n'étant réglé qu'après l'issue victorieuse de l'expédition. Mais MacDougall doit sous peu rencontrer les chefs des Hommes Creux – à supposer qu'on puisse leur donner ce titre, ce dont je doute – et leur remettre cet or.

Lachlan dévisagea à nouveau Jim.

– J'espérais que les gens de la Frontière ou vous-même, puisqu'il se trouve que vous êtes ici, pourriez trouver un subterfuge pour faire en sorte que cette rencontre tourne court – soit que les Hommes Creux refusent de marcher, soit qu'on parvienne à leur faire trahir ceux qui veulent les acheter. Je sais quand MacDougall partira pour aller à ce rendez-vous et je connais approximativement l'itinéraire qu'il empruntera. Il ne sera pas difficile à une petite troupe de l'intercepter et, à tout le moins, de s'emparer du trésor de guerre qu'il transportera.

– J'espère que ce n'est pas seulement à l'or que vous pensez, Lachlan ? fit Herrac d'une voix sévère. Que vous ne cherchez pas à utiliser le danger qui menace l'Ecosse et la Frontière, pour ne parler que d'elles, comme une excuse pour mettre la main dessus ?

– Je pense que si MacDougall est dans l'impossibilité de les soudoyer, jamais les Hommes Creux ne lui apporteront leur concours.

– C'est clair comme de l'eau de roche, murmura Dafydd.

– Qu'est-ce que je vous disais ? L'esprit du Gallois vole aussi droit que ses flèches.

– C'est une solution simple, dit Herrac. Trop simple. La Frontière, et le château de Mer en particulier, est à portée de main du roi d'Ecosse. Il saura avant longtemps que, si l'or des Français a été volé, cela a été à notre instigation et sa soldatesque fondra alors sur nous. Figurez-vous que je ne tiens nullement à ce que moi et les miens soyons pendus à nos propres arbres – ou pis encore !

– Allons ! L'existence de ce trésor est un secret d'Etat. Et un secret bien gardé. Le roi n'aura aucun désir qu'on en parle, surtout s'il était volé...

– Et MacDougall ? le coupa Herrac. Je n'ai aucune envie de voir son clan investir le château sous prétexte que nous aurions tué ou blessé son chef. Le résultat serait le même que si le roi entendait dire que j'ai volé l'or. Non, Lachlan, le voler n'est pas la réponse simple et facile que nous cherchons !

– Eh bien, dans ce cas, sire James, est-ce que vous pourriez le transformer par magie en quelque vil métal ? Les Hommes Creux ne seraient pas contents du tout si MacDougall essayait de leur refiler sous couvert d'or du cuivre pour leur graisser la patte.

– Je ne sais pas. (Une idée un tantinet machiavélique vint brusquement à l'esprit de Jim.) Mais si vous voulez, je peux m'informer.

Tournant légèrement la tête et, parlant dans le vide, il demanda :

– Département des Comptes ? Vous avez mes références magiques dans vos archives. Est-ce que je peux transformer de l'or en cuivre ?

– Non, répondit à la surprise générale une voix

caverneuse venant de l'endroit que regardait Jim, quelque soixante centimètres au-dessus du sol. Même un magicien de classe AAA doit avoir une raison spéciale pour opérer cette métamorphose. L'équilibre des métaux précieux dans le monde ne doit pas être modifié, même de façon infime.

Lachlan et Herrac étaient l'image même de la stupéfaction. A elle seule, la voix du Département des Comptes était impressionnante ; mais l'entendre ainsi, sortant du vide, répondre à la question de Jim, c'était vraiment trop pour des hommes du XIVe siècle. Dafydd, qui, pour sa part, en avait déjà eu l'occasion, n'en était pas autrement étonné. Il paraissait même quelque peu amusé. Il ne souriait pas mais il y avait un rien d'humour dans les rides qui se plissaient aux commissures de ses paupières. Les deux autres, frappés d'hébétude, demeuraient privés de parole et ce silence qui s'éternisait commençait à mettre Jim un peu mal à l'aise. Il se décida à le briser :

– Eh bien, il semble que nous devions aussi abandonner cet espoir.

Le regard de Herrac perdit sa fixité et Lachlan battit des paupières – comme s'il se réveillait. D'un seul coup, son abasourdissement se mua en colère :

– A quoi vous sert-il donc d'être magicien si vous ne pouvez pas changer de l'or en cuivre, hein ? Et pourquoi ne pouvez-vous pas, d'abord ?

– C'est précisément là-dessus que je m'interrogeais, répliqua sèchement Jim. Laissez-moi réfléchir encore un peu.

– Bon. On attendra que vous ayez une idée. Faut ce qu'il faut. Mais pas trop longtemps.

La réaction de Lachlan s'expliquait-elle par la déception que son incapacité à transformer l'or en cuivre lui faisait éprouver ? Ou était-il simplement las de cette recherche, apparemment vouée à l'échec, de la solution miracle ?

Jim but une gorgée de vin. Il se triturait les méninges. Ce qu'avait dit Dafydd était la vérité : il n'existait pas de problème totalement insoluble. L'ennui, c'était qu'il y avait mille ans et plus qu'on cherchait sans succès le genre de solution dont ils avaient besoin. Même au XXe siècle, des questions sans réponses, il y en avait à foison, et nul ne pouvait savoir combien de temps s'écoulerait avant qu'on mette enfin le doigt sur les solutions qui manquaient à l'appel.

Mais pourtant... pourtant...

– Dites-moi, Lachlan... vous avez dit que vous saviez quel itinéraire prendrait votre MacDougall et quand il se mettrait en route. Savez-vous de combien d'hommes sera constituée son escorte ?

– Au départ, ils seront plusieurs dizaines. Des gens de son clan ou de clans amis. Mais ils feront halte un peu avant de pénétrer dans le territoire des Hommes Creux et seule une poignée d'entre eux l'accompagnera. Et même ceux-là, il les laissera l'arme au pied à quelques lieues de l'endroit fixé pour le rendez-vous.

– Et il amènera l'or avec lui ?

– Naturellement ! Vous ne croyez quand même pas que les Hommes Creux le croiront s'il ne fait que causer de cet or ? Il ne leur en apportera pas la totalité, juste une partie en guise d'acompte, mais suffisamment pour les faire saliver à l'idée de ce qu'il leur restera à toucher. Pour la fin du parcours, les coffres contenant le trésor seront chargés sur une bête de somme.

– Pensez-vous qu'il nous serait possible de dresser sur son chemin une embuscade dans laquelle il tomberait quand son escorte aura été réduite au minimum ?

– Je ne vois pas pourquoi ce ne le serait pas. (Lachlan regarda Herrac.) Nous pourrions nous charger de cela, avec mon vieil ami et ses fils. Et même, s'il le fallait, je pourrais capturer MacDougall à moi tout seul, bien qu'il ait la réputation de savoir fièrement se servir de la flamberge et du bouclier anglais.

– Avez-vous un plan, messire ? s'enquit Dafydd.

Jim secoua la tête.

– Non, mais j'ai peut-être un début d'idée.

Tous les yeux se fixèrent sur lui. On pouvait y voir luire la flamme d'un espoir naissant.

11

– Mais ne restez pas là assis comme une souche, l'ami ! explosa Lachlan. Qu'est-ce que c'est, votre idée ?

Jim se leva.

– Je crains de ne pouvoir vous en faire part tout de suite. Elle implique des opérations magiques dont je ne pourrai parler qu'une fois que je serai sûr de leur efficacité. Je vais donc remonter un moment dans notre chambre pour m'y livrer à certaines... (Il n'acheva pas sa phrase.) Ah ! j'oubliais que Brian occupe le lit. J'aurais besoin d'une pièce, même petite, mais où je serais seul, est-ce possible ?

En guise de réponse, Herrac se retourna.

– Holà ! Quelqu'un ! lança-t-il de sa voix de stentor.

Il ne fallut que quelques secondes pour que trois valets surgissent.

– Qu'on aille quérir damoiselle Liseth. Je veux la voir sur-le-champ.

Les serviteurs se ruèrent dans la cuisine et, une demi-minute plus tard, Liseth faisait son entrée.

– Oui, père ?

– Le seigneur James a besoin de s'isoler dans une chambre pour se livrer à des opérations de magie. Voudrais-tu lui en montrer une et te mettre entièrement à sa disposition pour qu'il puisse faire ce qu'il a à faire ?

– Ce sera avec joie, père. (Liseth regarda Jim, debout de l'autre côté de la table.) Si messire veut bien me suivre, lui dit-elle cérémonieusement, la mine grave.

– Je vous remercie.

L'un suivant l'autre, ils traversèrent la cuisine et gravirent l'escalier de la tour pour s'arrêter un étage au-dessous de celui de la chambre où reposait Brian. Comme Liseth s'engageait dans le couloir, Jim l'arrêta.

– Pardonnez-moi, mais je dois aller chercher mon matériel de couchage. Il est dans la chambre que je partage avec sir Brian et Dafydd. Pourrions-nous y monter d'abord ?

– Bien sûr, messire, dit Liseth.

Brian dormait toujours. Des cruchons s'alignaient sur la table que l'on avait installée à côté du lit. Les deux valets et les deux servantes regardèrent Jim, les yeux remplis d'effroi.

– Il a l'air d'aller bien, dit celui-ci pour les mettre à l'aise. A-t-il pris un peu de bière ?

– Oui, messire, répondit la plus âgée des deux servantes. Et s'il plaît à Sa Seigneurie de jeter un coup d'œil à ce cruchon, elle verra qu'il n'est plus qu'aux trois quarts plein.

– Très bien. Continuez de le faire boire quand il sera réveillé.

Il y eut un murmure d'assentiment à quatre voix. Jim prit le matelas roulé en boudin qu'Angie avait confectionné à son intention et le glissa sous son bras.

– Je suis prêt, dit-il à Liseth. Si vous voulez bien me conduire maintenant dans cette autre chambre.

– Par ici, messire.

Ils redescendirent à l'étage inférieur. Liseth ouvrit une des portes donnant sur le couloir, révélant une toute petite chambre où elle fit entrer Jim qui s'étonna de constater qu'elle était meublée : un lit minuscule, typiquement médiéval, dans un coin, une chaise à dossier droit et une haute armoire en bois noir dont les deux portes étaient fermées par un loqueteau. La pièce était si exiguë que c'était à peine s'il y avait assez de place pour dérouler le matelas. Mais ce qui surprit le plus Jim fut le vase de fleurs sauvages posé devant l'étroite fenêtre ogivale.

C'était la première fois qu'il voyait des fleurs dans une de ces demeures moyenâgeuses en dehors de son propre château : Angie tenait à ce qu'il y ait toujours un bouquet dans leur chambre. Comme il les contemplait, il eut une subite illumination.

– Mais n'est-ce pas votre propre chambre, Liseth ?

– Si, messire. Sa petitesse et sa médiocrité sont indignes d'une personne comme Votre Seigneurie et je vous en demande pardon. Mais les autres n'ont pas été nettoyées depuis des années. Ou alors, elles servent de débarras et sont pleines de rebuts. Ce ne serait pas une atmosphère souhaitable pour le travail que doit effectuer messire.

– Je vous exprime toute ma gratitude. Cette chambre n'a rien de médiocre, dame châtelaine, même si elle est un peu plus petite que celle du dessus. Elle me convient à merveille puisqu'il y a suffisamment de place pour que je puisse étendre mon couchage. J'admirais vos fleurs qui y ajoutent une touche tout à fait adorable.

– Je les aime peut-être exagérément, mais quand elles éclatent comme cela, au printemps, je ne peux pas m'en passer, même pour une nuit. Alors, j'en monte quelques-unes et je les pose là où un peu de soleil peut les atteindre. Mais, une fois cueillies, elles ne tiennent pas longtemps.

– Je vais vous donner un petit conseil. Mettez donc un peu d'eau dans le vase. Cela les aidera à conserver leur fraîcheur.

– Ah, bon ? Maintenant que vous m'en parlez, je me rappelle l'avoir entendu dire. Mais j'étais alors toute petite et je n'y ai pas prêté attention. Eh bien, je vais suivre votre conseil. J'ajouterai de l'eau. Mais pas tout de suite, pour ne pas vous gêner.

– Vous êtes très gentille. Oh ! une minute... (Liseth s'était déjà retournée pour sortir.) Etes-vous sûre que je ne serai pas dérangé ?

– Oui, messire, nul ne viendra vous gêner. Non seulement les étages du haut sont destinés à des personnes qu'aucun serviteur ne se risquerait à ennuyer mais je doute que qui que ce soit ait l'audace de venir importuner un magicien s'il n'a pas l'ordre de frapper à sa porte.

– Attendez ! Ne partez pas, j'ai encore deux ou trois petites choses à vous dire. Comme vous l'avez sans doute entendu en bas, je vais me livrer à quelques opérations magiques afin d'essayer de trouver une solution au problème que Lachlan MacGreggor a évoqué. Tout à l'heure, alors que nous essayions de trouver un moyen de faire face à la situation qui se présente, une ébauche d'idée m'est venue. Cela implique le recours à la magie mais requiert aussi certaines informations. Pour commencer, je vais plonger dans un sommeil magique. Quand j'en sortirai, j'aurai besoin de revoir Snorrl le loup sans délai pour qu'il me dise où se situe exactement le repaire des Hommes Creux dans les monts Cheviot. D'après ce que j'ai compris il connaît chaque pouce de la région.

– Je vais envoyer Grisailes à sa recherche. Dès qu'il l'aura repéré, il fondra sur lui en criant. Ou je me trompe fort, ou Snorrl pensera que le faucon ne se conduirait pas de la sorte si je n'avais pas grand besoin de lui. Il se rendra à un endroit proche du château qui nous sert de lieu de rendez-vous. Nous irons, vous et moi, l'attendre quand vous serez réveillé... Savez-vous à peu près combien de temps vous devrez rester endormi, messire ?

– Pas plus d'une heure. En fait, une demi-heure devrait suffire.

– Alors, je vais lâcher Grisailes tout de suite. Je remonterai dans un quart d'heure et, avec votre permission, je jetterai un coup d'œil dans la chambre pour voir si vous êtes réveillé.

– C'est parfait. Je vous attends donc dans un quart d'heure. Si je dors encore, je vous demanderais de patienter un moment. Je doute que mon sommeil se prolonge beaucoup plus longtemps. Une heure au maximum comme je vous ai dit.

– C'est entendu, messire.

Cette fois, Liseth sortit pour de bon. Jim déroula son matelas et l'étendit par terre – on aurait dit que le maigre espace disponible était fait sur mesure. Au moment où il allait s'allonger, il regarda à nouveau le bouquet posé devant la fenêtre et un intense sentiment de nostalgie s'empara de lui. Les fleurs lui rappelaient Angie et tout ce qu'elle avait fait pour leur rendre à tous deux la vie agréable dans ce XIVe siècle qui était désormais le leur ; l'affaire de la Tour Répugnante quand Brian, Dafydd et lui avaient victorieusement livré bataille aux créatures aux ordres des Noires Puissances – Brian hachant menu le Ver, Dafydd descendant de ses flèches les harpies jaillissant de l'épais banc de nuages qui stagnait trente mètres à peine au-dessus de leurs têtes tandis que lui, Jim, dans un corps de dragon, livrait un combat singulier avec l'Ogre qu'il finissait par abattre.

Il se rappelait la volonté presque surhumaine de Dafydd qui, mordu par une harpie – et la morsure des harpies était considérée comme fatale –, avait décidé de vivre parce que celle qui était aujourd'hui son épouse, Danielle, lui avait finalement avoué qu'elle l'aimait.

Ç'avait été à ce moment que Carolinus avait annoncé à Jim qu'il disposait d'un crédit magie suffisant au Département des Comptes pour que lui et Angie regagnent leur monde et leur siècle d'origine.

Angie l'avait alors pris à part et lui avait dit qu'elle s'en remettait à sa décision, qu'il choisisse de rester ou de rentrer. Jim, pour qui il était évident que le seul désir de sa femme était de retourner d'où elle venait – mais que certains aspects de ce XIVe siècle passionnaient – en était resté bouche bée. Après avoir longuement pesé le pour et le contre, il avait finalement décidé de rester, à la grande joie de sir Brian, de Dafydd et des autres. Et avec l'assentiment total et les encouragements d'Angie qui n'avait qu'une parole.

Par la suite, ils avaient fait leur le château de sir Hugh de Bois de Malencontri qui, s'étant vendu aux Noires Puissances, avait dû fuir pour avoir la vie sauve. Il avait quitté l'Angleterre pour se réfugier sur le continent, d'où il n'était guère probable qu'il revienne.

Jim avait découvert que la vie au XIVe siècle n'était pas un lit de roses, ou alors il n'en restait que les épines ! Mais Angie avait fait des miracles pour rendre leur château vivable. Il réalisa soudain à quel point elle lui manquait.

Mais il était fort peu probable, maintenant, qu'il puisse rentrer à la date convenue. Et il n'y avait pas que cela : il allait devoir affronter les Noires Puissances presque totalement démuni des pouvoirs magiques susceptibles de l'aider. Le crédit magie qui leur aurait jadis permis, à Angie et à lui, de regagner la Terre – la Terre qu'ils connaissaient – avait fondu. Il était maintenant presque entièrement épuisé.

Certes, l'année précédente, son expédition en France pour délivrer l'héritier de la couronne d'Angleterre, le prince Edouard, l'avait quelque peu regonflé. Mais cette plus-value avait été annulée parce que Jim avait été obligé d'enfreindre une des règles auxquelles les magiciens étaient impérativement soumis, de sorte qu'il était toujours un magicien de classe D. Il lui faudrait accéder au moins au niveau AAA+ , celui dont se prévalait Carolinus, pour espérer retourner sur leur monde natal. En décidant de rester, il n'avait vraiment pas fait un cadeau à Angie, songea-t-il – et ce n'était pas la première fois que ce regret venait le tracasser.

Mais il n'y avait rien à faire pour le moment, sinon se mettre le plus vite possible à l'ouvrage pour trouver une issue. L'impératif numéro un était de contrer les desseins des Noires Puissances et de réduire à néant leur projet : l'invasion de l'Angleterre par les troupes écossaises.

Jim s'allongea sur son couchage et s'y enroula.

Il ferma les yeux et fit appel à ses modestes connaissances en matière de magie. Il inscrivit mentalement sur le tableau noir qu'était l'intérieur de son front le charme magique grâce auquel, quand il serait endormi, son corps astral se transporterait chez Carolinus :

RÊVER MOI ⟶ CHEZ CAROLINUS

Comme à l'accoutumée, il s'endormit instantanément. Et se retrouva le temps d'un clignement de paupières devant la maisonnette au toit pointu. Il faisait grand jour. Au milieu de la petite clairière à l'herbe d'un vert improbable, la fontaine magique coulait à jet continu et les gouttes tombant dans le bassin faisaient le bruit argentin qui avait donné son nom à l'endroit : l'Eau Qui Tintinnabule.

12

Comme d'habitude, le temps était superbe. Le ciel était bleu, la cime des grands arbres entourant la clairière frémissait sous la caresse d'une brise tiède. C'était exactement l'heure à laquelle Jim s'était endormi au château de Mer.

Il avança le long de l'allée de graviers qui menait à la porte. Elle était parfaitement plane et parfaitement ratissée, bien que personne ne la passât jamais au râteau. La magie, toujours. Lors des précédentes visites que Jim lui avait rendues dans ces conditions, le maître magicien avait été d'une humeur exécrable, ce qui était presque systématiquement sa façon d'être – sauf dans les circonstances critiques. Jim le connaissait maintenant assez pour savoir que sous ces dehors irascibles se cachait en réalité une nature aimable et complaisante. Néanmoins, ce fut presque avec timidité qu'il toqua à la porte.

– Ce n'est pas le jour où je reçois les marmottes ! gronda la voix furieuse de Carolinus.

Jim frappa à nouveau – avec davantage de conviction, cette fois.

– C'est moi... Jim Eckert.

Carolinus était le seul à pouvoir l'identifier sous le nom qu'il portait au XXe siècle. Au bout d'un moment, le battant peint en vert s'entrouvrit et le mage passa la tête par l'entrebâillement.

– Oui, c'est toi, fit-il sur un ton renfrogné – c'était le moins qu'on pût dire. Qu'est-ce qu'il y a encore ?

– Encore et toujours les Noires Puissances qui font problème, répondit Jim. J'ai besoin d'un conseil. Je peux entrer ?

– Non, fit vivement Carolinus. Non. Reste où tu es. Je te rejoins.

Il sortit, rabattit la porte derrière lui, puis, se ravisant, la rouvrit et glissa la tête à l'intérieur de la pièce.

– Je reviens tout de suite m'occuper de toi, ma chère petite. (Jim ne l'avait encore jamais entendu parler d'une voix aussi caressante.) Je te demande juste encore un petit moment de patience. Prends donc un peu de madère, ma jolie, cela t'aidera à te détendre. La carafe et les verres sont sur la table à côté de toi. (Carolinus referma et toisa Jim.)

« Eh bien, qu'est-ce qui t'amène ? lui demanda-t-il sèchement. Tu ne vois donc pas que je suis occupé ?

Jim ne se vexa pas, trop accoutumé qu'il était au comportement de Carolinus : le magicien rabrouait tout le monde, y compris le Département des Comptes devant lequel tout un chacun s'écrasait instinctivement.

Jim s'efforça d'être aussi concis que possible :

– L'Ecosse, financée par les Français, projette d'envahir l'Angleterre. Les Ecossais prévoient d'utiliser les Hommes Creux pour leur ouvrir la voie...

– Oui, oui, je sais déjà tout ça. Qu'attends-tu pour entrer dans le vif du sujet ? Quel est ton problème ?

– Je suis en plein dedans. Ce sont les Noires Puissances qui mènent le jeu. Si tout se passe comme prévu, les Hommes Creux sèmeront la panique et la mort quand ils s'ébranleront, de sorte que ce ne sera qu'une promenade de santé pour les Ecossais qui marcheront sur leurs talons et pourront pénétrer profondément en territoire anglais. Une flotte française est alors censée débarquer dans le Sud. Mais, de l'avis de l'Ecossais qui est mon conseiller, jamais, dans des circonstances similaires, les Français n'ont tenu leurs promesses. Ce qui signifie qu'ils n'honoreront pas davantage leur parole cette fois-ci.

Jim s'interrompit le temps de reprendre sa respiration et poursuivit :

– Le résultat sera catastrophique. Des foules de gens seront massacrés dans les deux camps, et l'armée écossaise sera défaite, à terme, par les Anglais. Il serait bon que vous réfléchissiez à ce qui se prépare. Car si jamais les Français devaient débarquer, ils passeront probablement par ici.

– Je leur conseille d'y regarder à deux fois ! s'exclama Carolinus dont la barbe se hérissait. (Puis il se calma et ce fut d'une voix pensive qu'il poursuivit :) Mais tu as raison. Ils dévasteraient la province. Leur objectif sera de s'emparer de la Terre comme l'ont fait les armées de Guillaume le Conquérant quand elles ont débarqué le 27 septembre de l'an de grâce 1066. Il n'y a pas de raison pour qu'un nouvel envahisseur soit animé d'autres intentions. Sauf les Ecossais. Eux, ce ne serait pas la Terre qui les intéresserait, ce serait le pillage.

– Les Ecossais veulent aussi protéger leurs foyers. Si les Français font main basse sur les terres anglaises, ils tenteront d'en faire autant avec celles des Gallois et des Ecossais.

– C'est vrai. Oui, tu as raison. Cette fois, il semble bien, en effet, que les Noires Puissances mènent la danse. Et toi, tu es au pied du mur. Tu ne sais pas quoi faire, si j'ai bien compris ?

– Au pied du mur ? Non, pas tout à fait, répondit Jim avec circonspection. J'ai un vague plan en tête. Mais il n'est réalisable qu'avec l'aide de la magie. Et vous savez que mon crédit magie est presque à sec...

– Holà ! Je ne peux absolument plus rien te prêter. Le Département des Comptes m'en a fait voir de toutes les couleurs l'année dernière parce que je t'avais aidé quand tu as délivré... comment diable s'appelle-t-il, déjà, ce petit gars ?... le prince Edouard.

– Oh ! Je n'avais pas l'intention de vous demander un nouveau prêt.

– Eh bien, tant mieux ! Le Département a absolument raison, tu sais. La masse de crédit que j'avais virée sur ton compte – une chose qui peut se justifier dans certaines circonstances mais pas dans celles-là et pas dans ces proportions – n'était qu'un fétu de paille comparée au crédit total dont disposent tous les magiciens. Mais le Département estime, et je ne saurais le lui reprocher, que si je suis autorisé à faire cela pour toi, d'autres magiciens le feront aussi en faveur de leurs apprentis, voire de confrères moins bien pourvus qu'eux. Du coup, l'ensemble du système de classification fondé sur les réserves de crédit individuel s'effondrera purement et simplement, ce qui risque de faire exploser toute la structure qui assure l'équilibre de notre univers.

– Je vous l'ai déjà dit et je vous le répète : je n'avais pas l'intention de solliciter un prêt, fit Jim sur un ton pour une fois aigre-doux. Je désirais seulement que vous me disiez si mon crédit était suffisant pour que je puisse faire ce que j'avais envisagé.

– Ah ? Eh bien, dans ce cas... continue. Je t'écoute.

– Il faut d'abord que je vous expose mon projet pour que je sache ce que vous en pensez. Un émissaire du roi d'Ecosse va apporter aux Hommes Creux un chargement d'or représentant un premier versement à valoir sur le total de ce qu'ils toucheront s'ils acceptent d'être le fer de lance de l'armée d'invasion qui marchera contre l'Angleterre. Ce que je voudrais, c'est me substituer à cet émissaire. Pour cela, il me faudra faire appel à la magie pour prendre son apparence afin de passer pour lui. Alors, pensez-vous que je sois en mesure de réaliser une telle opération ?

Le froncement de sourcils de Carolinus fut à peine perceptible.

– C'est tout ? Bah ! cela ne devrait pas faire grand mal à ton compte créditeur.

– Pour être tout à fait franc, je dois vous avouer que, jusqu'ici, je n'ai pas tellement réfléchi à l'étape suivante. Mon idée est de remettre moi-même cet or aux Hommes Creux afin de connaître leurs chefs, évaluer leur nombre et me rendre compte de leur force. J'espère ensuite les encercler avec une troupe composée de gens de la Frontière qui bénéficieront peut-être du concours des Petits Hommes...

– Ah, oui (curieusement, Carolinus eut un sourire presque affectueux), les Petits Hommes. Les siècles ont beau passer, ils survivent toujours. Ils sont bien braves, en vérité. Sais-tu qu'ils possédaient jadis un vaste territoire ? Et pas seulement en Ecosse : il s'étendait le long de la côte ouest presque jusqu'au pays de Galles et...

– Oui, c'est ce qu'ils m'ont dit. Mais j'en reviens à mon plan. Ce que je veux, c'est rassembler tous les Hommes Creux sans exception dans un même endroit. Alors, nous les massacrerons jusqu'au dernier afin que pas un seul d'entre eux ne puisse revenir à la vie. Si nous parvenons à les anéantir avant que l'armée écossaise soit prête à se mettre en marche, elle sera privée de sa pointe avancée. Comme vous pouvez l'imaginer, le roi d'Ecosse mise sur la terreur que provoquerait en Angleterre cette avant-garde de guerriers immatériels.

– Oui... mmmm, murmura Carolinus, l'air pensif, en tiraillant sur sa barbe. Le clergé et la noblesse feront face et se battront, pour les raisons qui sont les leurs, mais l'homme du commun déguerpira comme un lapin quand il verra braquée sur lui une épée qu'aucune main n'étreint.

– Exactement. Alors, que pensez-vous de mon plan ?

– Cela me paraît un projet ambitieux, répondit Carolinus, la mine toujours songeuse. Tu te rends bien compte – oui, je vois que tu en es conscient – qu'il faudra impérativement les tuer tous en même temps pour que pas un seul ne ressuscite. Comment comptes-tu y parvenir ?

– Je ne sais pas encore très bien mais j'ai quand même quelques petites idées.

– Cela exigera-t-il que tu aies encore recours à la magie ?

– Je ne pense pas que ce sera nécessaire. Enfin si, peut-être. Mais juste ce qu'il faudra pour faire ce que j'ai déjà fait une fois en France. Le coup des branches fixées au chapeau de nos amis pour que ceux qui les voient se refusent à croire qu'ils sont bien là, vous savez ? C'est pratiquement l'équivalent de l'invisibilité.

– Que ce soit effectivement l'équivalent de l'invisibilité, je te l'accorde. Mais c'est là une tout autre affaire. Le sortilège à employer pour rendre un homme pratiquement invisible de cette façon est une bagatelle...

– Une bagatelle ? répéta Jim.

– Tu me laisses parler, oui ou non ? Je voulais dire que c'est une bagatelle – à titre individuel. Mais j'ai l'impression que tu as, je le crains, l'intention de rendre toute ta troupe de gens de la Frontière et de Petits Hommes invisible par ce procédé. Et cela, ça ne tient pas debout.

– Parce que mon crédit magie serait insuffisant ?

– On peut poser la question au Département des Comptes si tu veux, mais je suis convaincu, pour ma part, que réaliser un pareil enchantement serait, et de loin, au-delà de tes moyens.

– Avec ce qui me reste encore de crédit, combien de personnes me serait-il possible d'« invisibiliser » tout en gardant une petite marge de magie à mon actif en cas d'urgence ?

Carolinus plissa le front.

– Pour une courte période et compte tenu de ce

que tu dépenseras pour opérer ta métamorphose, disons... une vingtaine.

– C'est tout ? s'exclama Jim d'une voix lugubre.

– Je sais que c'est là une pénible réalité, mon garçon, mais la voie que suit le magicien est rude. Il faut prendre le bon et accepter le mauvais. Et si le bon fait défaut, s'habituer à faire avec le mauvais, c'est tout simple.

– Oui...

– Eh bien, si c'est tout ce que tu avais besoin de savoir, dit allégrement Carolinus en se tournant vers la porte, je vais te laisser. Ma pauvre petite dryade va penser que je l'ai laissée tomber pour de bon.

– Que lui est-il arrivé ?

Carolinus se retourna à moitié.

– Oh ! elle a eu la malchance de rencontrer un troll des eaux. Certes, ce sont tous deux des élémentaux mais ils n'appartiennent pas à la même classe. Je te l'ai déjà expliqué un jour : seuls les humains ont l'usage réel de la magie. Les élémentaux ne possèdent que les pouvoirs qui leur sont inhérents, mais les pouvoirs des trolls sont supérieurs à ceux des dryades. Et, dans certaines circonstances, cet avantage peut être tout à fait dangereux pour la plus faible des parties en présence. Et ça a justement été le cas pour cette petite dryade. Mais ce n'est pas plus grave que de raccommoder l'aile d'un papillon. L'essentiel est que je réussisse à la mettre dans un état réceptif pour que je puisse réparer les dégâts. Sinon, ce serait comme si je te faisais l'ablation de l'appendice sans anesthésie.

Jim avala de travers. Sir Brian, atteint de l'appendicite, arborerait peut-être une aristocratique pâleur et tournerait de l'œil pendant qu'on le charcuterait. Mais lui, Jim, il faudrait le ligoter sur une table – et il ne doutait pas que ses hurlements ébranleraient jusqu'aux cieux !

– Allons, allons ! fit Carolinus. Ce n'est pas aussi

épouvantable que ça en a l'air. Il existe différentes techniques pour mettre les élémentaux en état réceptif. Pour les dryades, il y en a même tout un choix et j'en connais une qui fait merveille. Et elle se sentira si heureuse que ce sera comme si elle était sous anesthésie.

– Ah, bon ? Et quelle est cette technique ?

– Occupe-toi de ce qui te regarde, fit Carolinus sur un ton cassant. Ce ne sera que quand tu auras au moins accédé à deux grades supérieurs de magie que des choses de ce genre pourront t'être révélées. Pour le moment, contente-toi d'admettre comme une vérité d'évidence que je sais ce que j'ai à faire. Même pour moi, ce n'est pas facile. Et maintenant, adieu !

Et Carolinus, faisant volte-face, se dirigea vers la porte.

– Attendez ! lui cria Jim.

Le magicien se retourna, la main déjà sur la poignée.

– Quoi encore ?

– Je ne vous ai pas parlé du Ver.

– Le Ver ? Quel Ver ?

– Un Ver qui se trouve sur le territoire des Hommes Creux dans les monts Cheviot. Mais j'ai interrogé le Département des Comptes et il semble qu'il n'y ait pas trace des Noires Puissances dans ces parages. Un Ver et les Noires Puissances absentes... qu'est-ce que cela veut dire ?

Les sourcils de Carolinus se froncèrent et il lâcha la poignée de la porte.

– Un Ver et pas de locus des Noires Puissances ? fit-il.

– Absolument – encore que je ne voie pas très bien ce que vous entendez par « locus ».

– Un locus, expliqua le magicien, prenant un ton pédant, est un lieu, une localisation. Par exemple un point sur une ligne, qui n'a pas de dimension mais une position...

– Je connais la définition ordinaire d'un locus, le coupa Jim. (Cela l'irritait toujours quand Carolinus faisait mine d'oublier qu'il avait reçu une éducation – et une bonne éducation – dans le monde du XXe siècle.) Ce que je ne comprends pas, c'est le sens dans lequel vous l'employez.

– Je l'emploie dans le sens de point de *concentration*, répondit Carolinus d'une voix glacée. Les Noires Puissances en établissent un – comme la Tour Répugnante que tu n'es pas près d'oublier – et, cela fait, elles y installent leurs créatures, soit pour faire des incursions et saccager la région environnante, soit pour défendre la position.

– Mais alors que fait ce Ver dans les Cheviots où il n'y a ni razzias à lancer pour le compte des Noires Puissances, ni point d'appui à défendre ?

Carolinus resta un bon moment silencieux sans quitter Jim des yeux.

– Je ne sais pas, mon garçon, dit-il enfin d'une voix lente et réfléchie qui ne lui ressemblait pas. Je n'en sais absolument rien. Je n'ai jamais entendu parler d'une chose pareille et je suis incapable d'imaginer pour quelle raison un Ver se trouverait là. D'ordinaire, les Noires Puissances les créent une fois qu'elles ont choisi un locus et ils cessent tout simplement d'exister quand le locus est effacé. C'est là tout ce que je sais. As-tu posé la question au Département des Comptes ?

– Non. Vous les connaissez ! L'idée qu'ils accepteraient de me répondre ne m'est même pas venue à l'esprit. Mais peut-être que le Département serait plus loquace avec vous qu'avec moi ?

Carolinus secoua la tête.

– Certes, je sais qu'il m'arrive de temps à autre de lui parler plutôt brusquement mais je peux me le permettre, dans la mesure où je suis détenteur de l'un des trois comptes les plus fournis qu'il gère. Il ne m'accorde pas de faveurs particulières pour autant. Il ne m'en dirait pas plus à moi ou à n'importe quel autre magicien qu'il ne t'en dirait à toi. Mais, James...

Carolinus s'interrompit et, quand il reprit la parole, l'inquiétude perçait dans sa voix :

– Il faut absolument que tu t'informes sur ce Ver, et le plus rapidement possible. Pourquoi il est là, quel rapport sa présence a-t-elle avec la situation... Ça ne sent pas bon et ça ne me plaît pas. Vraiment pas du tout. Que les Noires Puissances rompent avec leurs façons de faire habituelles me préoccupe fort. Laisse tomber cette ridicule histoire d'invasion et ne pense plus qu'à une chose : découvrir pourquoi ce Ver est là.

– Comptez sur moi. En fait, c'était mon intention. Et puisque vous prenez cette affaire tellement au sérieux, je consacrerai tout le temps que je pourrai à l'élucider.

– C'est parfait. Dieu te bénisse, mon garçon. Maintenant, il faut vraiment que je te quitte. Mais crois bien que je regrette vivement de ne pouvoir t'aider davantage. Tous ces ennuis viennent de ce que tu n'es pas de ce monde. De ce fait, tu te trouves devant des ennemis hyperpuissants qu'un magicien de classe D n'aurait normalement jamais à affronter. Un maître doit, certes, toujours apporter son aide à son apprenti, mais, dans le cas présent, je suis pieds et poings liés.

– Cela ne fait rien. Je vous suis reconnaissant de ce que vous faites pour moi, Carolinus.

– Merci, mon garçon. (Tournant le dos à Jim, le mage poussa la porte.) Es-tu lasse d'attendre ? demanda-t-il d'une voix changée en entrant. Pardonne-moi. Mais tu as bu du madère ! En voilà, une bonne petite dryade...

La porte se referma.

Jim sentait le gravier de l'allée crisser sous ses pieds, il entendait gargouiller la fontaine. Il poussa un soupir. Le moment était venu de retrouver son corps qui l'attendait, endormi, au château de Mer.

Il ferma les yeux, inscrivit sur le tableau noir de son front la formule qui l'y transporterait. Quand, une seconde plus tard, il les rouvrit, il était couché par terre, enroulé dans son sac de couchage, dans la chambre de Liseth.

– Vous êtes réveillé ! s'exclama la jeune fille, debout devant lui. Je viens à peine d'arriver. Quelle amabilité de vous réveiller aussi promptement ! Ah ! j'en suis bien heureuse ! Grisailes a trouvé Snorrl et, si nous partons tout de suite, nous pourrons le rejoindre avant la fin du jour. Qu'espérez-vous qu'il vous dira ?

– J'ai besoin de trouver un endroit qui convienne à mes desseins, répondit sombrement Jim.

– Je vous pose la question seulement parce qu'il ne voudra peut-être rien vous dire. Vous savez comment il est.

13

– Vous pouvez le laisser là, messire, dit Liseth comme Jim s'accroupissait pour rouler son matelas. Les domestiques le porteront dans votre chambre.

– Je vous remercie, mais je préfère m'en charger moi-même. Personne ne doit y toucher. Cela fait partie de ma magie.

– Oh ! bien sûr. Où ai-je donc la tête ? Mais, dans ce cas, il va falloir le monter dans la chambre où repose sir Brian avec le reste de vos affaires.

– Oui. N'importe comment, ajouta Jim tandis que tous deux se dirigeaient vers l'escalier, je veux voir comment va Brian. J'aurais dû donner des consignes plus précises à vos gens. Quand ils le font boire, il faut que l'un d'eux porte la coupe à ses lèvres tandis qu'un autre lui soutient la tête, tandis qu'il avale.

Ils commencèrent à gravir les marches.

– Je leur parlerai et, s'ils n'ont pas compris, je leur expliquerai clairement comment ils doivent s'y prendre.

– Merci.

Liseth lui sourit. Quand elle souriait, ses joues se creusaient de fossettes qui la rendaient deux fois plus séduisante encore.

– C'est un plaisir pour moi, messire. Grisailes a trouvé Snorrl à moins de deux lieues du château, enchaîna-t-elle. Il ne doit plus être loin de notre point de rendez-vous, s'il n'y est pas déjà arrivé. Nous partirons dès que vous aurez vu sir Brian.

– C'est parfait.

– Vous dites que c'est parfait, mais, pourtant, vous froncez les sourcils. Pourquoi ?

– Je pense à demain. Il faudra changer le pansement de Brian. Avez-vous fait bouillir d'autres linges ? Nous en aurons besoin d'un qui soit doux et tout en longueur.

– J'en ai fait bouillir plusieurs de toutes les tailles et de toutes les formes – ou, plutôt, j'ai chargé les domestiques de les faire bouillir. Et je les ai surveillés. Je leur ai ordonné de bien se rincer et se frotter les mains avant de toucher aux linges. Ai-je eu raison ?

– Tout à fait.

Ils avaient atteint l'étage du dessus et s'engageaient dans le couloir.

– Je voudrais pouvoir faire davantage pour vous aider, messire.

– C'est peut-être possible, fit Jim à qui cette suggestion donnait soudain une idée. Pouvez-vous me montrer vos mains ?

Liseth les lui présenta, paumes en l'air.

– Voudriez-vous les retourner, je vous prie, milady ?

La jeune fille obtempéra.

C'était bien ce que craignait Jim : si ses mains étaient d'une parfaite propreté, elle avait les ongles en deuil.

– Si je ne me trompe, vous m'avez dit qu'il n'y a pas de savon ici, n'est-ce pas ?

– Hélas ! non, messire. A dire vrai, je dois vous avouer que je ne sais pas trop ce qu'est cette chose que vous appelez « savon ».

– C'est une substance que l'on fabrique en faisant bouillir de la graisse animale avec de la cendre de bois. Mélangée à l'eau de lavage, elle facilite le nettoyage.

– Oh ! C'est de *ce savon-là* que vous parlez ? Je pensais que c'était quelque chose portant un nom semblable qu'on employait pour faire de la magie. Mais oui... nous en fabriquons tous les quelques mois. Comme vous le disiez, c'est très utile pour faire la lessive. Et on s'en sert aussi parfois comme remède.

Jim se sentit immensément soulagé.

– Eh bien, si vous avez du savon, il n'y a pas de raison pour que les domestiques qui veillent Brian ne s'en servent pas abondamment pour se récurer les bras et les mains. Sans oublier de se nettoyer sous les ongles.

– Sous les ongles ? Mais rien de ce qu'il peut y avoir en dessous ne touchera sir Brian.

– C'est que, voyez-vous, quand on fait appel à la magie pour guérir, il ne faut pas qu'il y ait la moindre saleté sous les ongles. C'est une condition *sine qua non*. Vous voudrez bien me pardonner de vous dire cela, milady, mais si vous désirez m'aider à soigner sir Brian, ce qui vous obligera à le toucher, j'apprécierais que vos mains soient aussi propres, sinon plus, que celles des domestiques.

– Mais qu'allez-vous donc penser ? fit vivement Liseth au moment où ils arrivaient devant la porte de la chambre. Bien sûr que mes mains seront plus propres que les leurs ! Comment pourrait-il en aller autrement ? Mais vous tenez à ce que je les lave jusqu'à ce qu'il n'y ait plus rien, absolument plus rien, sous mes ongles ?

– Et même un peu plus !

– Par sainte Anne !

Liseth était tellement abasourdie qu'elle marqua un temps d'arrêt avant d'entrer dans la chambre sur les pas de Jim.

Brian, les yeux grands ouverts, semblait parfaitement réveillé.

– Comment vous sentez-vous ? lui demanda Jim en s'immobilisant devant le lit.

– Bien, répondit Brian en le fixant, bien qu'il eût quelque difficulté à accommoder. Un rien fatigué pour le moment, mais demain, après une bonne nuit de sommeil, je pourrai me lever comme si de rien n'était...

– Ni demain ni après-demain. Vous allez me faire le plaisir de rester une semaine dans ce lit. Avez-vous bu un peu de petite bière ?

Tout en parlant, Jim inspectait les cruchons. L'un d'eux était plus qu'à moitié vide.

– Oui. Et je suis quelque peu surpris que notre hôte n'ait pas eu l'obligeance de me faire monter du vin. Auriez-vous l'amabilité...

– Notre hôte n'y est pour rien. C'est moi qui ai exigé que l'on ne vous donne rien d'autre à boire que de la petite bière.

– Mais le vin...

Jim ne laissa pas Brian aller plus loin :

– Dans votre état, le vin est contre-indiqué. Il contient trop d'alcool. Votre blessure n'est pas très grave mais il n'est pas question d'imbiber votre organisme d'alcool.

– L'alc...

Brian buta sur le mot.

– C'est ce qui rend ivre quand on boit du vin et, pour l'instant, c'est mauvais pour vous. De plus, votre corps a besoin de liquide pour remplacer le sang que vous avez perdu, et vous en avez perdu beaucoup. La petite bière fera l'affaire. Elle n'a pas d'effets nocifs. Buvez-en autant que vous pourrez en boire.

– Mais il n'y a pas de problème, murmura Brian d'une voix enrouée. Si c'est parce que vous craignez que je me soûle, vous oubliez que je tiens très bien le vin. Allons, je viderai seulement mes trois ou quatre bouteilles par jour, comme j'en ai l'habitude. J'arrêterai avant d'avoir avalé une trop grande quantité de cet alc... de ce je-ne-sais-quoi... et, le reste de la journée, je me contenterai de votre petite bière.

– N'y comptez pas, dit fermement Jim. D'ailleurs, il faut que votre corps conserve le liquide que vous ingurgitez, pas qu'il l'évacue. Or, le vin est un diurétique.

– Un diu... Ah ! Vous et vos mots magiques ! Je ne les comprends pas, James.

– Eh bien, cela veut dire qu'il... (Jim jeta un regard circulaire autour de lui. Liseth avait l'air intéressée et les domestiques ne le quittaient pas des yeux. Il ne pouvait pas y couper : les mots « uriner » et « déféquer » n'auraient aucun sens pour ces gens.) Que le vin fait pisser.

– Tiens donc ! s'exclama Liseth. Maintenant que vous le dites, je l'avais remarqué. Mais pisser est quelque chose de parfaitement ordinaire qui ne peut faire aucun mal, messire. Voir sir Brian privé de ce vin qui lui apporterait à la fois joie et force me navre. Ne pourriez-vous vous laisser fléchir et l'autoriser à boire... disons deux bouteilles par jour ?

– Non.

Liseth, les domestiques et Brian n'étaient pas gens du XIVe siècle pour rien : ils ne discutèrent pas. Jim rangea son matelas et revint vers le lit.

– Votre blessure n'est pas profonde, dit-il à Brian. Mais il faudra changer le pansement tous les jours et cela risque d'être un peu douloureux. (Brian laissa échapper un léger grognement dédaigneux.) Si tout se passe bien, vous pourrez vous lever d'ici huit jours et monter à cheval dans deux semaines.

– Deux semaines ! (L'indignation de Brian était telle qu'il avait presque crié.) J'enfourcherai mon cheval dans deux jours, trois tout au plus !

– Nous verrons. Maintenant, je vais vous laisser. Je tiens à ce que vous buviez le plus possible. Rappelez-vous que j'ai jeté un charme sur votre bière pour en faire une potion magique. Vous devez absolument suivre mes instructions à la lettre.

Brian capitula.

– Je m'y conformerai, James, dit-il d'une voix presque inaudible.

– Je viendrai souvent vous rendre visite. Pour le moment, je dois m'occuper de quelque chose avec milady Liseth, mais je repasserai prendre de vos nouvelles au début de la soirée et tôt demain matin. Et dès que vous serez en état de vous lever, je vous en donnerai la permission. Cela vous satisfait-il ?

– Non, mais j'obéirai à vos ordres.

Jim serra l'épaule valide du chevalier.

– A la bonne heure ! Alors, à ce soir.

Dans l'escalier, la jeune fille le harcela de questions sur les effets néfastes du vin. Comme tous ses contemporains, elle n'avait aucun complexe à employer un langage cru et Jim sentait ses oreilles devenir toutes rouges. En désespoir de cause, il se réfugia, pour lui clouer le bec, dans la mystérieuse autorité que lui conférait son aura de magicien.

Liseth avait déjà fait préparer deux chevaux qui les attendaient dans la cour. Ils sautèrent en selle et, quelques instants plus tard, tournant le dos à la mer, tous deux galopaient en direction des collines.

Le soleil ne se coucherait pas avant deux heures au moins et Jim se dit que ç'avait été une journée rudement chargée. Jusqu'au moment où il se rappela – il s'était tellement adapté aux us et coutumes du XIVe siècle qu'il l'avait oublié – qu'elle avait commencé comme toutes les autres en ce temps où l'on s'éclairait aux chandelles – quand on avait de la chance – et aux torchères – quand on en avait moins – avant le lever du jour, pour s'achever un peu après sa fin.

Quand ils entrèrent dans l'ombre relative des arbres aux bourgeons déjà épanouis, ils eurent l'impression qu'une heure, au moins, était brusquement passée par pertes et profits. Cependant, le bois n'était pas très touffu et ce fut une succession de zones d'ombre et de zones ensoleillées – il n'y avait pour ainsi dire pas de nuages dans le ciel – qu'ils traversèrent avant d'atteindre une petite clairière. Elle était totalement déserte. Aux yeux de Jim, en tout cas.

– C'est ici que Snorrl est censé nous retrouver ? s'enquit-il quand ils eurent fait halte.

– C'est ici que je vous retrouve, fit en écho la voix rauque du loup.

Snorrl était couché sur le flanc à quelques mètres de Jim – qui, une seconde plus tôt, aurait pourtant juré qu'il n'y avait personne.

Liseth sauta à bas de sa monture et il l'imita. Quand elle lâcha les rênes, les laissant traîner à terre, le cheval ne bougea pas, il paraissait « attaché au sol », comme disaient les cow-boys de l'univers de Jim, qui suivit l'exemple de sa compagne.

Quand Liseth s'approcha de Snorrl, le loup se mit instantanément sur ses pattes et vint à sa rencontre, tête baissée, les oreilles couchées en arrière et la queue frétillante. S'accroupissant, elle lui gratta le crâne et lui caressa la gorge.

– Tu as besoin de moi ? lui demanda-t-il.

– En fait, c'est messire le mage qui a besoin de toi.

Snorrl regarda Jim mais sans manifestation d'amitié, cette fois.

– Que voulez-vous de moi, magicien ? Ou sir James comme les autres vous appellent.

– Oui, sir James serait préférable. Je voudrais profiter de la connaissance que tu as des monts Cheviot, et tout particulièrement de la zone occupée par les Hommes Creux où personne n'ose pénétrer. D'après ce que j'ai compris, tu y vas et viens à ton gré ?

– Oui. (Snorrl fit bruyamment claquer ses mâchoires.) Ce sont mes bois, après tout, et si les Hommes Creux s'y sont installés, c'est uniquement parce que les humains, vos frères, ne peuvent pas les anéantir.

Je vous l'ai déjà expliqué : ils ne se sentent pas à leur aise quand je suis là. Ils ont peur des loups comme vous autres mortels avez peur des esprits.

– Personnellement, rétorqua Jim, je n'ai pas peur des esprits. En revanche, je redoute la malfaisance – et spécialement les Noires Puissances. Je suppose que tu sais ce qu'elles sont ?

– Qui ne le sait ? grommela Snorrl. Mais elles ne peuvent rien contre ceux qui marchent sur quatre pattes. Elles ne sont un danger que pour les deux-pattes à qui elles disputent l'empire de la Terre.

– Cela semble bien être le cas. Mais j'ai une question à te poser. Connais-tu dans le territoire des Hommes Creux un endroit où ils pourraient se regrouper tous en cas de nécessité, et d'où il leur serait difficile de s'échapper ?

– Il en existe plus d'un dans les Cheviots. (Il y avait une note de curiosité dans la voix de Snorrl.) Mais pourquoi voulez-vous les voir tous rassemblés en un même lieu ? Et comment pensez-vous qu'il soit possible de les réunir ainsi ?

– C'est là un point qui reste encore à définir, messire loup. Il me suffit pour le moment d'avoir la confirmation que tu connais des endroits répondant à ces exigences.

Snorrl regarda Jim en penchant la tête de côté.

– Vous voulez aller là où les Hommes Creux sont retranchés ? Après tout, peut-être dites-vous vrai quand vous prétendez ne pas avoir peur des esprits.

– Non, je ne les crains pas mais j'éviterai avec autant de prudence que n'importe qui, homme ou femme, de me heurter à une troupe d'Hommes Creux armés et avides de semer le trouble. Cela étant dit, j'aimerais voir quelques-uns de ces endroits dont tu parlais.

– Pour moi, ils se valent tous. (Snorrl happa une mouche baladeuse.) Un Homme Creux tout seul ou une bande d'Hommes Creux, c'est du pareil au même.

Mais toi, Liseth, est-ce ton désir que j'emmène sir James dans les bois des Cheviots ?

– Absolument. Tout ce qu'il te dit a mon approbation pleine et entière.

Les oreilles du loup, qui avaient commencé à se redresser, s'aplatirent à nouveau et il se tourna vers Jim.

– Quand voulez-vous y aller ? Maintenant ?

– Non, pas tout de suite. Il fait déjà sombre et il ne me reste plus assez de temps pour explorer correctement les lieux. Je préférerais demain, un peu après le lever du soleil. Ce serait un meilleur choix. Mais d'abord... tu disais qu'il y a plus d'un endroit conforme à mes souhaits. J'aimerais visiter... disons les trois qui conviendraient le mieux aux exigences que je vais te préciser.

– Comme vous voudrez.

– L'idéal serait un site où la totalité des Hommes Creux, que j'évalue à quelque chose comme deux mille, pourrait être concentrée. Et il faudrait qu'il reste un peu de place. Un espace ouvert et plat si possible. J'aimerais qu'il y ait sur un côté – deux de préférence mais pas plus – des falaises ou des parois rocheuses verticales difficiles à escalader pour des hommes en armure. Cela pour que, s'ils sont attaqués, toute retraite leur étant coupée, ils soient forcés de rester et de se battre, de se battre jusqu'au dernier. Les deux côtés accessibles devront être en pente pour dissimuler les assaillants. Et s'il y avait des arbres, ce serait encore mieux : cela permettrait aux nôtres de passer inaperçus jusqu'au moment où ils seraient assez près de la horde des Hommes Creux pour l'attaquer.

Snorrl avait redressé les oreilles et, la tête levée, il écoutait avec intérêt.

– Vous projetez réellement une action pareille ? Ce sera sensationnel, sir James, dit-il.

– J'espère la réaliser. Ma question est la suivante :

lequel des trois sites dont je te parlais correspondrait le mieux à la manœuvre que je viens de t'exposer – s'il y en a un ? Et précise-moi, si tu veux bien, les avantages et les inconvénients de ceux qui, à ton avis, seraient susceptibles de faire l'affaire.

– J'en connais effectivement trois qui pourraient vous intéresser. D'excellentes souricières pour piéger ces deux-pattes sans corps. Mais ils se trouvent tous à une certaine distance. Le plus proche est à une vingtaine de milles d'ici, pour employer l'unité de mesure que vous et vos pareils avez adoptée. Je vous y attendrai demain.

(Snorrl tourna son museau vers Liseth.)

– Ton tueur de grouses me repérera du haut des airs et il ne lui restera plus qu'à montrer le chemin à sir James.

– Alors, le pauvre Grisailes devra d'abord te trouver et revenir ensuite pour le guider ? objecta Liseth. Tu ne pourrais pas venir toi-même chercher sir James ?

– Non, et cela pour deux raisons. D'abord, pourquoi est-ce que je ferais un aller et retour représentant une trotte de quarante milles et plus dont je pourrais aussi bien me dispenser ? D'autre part, si je viens le chercher ici, quand nous serons arrivés au premier site, la journée sera déjà bien avancée et il est loin d'être sûr que nous pourrons visiter les deux autres avant le coucher du soleil. Sir James serait alors obligé de faire la route de nuit pour rentrer. Et je ne le lui conseillerais pas. D'autant moins que nous serons tout le temps sur le territoire des Hommes Creux. Avez-vous une meilleure idée à proposer, sire chevalier ?

– Eh, oui, justement ! Tu n'auras qu'à attendre au site numéro un. Nous te trouverons, Grisailes et moi, ne t'inquiète pas.

– Il vous faudra au bas mot une semaine pour me trouver !

– J'en doute fort. Tu oublies que je suis un magicien. J'ai un bon moyen de faire le voyage avec Grisailes et je crois que cela ne prendra pas très longtemps.

– Soit. Je vous attendrai au premier site jusqu'à ce que le soleil soit au zénith. Si vous n'êtes pas encore arrivé à ce moment-là, adieu. J'ai autre chose à faire et je n'ai pas envie de perdre mon temps. Passer la journée à faire le lézard pour vos beaux yeux, très peu pour moi !

– Eh bien, c'est entendu comme ça. (Jim leva la tête vers l'horizon que le couchant faisait rougeoyer.) Il faut maintenant rentrer au château, milady. J'espère que ce beau temps se maintiendra demain.

– Il ne changera pas. (Snorrl regarda Liseth.) Si tu as besoin de moi, je suis toujours à ta disposition, Liseth.

– Je te demande une chose, Snorrl. Prends bien soin de sir James. Fais cela pour moi, s'il te plaît.

– Je ferai tout ce qu'il me sera possible de faire pour qu'il ne lui arrive rien de fâcheux. Je te le promets, Liseth.

Sur ces mots, et comme par magie, le loup parut se volatiliser. Liseth et Jim remontèrent en selle et reprirent le chemin du château.

Au bout d'un moment, la jeune fille demanda presque timidement :

– Sir James, comment comptez-vous vous y prendre pour vous mettre à la recherche de Snorrl avec Grisailes comme vous l'avez dit ?

– Ma magie y pourvoira. Mais, si vous voulez bien me pardonner, je préfère ne pas aborder ce sujet pour l'instant. (Jim balaya du regard les bois qui, déjà, s'assombrissaient.) Dans des circonstances de ce genre, je ne suis jamais sûr qu'il n'y a pas des oreilles indiscrètes à l'affût.

– Je comprends.

Ils poursuivirent leur route en silence. Jim était un

peu gêné de ne pas être d'une franchise totale avec Liseth, mais il ne savait que trop combien les hommes et les femmes du XIVe siècle étaient enclins à interpréter de travers ce qu'il pouvait dire ou à se perdre en spéculations. Il n'était pas indispensable de dissimuler les actes magiques qu'il était capable d'effectuer, mais opérer ces sortilèges devant témoins risquerait de déclencher toute une chaîne de réflexions ou d'actions dont les conséquences pourraient se révéler regrettables.

Après le souper pris en commun, Jim monta à deux reprises voir Brian, mais, chaque fois, le chevalier dormait. Cependant, il constata avec satisfaction que sa provision de petite bière avait notablement diminué. Finalement, il déroula son matelas et se coucha tôt car il avait l'intention de se lever au point du jour ou même avant. Et il prit soin de laisser suffisamment de place pour que Dafydd puisse s'étendre à côté de lui, l'archer ayant eu la délicatesse de renoncer à occuper la place qui lui revenait sur le lit pour que Brian ait toutes ses aises.

Il ne faisait pas encore jour quand Jim s'éveilla.

Il aurait préféré quitter le château à pied mais cela aurait attiré l'attention. Tout comme les cow-boys des grandes plaines de l'Ouest, les chevaliers qui avaient à se rendre quelque part n'y allaient jamais à pied quand ils pouvaient y aller à cheval.

Lorsqu'il eut parcouru quelque huit cents mètres, Jim mit pied à terre et attacha sa monture à l'aide d'un très long licol à une saillie de la paroi rocheuse. Celle-ci ne faisait guère plus de six mètres et était verticale mais était creusée d'une cavité où son cheval pourrait se mettre à l'abri en cas de besoin. C'était le maximum qu'il pouvait faire pour lui. Et c'était pour cette raison qu'il avait emprunté, non sans éprouver d'ailleurs un certain sentiment de culpabilité, un des chevaux du château : son propre destrier était trop précieux pour qu'il prenne le risque de le laisser ainsi à la longe toute une journée.

Après avoir flatté l'encolure de l'animal pour s'excuser de l'abandonner ainsi, il prit ses provisions de bouche et s'enfonça sous les arbres. Il savait d'expérience que les chevaux n'appréciaient guère qu'il se métamorphose en dragon sous leurs yeux. Ils ne se posaient manifestement pas la question de savoir comment un humain pouvait se changer en dragon : la seule chose qui les terrifiait était de se trouver subitement en face d'un dragon doté d'énormes mâchoires et de griffes formidables.

Une fois hors de vue du cheval, Jim se déshabilla, fit de ses vêtements, y compris ses bottes, un ballot auquel, après réflexion, il ajouta son épée et qu'il attacha à sa ceinture avec ses vivres. Quand, après l'avoir bouclée, il eut passé la ceinture autour de son cou de façon que le paquet pende derrière son dos, il écrivit sur le tableau noir de son front :

MOI ——————➤ DRAGON

Comme chaque fois, il n'éprouva pas de changement perceptible. Simplement, le ballot de vêtements parut remonter sur son dos. Il baissa les yeux. Ses membres étaient devenus de massives pattes de dragon et il sentait le poids de ses ailes puissamment musclées. Son ballot était à présent solidement coincé entre deux des excroissances triangulaires osseuses qui couraient tout le long de son épine dorsale.

Avant de quitter le château, il avait glissé sous la porte de Liseth un billet soigneusement calligraphié et ne contenant que des mots simples lui disant de prévenir Grisailes qu'il vienne à sa rencontre, le faucon le trouverait volant dans les airs sous la forme d'un dragon.

Il déploya ses ailes, fit un bond et prit son essor.

Il avait depuis longtemps découvert qu'il fallait monter jusqu'à trois cents mètres au moins avant de se mettre en quête d'un courant ascendant qui lui permette de planer en décrivant des cercles pour épargner aux muscles de ses ailes l'effort épuisant de propulser son corps pesant. Quand il eut atteint cette altitude, il balaya du regard la vaste étendue du ciel qui commençait à rosir mais ne vit trace du faucon nulle part.

La château rapetissait au loin. N'ayant pas trouvé de courant ascendant, il se laissa instinctivement glisser selon un angle qui le rapprochait du sol. Il se remit alors à battre vigoureusement des ailes. Quand il se fut encore élevé de cinq cents mètres, il crut discerner dans le ciel un point noir qui pouvait être Grisailes mais, déjà, faute d'avoir trouvé des courants ascendants, il piquait à nouveau vers la Terre.

C'était à désespérer. Pourtant le soleil matinal qui caressait le sol refroidi durant la nuit aurait dû faire naître de tels courants !

Jim avait déjà perdu toute l'altitude à laquelle il était parvenu, et même un peu plus. L'irritation le gagnait. Derechef, il joua des ailes. Mais, bien que cela lui permît de gagner huit cents mètres de mieux, il se remit à plonger lentement. Et ce fut au moment où il avait l'impression de rencontrer enfin un ascendant – un petit, beaucoup trop petit pour être de quelque utilité à la créature colossale qu'il était à présent – que le cri strident d'un faucon lui frappa les oreilles tandis que quelque chose lui heurtait brutalement la nuque.

Il secoua la tête, plus par réflexe que pour toute autre raison. Son crâne de dragon était largement assez épais pour ne pas se ressentir outre mesure d'un coup qui l'aurait peut-être assommé s'il avait eu son apparence humaine. C'étaient les deux pattes griffues du faucon, qui avait fondu sur lui comme une pierre.

Et point n'était besoin d'être Liseth pour comprendre le sens du criaillement furieux du pèlerin. Il pouvait se traduire en gros par quelque chose comme : « Arrête un peu de tournicoter comme un imbécile et tâche de voler d'une manière sensée ! »

Jim envisageait une réponse – oh ! pas trop brutale saisir Grisailes entre ses pattes avant, voire dans sa gueule pour lui apprendre le respect – quand, enfin, il trouva un puissant ascendant et ce fut avec soulagement que, se laissant porter, il s'éleva en spirale.

Un coup d'œil lui suffit pour s'apercevoir que son occiput ne risquait plus d'être mis à mal : le faucon, profitant du même ascendant, volait maintenant en rond trente mètres au-dessus de lui.

Brusquement, Grisailes fila en ligne droite, tournant le dos au soleil levant, trouva un autre courant et se remit à décrire des cercles. Jim le rejoignit. La recherche avait débuté, c'était clair. Et ils commençaient à travailler en équipe.

Le faucon ne savait pas plus que lui où était Snorrl mais il fonçait droit vers le cœur des monts Cheviot et c'était dans cette direction qu'ils avaient le plus de chances de découvrir le loup.

Jim avait beau examiner le sol qui défilait sous lui grâce à la vision télescopique dont bénéficiait le dragon qu'il était, il ne distinguait rien qui ressemblât peu ou prou au site qu'il avait décrit à Snorrl – ni rien qui ressemblât à Snorrl lui-même. Mais la vision du faucon devait être meilleure que la sienne, et de beaucoup. Il était hautement vraisemblable que ce serait lui qui repérerait le loup le premier.

La seule chose que Jim avait à faire était de le suivre.

14

Une heure durant, ils passèrent d'un ascendant à l'autre. L'altitude d'observation privilégiée du faucon était apparemment de l'ordre de quatre cent cinquante mètres et Jim s'efforçait de voler à cette hauteur. Jusqu'au moment où il s'aperçut que Grisailes se sentait mal à l'aise s'il n'était pas au moins à une trentaine de mètres au-dessus de lui. Dès lors, pour le satisfaire, il maintint son niveau de vol à trois cents mètres seulement.

Dans ces conditions, le champ de vision du faucon était naturellement plus large que le sien. Tout en planant, Jim essayait de se remémorer les avantages et les limites de la vision des rapaces.

Il était sûr que, contrairement aux dragons et aux humains, ils étaient aveugles aux couleurs. On tenait naguère pour acquis que la plupart des animaux ne voyaient qu'en noir et blanc ; ce n'avait été que peu de temps avant qu'Angie et lui aient quitté leur monde natal pour se retrouver ici sans l'avoir voulu que l'on avait découvert que les loups – et donc, sans doute, également les chiens – percevaient au moins deux autres couleurs. Notamment le rouge. Mais quelle était la seconde ? Pour le moment, Jim n'arrivait pas à s'en souvenir.

Arrivé à ce point de ses réflexions, un détail inquiétant revint à la mémoire de Jim, à savoir que les faucons étaient incapables de voir quelque chose qui restait totalement immobile. C'était le mouvement, et lui seul, qui activait leur vision. Dans ces conditions, si Snorrl, qui les attendait, était couché et ne bougeait pas, Grisailes risquait de ne pas remarquer sa présence.

Du coup, Jim se mit à observer avec une attention décuplée le sol qui se déployait au-dessous de lui.

Toutefois, une demi-heure plus tard – soit que le loup ait bougé à l'instant précis où les yeux du faucon s'étaient braqués sur l'endroit où il se trouvait, soit que la mémoire de Jim lui ait joué des tours –, Grisailes amorça une plongée en spirale. Il piqua derrière lui. A mesure que le sol se rapprochait, il distinguait maintenant une sorte de petit promontoire qui se dressait au-dessus du paysage environnant.

Cette élévation de terrain s'adossait à des rochers – ou, plutôt, des falaises, ainsi qu'il l'avait spécifié. Mais seul un des deux côtés libres était boisé. L'autre était un versant escarpé au pied duquel, une trentaine de mètres plus bas, coulait un ruisseau.

Cela ne pouvait pas faire l'affaire. Néanmoins, Jim ne doutait pas que s'il rejetait d'emblée le premier site que Snorrl avait sélectionné, le loup risquait de le prendre mal et refuserait de lui faire visiter les autres. Aussi décida-t-il d'atterrir et il se posa à proximité de l'endroit où Snorrl était paisiblement couché de tout son long.

Le loup fut instantanément debout, les muscles ramassés et prêt à bondir.

Sa posture était pratiquement ce qu'un ami de Jim, spécialiste du comportement du loup, lui avait un jour défini, photographie à l'appui, comme « l'attitude classique de l'attaque ou de la fuite ». Autrement dit, Snorrl était prêt à charger ou à décamper.

En toute hâte, Jim écrivit derrière son front sa formule magique et, de dragon qu'il était, redevint un homme tout nu, un ballot de vêtements et une épée pendus dans le dos.

Snorrl conserva quelques instants encore son immobilité. Puis il se mit à avancer avec circonspection en décrivant un cercle, les muscles toujours bandés et prêt à prendre sans préavis la poudre d'escampette.

– N'aie pas peur, Snorrl, lui dit Jim. C'est moi... sir James. J'ai dû me transformer en dragon pour suivre Grisailes dans les airs et te rejoindre.

Ce fut à ce moment qu'il remarqua que le faucon s'était posé sur un arbre voisin. Lui aussi paraissait mal à l'aise et se tenait prêt à s'envoler.

Snorrl ne répondit pas mais il se rapprocha un peu en décrivant un arc de cercle. Tenant compte de la défiance instinctive qui l'animait, Jim ne fit pas un geste. Finalement, le loup s'arrêta devant lui et tendit le cou jusqu'à ce que l'extrémité de son museau touche presque la cuisse de l'homme. Après l'avoir flairée à plusieurs reprises en reniflant bruyamment, ses muscles se détendirent.

– Ne recommencez jamais à essayer de prendre par surprise un loup northumbrien, gronda-t-il, vous pourriez vous en mordre les doigts.

Jim se garda de lui faire observer que, s'il était demeuré dans son corps de dragon, ç'aurait plus vraisemblablement été ledit loup northumbrien qui aurait eu à s'en repentir au cas où la rencontre avait mal tourné.

– Je n'ai pas cherché à te prendre par surprise, se contenta-t-il de répliquer. Je me suis posé tout naturellement sans me cacher et j'ai repris mon apparence humaine. Tu ne penses quand même pas qu'un homme nu pourrait te mettre en danger ! ajouta-t-il sur le ton de la plaisanterie, dans l'espoir de rendre sa bonne humeur au loup.

– Avec cette épée qui te pend dans le dos, tu n'es pas un homme nu.

Jim s'apprêtait à contester cette affirmation mais il réalisa qu'en un sens Snorrl avait raison. Au Moyen Age, un homme habillé de pied en cap mais n'ayant pas d'épée au côté pouvait parfaitement être qualifié d'« homme nu ». Et puis, surtout, Snorrl était encore traumatisé par la frayeur que lui avait causé le spectacle d'un dragon tombant du ciel juste devant lui.

– Alors, comme ça, vous êtes un dragon ? demanda-t-il, à croire qu'il avait lu dans les pensées de Jim.

– Non. Je suis sir James, un être humain ordinaire. Mais je suis aussi un magicien capable de se métamorphoser en dragon. Tu n'avais encore jamais vu de dragon ?

– Il n'y en a pas par ici. Sinon, je le saurais. L'hiver, il fait trop froid pour eux. Et, d'après ce que j'ai compris, ils n'aiment pas le froid, bien qu'ils soient capables de le supporter s'il le faut. A cause de leur peau épaisse. En tout cas, il ne semble pas qu'il y en ait dans le coin – ce qui n'empêche pas que j'aie su ce que vous étiez quand vous êtes arrivé.

– Alors, tu aurais dû savoir aussi que les dragons ne s'en prennent pas aux loups. Ils dévorent les herbivores, les bovidés, par exemple, mais ils ne s'attaquent pas aux autres prédateurs.

– Je ne sais pas ce que vous voulez dire avec tous ces grands mots, mais un loup northumbrien ne prend pas de risques. Sinon ce serait tôt ou tard un loup mort. Bon... En tout cas, vous êtes là. C'est le premier des sites dont je vous ai parlé. Est-ce qu'il vous convient ?

Jim jugea qu'il devait au moins faire semblant de jeter un coup d'œil sur les lieux. Aussi, après avoir enfilé ses chausses, revêtu son pourpoint et suspendu son épée à sa ceinture, il en fit le tour, examina les falaises – qui étaient indéniablement infranchissables –, les bois – qui étaient suffisamment denses pour qu'un détachement puisse s'y dissimuler – et, pour finir, la paroi presque abrupte au pied de laquelle coulait un ruisseau. Son inspection terminée, il rejoignit Snorrl qui n'avait pas bougé.

– C'est presque exactement ce que je cherche, lui dit-il. Mais, vois-tu, je veux deux choses : que les Hommes Creux soient acculés aux falaises sans avoir la possibilité de battre en retraite ; et, d'autre part, que toutes les forces que nous réunirons pour les attaquer puissent entièrement les cerner. Pour cela, il faut que tous les accès soient en pente et recouverts de bois touffus. Regarde cet à-pic. Un Homme Creux qui se débarrasserait de son armure pour être invisible pourrait l'emprunter et s'enfuir. Or, il est impératif que pas un seul ne puisse se sauver si nous voulons les exterminer tous définitivement.

– Tous mes vœux vous accompagnent. Donc, si je comprends bien, cet à-pic flanque tout par terre ?

– Ce site offre une possibilité, répondit diplomatiquement Jim, mais j'aimerais d'abord visiter les deux autres pour voir si l'un d'eux conviendrait mieux.

– Comme vous voudrez. Pour moi, ils se valent tous.

Et Snorrl s'enfonça en trottinant au milieu des arbres où il disparut.

Jim se déshabilla en toute hâte, refit de ses vêtements un ballot qu'il balança dans son dos et se transforma à nouveau en dragon. Aussitôt, telle une fusée, Grisailes prit son essor comme si cette métamorphose l'avait rempli d'effroi et il décolla derrière lui.

Cette fois-ci, les choses se passèrent différemment : dans les airs, ce fut lui, et non le faucon, qui prit la direction des opérations. Il pouvait, en effet, distinguer Snorrl courant entre les arbres et demeurer à la verticale du loup. Quand celui-ci fut parvenu au deuxième site, Jim regagna la terre ferme et reprit aussitôt sa forme humaine.

Après s'être rhabillé, il entreprit la visite de l'endroit. Cet emplacement était presque parfait. Il était un peu plus grand que le précédent. Aucun doute : deux mille hommes pourraient y être rassemblés, même en armure et même si quelques-uns étaient à cheval. Les deux parois qui l'entouraient constituaient des obstacles insurmontables. La partie libre, une sorte de prairie légèrement pentue, était ceinturée par des bois. Il y avait même au pied des falaises escarpées qui la fermaient un entablement de pierre du haut duquel l'émissaire écossais et les chefs des Hommes Creux pourraient haranguer la foule.

Mais un problème se posait. Une cascade dégringolait le long d'une des parois, au bas de laquelle elle donnait naissance à un ruisseau qui traversait l'espace libre pour disparaître dans le bois. L'ennui était que, de part et d'autre de ce ruisseau, le sol était boueux sur plusieurs mètres, ce qui était loin d'être l'idéal pour livrer combat. Il était facile de glisser et de trébucher dans cette gadoue.

Autre inconvénient : les arbres qui fermaient l'espace clos étaient plus clairsemés que ceux qui ceinturaient le premier site, ce qui obligerait les attaquants à se camoufler à bonne distance de l'orée du bois pour ne pas se faire repérer – surtout en plein jour – par les Hommes Creux massés dans la prairie.

– Eh bien ? demanda Snorrl quand Jim eut terminé son inspection.

– L'endroit correspond exactement à ce qu'il me faudrait – à quelques détails près, répondit Jim d'une voix résolument enthousiaste, encore qu'il doutât que Snorrl prêtât grande attention aux intonations de ses interlocuteurs humains. Je préférerais, évidemment, que les arbres, là-bas, soient plus nombreux et plus touffus. Et je me passerais volontiers de ce ruisseau. Mais, ces réserves mises à part, c'est satisfaisant. Néanmoins, j'aimerais quand même voir le troisième site dont tu m'as parlé.

– Si vous voulez. Ce n'est pas très loin.

Suivant le même scénario – maintenant éprouvé –

que précédemment, Jim se remétamorphosa en dragon et prit son vol, toujours accompagné par Grisailes qui n'était plus qu'un point noir très haut dans le ciel.

Snorrl avait dit vrai : le dernier site était à peine distant de plus d'un kilomètre. Jim atterrit avec un choc sourd au centre d'un surplomb formant un cercle presque parfait qui, d'ici un mois, aurait disparu sous un épais tapis de verdure.

Jim regarda tout autour de lui. Il était stupéfait : c'était l'endroit idéal. A croire qu'il avait été créé à son intention.

Abandonnant sa défroque de dragon, il se rhabilla et se mit en devoir de faire le tour du propriétaire. Ici, pas le moindre ruisseau. Les falaises verrouillaient non pas la moitié, mais près des deux tiers de l'espace disponible. Les dégagements en pente légère aboutissaient à des arbres épais plantés en rangs serrés sans solution de continuité. Jim se sentait de plus en plus emballé à mesure que les minutes passaient.

– Celui-là vous botte, laissa tomber Snorrl.

Comment diable avait-il deviné ? Qu'une créature par nature insensible aux intonations de la voix humaine fasse preuve d'une pareille perspicacité tenait, à sa manière, de la magie !

Jim regarda le loup mais s'abstint de lui demander comment il avait pressenti sa réaction. Lorsqu'il serait de retour à Malencontri et aurait l'occasion de bavarder avec Aragh, il lui poserait la question.

– Je ne vois pas comment les choses pourraient mieux se présenter. Les bois sont touffus et il n'y a pas de ruisseau. En fait, c'est l'endroit rêvé. Sauf que...

Jim venait de s'apercevoir à l'instant que ce site était beaucoup trop petit : deux mille hommes ne pourraient jamais y tenir. L'ironie de la chose lui donna presque envie de rire. Cela lui faisait penser à la pantoufle de vair dans laquelle, suant sang et eau, les belles-sœurs de Cendrillon étaient incapables de fourrer leurs grands pieds. Il se trouvait devant un problème du même ordre...

– C'est trop petit, j'en ai peur, dit-il à Snorrl. Il n'y a pas assez de place. Jamais les Hommes Creux ne pourrons tenir tous dans un espace aussi restreint et nous pourrons encore moins y pénétrer à notre tour pour les liquider.

– Je pensais bien qu'il ne serait pas facile de vous satisfaire, grommela le loup. Je ne me trompais pas. Alors, qu'est-ce que vous voulez que je fasse ? Que je me mette à la recherche d'autres sites ?

– Tu as dit que c'étaient les trois meilleurs, si je me souviens bien ?

– Exact.

– Dans ce cas, tant pis. On utilisera le deuxième, malgré ses inconvénients – le ruisseau et l'éparpillement des arbres. J'aurais dû me douter qu'aucun endroit ne serait entièrement conforme à mes vœux.

– J'aurais pu vous le dire. C'est une de vos faiblesses à vous, les deux-pattes, à de rares exceptions près – Liseth, par exemple. Rien ne vous satisfait jamais complètement.

– Si, je suis satisfait. Le site numéro deux conviendra.

– Alors, c'est parfait. (Snorrl se gratta vigoureusement le flanc gauche, puis se mit debout et s'ébroua.) Peut-être allez-vous m'expliquer maintenant ce que vous êtes en train de mijoter ? Comment les choses vont-elles se dérouler ?

– Dans un premier temps, nous allons nous emparer d'un homme qui arrive d'Ecosse. Tu aimerais être de la partie ?

Le loup regarda Jim avec un mélange de méfiance et de curiosité.

– Pourquoi est-ce que je me donnerais du mal rien que pour vous aider ?

– Parce que cela devrait t'amuser.

Connaissant Aragh depuis près de deux ans et ayant combattu à ses côtés, Jim commençait à se faire une petite idée de la nature profonde de ces loups surdimensionnés.

– Ah, évidemment, fit Snorrl après un silence. Evidemment, si ça doit m'amuser...

– Tout dépendra d'une chose. Dis-moi... les humains ont une odeur, n'est-ce pas ?

– Toutes les créatures en ont une et celle des humains est souvent un peu plus forte que les autres. Ils ont même certaines odeurs intéressantes, bien qu'ils ne semblent pas beaucoup les apprécier, eux. Aucun des humains que j'ai connus ne m'a paru goûter celle de la charogne, par exemple.

– Oui, c'est vrai, répondit Jim d'un ton songeur.

Dans son corps de dragon, en effet, il n'avait jamais été gêné par l'odeur de la chair pourrissante quand il dévorait la carcasse d'une vache trouvée dans un pré. Son expérience personnelle lui avait fait découvrir avec surprise que les dragons pouvaient, quand l'occasion s'en présentait, se comporter en charognards, à l'instar des vautours.

– Bon. Donc, les humains ont une odeur. Et les Hommes Creux ? Ils en ont une, eux aussi ?

– Naturellement. C'est d'ailleurs peut-être une des raisons pour lesquelles je leur fais peur : je sais qu'ils sont là même quand ils n'ont rien sur le dos.

– Et je présume que, comme les humains, chacun a sa propre odeur ? Une odeur spécifique ?

– Qui me permet de les reconnaître individuellement ? Absolument. Les humains sont tous différents les uns des autres, n'est-ce pas ? Eh bien, c'est pareil pour les Hommes Creux, même si on ne peut pas les voir, de sorte que leur odeur, elle aussi, est différente.

– Formidable ! Tu es l'homme de la situation, si j'ose dire. Comme je te l'ai expliqué, nous projetons d'intercepter ce personnage qui vient d'Ecosse. Il apporte de l'or aux Hommes Creux, en échange de quoi ils accepteront d'être le fer de lance d'une offensive en territoire anglais.

– L'or ! L'argent ! Je me demande vraiment ce que les deux-pattes trouvent d'intéressant dans ces bouts de métal froid.

– C'est un peu compliqué à expliquer. Mais le problème n'est pas là. L'important est que l'individu en question aura un chargement d'or. Quand nous l'aurons capturé, je prendrai sa place et j'irai là où tu sais pour remettre cet or aux Hommes Creux. Chacun en recevra sa part. Mais je veux être sûr qu'aucun n'essaiera de se faire payer deux fois. Si tu te tiens à côté de moi, tu pourras me signaler les resquilleurs s'il y en a. Tu es d'accord ?

– Je ne vois pas pourquoi je ne le serais pas. N'importe comment, les resquilleurs, comme vous dites, auront déjà touché leur part une première fois. Par conséquent, je le sentirai.

Jim considéra le loup avec surprise.

– Mais l'or n'a pas d'odeur, objecta-t-il.

– Non, mais il conserve celle de ceux qui le touchent. Comme vous le toucherez forcément en le leur distribuant, il gardera un peu de votre odeur.

– Tu veux dire que tu es capable de sentir une odeur aussi faible ?

– Si elle est fraîche, oui. Je pourrai encore la déceler une heure après que vous aurez manié ces morceaux de métal. Et puis, je reconnaîtrai probablement l'odeur de la plupart des Hommes Creux et je me rappellerai ceux à qui vous aurez déjà graissé la patte.

– C'est parfait. Tu n'auras qu'à te coucher près de moi pendant que je leur distribuerai la manne. Comme ça, tu verras tous ceux qui passeront. Ça te plaira, n'est-ce pas ?

– Ils s'efforceront de se tenir le plus loin possible de moi mais ça ne m'empêchera pas de les repérer au passage. Et... oui, ça me plaira.

Les yeux jaunes du loup scintillaient.

– Et si, grâce à un petit tour de magie, je faisais en sorte que tu aies l'air d'être deux fois plus gros que tu ne l'es en réalité, cela te conviendrait-il ?

– Vous pouvez faire ça ?

– Sans problème.

Snorrl ouvrit sa gueule toute grande, ce qui – la fréquentation d'Aragh l'avait appris à Jim – était chez les loups l'équivalent d'un éclat de rire, à ceci près qu'il était parfaitement silencieux.

15

De retour au château, Jim se mit à la recherche de Liseth. Il était plus que temps d'aller changer le pansement de Brian. Il finit par la trouver dans la cuisine où, les manches roulées au-dessus des coudes, elle présidait à ce qui paraissait étrangement être une grande première : une séance de nettoyage général. Mais la jeune fille, lui faisant remarquer qu'il était plus de midi, insista pour qu'il commence d'abord et avant tout par se mettre à table.

– Déjà midi ? s'étonna Jim. Pourtant, j'ai l'impression qu'il y a à peine plus d'une heure que je suis parti. Et le jour n'était pas encore levé !

– Oui. Et je ne suis pas près d'oublier que vous ne m'avez pas emmenée avec vous ! Je suis sûre que j'aurais pu vous être utile.

– Oh ! certainement, fit Jim sur un ton lénifiant. Mais il y avait une question relevant de la magie dont nous devions impérativement nous entretenir sans témoins, Snorrl et moi. Je vous mettrai au courant avant peu et vous supplie de me pardonner de ne pouvoir vous fournir d'explications dans l'immédiat.

– Dans ce cas, évidemment... (Liseth rebaissa ses manches et tourna le dos à l'énorme cuve où trempait, à vue de nez, pas loin d'une demi-tonne de vêtements et de linge.) ...Mais je vous rappellerai votre promesse et je ne vous pardonnerai que si c'est à moi que vous en parlez en premier. Dans l'immédiat, vous dites que vous avez besoin de moi pour vous aider à changer le pansement de sir Brian ?

– Oui. Je voudrais que vous vous assuriez avant tout que les linges dont nous allons nous servir n'ont été touchés que par des mains d'une propreté irréprochable.

– On les a fait bouillir et ils n'ont été maniés ensuite que par les quatre domestiques qui s'occupent de sir Brian. Je me suis d'abord assurée qu'ils s'étaient lavé les mains à l'eau et au savon et qu'elles étaient aussi propres que celles d'un nourrisson. Ils ont mis les linges à sécher devant le feu. Souhaitez-vous que nous les montions ?

– Je vais devoir me laver moi aussi les mains avant d'y toucher.

– Je peux les porter. Messire veut-il voir mes mains ?

Elle les soumit à l'inspection de Jim.

– Je n'ai jamais vu de mains... (Jim chercha frénétiquement un compliment qui fût à la mesure de ce siècle) ... aussi propres depuis que j'ai commencé à pratiquer l'art de magie.

– Je vous remercie. (Liseth avait employé un ton léger mais ses joues s'étaient brusquement empourprées.) Alors, vous voulez que nous montions ?

– Oui, allons-y. Je crois, après tout, que je pourrai déjeuner quand nous redescendrons.

– Ô mon Dieu, je n'y pensais plus ! L'état de sir Brian n'est pas désastreux au point qu'il ne puisse attendre que vous vous remplissiez l'estomac. J'ai idée que vous n'avez encore rien mangé de la journée. Mettez-vous à table. Je vais donner des ordres.

Elle le poussa dans la grande salle et fila comme un trait. Jugeant inutile de lui dire qu'il avait pris son petit déjeuner avant de partir, Jim s'assit à la table haute. Et s'aperçut qu'en fait il avait grand faim. La visite des trois sites l'avait tellement accaparé qu'il avait complètement oublié l'en-cas qu'il avait pourtant pris soin d'emporter. Il allait maintenant falloir qu'il cache le paquet quelque part ou s'en débarrasse d'une manière ou d'une autre. Le plus simple serait peut-être de manger le pain et la viande dans l'après-midi et de vider le flacon – mais pas nécessairement dans sa gorge : il poussait déjà exagérément sur le vin, ces temps-ci.

On lui apporta de quoi se restaurer. Du pain (le même), de la viande (une autre) et, bien sûr, encore du vin. Il dévora le solide mais toucha le plus modérément possible au liquide.

Cela n'empêcha pas que, lorsqu'il eut fini, il avait bu un peu plus que ce n'aurait été le cas un an plus tôt, dans des circonstances analogues. Peut-être parce qu'il commençait à s'y habituer. Et ce n'était pas tellement surprenant. L'eau avait toutes les chances d'être plus ou moins polluée et il éprouvait autant de répugnance que Brian pour la petite bière. Elle permettait de ne pas mourir de soif, c'était la seule vertu qu'on pouvait trouver à ce breuvage à la fois insipide et vaguement amer. En dehors du fait qu'il était potable, naturellement.

En même temps, Jim commençait à se demander, non sans une certaine inquiétude, quels effets l'absorption régulière de copieuses quantités de vin pourrait avoir sur son foie d'ici quelques années. Surtout si Angie et lui devaient passer le reste de leur existence ici, ce qui risquait fort d'être le cas.

La façon normale d'appeler quelqu'un dans ce château était de hurler son nom. Mais, trouvant discourtois de brailler « LISETH. » à tous les échos comme l'auraient fait les frères ou le père de la jeune fille, Jim se rabattit sur une solution de compromis.

– Holà ! cria-t-il.

Un valet surgit aussitôt. Qui ne s'était visiblement pas encore lavé les mains et ne s'était apparemment pas changé depuis un certain nombre d'années. Il ébaucha une courbette.

– Messire ?

– Dites à milady Liseth que j'ai terminé.

– Tout de suite, messire.

Le valet regagna la cuisine au pas de gymnastique. Quelques instants plus tard, Liseth apparut, tenant dans les bras un tas de linge propre. Jim s'apprêtait à lui proposer de l'aider à le plier pour en faire un paquet moins encombrant qui serait plus facile à porter, mais quand il eut jeté un coup d'œil à ses mains, il jugea préférable de n'en rien faire.

– Eh bien, nous montons, maintenant, sir James ?

Qu'elle ait substitué le « sir James » au « messire » habituel était significatif : elle se considérait maintenant comme partenaire à part entière pour la suite des événements.

– Oui, nous montons.

Tous deux se dirigèrent vers l'escalier et gravirent les quatre étages. Quand ils entrèrent dans la chambre, les domestiques étaient en train de faire boire Brian. Et, tout en buvant, ce dernier les couvrait d'injures.

– Bon sang de bois ! Ne me tenez pas comme ça ! Et toi, arrête de me tordre la tête ! Tu veux me l'arracher ou quoi ? Je suis capable de la tenir droite. Ce n'est pas permis d'être aussi empoté ! Quelle bande d'andouilles... (Il s'interrompit en voyant entrer Jim et Liseth.)

» Ah ! messire et milady ! fit-il alors d'une voix soudain si aimable que le changement de ton était presque comique. Je vous souhaite le bonjour. Je suis sans doute déjà quasiment guéri. Rendez-vous-en compte par vous-même, James.

– C'est bien ce que j'ai l'intention de faire, avec l'aide de milady Liseth.

– Vous, espèce de veaux ahuris, lâchez-moi, reprit Brian, revenant au mode colérique, à l'adresse des serviteurs. Vous ne voyez pas que messire vient m'examiner ? Allez ! Du vent ! Reculez !

Les domestiques le reposèrent doucement sur son lit avant de détaler et de se coller contre les murs de la chambre.

– Eh bien, James, examinez-moi, dit Brian en écartant les bras.

– Dans un instant. Il faut d'abord que je me lave les mains. (Liseth s'était tournée vers les serviteurs, le regard impérieux, mais, déjà, ils se précipitaient pour apporter une bassine, de l'eau et du savon.) Cela fait partie de la magie, vous comprenez, expliqua Jim en retroussant ses manches.

– Ah, bon ? (Brian fronça les sourcils.) Pourtant, James, pour autant que je m'en souvienne, je n'ai jamais vu Carolinus laver les siennes.

– Dame ! s'exclama Jim avec une feinte indignation. Un respectable magicien de classe AAA+ comme Carolinus se laver les mains devant un non-magicien ? Mais c'est impensable, voyons !

– Oui, bien sûr, fit humblement Brian. Pardonnez-moi, James, j'ai parlé sans réfléchir.

– Il n'y a pas de mal. (Jim braqua un regard méfiant sur la bassine que lui tendait le domestique.) A-t-on fait bouillir cette eau ?

– Oh ! oui, messire, répondit l'une des servantes en esquissant une révérence. Pas plus tard qu'hier.

– Comment ça, hier ? (A nouveau, Jim faisait la grosse voix.) C'est de l'eau qui vient de bouillir qu'il me faut.

– Lucy Jardine, ordonna sèchement Liseth, descendez immédiatement à la cuisine et ramenez une bassine d'eau que vous puiserez dans une des cuves qui sont sur le feu.

– Oui, milady, dit Lucy Jardine qui sortit de la chambre en courant.

– Je suis confus de mon manque de courtoisie, dit Brian à Jim et à Liseth après le départ de la servante.

Il conviendrait que je vous offre quelque chose à boire mais je crains que vous ne trouviez quelque peu déplaisant le goût de cette bière magique...

– Mais pas du tout, roucoula Liseth, elle est sûrement excellente. (Elle regarda Jim avec incertitude.) Si toutefois sir James...

– Je crains qu'il ne nous faille décliner la proposition de sir Brian, dit Jim avec sévérité. Rappelez-vous la tâche particulière que nous avons à accomplir, milady. Nous devons, vous comme moi, nous abstenir de boire quoi que ce soit, ni petite bière ni autre chose.

– Ah ! dans ce cas... Je suis navrée, sir Brian.

– Ne le soyez pas, milady. C'est moi qui regrette de vous accueillir de si piètre façon.

Tous deux continuèrent de battre ainsi leur coulpe pendant plusieurs minutes. Il fut un temps où pareille litanie d'autodénigrement aurait laissé Jim sans voix mais il avait appris que c'était là l'échange de banalités, la façon de parler pour ne rien dire, qu'exigeait la civilité en ce XIVe siècle. Enfin, Lucy Jardine fit sa réapparition, portant une bassine d'eau visiblement bouillante. Elle grimaçait de douleur.

– Posez-moi ça tout de suite ! se hâta de lui ordonner Jim. Si vous devez encore aller chercher de l'eau, prenez deux chiffons – propres, bien entendu – pour tenir la bassine.

– Merci, messire, dit Lucy en se tordant les mains derrière son dos après avoir posé le récipient sur la table. Mais milady avait bien spécifié que je devais la remplir d'eau bouillante directement puisée dans le cuveau.

– Venez me faire voir vos mains. (Timidement, Lucy Jardine les tendit vers Jim. Ses doigts étaient pleins de cloques là où ils avaient touché le métal brûlant.) Vous allez retourner immédiatement à la cuisine. Vous recouvrirez vos doigts d'une épaisse couche de suif et vous les envelopperez un par un d'une bande de chiffon bouilli et sec – s'il en reste. Puis vous direz à quelqu'un de venir vous remplacer.

– S'il plaît à Votre Seigneurie, je pourrais très bien revenir faire mon travail. Ces petites bêtises sur mes doigts, ce n'est rien du tout.

– Comme vous voudrez, mais soignez-les d'abord comme je vous l'ai dit. Allez !

Quand elle fut partie, Jim vérifia précautionneusement la température de l'eau. Elle était encore chaude mais on pouvait y plonger les mains sans danger, ce qu'il fit après les avoir enduites de savon, un savon noir très gras. Quand il les eut frottées vigoureusement, il se tourna vers Liseth et prit un des chiffons propres qu'elle tenait toujours dans ses bras. Le paquet de linge – c'était seulement maintenant qu'il se rendait compte qu'elle ne l'avait pas lâché –, s'il n'était pas très lourd, était encombrant et embarrassait fort la jeune fille. Il s'essuya les mains et lança la serviette improvisée sur le lit.

– Vous pouvez poser tout ça à côté, milady.

Liseth s'empressa d'obéir avec un soulagement évident.

– Voudriez-vous, continua Jim, s'adressant, cette fois, aux deux valets, tirer le lit vers le milieu de la chambre pour que milady et moi puissions nous tenir en face l'un de l'autre ? Maintenant, milady, reprit-il quand les domestiques se furent exécutés, nous allons commencer par trier tout ça.

Ils se mirent à l'ouvrage. Jim mit de côté deux longues bandes d'étoffe – du lin – qui serviraient à maintenir et à protéger l'emplâtre en contact direct avec la plaie pour qu'il ne soit pas nécessaire de refaire bouillir les linges faisant office de pansement quand on renouvellerait le bandage. Il n'était pas sûr que, s'agissant d'une plaie ouverte, cela garantirait une stérilité suffisante mais que faire d'autre ? Il fallait assurer avec les moyens du bord, plus le peu qu'il se rappelait des techniques de premiers secours en usage au XXᵉ siècle.

Quand Liseth et lui eurent fini de plier les chiffons sous les regards intéressés de Brian et des domestiques, Jim abaissa les draps qui recouvraient la poitrine bandée du chevalier.

– J'ai peur que la compresse n'ait collé à la plaie et que cela ne vous fasse mal quand je la retire.

Brian eut un geste négligent de la main.

– Bah ! Allez-y, mon cher James... retirez-la.

Jim se mit en devoir d'ôter le pansement. Brian n'eut qu'une légère grimace quand il l'arracha. Dès qu'elle fut à l'air libre, la blessure se remit à saigner. D'après ce que Jim se rappelait, c'était un bon signe et il fallait la laisser saigner un moment pour que puissent s'évacuer d'éventuels corps étrangers susceptibles de l'envenimer. Il attendit donc, se contentant d'éponger les lèvres de la plaie. Tout autour, la chair était un peu rouge mais il n'y avait pas de signe apparent d'infection.

Il tendit le pansement ensanglanté à Liseth, qui le passa au domestique le plus proche. Les yeux brillants, elle avait l'air passionné.

– J'espère que vous m'avez observé avec attention, lui dit-il avec toute l'autorité qu'il pouvait mettre dans sa voix. C'est là le traitement magique qui convient à ce genre de blessures et il vous faudra peut-être soigner sir Brian toute seule si je dois m'absenter.

– Vous comptez partir, James ? demanda Brian. Pas avant quelques jours, j'espère ? D'ici là, je serai sur pied et pourrai vous accompagner.

– Désolé, Brian, mais je dois accomplir une mission secrète et je préfère que vous ne quittiez pas le château. Votre présence pourra s'y avérer nécessaire en cas d'imprévu.

– Dieu me damne ! Je ne vois pas en quoi elle

pourrait être nécessaire alors que toute la famille de Mer est là.

– Certains de ses membres partiront avec moi. En particulier le seigneur Herrac, s'il veut bien m'accompagner. Vous serez alors le seul chevalier éprouvé ayant l'âge et l'autorité requis à rester au château.

– Le fait est, reconnut Brian.

Mais son acquiescement lui coûtait visiblement.

Liseth, de l'autre côté du lit, regardait fixement Jim.

– Vous ne m'avez pas parlé de ce projet de départ, messire.

– Le moment et les circonstances sont mal choisis pour aborder le sujet, répondit-il en jetant ostensiblement un coup d'œil en direction des domestiques.

Il éprouvait une certaine gêne car il savait fort bien que c'était une mauvaise excuse. Mais, mauvaise ou pas, elle marcha.

– Oh ! oui, bien sûr. Et c'est pour cela que vous m'avez dit que je devrais m'occuper de sir Brian ?

– Oui, milady, si vous avez cette bonté.

– Mais bien entendu ! Je ne ferai là que mon devoir. (Hasard ou pas, la jeune fille s'arrangea pour faire un mouvement dont l'effet fut immédiat : les clés accrochées à sa ceinture cliquetèrent en s'entrechoquant.) Je comprends, maintenant. Si vous avez tenu à ce que je sois à vos côtés, c'était moins pour vous aider que pour apprendre comment il fallait faire, n'est-ce pas ? Mais vous ne m'avez pas enseigné par quels sortilèges on magifie la petite bière.

– Cela non plus, je n'ai pas eu le temps de vous en parler. Mais je vous les apprendrai avant de partir. Maintenant, il faut remplacer le pansement.

Jim saisit l'une des longues bandes de tissu disposées sur la toile de lin qu'il avait étalée sur le lit et demanda à Liseth de la tenir par l'autre extrémité.

– Cela, on peut le faire tout seul en se servant des

deux mains, ajouta-t-il, mais la bande aura plus de chances d'être bien droite si vous posez le bout que vous tenez en même temps que moi.

– Je suis prête, messire, répondit Liseth en regardant d'un air farouche le bout du pansement qu'elle étreignait.

– Bien. Je vais compter jusqu'à trois. Quand je dirai « top », ce sera le signal. Vous y êtes ? Un, deux, trois – top !

Une fois le pansement mis en place, Jim montra à Liseth comment attacher les bandelettes autour de la poitrine de Brian pour maintenir l'emplâtre. Quand il en eut fini, il remonta les draps jusqu'aux épaules du blessé.

– A présent, nous allons mettre tous les linges souillés dans cette toile pour en faire un ballot que nous poserons... Ah ! il n'y aura pas assez de place sur la table. Eh bien, nous le poserons au pied du lit. Attention, Brian. Prenez garde à ne pas le faire tomber.

– N'ayez crainte.

– Personne en dehors de Liseth et moi ne devra toucher à ces linges. C'est de la plus haute importance.

La jeune fille se tourna vers les domestiques :

– Vous avez bien compris, vous autres ?

Tous lui assurèrent en chœur qu'ils avaient parfaitement enregistré.

– A présent, milady, il nous faut redescendre.

– Vous ne pouvez pas rester encore un peu pour que nous bavardions un moment ? demanda Brian – et il y avait tant de désappointement dans sa voix que Jim dut se cuirasser pour ne pas se laisser fléchir.

– Je voudrais bien, Brian, et, si j'en ai le temps avant mon départ, nous aurons de longues conversations tous les deux. Mais, pour l'heure, il faut absolument que je convoque Dafydd, messire Herrac et ses fils dans la salle haute afin de discuter de certaines choses avec eux.

En guise d'excuse, Jim tapota la bonne épaule de Brian qui posa la main sur la sienne.

– Je serai patient, James. Je vous le promets.

– Je le sais. (Jim se tourna vers Liseth.) Descendons-nous, milady ?

– Je suis à vos ordres, messire.

Dans l'escalier, Jim fit de son mieux pour répondre aux questions dont le bombardait Liseth – ou pour les détourner. La première et la plus importante était, pour elle, de savoir si elle serait ou non admise à la conférence annoncée.

Jim n'avait pas de raisons valables pour refuser qu'elle y assiste, bien qu'il se méfiât des éventuelles interventions qu'elle pourrait être amenée à faire au cours de la discussion. Peut-être serait-il bien inspiré de suggérer discrètement à son père de lui imposer silence pendant les moments importants des débats. Si le qualificatif de curieux allait comme un gant à ses frères, elle le méritait, elle, deux fois plus que tous les cinq réunis.

Dans l'espoir de polariser son attention sur autre chose, Jim l'entreprit sur les soins à prodiguer à Brian pendant son absence. Il lui expliqua qu'il fallait changer tous les jours les linges des pansements. Et il précisa que ce serait elle et personne d'autre qui les monterait dans la chambre, lui laissant entendre, sans toutefois le dire explicitement que cela contribuerait à leur infuser une vertu curative, ce que la jeune fille considéra comme un compliment.

Toutes ses observations prouvèrent à Jim qu'elle était non seulement compétente mais aussi qu'il pouvait entièrement se fier à elle pour suivre ses recommandations dans tous les domaines. Et puis, elle finit par remettre la question de la conférence sur le tapis.

– Mon père et mes frères sont actuellement sortis avec Lachlan mais je ne crois pas qu'ils soient allés très loin. Voulez-vous que j'envoie quelqu'un les chercher ?

– Je vous en serais reconnaissant, répondit Jim. Il faudrait leur faire savoir qu'il est urgent que nous ayons une conversation.

– Rien de plus facile. Je saute en selle pour leur faire la commission moi-même. Je sais où les trouver. Quant à votre ami l'archer, il est au château ou dans son voisinage immédiat en train de vérifier les flèches spéciales qu'il a fabriquées et qui ont fait de tels ravages hier dans les rangs des Hommes Creux, quand vous et les Petits Hommes les avez attaqués.

– Ah ! Cela me rappelle que je dois également leur parler, à eux, et dans les délais les plus brefs. Mais après que je me serai entretenu avec votre père, naturellement.

– Dans ce cas, nous allons avoir à nouveau besoin de Snorrl. Je peux envoyer Grisailes le chercher. Mais il sera de fort méchante humeur s'il doit faire un long chemin pour revenir au château alors qu'il était avec vous il y a si peu de temps.

– Eh bien, je lui présenterai mes excuses.

– Je ne vous le conseille pas, dit Liseth avec gravité. Les excuses n'ont aucun sens pour lui. Il n'en fait jamais et ne comprend pas que d'autres en fassent. S'excuser, c'est seulement pour lui une marque de faiblesse.

– Je vous remercie de me prévenir.

J'aurais dû le savoir, se dit Jim *in petto*. La fréquentation d'Aragh ne lui avait-elle donc rien appris ? Avait-il commis d'autres erreurs d'appréciation dans l'idée qu'il s'était faite de la nature de Snorrl ?

16

Trois heures plus tard, ils étaient tous réunis autour de la haute table. L'après-midi touchait à sa fin.

– Je crois, dit Jim, avoir un plan pour neutraliser le messager qui convoie l'or écossais, et peut-être aussi pour en finir une fois pour toutes avec les Hommes Creux.

Il se tut et passa sa langue sur ses lèvres. Il avait attendu que les autres soient au complet. Ils étaient arrivés un par un, Dafydd en tête, et ç'avait été Herrac qui avait fermé la marche : il était, chose surprenante, arrivé après ses fils. Pour tuer le temps pendant cette longue attente, on n'avait cessé d'apporter à manger et à boire. Jim s'était contenté de grignoter mais il avait quand même un peu trop poussé sur le vin pour que son propos soit aussi clair et convaincant qu'il l'aurait voulu.

Cependant, son prélude avait tellement fait l'effet d'une bombe que si son élocution était quelque peu embarrassée, c'était sans importance.

– Ai-je bien compris, messire ? (La voix retentissante de sir Herrac imposa immédiatement silence à ses fils qui, pris à froid par cette déclaration inattendue, s'étaient mis à s'égosiller avec un bel ensemble.) Vous croyez avoir trouvé le moyen de nous débarrasser à tout jamais des Hommes Creux ?

– Oui, je crois que l'occasion de les éliminer définitivement nous est offerte. L'opération que j'envisage nécessitera l'intervention d'une troupe armée recrutée chez les habitants de la Frontière. Et nous aurons aussi besoin de l'assistance d'autres combattants – des gens que j'essaierai de rencontrer demain avec Snorrl le loup si je parviens à le trouver à temps pour qu'il me conduise auprès d'eux.

– Expliquez-nous cela, au nom de Dieu !

Jamais Jim n'avait perçu une telle émotion dans la voix du seigneur de Mer depuis qu'il l'avait entendu évoquer le souvenir de son épouse défunte.

– Oui, messire, parlez ! renchérit Liseth dont les yeux étincelaient.

On avait accepté qu'elle participe à la réunion, tout comme Dafydd et Lachlan MacGreggor dont, sur le moment, Jim avait oublié que la présence serait indispensable.

– Il suffit, ma fille ! dit Herrac. Rappelle-toi que si tu es là, c'est à la condition expresse que tu écoutes mais ne parles pas sans m'en demander d'abord la permission.

– Oui, père, fit avec soumission Liseth, fidèle à la liturgie que respectaient immanquablement les enfants de Mer en présence de leur géniteur.

Herrac se tourna à nouveau vers Jim.

– Avant cette interruption, vous vous apprêtiez, je crois, à répondre à ma requête ?

– Absolument. Mon plan est simple dans son essence. J'ai trouvé avec l'aide de Snorrl un endroit d'où les Hommes Creux, une fois qu'ils y auront été rassemblés dans leur totalité, ne pourront pas aisément s'enfuir si l'on utilise la tactique voulue pour les attaquer. Je vais tenter de faire en sorte que chacun d'eux reçoive en main propre la part d'or qui lui revient, cela pour être sûr qu'ils seront tous là au grand complet.

– Il faudra une troupe nombreuse si l'on veut

qu'ils y passent tous, objecta Herrac, et je ne sais pas combien de mes amis je pourrai réunir pour qu'ils nous prêtent leur concours.

– Oui, l'attaque devra être menée en force et j'y ai pensé. Voici ce que je propose : les schiltrons des Petits Hommes qui combattent à pied, javeline au poing, commenceront par charger les Hommes Creux par surprise, ouvrant dans leurs rangs des brèches où les Frontaliers n'auront plus qu'à s'engouffrer quand l'adversaire fera face pour repousser les assaillants.

– Les Petits Hommes ! tonna Herrac.

Et, derechef, tous ses fils, plus Lachlan, se mirent à vociférer en chœur.

Herrac les fit taire.

– Continuez, sir James. Les Petits Hommes, disiez-vous ?

– Oui. J'aimerais qu'ils prennent part à l'action. Non seulement parce qu'ils sont les ennemis héréditaires des Hommes Creux depuis des temps immémoriaux, avant même que des familles comme la vôtre se soient installées dans la région de la Frontière, mais aussi parce qu'ils possèdent certaines aptitudes et disposent de certains atouts qui nous font défaut à nous. Il nous faudra avoir la certitude que les Hommes Creux auront été tués jusqu'au dernier afin que pas un seul ne puisse revenir à la vie. Vous serez alors enfin tous débarrassés d'eux.

Herrac passa pensivement sur son menton massif des doigts qui ne l'étaient pas moins.

– Les Frontaliers n'ont pas tous une confiance entière dans les Petits Hommes et il y en a qui ne les aiment pas outre mesure. Toutefois, pour être franc, je n'en connais aucun qui nourrisse d'animosité ou de ressentiment particuliers envers eux. Mais quels sont les sentiments des Petits Hommes à notre égard... cela, je l'ignore. Il vous faudra vous en assurer vous-même. Mais, à supposer qu'une opération comme celle-là puisse être organisée et menée avec succès, comment comptez-vous procéder pour prendre tous – je dis bien *tous* – les Hommes Creux dans la nasse afin de les anéantir jusqu'au dernier ?

– Cette partie de mon plan est, elle aussi, simple dans son principe, bien que les moyens à employer pour la réaliser sortent de l'ordinaire et m'obligeront, je dois vous le dire, à avoir recours à un peu de magie. (Jim se tourna vers Lachlan MacGreggor.) Vous avez laissé plus ou moins entendre, je crois, que l'émissaire qui doit convoyer le trésor est un proche du roi d'Ecosse ?

– Je ne vous l'ai pas *laissé entendre* : je l'ai dit à haute et intelligible voix, répondit MacGreggor. Il est impossible qu'il en aille autrement. D'abord, pour transporter un chargement d'or d'une telle importance – la totalité du premier versement qu'il doit faire aux Hommes Creux –, le roi ne peut faire confiance qu'à un de ses plus fidèles lèche-bottes. Cet envoyé extraordinaire ne peut donc être que MacDougall.

– Est-ce que vous le connaissez de vue ?

– Si je le connais ? Comment pourrait-il en être autrement ? Je l'ai vu souvent à la cour – et en d'autres lieux. Il y en a qui le considèrent comme un battant mais pour moi ce n'est qu'un petit turlupin. Trop francisé à mon goût, qui plus est. Mais que je le connaisse ou pas, qu'est-ce que cela a à voir avec votre affaire ?

– J'ai l'intention de me substituer à lui.

Lachlan regarda Jim en écarquillant les yeux et éclata d'un rire homérique.

– Je ne voulais pas vous insulter, dit-il lorsque sa crise d'hilarité se fut calmée. Mais vous êtes trop large d'épaules et vous avez trop de pectoraux pour qu'on vous prenne pour lui. Et je ne parle même pas de votre tête. Votre physionomie n'a aucun rapport avec la sienne. Et même si vous étiez son frère jumeau, vous n'avez ni son maniérisme ni son maintien de joli cœur.

– Je sais, mais à tout cela, la magie peut remédier, croyez-moi.

Le seul mot de « magie », avec l'aura qui l'entourait, impressionna tout le monde, y compris Lachlan.

– Si je ne me trompe, reprit Jim dans le silence qui avait succédé à ces mots et s'adressant toujours à l'Ecossais, vous aviez fait le projet d'intercepter ce MacDougall – et l'or qu'il transporte. Un projet que vous souhaitiez soumettre au seigneur Herrac.

– Oui-da ! (Se tortillant d'un air embarrassé sur son banc, Lachlan s'abîma dans la contemplation de sa coupe. Enfin, il leva la tête.) Mais c'était quelque chose de différent et qui n'avait rien à voir avec la magie.

– Je vous donne l'assurance, commença solennellement Jim, que... *hic !*

Tout le vin que, pensant à autre chose, il avait eu la faiblesse d'ingurgiter en attendant l'arrivée des autres finissait quand même par lui jouer des tours.

– Vous n'allez pas me dire que vous êtes déjà ivre à une heure pareille ? s'exclama Lachlan.

– Non... *hic !* C'est à cause d'un sortilège que m'a jeté un autre magicien il y a quelques années et que je ne suis jamais parvenu à éliminer entièrement, répondit Jim. Ça va passer. N'y faites pas attention.

Dafydd jugea bon de venir à la rescousse de Jim.

– J'ai entendu parler d'un homme qui est mort du hoquet sans qu'aucune magie ait pu l'en guérir.

– C'est pure vérité. Heureusement, cela ne m'arrive que rarement. Donc, Lachlan, vous aviez prévu un plan pour capturer MacDougall et vous emparer de l'or ?

– Oui-da, répéta MacGreggor qui semblait maintenant marcher sur des œufs et avait retrouvé son accent écossais, mais je ne suis pas sûr qu'il ferait bon ménage avec celui que vous avez en tête.

– Je vous prierais de bien vouloir m'en laisser juge. Faites-nous-en donc part.

– Eh bien, c'est la simplicité même. Je sais quelle route il prendra et je connais la date de son départ. Il a dû partir il y a un jour et demi. Son escorte comptera tout au plus une demi-douzaine d'hommes. Davantage attireraient l'attention. Il devrait atteindre demain dans l'après-midi l'endroit que j'ai envisagé pour l'embuscade.

Lachlan s'interrompit le temps de vider sa coupe et de la remplir.

– Il y a autour de cette table suffisamment de gens de guerre pour s'occuper d'eux – encore que j'aurais aimé que sir Brian puisse se joindre à nous car c'est, je le crois, un homme rompu au combat. MacDougall ne connaît guère les armes en dehors de la flamberge et de l'écu anglais, et il ne brille pas particulièrement par son courage, si vous voulez mon opinion. Si nous le coupons de son escorte, il n'aura qu'une idée en tête : se rendre, lui et tous ceux qui l'accompagnent. En outre, il serait préférable que ce soit nous, et nous seuls, qui nous emparions de lui et de l'or. Moins il y aura de monde au courant, mieux cela vaudra.

Il se tut. Les autres demeuraient muets, réfléchissant à ces paroles. Ce fut sir Herrac qui finit par rompre le silence :

– Mes cinq fils, messire James, vous, Lachlan et l'archer... oui, vous avez peut-être raison : nous sommes en nombre suffisant pour mener l'opération à bien. Mais je refuse de perdre un seul des miens, même en l'échange de tout l'or que cet homme pourrait transporter !

– Rien de tel ne se produira, je vous en donne ma parole, dit fermement Lachlan. Les gardes qui escorteront MacDougall sont rompus au métier des armes, je vous l'accorde. Mais ils seront tellement pris au dépourvu qu'ils auront vidé leurs étriers avant même d'avoir compris ce qui leur arrive. Herrac, mon vieil ami, si vous préférez pour plus de sûreté que quelques-uns des hommes d'armes qui assurent la défense du château viennent avec nous, je ne m'y opposerai pas. Je ne désire pas plus que vous voir un des vôtres se faire blesser ou tuer.

Herrac balaya du regard les visages enfiévrés de ses fils.

– Oui, mais nous ne pouvons laisser le château sans quelqu'un pour assurer le commandement. Ce sera toi qui resteras, Giles.

– Père ! s'exclama l'intéressé. Ne suis-je pas le seul de vos fils à avoir été adoubé ?

– C'est précisément pour cette raison que je te charge de cette responsabilité. Sir Brian étant blessé et contraint de garder le lit...

– Pardonnez-moi, père (c'était la première fois que Jim voyait l'un des cinq frères avoir l'audace d'interrompre le chef de famille), mais je suis sûr que sir Brian sera sur la brèche si le moindre événement fâcheux venait à se produire. D'ailleurs, je lui ai demandé quand il pensait pouvoir se lever et marcher. Après-demain ou même demain, m'a-t-il répondu. Ce serait encore trop tôt, je le sais. Mais j'ai la certitude que si jamais le château était attaqué et si l'on avait besoin de lui pour prendre le commandement, blessure ou pas blessure, il le prendrait aussitôt.

Il y eut un nouveau et long silence.

– Oui, je veux bien le croire, laissa finalement tomber Herrac. Après ce que je l'ai vu faire... Si c'était nécessaire, il serait debout et l'arme au poing, dût-il en mourir, saigné à blanc. (Il poussa un soupir.) Eh bien, c'est d'accord, Giles. Je t'autorise à prendre part à l'expédition.

– Je vous remercie, père.

C'est alors que Liseth prit inopinément la parole :

– Je pourrais être utile, moi aussi, si...

– Il n'est pas question que tu quittes le château, dit Herrac. C'est bien compris ?

– Oui, père, répondit la jeune fille entre ses dents. Si c'est un ordre.

– C'en est un. D'ailleurs, réfléchis une minute. Qui s'occuperait de sir Brian si tu n'étais pas là ?

Liseth se mordit la lèvre.

– C'est vrai, il n'y aurait personne pour le soigner. Vous avez raison, père.

– Combien de... *hic*... temps nous faudra-t-il pour atteindre l'endroit où vous avez prévu de dresser cette embuscade ? demanda Jim à Lachlan.

– Moins de six heures. En partant tôt le matin, nous serons sur place dans l'après-midi. Ainsi, même si MacDougall est en avance et arrive demain après-midi et non après-demain matin, nous serons déjà à pied d'œuvre.

– C'est parfait. Nous partirons donc demain à l'aube.

Jim avait réussi à tenir ce discours d'une seule traite, sans lâcher le moindre hoquet. Il se leva précipitamment et enjamba le banc.

– Puis-je prier milady de mettre à ma disposition une autre chambre pour que je puisse faire mes propres préparatifs ? Ils nécessitent des opérations magiques qui peuvent me prendre un certain temps. Mais ne me cédez pas à nouveau votre chambre, milady. Vos gens pourront certainement en trouver une autre qu'ils mettront en état.

– Je vais m'en occuper tout de suite. Si vous voulez bien m'accompagner, messire ?

– Dès que vous en aurez terminé, revenez vous mettre à table, gronda la basse profonde d'Herrac tandis que tous deux s'éloignaient.

Dans la cuisine, Liseth libéra quelques serviteurs de leurs tâches pour qu'ils l'accompagnent et, ouvrant la marche, elle se lança à l'assaut de l'escalier. Arrivée au premier étage, elle poussa une porte voisine de la sienne et fit entrer tout son monde dans une pièce qui était un véritable capharnaüm, remplie de meubles empilés et de rebuts de toutes sortes recouverts d'une épaisse couche de poussière. Avec une assurance dénotant son savoir-faire, la jeune fille mit tous les domestiques à l'ouvrage pour faire de la place et tout nettoyer à fond sans hésiter à donner elle-même l'exemple.

– Vous pouvez descendre dans la salle si vous le désirez, messire, dit-elle à Jim quand la chambre fut débarrassée. Je reste encore un moment pour veiller à ce que rien ne manque. Quand vous remonterez, il y aura un lit, un vase de nuit, un cruchon de vin et un gobelet, une petite table et une chaise. Accordez-nous seulement deux heures et tout sera prêt.

– Je vous remercie. En ce cas, je vais rejoindre les autres en bas.

Sa crise de hoquet était passée mais Jim, une fois à table, jugea préférable de ne plus boire une goutte de vin. Quand Lachlan l'invita à remplir sa coupe, il se retrancha une fois de plus derrière la magie pour justifier son abstinence, prétendant que trop de vin risquait d'être gravement préjudiciable à l'efficacité de ses sortilèges. L'explication eut l'effet voulu sur l'Ecossais comme sur les autres convives. Quand Liseth les rejoignit, il lui dit qu'il souhaitait avoir aussi un pichet de petite bière dans sa chambre.

Lorsqu'il y remonta, Jim constata qu'elle était maintenant aussi propre qu'elle pouvait l'être selon les normes du XIVe siècle.

Maintenant qu'il n'y avait pas de témoins, il alla chercher son couchage. La vérité était qu'il avait tout simplement besoin d'une bonne nuit de sommeil. Il eut l'impression qu'il venait tout juste de fermer les paupières quand un coup frappé à la porte le réveilla.

– Un instant ! cria-t-il.

Il s'extirpa de son matelas et le réenroula, se mit debout, versa dans le gobelet un peu de petite bière dont le goût lui arracha un frisson. Enfin ! C'était du liquide et il avait besoin de se refaire la bouche. Se frottant les yeux pour chasser les dernières traces de sommeil qui s'y attardaient, il alla ouvrir. C'était Liseth.

– Mon père est déjà en train de secouer mes frères, messire, lui annonça-t-elle. Je me suis permis de venir vous réveiller. Si je peux vous aider à vous préparer...

– Vous êtes bien aimable.

Jim avait l'esprit encore trop embrumé pour trouver autre chose à dire. Dans la pâle lumière, annonciatrice de l'aube, qui entrait par la fenêtre, Liseth observait le lit avec curiosité.

– Vous n'avez pas dormi du tout, messire ? demanda-t-elle à Jim.

– J'avais certaines obligations à accomplir, répondit Jim en faisant de son mieux malgré son abrutissement pour donner à la jeune fille le sentiment que ces quelques mots étaient chargés d'un sens profond. Je suis sûr que milady comprendra.

– Oh oui !

Il s'immobilisa brusquement, se rendant soudain compte de quelque chose dont, ensommeillé comme il l'était encore, il n'avait pas pris conscience plus tôt. Liseth, qui s'était immobilisée, elle aussi, le regarda d'un air intrigué.

– Pourriez-vous me laisser seul encore quelques minutes ? Juste un petit moment. Et veillez à ce que personne n'entre pendant ce temps.

– Nul ne s'approchera de la porte ! dit Liseth sur un ton farouche. Vous pouvez me faire confiance.

Elle avait à peine refermé derrière elle que Jim défit la ceinture qui tenait ses chausses et, se ruant sur le vase de nuit, il urina avec un profond soulagement. Quand il se fut reculotté, il se hâta d'aller retrouver Liseth dans le corridor.

– Je ne pensais pas en avoir pour si longtemps, s'excusa-t-il.

– Longtemps ? Mais vous ne m'avez fait attendre qu'un petit moment, comme vous m'aviez dit.

Jim était maintenant tout à fait réveillé.

– Ah bon ? Quand on se livre à des opérations de magie, le temps prend parfois une dimension différente. Vous avez entendu parler de gens enlevés par des fées ou des élémentaux qui croyaient que leur absence n'avait duré que quelques jours et qui, à leur retour, s'apercevaient que des années s'étaient écoulées ?

– Oh oui ! Ma nourrice m'en a raconté, de ces histoires !

Arrivés au bas de l'escalier, ils traversèrent la cuisine et sortirent pour se rendre aux écuries. Ce ne fut qu'en voyant la fiévreuse animation qui y régnait que Jim se rappela qu'il avait laissé dans la chambre de Brian ses armes, son armure et les affaires dont il aurait besoin s'il devait passer la nuit à la belle étoile. Mais il eut la surprise de s'apercevoir que tout son barda était là, bien rangé, à côté de Gorp, son palefroi.

– Tiens ! s'exclama-t-il. On a descendu mon attirail ?

– Oui, répondit Liseth, je me suis permis de dire aux valets d'aller chercher votre équipement. Ai-je eu tort ?

– Bien au contraire. Vous avez eu tout à fait raison et je vous en suis obligé.

Au même moment, un palefrenier sortit Gorp de l'écurie. Le cheval était déjà tout harnaché, la lance fichée dans l'étui de la selle.

– Je vais vous aider à mettre votre armure si vous voulez, m'lord, proposa Liseth.

Jim regarda la jeune fille et fut frappé par son expression sérieuse. Il réalisa alors pour la première fois qu'elle le trouvait peut-être séduisant. Comme Danielle o'the Wold l'avait, elle aussi, autrefois trouvé séduisant – même sous sa forme de dragon. Dans les deux cas, la même cause, à savoir l'aura de magie qui l'entourait, produisait le même effet.

La magie et tout ce qui y touchait de près ou de loin exerçaient apparemment sur les habitants de ce monde une attirance analogue à celle de la loterie sur ceux du monde où Jim avait vu le jour. Le seul fait d'approcher quelqu'un doté de pouvoirs magiques faisait rêver. De prodiges, de merveilles, de richesses. Même si les chances de les obtenir étaient, statistiquement, du même ordre !

Jim se mit précipitamment en devoir de revêtir son armure, ne s'interrompant que pour faire honneur au pain, à la viande et au vin qu'on lui présentait. Il lui était égal qu'Herrac et ses fils aient déjà enfourché leurs montures ; que Lachlan soit déjà presque prêt – bien qu'il ne fût pas entièrement remis des libations de la veille ; et que tous les regardent, Liseth et lui, d'un air bougon, sans raison apparente.

17

Il fallait reconnaître que leur petit groupe avait fière allure.

Jim ouvrait la marche au côté de sir Herrac, colossal dans son armure. Le vieux chevalier montait un gros cheval à tête épaisse lourdement caparaçonné qui semblait se rire d'avoir à supporter, en outre, le poids de son maître.

Jim n'avait pas cherché de propos délibéré à prendre la tête du peloton mais cette place d'honneur lui avait été manifestement offerte, comme si elle lui revenait de plein droit. Toujours cet usage presque ridicule de l'époque qui voulait que le commandement revienne – officiellement, en tout cas – au chevalier de plus haut rang ! Lachlan et Giles qu'il précédait auraient été, il le savait, beaucoup plus dignes que lui d'occuper cette place.

L'ennui était que, quand ils dresseraient leur embuscade, tous, y compris Herrac, vieux guerrier expérimenté et qui connaissait la forêt comme sa poche, escompteraient que ce soit lui, Jim, qui prenne la direction des opérations. Et tout cela parce qu'il avait eu la sottise, quand il était arrivé en ce monde, de s'affubler, pensant que ce serait un plus, du titre de baron ! En fait, cela lui avait apporté plus d'embêtements que d'avantages.

Il gardait un visage serein mais il se creusait désespérément la cervelle. Tout son savoir en matière d'embuscades aurait aisément tenu dans un dé à coudre. Surtout en utilisant des armes – et des combattants – du XIVe siècle.

Bon sang ! Il aurait dû prendre le temps, avant de se mettre en route, de contacter à nouveau Snorrl. Et, surtout, de conférer avec les Petits Hommes pour les convaincre de prendre part à la bataille finale contre les Hommes Creux. Faire toujours les choses à l'envers était, semblait-il, le comportement typique de ses compagnons de route !

Il en était de même d'Herrac qui s'apprêtait à kidnapper l'envoyé de la couronne et à mettre la main sur un coffre rempli d'or appartenant au roi d'Ecosse, sans même s'être donné la peine de consulter ses amis frontaliers pour savoir s'ils lui apporteraient leur concours dans la bataille qui suivrait.

Jim aurait bien voulu entreprendre Lachlan MacGreggor afin que ce dernier lui expose le plan qu'il avait conçu pour cette embuscade. Mais, pour le moment, il n'y avait pas moyen, civilité oblige, de s'éloigner de sir Herrac. Il allait lui falloir s'armer de patience et attendre que l'on fasse une pause. Ou que l'on soit arrivé à destination.

Et il n'y eut pas la moindre pause et Jim, qui rongeait son frein, dut patienter jusqu'à ce qu'ils fussent parvenus à l'endroit que Lachlan avait choisi.

C'était, un peu à l'écart du chemin, une trouée au milieu des bois. Si elle ne méritait pas le nom de clairière, les pins y étaient clairsemés.

Lachlan se tourna vers Jim.

– Alors, qu'en pensez-vous ? lui demanda-t-il. C'est le coin rêvé pour notre projet, non ?

Jim dut en convenir.

Le sentier qu'ils avaient suivi – la route, disaient pompeusement ses compagnons – méritait à peine le nom de piste. Seul un chariot aurait pu l'emprunter, et encore à condition qu'il ait été très étroit. En fait, il n'était pas assez large pour offrir un passage à plus de deux cavaliers marchant de front.

Le terrain environnant était presque plat, mais à quelques dizaines de mètres devant et derrière l'endroit où ils avaient fait halte, le sol s'élevait en pente de part et d'autre du chemin, de sorte que celui-ci était encaissé entre deux levées de terrain recouvertes d'une végétation dense. La déclivité était peu accentuée et Jim et ses amis ne surplombaient guère le sentier de plus d'un mètre vingt-cinq. Mais le sol disparaissait sous un épais tapis d'aiguilles de pin qui amortirait presque complètement le bruit des sabots des chevaux. Et un homme à pied pourrait se déplacer dans un silence total.

Le soleil était à présent à son zénith et, avec sa tunique et son armure, Jim étouffait. Ses compagnons, eux, ne semblaient pas se soucier de la chaleur. Elle ne les incommodait pas plus que le froid n'avait paru incommoder Brian et Dafydd lorsque, quelques jours plus tôt, il se rendait avec eux au château de Mer.

Apparemment, au XIVe siècle, la température étant quelque chose qui échappait à votre contrôle, on l'ignorait, et voilà tout. Comme les Grecs de l'Antiquité, paraît-il, ignoraient la migraine.

– La route est déserte, dit Herrac. Aussi, je ne pense pas qu'ils arriveront avant quelque temps. Plusieurs heures, peut-être. Si nous n'avons vu personne quand le soleil se couchera, je suppose qu'ils ne seront pas là avant demain matin. Qu'en pensez-vous, Lachlan ?

– Je partage votre point de vue. A la venue de l'obscurité, quand il commencera à faire froid, ils s'arrêteront pour installer leur camp. MacDougall a toujours aimé prendre ses aises. Il voudra se chauffer à un feu et se remplir la panse avant que le soleil ne se couche.

– Nous avons donc tout le temps pour nos préparatifs. Quels sont vos ordres, messire ?

C'est là que les Athéniens s'atteignirent, se dit Jim avec fatalisme. C'était lui le patron, qu'il le voulût ou non. Il espérait, sans trop y croire, que les autres seraient assez sensés pour lui faire comprendre que ses directives ne tenaient pas debout.

Soudain, il eut une inspiration.

Il y avait une chose que sa qualité de chef lui permettait de faire : demander leur avis à ceux qui allaient se battre sous son commandement. En principe, ce sondage d'opinion ne devait intéresser que les lieutenants. Mais comme, vu ses effectifs réduits, la petite troupe ne pouvait avoir plus d'un chef, il était normal que tous ses membres aient voix au chapitre.

– Il faut que j'aie une idée plus précise de la situation avant de prendre mes décisions, dit-il. Peut-être pouvez-vous me dire ce que vous avez exactement en tête, Lachlan ?

– Mais je vous l'ai déjà dit, répondit l'Ecossais. MacDougall ouvrira la marche. Il sera suivi de six à huit cavaliers en armes encadrant un cheval de bât – peut-être deux – transportant l'or. Au signal, nous fondrons sur eux... (Lachlan se tourna vers Herrac.) Vous m'avez déjà vu me livrer à ce genre d'exercice à l'occasion de quelques escarmouches auxquelles nous avons pris part ensemble... C'est tout simple. On se glisse sous les chevaux, on les éventre d'un coup de dague et hop ! on passe de l'autre côté. Les bêtes se cabreront, désarçonnant du même coup la plupart des cavaliers. Tuer ceux qui auront mordu la poussière ne sera plus qu'un jeu d'enfant. Une fois ses hommes à terre, MacDougall ne pourra pas faire grand-chose. Mais il serait bon que l'un d'entre nous bloque la route devant lui, des fois qu'il file au galop avec le cheval de réserve s'il y en a un, voire avec ceux qui porteront l'or, nous laissant le bec dans l'eau puisque nous serons démontés.

– Ma foi..., commença Jim.

Mais Herrac lui coupa la parole :

– Dois-je comprendre que nous devrons, nous aussi, descendre de nos montures et attaquer *à pied* ?

Herrac avait à peine haussé le ton mais sa voix retentissait comme un roulement de tonnerre.

– Ce sera la meilleure façon de nous y prendre, répondit Lachlan.

– J'aurais cru que vous étiez plus au fait des règles de la chevalerie. Quand j'ai prononcé mes vœux pour être armé chevalier, ce n'était pas pour abandonner ma lance et ma monture et combattre à pied comme un vulgaire homme d'armes ! Ni pour me glisser sous un cheval pour l'éventrer ! Je me bats comme un homme et comme un chevalier, en selle, écu contre écu et épée contre épée s'il n'y a pas assez de place pour rompre des lances. Et c'est ainsi que mes fils se battront.

– Cela est bien dit, père ! s'écria Giles.

– Ah ! vous parlez aussi stupidement que les Anglais eux-mêmes ! s'exclama Lachlan avec écœurement. Et vous prétendez être des Northumbriens !

Voilà maintenant que les deux membres les plus importants de l'expédition étaient prêts à se crêper le chignon ! Jim se hâta d'intervenir dans l'espoir de désamorcer la querelle naissante :

– Je m'honore de ne jamais négliger les avis d'un homme d'expérience, dit-il. Il se peut fort bien que nous ayons à employer des tactiques différentes. Et si celle que préconise Lachlan est la plus efficace à ses yeux, il conviendra que lui, au moins, l'utilise. Cela dit, quelle est l'opinion de nos autres compagnons ?

– Il y en a un, en tout cas, dont l'opinion est déjà faite, dit Herrac. Moi. Vous vous portez garant que votre MacDougall n'est pas un adversaire dangereux, Lachlan ?

– Si vous entendez par là qu'il refusera le combat si ses hommes sont tués, cela ne fait aucun doute. (MacGreggor avait brusquement retrouvé son accent écossais.) Mais que l'idée puisse lui venir de vous planter une lame entre les côtes si vous avez le malheur de tourner la tête, ça, ce n'est pas impossible.

Herrac dévisagea le plus jeune de ses fils.

– Ce sera toi, Christopher, qui barreras la route à MacDougall avec ton cheval. Sans bouger. Pas question de te porter à sa rencontre, c'est bien compris ?

Lachlan se tourna à son tour vers Christopher.

– Grand et jeune comme tu es, revêtu de ton armure et la lance pointée, tu l'impressionneras autant que toute une armée.

L'adolescent avait visiblement envie de protester avec véhémence mais il n'osa pas manifester son mécontement, devant le regard que son père fixait sur lui, et se contenta de murmurer avec abattement :

– Oui, messire. C'est compris, père.

– Mais ne bouge surtout pas, reprit Lachlan. Parce que si jamais tu faisais faire à ton cheval un pas dans sa direction, il pourrait fort bien se dire qu'il n'a pas d'autre choix que de se battre pour sauver sa vie. Et alors, mon garçon, tu te trouverais en face d'un homme qui ne manque pas d'expérience, contre qui tu n'aurais aucune chance. Mais bâti comme tu es, si tu restes immobile, il ne doutera pas un seul instant que tu es un des chevaliers de la Table ronde revenu à la vie pour l'affronter.

Un pâle sourire vint éclairer l'expression chagrine de Christopher.

Herrac reprit la parole :

– En conclusion, Lachlan sera le seul à combattre à pied. Mes fils et moi, nous ne ferraillerons que montés. En quoi cela affecte-t-il votre plan de bataille, messire ?

La voix douce mais bien timbrée de Dafydd brisa le silence gêné qui était tombé :

– Il est malvenu pour un archer de prendre la parole quand il se trouve en compagnie d'une pareille réunion de gentilshommes. Mais j'estime que je commettrais une faute si je n'attirais pas votre attention sur le fait que, caché par ces arbres et à si courte distance, je serais quasiment en mesure de désarçonner six ou huit cavaliers sans qu'aucun d'entre vous n'ait à bouger ni main ni pied.

Un nouveau silence suivit cette déclaration et Jim comprit que, s'il ne prenait pas rapidement l'initiative, l'expédition serait vouée à l'échec.

– Fort bien, dit-il. Voici donc mes instructions : Lachlan, vous appliquerez la tactique que vous avez décrite. Toutefois, ne vous en prenez pas aux chevaux des cavaliers mais à ceux qui transportent l'or. Si vous leur tranchez la sous-ventrière d'un coup de poignard et que la cargaison, ou même la moitié seulement, fait la culbute, nos adversaires seront vraisemblablement moins enclins à l'abandonner. Entretemps... (il se tourna vers Herrac) ... vous, vos fils et moi-même chargerons les cavaliers. A cheval, comme vous en avez exprimé le désir.

Jim s'interrompit, le temps d'une profonde inspiration.

– Vous, Dafydd, vous prendrez position dans le bois et, avant qu'aucun d'entre nous n'ait bougé, vous ferez à coups de flèches vider les étriers à autant de cavaliers que vous pourrez. Vous, sir Herrac, vous chargerez dès que Dafydd aura cessé de tirer. Dans le même temps, Lachlan foncera sur les chevaux transportant l'or. Avez-vous bien compris la manœuvre ?

Au lieu de demander si ses consignes étaient du goût des autres, Jim prenait soin de leur donner l'impression qu'il considérait comme allant de soit qu'elles les satisfaisaient. Et tout se passa pour le mieux. Lachlan et Herrac opinèrent du menton, Dafydd se borna à sourire.

– Voilà qui est parfait ! dit l'Ecossais avec entrain en empoignant l'outre de vin. Il ne nous reste plus qu'à attendre qu'ils s'amènent. Pour ma part, je considère que c'est comme si cet or était déjà entre nos mains.

Et Lachlan se mit en devoir de remplir les gobelets.

Herrac avait été bon prophète : MacDougall et sa suite ne firent leur apparition que le lendemain dans la matinée. La première chose que virent Jim et ses compagnons, dissimulés derrière les arbres, fut un flamboiement d'or. Mais cet or n'était pas le métal précieux qui devait être remis aux Hommes Creux : c'étaient les parements du surcot recouvrant l'armure du cavalier qui ouvrait la marche.

Lachlan identifia les armoiries qui décoraient le surcot, c'étaient les armes du clan MacDougall.

Ils attendirent sans bouger. Quand le groupe ne fut plus qu'à une quarantaine de mètres, Jim se tourna vers le plus jeune des fils de Mer.

– Christopher, vous allez avancer jusqu'à une dizaine de yards du chemin mais gardez-vous de vous montrer. Ce ne sera qu'après que l'attaque aura été déclenchée que vous vous porterez devant la colonne pour lui barrer le passage. Sir Herrac et vous, sir Giles, vous vous mettrez en position avec les autres loin derrière afin d'avoir assez de distance pour prendre de la vitesse quand vous lancerez votre charge en terrain découvert. Lachlan... (L'Ecossais n'avait plus que son kilt sur lui ; il se préparait apparemment à l'ôter également et à se défaire de tout son attirail, épée et bouclier compris, pour ne garder que son poignard. Il leva les yeux vers Jim.) C'est vous qui vous tiendrez le plus près du chemin car vous serez moins visible que des hommes en armure et à cheval. Vous pourrez parfaitement vous dissimuler derrière un arbre, même s'il ne fait pas totalement écran. Le moment venu, il vous faudra foncer sur les chevaux qui transportent l'or, qu'ils se trouvent ou non au milieu des hommes d'armes.

– Eh bien, c'est-à-dire que... commença Lachlan avec une lenteur inhabituelle.

Herrac ne le laissa pas continuer.

– Si vous me pardonnez, sir James, Lachlan étant l'homme qu'il est, et le connaissant comme je le connais, il serait préférable qu'il se tienne plutôt le plus loin possible du chemin.

– Oui-da ! fit vivement l'intéressé. Oui-da, n'ayez aucune crainte : j'arriverai à temps et au bon endroit. Mais je devrai être à l'affût à bonne distance.

– Ah bon ? fit Jim avec surprise.

Mais comme ni Lachlan ni Herrac ne semblaient désireux de lui fournir de plus amples explications, il eut la sagesse de ne pas insister.

– Très bien, Lachlan, choisissez l'endroit qui vous conviendra. J'avais prévu de rester avec vous à proximité immédiate du chemin mais, dans ce cas, je prendrai position avec vous, sir Herrac et sir Giles, si vous le voulez bien.

– Ce sera un honneur pour nous, dit Giles sans même laisser à son père le temps de répondre.

– Oui, tout l'honneur sera pour nous, grommela sir Herrac en jetant un regard noir à son fils qui avait eu le front de prendre l'initiative de la réponse.

Comme la colonne approchait, Jim perçut soudain un léger bruit. Un bruit tellement incongru qu'il tendit l'oreille pour mieux entendre. Quelques instants plus tard, cela recommença. Aucun doute n'était possible.

C'était le bruit d'un hoquet.

Il regarda Herrac mais le visage massif de celui-ci était de pierre et ses yeux étaient rivés sur le chemin. Il ne donnait pas l'impression d'avoir, pour sa part, entendu quoi que ce fût.

D'ailleurs, ce hoquet venait de derrière et Jim se

rendit brusquement compte que l'auteur n'en pouvait être que Lachlan.

L'Ecossais était pris d'une crise de hoquet provoquée par l'imminence du combat, c'était la seule explication plausible. Etait-ce là un signe de peur ? Jim ne s'attarda pas sur cette hypothèse. Lachlan n'était pas homme à céder à la peur devant la perspective d'avoir à se battre. C'était vraisemblablement l'excitation et la tension dues à l'attente qui étaient à l'origine de cette réaction.

Mais il n'y avait guère de chances pour que ce bruit alerte les arrivants. Et même s'ils l'entendaient, ce serait un bruit trop insolite au milieu d'une forêt pour leur faire dresser l'oreille et les alarmer.

MacDougall s'approchait. Quel spectacle superbe que ce resplendissant cavalier juché sur un palefroi richement caparaçonné ! Un homme – l'écuyer, vraisemblablement – monté sur un petit cheval à la robe laineuse qui tenait par la longe un autre cheval chargé de bagages le suivait à distance respectueuse. Venaient ensuite les gardes. Ils étaient huit en tout, divisés en deux groupes de quatre qui encadraient deux chevaux de bât chargés d'une paire de coffres chamarrés. Exactement comme l'avait prédit Lachlan.

Jim ne bougea pas, certain que Dafydd saurait à quel moment il lui faudrait passer à l'action. Mais il avait beau s'y attendre, il éprouva quand même un choc lorsque, soudain, les quatre cavaliers de l'arrière-garde glissèrent à bas de leur selle ou s'effondrèrent sur l'encolure de leurs montures, une flèche plantée dans le dos.

Tout, alors, se produisit en même temps.

Un hurlement sauvage retentit derrière Jim qui vit, à sa gauche, se ruer un Lachlan nu comme un ver. Aussitôt, Herrac et ses fils s'élancèrent au galop.

Dès lors, Jim se retrouva au milieu de cette espèce de tumultueux brouillard indissociable du combat et qu'il connaissait maintenant si bien. Gorp, son cheval, heurta un arbre, de sorte qu'il perdit du terrain et que les de Mer le distancèrent. Quand, quelques instants plus tard, il atteignit le chemin, ce fut pour voir Herrac réduire littéralement un garde en bouillie tandis que Giles en culbutait un autre avec une joyeuse ardeur.

A première vue, les choses se présentaient bien. Mais Jim s'aperçut soudain que l'un des fils de sir Herrac était à terre et que leurs adversaires étaient en train de faire reculer ses deux frères.

L'inexpérience de la jeunesse ! Jim ne doutait pas que leur père avait veillé à leur entraînement. Mais toute la préparation du monde ne vous enseigne pas la moitié de ce que l'on apprend soi-même lors de son premier combat en grandeur réelle. Cela, Jim avait eu l'occasion de le découvrir à ses dépens.

Brian persistait à lui dire qu'il n'était – et encore était-ce un euphémisme – qu'un médiocre guerrier. A la lance, mieux valait ne pas en parler et, avec les autres armes, il méritait tout au plus la mention passable. Toutefois, il se servait avec une certaine maestria du couple camail-écu. Il avait finalement appris, après pas mal de difficultés, à saisir le truc consistant à donner à son bouclier l'inclinaison voulue pour faire dévier la lame de l'adversaire. Cela, plus un certain talent naturel à manier l'épée comme une massue, avait conduit Brian à lui conseiller de se servir de ces deux instruments en cas d'urgente nécessité.

Lachlan avait réussi à trancher la sous-ventrière des deux chevaux de bât et les coffres étaient tombés à terre. Nu et le poignard au poing, l'Ecossais était en train de pirouetter et de virevolter autour de l'écuyer qui avait sorti de sous ses vêtements une hache de guerre à manche court.

Mais l'un des fils de Mer, aux prises avec un garde de l'escorte qui était sur le point de le faire dégringoler de sa selle, avait besoin d'un sérieux coup de main que son frère n'était pas en mesure de lui apporter. Pas plus d'ailleurs qu'Herrac ou que Giles.

L'excitation qu'éprouvait Jim se mua soudain en frénésie. Poussant un rugissement à vous glacer le sang, il enfonça ses éperons dans les flancs de Gorp et se lança à la charge pour tirer le garçon de ce mauvais pas.

18

Il heurta de plein fouet l'homme d'armes qui bataillait avec William de Mer et le coup d'épée qu'il lui porta fut d'une telle violence que l'autre glissa à moitié de sa selle. Au propre poids de Jim s'ajoutait celui de Gorp, qui n'était pas seulement un cheval de bonne taille mais aussi un cheval indigné : jamais, en effet, son maître ne lui avait enfoncé comme ça ses éperons dans les flancs. Dans sa fureur, il se cabra en hennissant et martela de ses sabots la monture de taille plus modeste de l'homme d'armes. On aurait presque dit que c'était un cheval dressé pour le combat.

Mais Jim était trop occupé pour apprécier à sa mesure le comportement de Gorp car un second adversaire avait surgi inopinément. Debout sur ses étriers, il faisait tournoyer sa flamberge, l'obligeant à se mettre sur la défensive et détournant complètement son attention de William de Mer.

Si Jim n'avait pas été emporté par une telle frénésie – il réalisa plus tard qu'il avait sans doute été « contaminé » par l'enthousiasme de Lachlan, car voir un homme nu se ruer sur des hommes en armure était quelque chose de singulièrement terrifiant –, il n'aurait pas fait de si belle besogne. En fait, il suivit l'exemple d'Herrac et, sous ses coups répétés, l'homme d'armes vida ses étriers.

Soudain, tout ne fut plus que silence. Personne ne bougeait. Jusqu'au moment où Herrac sauta à terre avec autant de souplesse qu'un garçon de vingt ans et se précipita vers Alan qui avait culbuté de sa selle.

– Alan ! cria-t-il d'une voix angoissée. (Se laissant tomber à croupetons, il souleva la tête du jeune homme et la posa sur son genou.) Alan...

De ses doigts tremblants, il se mit en devoir de délacer le casque d'Alan. Celui-ci, les yeux clos, était livide.

Jim se sentit brusquement tout retourné. La mort de son fils aîné serait un coup terrible pour Herrac. Tout au long de ces années, inconsciemment aussi bien que consciemment, il avait préparé Alan à lui succéder, à devenir le maître du château et le seigneur de ses terres.

Jim descendit de cheval. Bousculant les autres, il alla s'agenouiller devant Alan et plaça une main au-dessus de la bouche entrouverte de ce dernier. Alors, il sourit à Herrac qui, tenant toujours la tête de son fils, se balançait d'avant en arrière telle une tour en ruine prête à s'écrouler.

– Il respire, lui annonça-t-il.

Herrac fondit en larmes.

– Aidez-moi à lui retirer son armure – doucement, dit Jim aux frères d'Alan. Je vais voir ce que je peux faire.

Il suffit aux fils de Mer, qui, jusque-là, les yeux écarquillés, contemplaient Alan avec une sorte de fascination, d'entendre un magicien promettre d'utiliser ses pouvoirs à son bénéfice pour qu'ils sortent de leur état de transe.

Tandis qu'ils commençaient à lui ôter son armure avec précaution, Jim le palpait, à la recherche d'une blessure. Mais il n'en trouva aucune. Il tâta le poignet flasque d'Alan. Le pouls était régulier, quoique lent. Il fronça les sourcils mais se hâta d'effacer les plis de son front quand il vit une lueur d'effroi s'allumer dans les yeux d'Herrac.

– Il n'a pas une égratignure, à ce qu'il semble, dit-il. Le seul danger serait qu'il souffre d'une commotion... (Levant la tête, il regarda les deux frères qui avaient chargé aux côtés d'Alan.) L'un d'entre vous a-t-il vu ce qu'il lui est arrivé pendant le combat ?

– L'homme d'armes l'a frappé une fois, répondit Hector. Le coup ne m'a pas fait l'effet d'avoir été violent, sir James, mais Alan est immédiatement tombé à bas de sa selle.

– Hmm... (Jim explora le crâne d'Alan.) Ce pourrait être une commotion, répéta-t-il.

Il y avait une autre hypothèse : si Alan avait perdu conscience quand l'épée de son adversaire l'avait frappé, cela tenait peut-être à sa constitution plutôt qu'au choc. Mais comme il s'agissait là d'un domaine de la médecine dont il ignorait tout et que, s'il y faisait allusion, cela ne ferait qu'effrayer les de Mer, il garda cela pour lui.

– Apportez-moi un peu d'eau ou de vin, demanda-t-il seulement.

On lui apporta, naturellement, une outre de vin au-dessus de laquelle il fit quelques passes en murmurant un vague abracadabra, histoire de donner aux assistants la conviction qu'il appelait la magie à la rescousse ; puis il sortit de la poche qu'Angie, ne reculant devant aucun anachronisme, avait cousue à l'intérieur de sa chemise, un des tampons ouatés dont il ne se séparait jamais, l'imbiba de vin et humecta délicatement la figure d'Alan.

Tout d'abord, rien ne se produisit. Mais il s'obstina et, finalement, les paupières du jeune homme frémirent. Et il ouvrit les yeux.

– Que... qu'y a-t-il ? bredouilla-t-il. Père... je veux dire seigneur chevalier... où suis-je ?

Ce fut Lachlan qui répondit d'une voix forte :

– Couché par terre. Tu as été assommé par un des bonshommes à MacDougall, mon petit gars. Tu t'en souviens, maintenant ?

– Oui... oui... je me rappelle.

Alan regarda tout autour de lui et ses yeux se fixèrent sur son père.

– Alan ! s'écria ce dernier en lui empoignant la main. Tu vas bien ?

– Mais oui, père. Je ne me suis jamais senti en meilleure forme. Pardonnez-moi de vous parler dans cette position...

Alan se dressa sur son séant. Mais ce fut pour se prendre aussitôt la tête entre les mains.

– Qu'as-tu ? s'inquiéta Herrac.

– J'ai mal au crâne, dit Alan entre ses dents. Une migraine qui m'est venue brusquement, c'est tout.

Jim, le prenant par les épaules, l'obligea à se recoucher.

– Restez encore allongé un moment. Qu'on aille prendre les vêtements d'un mort ou d'un prisonnier pour l'en recouvrir. Il faut le tenir au chaud. Attendons de voir si sa migraine se calme.

– Ce n'est rien, sir James, dit Alan. J'ai honte d'en avoir parlé. Laissez-moi me lever...

– Reste couché, lui ordonna Herrac. Et fais ce que sir James te dira de faire.

– Oui, père.

Alan laissa retomber sa tête sur le tas d'étoffes qu'un de ses frères avait glissé sous sa nuque en guise de coussin.

Les autres s'affairaient à récupérer les vêtements des morts. Ils dépouillèrent aussi des siens l'écuyer qui, s'il était toujours en vie, avait un bras qui pendait mollement le long du corps. Sa hache était plantée dans le tronc d'un arbre à dix pieds de la route, manifestement lancée par une main expérimentée – celle de Lachlan, sans aucun doute.

Jim se releva.

– Sir Herrac, auriez-vous la bonté de rester avec Alan pour le moment ? Pendant ce temps, il y a certaines choses dont nous devons nous occuper. Je crois qu'il serait bon de parler un peu avec l'ami MacDougall, Lachlan.

– Fichtre oui ! dit l'interpellé en tâtant la pointe de son poignard tout en arborant un sourire des plus sinistres.

– J'ai seulement dit « parler », Lachlan. Venez avec moi. Vous aussi, Giles.

Abandonnant Herrac et ses fils, Jim se dirigea vers MacDougall, toujours sur son cheval en face de l'immobile et étincelante statue d'acier qu'était Christopher. L'adolescent avait tenu parole : il n'avait selon toute apparence pas bougé un muscle. Et, barrant ainsi le chemin, lance baissée, il avait vraiment l'air menaçant.

A leur approche, l'homme au surcot doré tourna la tête.

– Alors, Ewen, comme ça, vous venez nous rendre une petite visite ? fit Lachlan sur un ton satisfait avant que Jim ait eu le temps de placer un mot.

– Messire, dit ce dernier, quel que soit votre titre...

– C'est un de ces nouveaux vicomtes, comme on les appelle maintenant, l'interrompit le bouillant Ecossais.

– Messire MacDougall, je suis sir James Eckert, baron de Bois de Malencontri. Vous êtes mon prisonnier. Veuillez mettre pied à terre, je vous prie.

– Et plus vite que ça, Ewen ! fit Lachlan en tâtant à nouveau la pointe de son poignard.

Ce qui n'empêcha pas MacDougall de prendre tout son temps pour se laisser glisser à bas de sa selle. Debout, il était moins imposant qu'à cheval car il avait quatre bons pouces de moins que Jim et facilement deux de moins que Lachlan. Mais l'expression peinte sur son visage effilé aux hautes pommettes était celle d'un profond mépris.

– Il y a, dirait-on, des voleurs de grand chemin sur toutes les routes, murmura-t-il – et il enfonça une main sous son surcot.

Lachlan lui posa aussitôt la pointe de sa lame sur la gorge et la main de MacDougall s'immobilisa.

– Je cherche seulement un mouchoir, dit-il d'une voix douce en exhibant un carré de fine batiste qui aurait mieux convenu à une femme et d'où émanaient des effluves parfumés. Je ne sais pour quelle raison mais l'odeur qui règne ici est infecte.

– Continue sur ce ton et tu n'auras bientôt plus de nez pour la sentir, gronda Lachlan sur un ton de mauvais augure. Tu n'as pas fait attention au nom de celui qui t'a fait prisonnier ? C'est sir James Eckert – le chevalier Dragon.

Jim ne s'attendait absolument pas à l'effet que produisirent ces mots. MacDougall perdit instantanément contenance.

– Le... chevalier Dragon ? balbutia-t-il. Le... le sorcier ?

– Le *magicien* ! gronda Jim avec une colère irrationnelle. Le prochain qui me traitera de « sorcier » le regrettera !

– Oui, oui, sir James, dit d'une voix tremblante MacDougall dont le visage était devenu aussi pâle que celui d'Alan. Bien sûr, seigneur magicien. Je suis votre prisonnier, cela va de soi. J'exécuterai toutes vos volontés.

Jim réfléchit rapidement. MacDougall était trop loin de sir Herrac et de ses fils qui entouraient toujours Alan pour les identifier et mieux valait pour lui qu'il reste dans cette ignorance – sa vie en dépendait.

– Lachlan, je souhaiterais que vous vous chargiez personnellement du vicomte, si vous voulez bien. Nous partirons d'ici dès que nous le pourrons. Je ne vois plus personne debout, même l'écuyer. Y a-t-il parmi les gardes quelqu'un qui soit encore en vie mais en trop mauvais état pour prendre la route ?

Le même rictus féroce retroussa les lèvres de Lachlan.

– Non, plus personne. Je leur ai tranché la gorge à tous. Avec un peu de chance, on pensera quand on retrouvera leurs corps qu'ils ont été attaqués et massacrés par une bande de voleurs de bétail.

Jim réprima un frisson. Ce genre de boucherie révulsait l'homme du XXe siècle qu'il était encore mais, ici, c'était la règle. Le prisonnier qui pouvait être échangé contre une rançon était emmené. Mais on ne s'embarrassait pas de ceux qui n'avaient pas de valeur potentielle.

– Dans ce cas... restez avec messire. Je vais avertir le chevalier qui le surveillait jusqu'à présent. Veillez à ce que le captif n'ait aucun contact avec nos compagnons. Vous m'avez compris ?

Il avait délibérément donné le titre de « chevalier » à Christopher pour que MacDougall se sente moins humilié d'être retenu captif.

– Vous me croyez né de la dernière pluie ? rétorqua dédaigneusement Lachlan. Bien sûr que j'ai compris !

– Alors, c'est parfait.

Et Jim s'éloigna. Arrivé à la hauteur de Christoper, il posa une main sur sa genouillère.

– Je vous félicite, Christopher, chuchota-t-il.

– Je n'ai pas bougé, messire. (C'était un véritable rugissement qui sortait du casque du jeune de Mer.) Comme père me l'avait dit.

– Ne parlez pas si fort. Le prisonnier ne connaît que Lachlan et moi, et il est préférable qu'il ignore qui vous êtes, votre père, vos frères et vous. Votre mission est maintenant terminée. Allez les rejoindre. Vous direz à votre père qu'il envoie l'un d'entre vous, en armure et le heaume baissé, m'avertir quand Alan sera en état de remonter en selle. Attention : je veux dire quand il sera *vraiment* en état de chevaucher, pas seulement quand il le prétendra pour faire le brave. Il ne devra se lever que lorsque son mal de tête sera presque entièrement dissipé et il faudra qu'il s'allonge à nouveau au moindre signe de vertige. Vous l'accompagnerez en marchant au pas et quand vous serez rentrés au château vous le mettrez immédiatement au lit. Ce sont les ordres que je vous donne en tant que magicien. Pouvez-vous les répéter à votre père ? Mot pour mot ?

– Mot pour mot, messire, je vous en donne l'assurance.

Jim n'avait aucune raison de mettre ces paroles en doute. En ce temps où les missives étaient pratiquement inexistantes – à l'exception des plis rédigés en latin par des religieux à l'intention d'autres religieux –, la plupart des messages étaient oraux, ce qui n'en diminuait pas pour autant la fidélité.

– Voilà qui est parfait. Vous direz en outre à votre père que Lachlan et moi nous vous suivrons ou vous précéderons à bonne distance avec notre prisonnier pour qu'il ne puisse deviner qui vous êtes. En fait, il se peut qu'au lieu de nous rendre au château de Mer, nous passions au moins une nuit, sinon plus, en plein air. Nous prendrons contact avec sir Herrac en temps voulu. D'ici là, il serait bon qu'il voie si les autres Frontaliers seraient disposés à se joindre aux Petits Hommes – s'ils acceptent de faire alliance avec nous – lors de la bataille qui nous opposera aux Hommes Creux.

– Je lui rapporterai fidèlement toutes vos consignes, messire.

– Bien. Maintenant, allez retrouver votre père en contournant ces arbres. Pour ma part, je vais rechercher mon cheval.

Il s'écoula une demi-heure bien tassée avant qu'Alan puisse remettre le pied à l'étrier. En attendant, les fils d'Herrac avaient chargé les coffres remplis d'or sur deux des chevaux des défunts gardes, les chevaux de somme préalablement affectés à leur transport ayant pris la poudre d'escampette après que Lachlan eut tranché leurs sangles.

Ce dernier, après avoir récupéré ses vêtements, ses armes et sa monture, avait rejoint Jim et MacDougall qui, terrorisé par la présence du magicien, n'avait pas ouvert la bouche. Jim s'interrogeait fiévreusement : et maintenant, que faire ? En premier lieu, tirer sa révérence à Lachlan et au prisonnier pour prendre langue avec Snorrl. Ensuite, il contacterait Liseth – elle seule pouvait le conduire auprès des Petits Hommes – afin d'obtenir qu'ils se rangent aux côtés des Frontaliers pour livrer l'assaut final aux Hommes Creux.

Il avait la nette impression que Lachlan ne serait pas ivre de joie à l'idée de jouer les geôliers pendant son absence, une absence qui durerait plusieurs jours. Il était vraisemblable qu'il n'hésiterait pas à plonger son poignard entre les côtes du prisonnier pour ne plus avoir à se soucier de lui !

Une chose, en tout cas, était certaine : ils ne rentreraient pas au château. Mais comment l'annoncer à Lachlan ? Heureusement, il ne serait pas nécessaire de le faire tout de suite, ils suivraient d'abord la même route qu'Herrac et ses fils, avant de leur fausser compagnie. Ce ne serait qu'à ce moment que Jim lui annoncerait sa décision.

Il serait sûrement d'accord pour que MacDougall continue d'ignorer qui, en dehors de lui et de Jim, avait fait passer son escorte de vie à trépas et mis la main sur l'or destiné à soudoyer les Hommes Creux.

En conséquence, il laissa sans mot dire les de Mer se mettre en marche. Il avait fallu six heures pour parvenir au lieu de l'embuscade : le trajet du retour prendrait encore plus de temps car, obéissant aux consignes, la petite troupe qui encadrait Alan allait au pas.

Aussi commençait-il à se faire tard quand Jim estima que le moment était venu de fausser compagnie à Herrac et à ses fils. Les arbres qui, à cet endroit, se dressaient de part et d'autre du chemin étaient moins denses et projetaient leurs ombres obliques en direction du rivage encore invisible. Jim n'avait toujours pas trouvé l'argument sans réplique qui fermerait la bouche à Lachlan. Mais comme il fallait maintenant lui faire part de sa décision, il se jeta à l'eau :

– Lachlan, lui dit-il, nous allons attacher le prisonnier à un arbre et nous irons tous les deux un peu plus loin pour avoir une petite conversation privée.

Lachlan sourit de son sourire diabolique et lança à MacDougall un clin d'œil dont le sens était clair : il lui signifiait par là son intention d'utiliser les armes tranchantes et acérées qu'il avait à sa disposition pour faire des tas de choses désagréables à leur captif. Mais, pour autant que Jim pouvait s'en rendre compte, cette menace implicite laissa ce dernier de glace.

MacDougall n'avait plus ouvert la bouche et il persévéra dans son mutisme tandis qu'ils l'entraînaient vers l'arbre qu'ils avaient choisi. Ses traits demeurèrent impassibles quand Lachlan serra cruellement et de toutes ses forces les liens de cuir pour lui ligoter les poignets.

– Et voilà, fit MacGreggor en reculant d'un pas quand il en eut terminé. Comme ça, tu vas rester tranquille un bout de temps, Ewen.

Jim et lui s'éloignèrent jusqu'à ce qu'ils fussent hors de portée d'oreilles mais sans le perdre de vue pour autant. Ils avaient pris la précaution d'emmener les trois chevaux avec eux : ainsi, même si le prisonnier parvenait à se détacher, ils n'auraient pas de mal à le rattraper.

– Eh bien, fit Lachlan, de quoi s'agit-il ?

– Je crois que nous allons laisser nos amis rejoindre leur destination sans nous, répondit Jim.

Lachlan le regarda fixement.

– Sans nous ?

– Il ne faut pas que notre prisonnier puisse reconnaître le château de Mer ni identifier sir Herrac et sa famille.

– Pas si on peut l'en empêcher, certes ! Mais si c'est là le seul problème, il n'y a qu'à lui trancher la gorge sans plus tarder et ce sera une affaire réglée. De toute façon, je pensais bien que si vous lui aviez fait faire cette promenade jusqu'ici, c'était parce que vous aviez une raison.

– J'en ai une, en effet. Je vous ai dit, rappelez-vous, que je devais me transformer magiquement pour lui ressembler.

– Eh alors ? Qu'est-ce qui vous en empêche ? explosa Lachlan. Allez-y ! Transformez-vous et liquidons-le.

– Je crains malheureusement que ce ne soit pas aussi simple que cela.

Jim commençait à éprouver une sourde inquiétude. Il mesurait deux bons pouces de plus que Lachlan et le surclassait facilement de dix ou quinze livres mais s'ils devaient se chamailler et si la querelle tournait en bagarre, il n'était pas du tout sûr de faire le poids devant un challenger de cette envergure. Lachlan avait une carrure quasiment phénoménale et il ne faisait pas de doute qu'il savait se servir de l'armement dont il était bardé. Il fallait que la diplomatie ait le dernier mot.

– Il faut que vous compreniez une chose, Lachlan. Prendre son apparence, c'est fort bien mais ça ne suffit pas. Je devrai aussi parler et me comporter comme lui, avoir les mêmes gestes, les mêmes attitudes, la même façon de me tenir, de m'asseoir et de marcher – juste au cas où quelques-uns des Hommes Creux l'auraient déjà rencontré et sauraient de quoi il a l'air.

– Allons ! Si votre manière de causer et de bouger ne correspond pas tout à fait au souvenir qu'ils ont pu garder de lui, quelle importance ? Du moment que vous lui ressemblez, vous serez lui. Pourquoi voulez-vous qu'ils aillent chercher plus loin ?

– Je crois que vous sous-estimez les Hommes Creux, Lachlan.

– Pas du tout ! répliqua MacGreggor avec aigreur.

– Ne vous fâchez pas. Je ne voulais pas vous offenser. Simplement, étant magicien, je discerne certaines choses qui échappent aux êtres ordinaires. Or, les Hommes Creux ne sont pas, eux non plus, des êtres ordinaires. Ce sont des fantômes. La possibilité que quelqu'un se soit emparé du corps d'un homme que vous connaissez ne vous effleurerait pas, vous, si la ressemblance est totale. Mais elle pourrait fort bien venir à l'esprit d'un Homme Creux. Je ne vois qu'un seul moyen de parer à cette éventualité : que je reste... disons une journée... avec MacDougall pour l'étudier.

– Oui, évidemment... (Le visage de Lachlan s'éclaira subitement.) Mais ce n'est peut-être pas forcé. Je peux vous dire, moi, comment il marche, comment il cause, comment il s'assied. Quoi ! Je l'ai vu je ne sais combien de fois pendant je ne sais combien d'années à la cour et ailleurs. Tous les renseignements qu'il vous faut, je peux vous les fournir. Pas besoin d'Ewen pour ça.

– Je regrette mais c'est indispensable, répliqua fermement Jim. Ce que vous venez de me dire est très intéressant et que vous soyez capable de m'éclairer sur ces détails pourra faire toute la différence. Mais il est indispensable que je l'observe aussi quelque temps de mes propres yeux. En conséquence, nous devrons rester un moment dans ces bois. Aussi, je voulais vous demander si vous ne connaîtriez pas un endroit où nous pourrions séjourner un jour ou deux ?

Lachlan se perdit dans la contemplation du sol. Enfin, il releva la tête.

– Oui, je serais la dernière des buses si je refusais

d'admettre qu'il y a du vrai dans ce que vous dites. Bien... Je connais effectivement un endroit. Une cabane en haut d'un sheiling. Mais ce n'est pas tout près et il y aura un peu de grimpette à faire pour la rejoindre. On y sera au moins à l'abri de la pluie et nous pourrons y faire du feu sans craindre que sa chaleur ne se disperse à tous les vents. Retournons détacher Ewen, et en route !

Il leur fallut plus d'une heure pour parvenir à destination. Quand ils arrivèrent, le soleil avait presque atteint l'horizon. Et la dernière demi-heure du trajet avait été bien plus que ce que Jim considérait, pour sa part, comme « un peu de grimpette » pour reprendre l'expression de l'ami Lachlan : il leur avait fallu par moments mettre pied à terre et pratiquement hisser leurs chevaux à la force du poignet.

Enfin, ils étaient arrivés au pâturage haut perché – parce que, avait appris Jim, c'était ça, un « sheiling ». Il n'y avait pas encore de troupeaux. Seulement une petite cabane qui se dressait dans un renfoncement de la colline face à la prairie en pente douce.

– Et voilà, dit Lachlan en se frottant joyeusement les mains tandis qu'ils se dirigeaient vers elle. Il ne nous reste plus qu'à voir comment ça se présente à l'intérieur...

19

La cabane était des plus rudimentaires : une porte, quatre murs d'argile et un toit. Avec un trou d'aération percé au-dessus de l'âtre creusé à même le sol de terre battue.

Elle était sale et sentait mauvais – deux choses qui, en ce siècle, caractérisaient des demeures autrement imposantes, y compris certains châteaux que Jim avait eu l'occasion de visiter. Toutefois, comme le cabanon n'avait pas été habité depuis plusieurs mois, la puanteur qui y régnait – mélange d'odeurs corporelles, de peaux de bêtes non tannées et d'une bonne douzaine d'autres parfaitement indéfinissables – s'était quand même un peu atténuée. Et, en fait de saleté, ce n'était, après tout, que de la poussière. Après avoir attaché leurs chevaux aux pieux plantés dehors à cet effet, ils entrèrent avec leur harnachement. Le premier soin de Lachlan fut de prendre une corde pour lier les chevilles d'Ewen MacDougall.

Ce dernier était resté muet pendant presque tout le trajet. Sa terreur initiale s'était apparemment dissipée quand il avait compris que c'était de Jim qu'il était prisonnier mais sa défiance ne l'avait pas abandonné.

Ils allumèrent un feu dans l'âtre et sortirent les provisions. Jim exigea que MacDougall partage leur repas, en dépit des protestations de Lachlan pour qui c'était un gaspillage de bonne nourriture et de bon vin.

Quand ils eurent terminé leurs agapes, Jim tenta d'engager la conversation avec leur hôte forcé.

– Messire vicomte, commença-t-il, je pense qu'un petit entretien nous serait aussi utile à l'un qu'à l'autre. Je sais pourquoi vous aviez pris cette route. Je sais pourquoi vous transportiez ces coffres remplis d'or. Je sais tout de vos projets. Ils sont maintenant tombés à l'eau. Mais dans quelle mesure pâtirez-vous personnellement de leur échec ? Cela dépendra beaucoup de votre désir de répondre et de coopérer avec moi. Acceptez-vous de parler franchement avec moi, oui ou non ? (Il attendit mais MacDougall s'obstina dans son silence.)

– Vous perdez votre temps ! s'exclama Lachlan avec écœurement. Il n'a pas assez d'entendement pour comprendre ce que vous lui dites. Il croit toujours qu'il poursuit un dessein grandiose. Et que son honneur lui interdit de proférer un mot.

Sur quoi, MacGreggor poussa la porte et sortit.

Jim s'efforça à nouveau de nouer le dialogue avec MacDougall mais celui-ci demeurait bouche close. Au fond de lui, il avait très peur du « chevalier Dragon », c'était hors de doute, mais il refusait quand même de coopérer.

– Lachlan, dit Jim à MacGreggor quand celui-ci fit sa réapparition, je voudrais vous dire deux mots en particulier. Pourriez-vous faire en sorte que ce personnage se tienne tranquille si nous le laissons seul un moment ?

– Rien de plus facile.

A l'aide des brides et du harnachement du cheval de MacDougall, Lachlan se mit en devoir d'attacher celui-ci.

Jim et Lachlan franchirent la porte, qu'ils refermèrent derrière eux.

A présent, la lune commençait à pointer le bout de

son nez au-dessus des arbres qui couronnaient la colline mais son éclat était encore bien terne. Après avoir fait quelques pas, Jim se retourna vers Lachlan qui fit halte. C'était à peine s'il distinguait ses traits.

– Comment lui délier la langue ? demanda-t-il à l'Ecossais. Il faut que je l'observe. Que je sache comment il s'exprime, comment il marche, comment il bouge les mains... des tas de choses ! Tant qu'il s'entêtera dans cette attitude, je resterai dans le noir.

– Ça, j'aurais pu vous le dire d'avance. Ce n'est pas sur ce sheiling que vous lui arracherez les informations dont vous avez besoin. Ewen est un habitué de la cour. Il vous faut l'étudier dans son cadre familier. Et un endroit de ce genre, il n'en existe pas dans les environs, exception faite du château de Mer. De plus, pour voir comment il marche et comment il cause, il faudrait le laisser se balader librement dans le château avec seulement des gardes devant la poterne pour qu'il ne file pas.

– Mais cela compromettrait les de Mer et c'est précisément ce que je tiens à éviter !

– Vous n'avez pas le choix. C'est la seule solution. Laissez-le jouer le rôle du prisonnier à qui tous les égards sont dus. Alors, vous saurez tout de sa manière de se comporter. Y compris la façon dont il essaiera de s'y prendre pour embobiner Liseth, qui sera la seule dame de haute naissance qu'il aura sous la main.

Jim ne répondit pas. Mais il ne voyait pas d'autre solution que celle que proposait Lachlan.

– Je vous l'aurais suggéré tout de suite si j'avais su que c'était ça que vous espériez obtenir de ce tête-à-tête avec lui, reprit ce dernier. Ici, il ne se montrera jamais tel qu'il est en réalité. Une malheureuse cabane de berger est loin d'être l'environnement dont il a l'habitude ! De toute façon, à part les de Mer, on ne trouve pas, dans les parages, de ces gentilshommes devant lesquels il se plaît à faire le beau. Il faut l'installer chez eux – et qu'il ait conscience d'être leur commensal. Après, un bon coup de poignard et la question sera réglée.

Dans l'ombre, Jim esquissa une grimace. Ce n'était pas là le genre de solution qu'il était disposé à adopter.

– Mais je ne...

– Soyez raisonnable, que diable ! s'exclama Lachlan avec exaspération. Cet homme, c'est un perroquet et les perroquets ne dansent que quand ils sont sur le perchoir qui leur convient. C'est dans leur nature, il n'y a rien à faire. Vous ne pouvez donc pas comprendre ça ?

Ce n'était pas la première fois que Jim se trouvait dans une telle situation. Il devait constamment se rappeler qu'il ne connaissait pas vraiment ces gens qu'il côtoyait quotidiennement, même au bout de deux ans. En l'état, il n'avait d'autre solution que de faire confiance à Lachlan. Et espérer qu'il réussirait à trouver un moyen permettant à la fois de laisser la vie sauve à MacDougall et de faire échapper les de Mer à la vengeance du roi d'Ecosse.

– Bien, puisqu'il en est ainsi, nous partirons demain pour le château de Mer.

– Voilà enfin une parole sensée !

Lachlan fit demi-tour et regagna le cabanon. Jim le suivit.

MacDougall n'avait même pas essayé de se libérer de ses liens, ce qui lui valut, apparemment, plutôt le mépris que l'approbation de Lachlan.

– Ça a toujours été une lavette. Il a eu peur qu'on ne lui tranche la gorge si on le retrouvait à moitié détaché. Bon... Maintenant, il faut se reposer un peu. Il vaut mieux que nous dormions chacun à notre tour. Qui va au lit le premier ? Vous ou moi ?

– Vous, répondit Jim.

Il n'avait pas l'intention de s'allonger sur cette paillasse vraisemblablement envahie de vermine. Et puis, il ne cessait de se creuser la cervelle pour essayer de trouver le moyen d'assurer la réussite des projets extravagants qu'il caressait. Son plan, il l'avait établi dans ses grandes lignes, mais, pour ce qui était des détails, c'était une autre paire de manches ! Il nageait au milieu d'un brouillard de points d'interrogation.

Lachlan se laissa choir sur le tas d'herbes sèches. Quelques secondes plus tard, il ronflait comme un sonneur.

Deux fois au cours de la nuit, son compagnon le relaya. Les deux fois, Jim s'enroula dans son manteau, et resta assis à surveiller MacDougall qui, éveillé ou endormi, ne remuait pas un muscle. Mais, au matin, Jim n'avait pas trouvé la queue d'une idée neuve.

Dès que le soleil se leva, ils terminèrent le reste de leurs provisions, puis détachèrent MacDougall et le laissèrent se dégourdir un peu les jambes. Quand sa circulation se fut rétablie et qu'il fut en état de remonter sur son cheval, ils reprirent la route.

Ils arrivèrent sur le coup de midi au château de Mer où ils furent accueillis par toute la famille qui les fit immédiatement asseoir – y compris Ewen MacDougall, sur l'ordre de sir Herrac et à la demande de Jim – à la haute table.

Bien que le vin ne manquât point, que les plats fussent appétissants et les bancs relativement confortables, surtout pour quelqu'un qui avait dormi à la dure, pieds et poings liés, il s'écoula pas loin d'une heure avant que le prisonnier ne consente à se dégeler, peu à peu, et à se comporter comme il l'aurait fait d'ordinaire, s'il avait été l'invité d'un seigneur.

Il entreprit de parler avec les de Mer, et en particulier avec Liseth qu'il semblait considérer comme plus jeune et beaucoup moins intelligente qu'elle ne l'était. En fait, il en faisait tant que ses frères en prirent ombrage et commencèrent à arborer une mine menaçante. Il fallut que Jim adresse un regard implorant à Herrac, qui fut assez fin pour comprendre de quoi il retournait et intervenir pour calmer le jeu.

– N'oubliez pas un seul instant, mes enfants, dit-il de sa voix caverneuse au moment de la conversation qu'il jugea le plus opportun, que si messire MacDougall est ici à titre de prisonnier, c'est également un gentilhomme et qu'il est notre hôte. Aussi devons-nous faire preuve de courtoisie à son égard. Je sais que vous n'y manquerez point.

Ses fils saisirent immédiatement, même si sa raison leur échappait, l'ordre implicite contenu dans ces derniers mots.

Quelque temps plus tard, Jim, prétextant qu'il avait largement assez mangé et bu, annonça qu'il devait interroger Liseth sur l'état de santé de Brian et rendre visite à celui-ci. Sir Herrac les excuserait-il s'ils quittaient tous deux la table ?

Herrac fit sur-le-champ droit à cette requête. Jim et Liseth quittèrent la salle, le regard déçu de MacDougall fixé sur eux – beaucoup plus sur la seconde que sur le premier, bien évidemment.

– Je tiens naturellement à avoir des nouvelles de Brian, dit Jim à la jeune fille dans l'escalier, mais je veux aussi vous parler de certaines choses. Mais commençons par Brian.

– Nous avons changé ses pansements tous les matins en suivant bien vos recommandations. La plaie semble se cicatriser à grands pas – je dirais même à une vitesse qui tient presque du miracle grâce, sans nul doute, à votre magie. C'est à peine si elle saigne maintenant quand on ôte le pansement. Et ses bords ne sont plus enflammés. De plus, sir Brian a repris du poil de la bête. Il réclame du vin à cor et à cri et la soupe que nous lui donnons ne lui suffit plus. Il demande qu'on améliore son ordinaire. Je vous laisserai le soin de répondre à ses exigences comme vous l'entendrez, messire.

– Merci de me prévenir, grommela Jim. J'aviserai. J'irai peut-être jusqu'à l'autoriser à boire un peu de vin et à manger un peu de pain et de viande. Mais pas avant d'avoir examiné sa blessure.

– Nous avons trouvé des oignons déjà mûrs dans un coin abrité sous le rempart. Ils pourraient agréablement compléter le supplément de nourriture que vous déciderez de lui accorder – si vous le décidez. Ce sont les premiers légumes de printemps.

A ces seuls mots, Jim sentit l'eau lui venir à la bouche. En même temps, le calme avec lequel Liseth avait fait cette suggestion le remplissait d'admiration. Quiconque avait découvert ces oignons ou en avait même seulement entendu parler, à commencer par elle, avait dû faire preuve d'une volonté de fer pour ne pas se jeter sur les premiers légumes frais de la saison. C'est que, l'hiver, force était de se contenter de puiser dans les réserves de tubercules.

C'était une chose qui n'était encore jamais venue à l'esprit de l'homme du XXe siècle qu'était Jim : au Moyen Age, on était privé de légumes – de légumes frais, tout au moins – près de neuf mois par an. Et quand ils poussaient enfin, la saison était le plus souvent beaucoup trop courte, surtout s'agissant de ceux que l'on aimait le plus.

Il avait fallu une bonne dose d'abnégation à Liseth pour suggérer que Brian soit le bénéficiaire exclusif des tout premiers oignons de la saison !

– Aaah ! s'écria Brian à pleins poumons à la vue de Jim et de la jeune fille. Vous voilà donc de retour, James ! Approchez que je vous embrasse !

Jim se prêta à cette cérémonie en s'efforçant de faire aussi bonne figure que possible. Brian avait beau être un ami cher, son odeur était à peu près aussi forte que celle de n'importe lequel de ses contemporains et le fait qu'il n'avait pas quitté le lit depuis plusieurs jours n'était pas fait pour arranger les choses. Et pas davantage le chaume dont se hérissaient ses joues.

– Maintenant, dit-il après avoir donné l'accolade à Jim, racontez-moi tout.

Et Jim, après avoir repoussé les couvertures, le mit docilement au courant des toutes dernières péripéties tout en commençant à ôter ses bandages. Il n'eut pratiquement pas de difficulté à décoller le pansement et ce fut à peine si un peu de sang suinta de la plaie. Elle ne présentait aucune trace d'inflammation.

Jim, bien qu'il ne le montrât pas, en était stupéfait. Certes, la blessure, si elle était impressionnante par sa longueur, n'avait pas entamé les chairs en profondeur. Mais le moindre mouvement faisait se plisser l'épiderme entaillé et, dans ces conditions, que la plaie se soit si bien cicatrisée en l'espace de quelques jours seulement était proprement incroyable, surtout si l'on tenait compte de cet environnement où les germes pullulaient.

Une idée saugrenue traversa l'esprit de Jim : peut-être était-ce simplement que, sur ce monde, on guérissait plus vite ? Mais Liseth avait été étonnée, elle aussi. Il y avait une autre explication, plus raisonnable, bien que passablement tirée par les cheveux. A savoir qu'en ce XIVe siècle, les seuls adultes que l'on rencontrait étaient des survivants. Pour chaque adulte, il y avait probablement quatre ou cinq bébés, enfants ou adolescents qui n'avaient pas atteint l'âge de vingt ans. Jim n'ignorait pas que le patrimoine génétique et l'accoutumance pouvaient protéger certaines personnes des germes et des virus auxquels d'autres restaient vulnérables. A Malencontri, ses gens pouvaient boire impunément l'eau du puits du château – même s'ils préféraient, la petite bière. La seule fois où il s'était risqué à faire comme eux, Jim avait été affreusement malade. Depuis, Angie faisait systématiquement bouillir l'eau qu'ils utilisaient, même pour faire la cuisine.

– Eh bien, qu'en dites-vous, James ? demanda Brian avec exubérance. Je suis pratiquement guéri, non ? Plus aucune raison ne m'empêche de me lever et d'aller retrouver les autres. Si vous y tenez, je ne monterai pas à cheval pendant un jour ou deux mais ce sera vraiment pour vous faire plaisir. Si nécessaire, je pourrais sauter en selle sur-le-champ.

– Je ne doute pas que vous le puissiez même si on vous coupait les deux bras et la moitié des deux jambes, répliqua Jim. Mais ce n'est pas pour cela que je vais vous laisser la bride sur le cou. J'aurai besoin de vous tout entier dans deux semaines. Ce qui veut dire que je ne veux pas que le frottement des vêtements irrite votre plaie, pour ne parler que de cela. Et vous ne monterez pas sur un cheval avant d'être en état de le faire.

– Voyons, James...

– Non, Brian, il n'y a pas à discuter. J'aurai, je vous le répète, le plus grand besoin de vous d'ici deux semaines – peut-être même avant. Au moins pour m'accompagner et me conseiller. Ayez foi en ma parole de gentilhomme et de magicien : je vous jure que vous devez absolument suivre encore quelque temps mes recommandations.

Brian se laissa retomber sur son lit avec dépit.

– James, dit-il d'une voix pitoyable, vous ne savez pas ce que c'est de rester là à compter les heures avec les seuls domestiques pour compagnie... (Il se tourna vers Liseth.) Pardonnez-moi, milady. Je ne disais pas cela pour faire offense à votre personnel. Simplement, il faut que je me lève et que je bouge – sinon je vais éclater !

Jim se rendit compte que ce n'étaient pas des paroles en l'air et, quoi qu'il en eût, sa volonté de se montrer inflexible mollit.

– Alors, écoutez-moi, Brian. Si vous restez tranquillement au lit quand on aura refait votre pansement et en bougeant le moins possible, nous viendrons vous chercher à l'heure du souper et nous vous porterons...

– Mais je n'ai aucun besoin qu'on me porte !

– Voudriez-vous me laisser finir ? Nous vous porterons pour descendre l'escalier. Et peut-être qu'après le souper, vous pourrez vous promener un peu. Mais avec deux personnes pour vous soutenir au cas où vous ne seriez pas aussi vaillant sur vos jambes que vous semblez le penser.

– Moi ? Trop faible pour descendre un escalier ? Après quelques heures de lit ? Vous voulez rire !

– Toujours est-il que ce sont mes conditions. Les acceptez-vous ?

– Très bien, James, c'est entendu comme ça. Mais je vous jure que j'aimerais mieux être condamné à la torture que de passer un après-midi de plus à me morfondre dans ce lit ! Maintenant, si je pouvais boire un peu de vin digne de ce nom...

– C'est d'accord, on va vous en apporter. Mais juste une lichette, parce que vous en boirez encore certainement au souper. Mais raisonnablement, n'est-ce pas ?

– Loués soient le Seigneur et saint Stephen ! Qu'un de ces bougres se dépêche d'aller m'en chercher avant que je ne meure de soif !

Liseth désigna l'un des serviteurs du doigt.

– Vous ! Un cruchon...

– La moitié d'un cruchon, se hâta de rectifier Jim.

– La moitié d'un cruchon pour sir Brian, alors.

Le domestique sortit en courant.

Jim et Liseth attendirent qu'il revienne et que Brian ait avalé avec délices une première gorgée pour battre en retraite.

– A présent, dit le premier quand ils furent dans l'escalier, je vais vous dire ce qu'il faudra que vous fassiez au cours des deux prochains jours. Ecoutez-moi avec attention car notre avenir à tous dépend de vous.

– Oui, messire, fit Liseth avec fougue.

En regardant son jeune visage brillant d'animation, Jim songea que son arrivée inopinée et celle de Brian et de Dafydd avaient mis un peu de piment dans l'existence monotone de la famille de Mer. Et c'était peut-être même encore plus vrai pour Liseth qui, malgré sa maturité, était encore assez jeune pour s'enthousiasmer.

– J'ai besoin de votre aide en ce qui concerne le prisonnier... euh... cet Ewen MacDougall.

– Oui, messire ?

– Je n'arrive plus à me rappeler si vous étiez là quand j'ai exposé mon projet – essayer de me faire passer pour lui en prenant magiquement son apparence ? Cela pour qu'il me soit possible de rencontrer tous les Hommes Creux réunis en un seul et même endroit afin de les massacrer jusqu'au dernier avec le concours des Petits Hommes.

– Oui, oui, je suis au courant, messire. Et en quoi pourrai-je vous être utile ?

– C'est tout simple. Le pouvoir de magie dont je dispose sera suffisant pour me faire ressembler trait pour trait à MacDougall. Mais il me sera indispensable d'apprendre aussi à me comporter en tout point exactement comme lui. Pour cela, il faudra que j'observe son maintien, en particulier quand il est en compagnie d'autres personnes. Or, vous rayonnez d'un attrait auquel il n'est pas insensible...

– Croyez-vous ? demanda innocemment Liseth.

– Mais bien sûr ! Outre votre beauté et votre jeunesse, votre sagesse et la façon dont vous dirigez le château de main de maître ont déjà dû fortement l'impressionner.

– Vous le pensez vraiment ?

– Je ne le pense pas, je le sais. Je voudrais donc que vous le charmiez. D'ailleurs, il fera tout, n'importe comment, pour trouver grâce à vos yeux. Ce que je vous demande, c'est de le laisser vous faire ses avances. De vous prêter à ses tentatives de...

Ne trouvant pas un équivalent médiéval valable à l'expression « faire du rentre-dedans », Jim n'alla pas jusqu'au bout de sa phrase.

– Je crois que je comprends, dit alors Liseth. Vous souhaitez que je le mignote pour qu'il cherche mes faveurs afin qu'il se montre sous tous ses aspects ?

– Exactement. Vous avez parfaitement compris. J'espère qu'il fera la roue comme un paon pour attirer votre attention et vous faire tomber sous son charme. Ainsi, je pourrais l'observer à l'œuvre. Par la suite, quand j'aurai pris son apparence, je m'efforcerai de jouer le joli cœur comme lui et vous me direz alors si j'y arrive ou pas. Tout ce que vous aurez à faire sera de le séduire...

– MESSIRE !

20

Jim considéra Liseth avec ahurissement.

Elle était méconnaissable. Elle s'était redressée, tous ses muscles crispés, et le sang s'était retiré de son visage. Sa voix avait l'incroyable sonorité de l'organe de la famille de Mer et Jim sursauta, s'attendant à moitié à voir ses frères surgir d'une seconde à l'autre.

– Liseth ! s'exclama-t-il en lui faisant machinalement signe de baisser le ton.

– *Messire !* Vous ai-je bien entendu ? Vous voulez seulement que je me montre provocante avec lui ? Rien de plus ?

– Mais bien sûr ! Je n'ai pas une seconde pensé à autre chose...

– Parce que vous devez comprendre que j'ai mon honneur à défendre ! Et celui de ma famille. Je suis pucelle ! Je ne puis imaginer qu'un gentilhomme insinue...

– Mais je n'ai rien insinué ! protesta Jim. Je vous le répète : ce à quoi vous semblez faire allusion ne m'a pas un instant traversé l'esprit. Mon idée est que vous l'aguichiez, mais uniquement en public. S'il n'y a personne autour de vous, vous pouvez totalement l'ignorer. Tenir sa présence pour nulle et non avenue. La seule chose qui m'importe est de pouvoir l'observer quand il fera des grâces et des manières au su et au vu de tout le monde afin que, le moment venu, je sois en mesure de copier ses attitudes.

De colérique, la jeune fille redevint si rapidement la charmante Liseth qu'il connaissait que Jim eut du mal à croire que c'était la même personne !

– Pardonnez-moi si je me suis méprise sur le sens de vos paroles, messire, dit-elle en haussant les yeux. Je ne suis encore, hélas, qu'une jeune vierge ignorante et il ne m'est pas toujours facile de comprendre les buts et le langage mystérieux des mages tels que vous – sans même parler de celui d'un homme dont je pourrais être la fille.

Jim ne sourcilla pas. Pourtant, il avait l'absolue conviction de n'avoir pas, à tout casser, plus de huit ans de plus que Liseth. Et encore, en comptant large. Mais ce n'était pas le moment d'entamer un débat sur ce point. L'important était qu'elle ait recouvré son amabilité naturelle.

– Mais pas du tout, pas du tout, dit-il d'une voix apaisante. Vous êtes d'une sagacité incomparable pour votre âge. En raison, je présume, de l'excellent patrimoine que vous a transmis votre lignée, et aussi, des responsabilités que vous assumez au château. C'est parce que je sais que vous êtes apte à exercer votre empire sur les hommes que je vous ai fait cette proposition. Vous ne laisserez pas Ewen MacDougall se permettre plus de privautés que vous ne le souhaiterez. Je vous fais entièrement confiance pour cela.

– C'est entendu : je ferai ce que vous me demandez. Mais laissez-moi, je vous prie, m'y prendre à ma façon et fiez-vous à moi. Quelle que soit la méthode que j'adopterai, sachez bien que mon seul objectif sera toujours de satisfaire à vos souhaits. Peut-être aurez-vous l'impression que je n'agis pas comme vous vous y attendiez. En ce cas, montrez-vous patient. Vous vous apercevrez que j'ai seulement pris le chemin le plus sûr pour parvenir au résultat que vous désirez.

– Agissez comme vous le jugerez bon, je m'en remets entièrement à vous. (Et Jim se hâta de changer de sujet.) Mais il nous reste encore certaines choses à évoquer.

– Oui, messire ?

– Je vais devoir entrer à nouveau en contact avec Snorrl pour qu'il me conduise auprès des Petits Hommes. Il faut que je leur demande de venir combattre les Hommes Creux à nos côtés, et le temps presse. A propos, savez-vous si votre père a fait part de nos intentions à ses amis Frontaliers ?

– Oui, je crois. J'en suis même sûre. Mais c'est à lui qu'il faut vous adresser pour connaître leur réponse.

– Je lui poserai la question. Pour en revenir à ce que je vous disais, si vous pouviez envoyer le plus tôt possible votre faucon à la recherche du loup...

– C'est déjà fait. A la minute même où vous êtes rentré au château, je savais que vous auriez besoin de Snorrl. Grisailes devrait le localiser dans la journée. Nous irons tous les deux à sa rencontre demain matin. Il faudra partir très tôt. Si je me lève la première, j'irai frapper à votre porte, messire, et si vous vous réveillez avant moi, venez frapper à la mienne.

– Bien sûr, fit Jim avec embarras. C'est entendu, j'irai frapper à votre porte si je me réveille avant vous.

Mais Jim était bien décidé à n'en rien faire. Cela risquerait d'être mal interprété, sinon par Liseth, du moins par les autres membres de la famille, et le jeu n'en valait pas la chandelle. Il avait oublié, jusqu'à ce que la jeune fille le lui rappelle quelques minutes plus tôt, que pour les personnes bien nées, hommes et femmes, l'honneur était une denrée précieuse, quelque chose à quoi ils tenaient comme à la prunelle de leurs yeux. Il ne doutait pas un instant que Brian et Giles, mais aussi sir Herrac, sa fille et ses fils, fussent prêts à mourir pour défendre le leur, s'il le fallait.

– Eh bien, fit-il allégrement, si, grâce à vous et à Snorrl, je peux contacter les Petits Hommes demain, voilà déjà une affaire réglée. (Quelque chose lui revint subitement à la mémoire.) D'après ce que m'a dit Lachlan, MacDougall devait avoir une entrevue avec des représentants des Hommes Creux dans cinq jours environ. Après cette rencontre, il me faudra à peu près une semaine pour rassembler toute la horde en un lieu précis. C'est d'ailleurs sans doute aussi bien comme ça, parce qu'il faudra auparavant que des représentants des Petits Hommes prennent langue avec une délégation de Frontaliers, conduite par votre père. Et je devrai sans doute assister à cette conférence pour... euh... pour me rendre aussi utile que je le pourrai. Je voudrais en parler sans attendre à sir Herrac. Savez-vous où je peux le trouver ?

– Je crois qu'il est toujours dans la salle haute avec les autres. Si vous voulez, je peux aller le chercher et l'amener quelque part où il vous sera possible de lui parler sans témoins.

– Je vous en serais reconnaissant.

Et Liseth fila comme un trait en direction des cuisines.

Jim attendit en se balançant d'un pied sur l'autre. En proie au tumulte des pensées qui se bousculaient dans sa tête – les Petits Hommes, Snorrl, les Hommes Creux, la crainte que tout le clan de Mer n'aille s'imaginer qu'il se soit comporté de façon malséante avec Liseth...

Enfin, la silhouette massive de sir Herrac se profila dans l'encadrement de la porte par laquelle sa fille s'était éclipsée.

– Pardonnez-moi de vous avoir fait attendre, messire, dit-il, mais j'ai jugé préférable de ne pas mettre la puce à l'oreille de MacDougall en quittant précipitamment la table. Si vous voulez bien me suivre, nous allons nous isoler dans un endroit tranquille où nous pourrons parler à cœur ouvert.

Il poussa une porte et entraîna Jim dans un passage semi-circulaire longeant la muraille de la tour percée de barbacanes. Il pénétra enfin dans une pièce seulement éclairée par des meurtrières. Heureusement qu'il faisait grand jour.

Il n'y avait pas de lit, juste quelques bancs à dossier – Jim ne voyait pas comment les désigner autrement : « chaises » aurait été un mot incongru – et une table qui, munie comme elle l'était de tablettes de rangement, méritait presque d'être qualifiée de « bureau ». Herrac s'assit sur l'un des sièges et en désigna un autre à Jim.

– J'ai donné ordre qu'on nous apporte du vin. Souhaitez-vous que je vous raconte ce qui s'est passé et ce que j'ai appris depuis que vous nous avez quittés ? (C'étaient les premières paroles que prononçait Herrac depuis qu'il avait retrouvé Jim en bas de l'escalier.) Ou avez-vous quelque chose de plus urgent à me dire d'abord ?

– Une seule chose, répondit Jim qui estimait qu'annoncer lui-même la couleur serait en quelque sorte une forme d'autoprotection. J'ai prié lady Liseth de m'aider à inciter notre prisonnier à étaler au grand jour ses façons d'être et ses attitudes familières pour que je puisse les imiter quand la magie aura fait de moi son sosie. Il va sans dire que lady Liseth ne se prêtera à ce jeu qu'en public. Il ne sera en aucun cas question pour elle, elle l'a parfaitement compris, de faire quoi que ce soit qui aille à l'encontre de la bienséance ou qui lui répugnerait.

– Je vous donne, bien sûr, mon accord. Vous êtes un magicien mais vous êtes aussi un gentilhomme et je ne saurais concevoir que vous puissiez suggérer à ma fille d'avoir une conduite contraire aux bonnes mœurs ou de se prêter à un jeu qui lui répugnerait. A-t-elle accepté votre suggestion ?

– A l'instant. Juste après que nous eûmes rendu visite à sir Brian. Oh ! à propos, je l'ai autorisé à descendre pour le souper. Mais pour en revenir à Liseth, j'ai toujours considéré qu'elle n'entreprendrait rien en ce qui concerne MacDougall tant que je n'aurais pas sollicité et obtenu votre approbation.

– En fait, quand elle est venue me chercher dans la salle, elle m'a pris à part pour m'expliquer la chose et me demander ma permission. Mais comment supposerais-je que ma propre fille puisse aller au-delà des règles qu'impose l'honnêteté avec quelqu'un qui est mon hôte ? (Herrac ménagea une pause avant de poursuivre :) D'ailleurs, vous avez peut-être vous-même remarqué qu'elle admet difficilement qu'on lui oppose une fin de non-recevoir quand elle veut quelque chose, même si c'est venant de son propre père.

Cette remarque n'avait rien pour surprendre Jim, même s'il avait pu constater qu'aucun des fils de Mer ne se serait permis de résister à la volonté paternelle, mais il s'abstint de tout commentaire.

– C'est curieux, enchaîna Herrac – et c'était plus à lui-même qu'à son interlocuteur qu'il semblait s'adresser –, mais les garçons ont toujours été plus malléables. Ma chère Margaret réussissait mieux que moi à faire obéir Liseth.

Son regard se perdit dans le vide. Jim qui s'apprêtait, profitant de ce silence, à dire quelque chose, referma la bouche.

– Elle est morte si jeune, ma douce Margaret, reprit Herrac d'une voix étrangement sourde. Si brutalement. De façon tellement inattendue. C'était en pleine nuit. Nous dormions. Et soudain, je me suis réveillé car, même dans mon sommeil, j'avais ressenti la douleur qui la transperçait tout à coup. Comme un homme qui sent le coup frappant son compagnon d'armes. Je lui ai demandé ce qu'elle avait. « Serre-moi contre toi », m'a-t-elle répondu d'une voix... oh ! tellement déchirante ! Je l'ai prise dans mes bras et je l'ai serrée de toutes mes forces comme pour lui faire un rempart de mon corps contre un ours ou un lion ou Satan en personne. Et elle s'accrochait à moi...

La voix de sir Herrac s'était enflée. Ses yeux luisaient à présent tandis qu'il contemplait une lointaine image surgie du passé. Et Jim était maintenant aussi tendu que la corde bandée de l'arc de Dafydd.

– Et la douleur a frappé à nouveau. Cette fois, elle ne m'a pas épargné, moi non plus. Une souffrance indicible qui me transperçait comme elle la transperçait, elle. J'ai crié : *« Margaret ! »* Mais, déjà, elle n'était plus. Et je la tenais dans mes bras...

Des larmes coulaient sur les joues d'Herrac et sa voix s'étrangla. Son regard était celui d'un dément.

– Durant les obsèques, continua-t-il quand il fut à nouveau capable de parler, je n'entendais rien, je ne voyais qu'elle. Pendant plusieurs mois, plus un seul homme n'osait croiser mon chemin, de peur que je ne voie ou ne croie voir la trace la plus ténue d'animosité, présente ou passée, dirigée contre elle et que je ne le tue ! (Le poing de sir Herrac s'abattit sur la table avec tant de force que Jim sursauta.) *Tuer ! Tuer !* Tuer la chose... la mort... ce voleur dans la nuit qui m'avait enlevé ma Margaret. Oui, si je l'avais trouvé, je l'aurais tué, égorgé, éventré, écrasé comme un cafard sous mon talon...

Soudain, Herrac se laissa glisser de son siège, tomba à genoux et, la tête baissée, commença à prier.

– Seigneur Dieu, Vous l'avez rappelée à Vous. Gardez-la sous Votre protection jusqu'à ce que je vienne la retrouver. C'est là tout ce qu'elle demanderait. Et pardonnez-lui les péchés qu'elle aurait pu commettre par ignorance – car elle ne s'en serait jamais rendue coupable en connaissance de cause. Et accordez-moi patience et force afin que je puisse supporter ce monde jusqu'à ce que j'aie accompli ce qu'elle aurait voulu que j'accomplisse, que mes fils soient devenus des hommes, que ma fille soit hors de tout danger, que tout soit en ordre et que nul n'ait plus besoin de moi. Amen.

Lentement, il se rassit. Il jeta un regarda circulaire comme s'il voyait la pièce pour la première fois. Enfin, ses yeux se posèrent sur Jim.

– Pendant tous ces mois, même les serviteurs n'osaient m'approcher, reprit-il sur un ton plus normal. C'étaient mes enfants – Liseth en premier lieu – qui m'apportaient mes repas, qui, la nuit venue, me conduisaient à mon lit. Puis, le temps aidant, j'ai fini par reprendre pied dans l'existence – encore que, parfois, comme c'est le cas maintenant, le souvenir de ce qui s'est passé me revienne à l'improviste. Alors, la même fureur me reprend. Pardonnez-moi, sir James, je n'y peux rien. Dites-moi... vous avez une femme, n'est-ce pas ?

– Oui.

– Vous savez donc mieux que les ménestrels ce que c'est que d'aimer ?

– Oui.

Jim avait répondu d'une voix presque inaudible. L'espace d'un instant, ses pensées s'en étaient allées loin, très loin de là.

Du dos de la main, Herrac essuya les dernières traces de larmes sur ses joues.

– Mais c'est pour parler d'affaires importantes que nous sommes ici, reprit-il – et sa voix avait retrouvé son intonation normale. Outre ce que vous lui avez proposé, ma fille m'a dit tout ce qu'elle pouvait me dire. Soyez rassuré : j'ai envoyé des messagers à quelques habitants de la Frontière ainsi que vous le souhaitiez.

Jim s'éclaircit la gorge.

– Je suis heureux que Liseth vous en ait parlé d'elle-même. Nous allons ainsi pouvoir nous mettre à l'œuvre sans plus tarder. J'aimerais que vous me disiez quel accueil vos amis Frontaliers ont réservé à nos plans. Et comment ils ont réagi à notre projet – si vous le leur avez soumis – d'exterminer une bonne fois les Hommes Creux avec le concours des Petits Hommes.

– J'ai sondé bon nombre de mes voisins. Sachez que s'il peut parfois arriver que des querelles nous opposent, nous sommes en règle générale parfaitement capables d'unir nos forces, pour faire face à une menace comme celle que représentent les Hommes Creux. Ils sont unanimement d'accord pour se lancer dans la bataille, si l'on parvient à acculer tous ces monstres dans un même lieu. Toutefois, s'agissant de faire alliance avec les Petits Hommes, il m'a été posé une question à laquelle, je vous en demande pardon, il ne m'a pas été possible de répondre par un argument sans réplique. Cette question est la suivante : pourquoi avons-nous besoin d'eux ? Tout ce que j'ai pu répondre, c'est que, en tant que magicien, vous estimez que leur présence à nos côtés revêt une importance capitale. Mais comme vous ne m'avez pas dit pourquoi, j'en ai déduit – et c'est ce que j'ai expliqué à mes amis – que c'était là une chose relevant de la magie qui ne pouvait pas nous être révélée à nous, simples mortels.

Se rappelant qu'Herrac et ses enfants étaient des ondins, ce « nous, simples mortels » sonna un peu bizarrement aux oreilles de Jim, mais il fit comme si de rien n'était.

– C'était là une excellente réponse. Il y a en effet à cela des raisons d'ordre magique qui ne sauraient être dévoilées. Elles doivent impérativement être respectées si nous voulons avoir la garantie que les Hommes Creux seront massacrés jusqu'au dernier afin qu'aucun ne revienne à la vie pour vous mettre en péril, vous ou les Petits Hommes...

Interrompant brusquement Jim, Herrac tourna la tête vers la porte et, l'air furieux, gronda :

– Où est le vin que j'ai ordonné qu'on nous apporte ? Va-t-il enfin arriver ? (Il revint à Jim.) Pardonnez-moi, messire. Je suis tout ouïe. Continuez, je vous prie.

– Je voulais simplement vous dire qu'en tout état de cause, les Frontaliers devront se faire une raison : il est indispensable que les Petits Hommes se battent à leurs côtés. Je tiens à le souligner parce que je dois conférer demain avec eux et je prévois qu'ils feront à peu près la même objection. Je ne pourrai que leur tenir le langage que vous avez vous-même tenu à vos amis et voisins, à savoir qu'il est absolument nécessaire que Frontaliers et Petits Hommes combattent au coude à coude à l'heure de l'ultime bataille. En dehors des raisons ressortissant à la magie et qui doivent demeurer secrètes, il y a le fait que, si vous et vos compatriotes êtes depuis plusieurs siècles victimes des exactions des Hommes Creux, les Petits Hommes en souffrent depuis beaucoup plus longtemps encore et ils ont le droit d'être là au moment décisif. Le guerrier que vous êtes doit admettre que ce n'est que justice et j'ai tout lieu de croire que les autres Frontaliers avec qui vous avez parlé, et qui sont eux aussi des guerriers, se rendront également à cette évidence.

– Ce sont certainement là de puissants arguments, dit Herrac en se frottant le menton – un tic qui lui était familier. Mais, voyez-vous, messire, vous allez demander aux Frontaliers de se rendre en un lieu dont l'emplacement ne leur a pas été révélé et de combattre aux côtés de ceux qui ont de tout temps provoqué leur méfiance – et cela uniquement parce que vous leur affirmerez que cet endroit est celui qui convient et que l'affaire aura les résultats que vous annoncez. Tous mes interlocuteurs se sont prononcés en faveur de cette option : l'éradication définitive des Hommes Creux. Mais ils hésitaient quelque peu à s'engager dans une entreprise dont ils ne connaissent jusqu'ici que fort peu de chose.

– Et si vous m'accompagniez pour participer à la

conférence que je dois tenir avec les Petits Hommes pour entendre leur réponse, pensez-vous que cela rassurerait vos amis ? Vous pourriez dès lors leur rapporter tout ce que je vous ai déjà dit. Cela serait-il de nature à les convaincre que je serai en mesure de regrouper tous les Hommes Creux dans un endroit bien précis ? Je suppose qu'ils vous croiront sur parole si vous leur confirmez que nous avons mis la main sur l'or que transportait MacDougall. Et qu'ils ne douteront pas que le roi d'Ecosse projette d'envahir l'Angleterre en passant par le Northumberland.

– Ce seraient là des arguments de poids. Si je les mets au courant, aurez-vous le temps de rencontrer et les Petits Hommes et les Frontaliers ?

– Je pense que nous y parviendrons dans les délais voulus. Je dis « nous » parce que j'espère que vous accepterez, ainsi que Liseth, de venir avec moi quand j'irai discuter avec les Petits Hommes.

– Je vous accompagnerai volontiers si cela peut contribuer à assurer le succès de l'expédition. Je pense...

Un coup fut frappé à la porte, qui s'ouvrit avant même que sir Herrac eût eu le temps de dire « Entrez » et un valet s'engouffra précipitamment dans la pièce. Il tenait à deux mains une rondelle de bois supportant deux cruchons et deux gobelets qu'il posa sur le bureau.

– Qu'as-tu fait pendant tout ce temps, maraud ? tonna Herrac.

Le valet se recroquevilla sur lui-même, perdant du coup au moins le tiers de sa taille.

– Seigneur, bredouilla-t-il, je n'ai pas réussi à mettre la main sur le plateau qu'on utilise habituellement pour servir les rafraîchissements. Il m'a fallu un bon moment pour trouver quelque chose pour le remplacer.

– Eh bien, maintenant que c'est fait, file en vitesse !

Le valet ne se le fit pas dire deux fois. Il déguerpit et referma sans bruit la porte derrière lui.

Herrac s'empara d'un cruchon et remplit les gobelets.

– Où en étais-je ? Ah oui ! Je suis prêt à faire tout ce qui pourrait aider au succès de l'opération. Et je pense qu'il serait utile que nous allions tous les deux engager les pourparlers avec les Petits Hommes. Peut-être serait-il bon que Lachlan nous accompagne aussi ?

– Je n'y vois pas d'inconvénient.

Jim but une gorgée de vin tandis qu'Herrac éclusait la moitié de sa coupe.

– Mais comment réagiront les Petits Hommes quand ils me verront ? On sait dans tout le pays que, sans être pour autant leur ennemi, je ne les vois pas d'un très bon œil.

– Ils ne sont pas aussi poltrons que ça. (Réalisant qu'un rien d'ironie avait percé dans sa voix, Jim se hâta de rectifier le tir.) D'autant qu'ils seront en nombre. De plus, la présence de Liseth et de Snorrl sera garante de la pureté de nos intentions. Je me suis entendu avec votre fille pour qu'elle prévienne le loup. Il devrait être ici demain matin. Nous partirons aussitôt pour voir quelles dispositions il nous sera possible de prendre avec les Petits Hommes.

Herrac fronça les sourcils.

– Vous avez l'intention de discuter avec eux avant de parler aux Frontaliers ?

– Organiser une rencontre entre ces derniers et moi prendra plusieurs jours, non ?

– C'est vrai. Pourtant...

– Vous voudrez bien m'excuser, mais je crois qu'obtenir le ralliement des Petits Hommes sera peut-être le plus difficile, dans la mesure où ils sont différents de nous. Il y a aussi la question du temps. Si nous pouvons les contacter demain, cela nous fera gagner plusieurs jours. Et le délai dont nous disposons est court, pour diverses raisons mais surtout parce que les Hommes Creux attendent l'arrivée de l'émissaire du roi d'Ecosse à très bref délai. En outre, ils veulent qu'il ait une entrevue avec quelques-uns de leurs représentants avant qu'une réunion générale ait lieu. Enfin, il faudra encore un certain temps pour les concentrer tous à l'endroit voulu.

Herrac se rendit à ces raisons.

– Très bien, dit-il. Il en ira comme vous voudrez. La fin justifie les moyens. (Il vida sa coupe, la reposa sur la table et se leva.) Regagnons maintenant la salle d'honneur. Liseth aura déjà fait, j'en suis sûr, tout ce qu'il fallait pour que votre MacDougall la dévore des yeux. Et je suis tout comme vous curieux d'observer sa façon de se comporter.

Quelque chose dans l'intonation d'Herrac laissait présager que si MacDougall avait le malheur d'aller au-delà de ce qu'autorisaient les bonnes manières, il lui en cuirait.

21

Plus ils s'en rapprochaient, plus les bruits qui émanaient de la salle haute noyaient le brouhaha provenant de la cuisine. Et c'étaient des bruits absolument inhabituels : les sonorités d'un instrument à cordes, des chocs sourds et cadencés et, de temps à autre, quelque chose qui ressemblait à un cri de guerre.

Jim lança un regard interrogateur à sir Herrac qui y répondit par un soupir empreint d'une morosité teintée de résignation.

– Voilà maintenant mes fils qui se sont mis à danser, soupira-t-il. C'est sûrement MacDougall qui les y a poussés. Et je mettrais ma main au feu que Lachlan, ce fou furieux d'Ecossais, y est aussi pour quelque chose.

Ils firent leur entrée dans la salle. Il n'y avait que trois personnes à la table : Liseth, qu'on aurait prise pour une statue taillée dans de la glace, à un bout ; Dafydd qui lui faisait face ; et, nonchalamment assis un peu plus loin que la jeune fille mais du même côté qu'elle, MacDougall dont l'expression était un savant mélange de curiosité et de dédain. L'expression de quelqu'un qui regarde sauter des puces dressées.

Dans un espace libre le long de la table basse, Christopher jouait du luth tandis que Lachlan dansait.

Jim le contempla avec un ahurissement non dissimulé. Il avait déjà vu des danses écossaises à l'occasion de foires et de fêtes campagnardes. Mais ç'avaient pratiquement toujours été des jeunes filles qui dansaient. Le spectacle qu'elles offraient alors lui était d'ailleurs un sujet d'émerveillement. Elles semblaient flotter dans l'air. Seule la pointe de leurs pieds touchait le sol et, une main sur la hanche, l'autre au-dessus de la tête, elles faisaient des tas de choses compliquées avec leurs jambes.

Et c'était précisément au même genre d'acrobaties que Lachlan était en train de se livrer. Il s'était déchaussé et, bien que le martèlement des pieds d'un homme de ce poids sur le plancher n'allât pas sans vacarme, il paraissait, lui aussi, flotter dans les airs. Les frères de Christopher étaient assis en demi-cercle. De temps en temps, l'un ou l'autre se trémoussait comme s'il mourait d'envie de se joindre à Lachlan.

Herrac s'installa au centre de la table, sa place habituelle, plus près de MacDougall que de Liseth, et se mit à observer les événements avec fatalisme.

Au bout d'un moment, Lachlan abandonna et l'un des fils de Mer prit aussitôt le relais. Jim trouva qu'il ne s'en tirait pas trop mal mais ses frères, eux, se mirent à hurler de rire. Du coup, les joues du danseur virèrent au cramoisi mais il n'en poursuivit pas moins ses efforts, poussant de temps à autre le même cri de guerre que celui qu'avaient entendu Herrac et Jim dans l'escalier – et qui, celui-là, était sans doute possible sorti de la gorge de Lachlan.

Tout en s'asseyant entre sir Herrac et Dafydd, Jim regarda à nouveau Liseth et MacDougall. Au même instant, ce dernier se laissa glisser le long du banc pour s'approcher de la jeune fille. Jim était assez près d'eux pour entendre ce qu'il lui chuchotait.

– Si je réussissais à convaincre votre jeune frère, ce charmant garçon, de jouer une musique plus calme et plus raffinée, daigneriez-vous, gente damoiselle, faire quelques pas de menuet avec moi ?

– J'ai déjà prévenu Votre Seigneurie, répondit Liseth sans même tourner la tête, que je ne souhaite ni parler avec elle, ni faire quoi que ce soit en sa compagnie en dehors de ce que m'imposent mes devoirs de châtelaine.

MacDougall poussa un profond soupir et, glissant toujours sur ses fesses, s'éloigna de Liseth – mais un peu seulement.

Comme il ne faisait rien qui méritât d'être mémorisé pour servir ultérieurement de modèle de conduite, Jim se pencha vers l'archer.

– Pourriez-vous venir quelques instants avec moi, Dafydd ? lui chuchota-t-il à l'oreille. J'ai à vous parler.

Dafydd acquiesça et, sans un mot, se leva. Les deux hommes traversèrent la cuisine, et, l'un suivant l'autre, s'engagèrent dans la galerie vide menant à la pièce où Jim et Herrac s'étaient entretenus un peu plus tôt.

Une fois la porte refermée, Jim fit face à Dafydd.

– A quoi riment ces danses ? lui demanda-t-il avec curiosité avant d'entrer dans le vif du sujet.

– Messire MacDougall a demandé s'il n'y aurait pas un luth ou quelque autre instrument dans le château, auquel cas il s'offrirait à pousser la chansonnette, répondit l'archer d'un ton si neutre qu'il était impossible de dire s'il approuvait ou désapprouvait cette initiative. Justement, Christopher, le plus jeune des...

– Oui, je le connais.

– Christopher en avait un. Qui plus est, il savait en jouer. Il est allé le chercher, l'a accordé et messire MacDougall a chanté plusieurs chansons. De manière fort étrange car il parlait du nez de sorte que la moitié des paroles étaient inaudibles. Des chansons d'amour, a-t-il précisé, je crois. Il a ensuite proposé que quelqu'un d'autre prenne l'instrument et chante à son tour. Or, seul Christopher sait jouer du luth mais il ne chante pas. Alors, Lachlan a dit que s'il ne savait pas chanter, lui non plus, il pouvait fort bien danser si Christopher l'accompagnait. Christopher a accepté. Vous êtes arrivé peu après.

– Voilà qui explique tout. J'étais simplement curieux de savoir de quoi il retournait. Mais ce n'est pas pour cela que je vous ai demandé de venir ici, Dafydd. Il y a des choses beaucoup plus sérieuses dont nous devons parler.

– Je vous écoute, James.

– Vous connaissez tous les détails de mon projet, mais tout cela exige une programmation extrêmement serrée. Je ne peux me permettre de prendre le moindre retard dans aucune étape de la mise en place de l'opération. Aucune anicroche ne m'est autorisée.

– Bah ! Ce qui n'aura pas été fait demain pourra certainement être fait un autre jour, rétorqua Dafydd. Pardonnez-moi, James, mais ce n'est pas la première fois que je le remarque : vous êtes hanté par le temps et la peur de ne pas en avoir assez. A quoi bon se faire du souci pour ce genre de détail ? Si ce qu'on attend demain ne se produit pas, autre chose se produira. Nous n'avons qu'une vie à vivre et elle fait son chemin comme elle l'entend.

Jim se sentit, à ces mots, totalement désarmé. Une fois de plus, il se trouvait devant le fossé séparant deux modes de pensée différents, celui du XIVe siècle et celui du XXe. Tant d'aléas pouvaient se mettre en travers de leurs projets, que les médiévaux en étaient venus à considérer que si leurs entreprises étaient menées à bien, et à l'heure dite, c'était pure chance et par le plus grand des hasards. En fait, *tout* était incertitude, et ils s'en remettaient à l'imprévu.

– Vous avez sans doute raison, Dafydd. Mais je veux ardemment voir détruits les Hommes Creux. Et voir pour une fois les Petits Hommes et les Frontaliers combattre côte à côte, ce qui sera pour eux l'occasion d'apprendre à se connaître. Ne pensez-vous pas, vous aussi, que ce serait là chose souhaitable ?

– Certes. Si elle se produit.

– C'est possible. Et cela aura d'autant plus de chances de se produire que nous ferons nos préparatifs sans perte de temps. Demain, Snorrl viendra en principe nous chercher pour nous conduire auprès des Petits Hommes. Nous irons, Liseth et moi, à sa rencontre. J'emmènerai aussi Herrac pour qu'il leur parle au nom des Frontaliers, si Snorrl accepte qu'il nous accompagne. Et je crois maintenant qu'il acceptera : Liseth m'a dit qu'il ne lui a jamais rien refusé. J'aimerais que, demain, vous veniez également avec nous, Dafydd.

– Je serai toujours heureux d'être votre compagnon de route si rien ne m'en empêche. Mais pourquoi souhaitez-vous que je sois des vôtres ?

Jim ne savait pas trop comment formuler sa réponse.

– Eh bien... il semble que vous avez fait une forte impression sur les Petits Hommes lors de notre première rencontre avec eux. Aussi, j'ai pensé que votre présence contribuerait à leur montrer que ce que nous nous préparons à accomplir sera une bonne chose. Mais, naturellement, si, pour une raison ou pour une autre, vous n'étiez pas d'accord, je le comprendrais.

– Mais bien sûr que je suis d'accord ! répliqua Dafydd – et il y avait un brin de sécheresse dans son ton. Comment pouvez-vous imaginer que je ne le sois pas ? Ne vous ai-je pas dit que j'approuvais pleinement l'objectif que vous poursuivez ? Et puis, et surtout, nous sommes compagnons depuis l'affaire de la Tour Répugnante – et même avant. Et nous le resterons jusqu'à notre dernier souffle, n'est-il pas vrai ?

– Oui... tout à fait. C'est simplement que je ne voulais pas abuser de votre amitié...

– Entre nous, James, il ne saurait être question de cela. Je vous serais reconnaissant de ne plus employer à l'avenir cette formule quand vous aurez quelque chose à me demander.

– Certainement. Avec joie... (Jim avait l'impression d'avoir fait une gaffe terrible sans trop savoir pourtant très bien laquelle.) Il fallait seulement que je vous pose la question et... Bon Dieu, Dafydd, j'essaie de m'en tirer du mieux que je peux avec vous tous mais tout se mélange et s'embrouille ! En premier lieu, Brian ne doit rien savoir, sinon il voudrait à tout prix venir avec nous.

– N'importe comment, il viendra. Ou il nous rejoindra quand nous serons déjà en route s'il s'aperçoit que nous sommes partis. Il serait peut-être préférable de l'avertir avant, vous ne pensez pas ?

– C'est bien mon intention. Je compte lui expliquer avant notre départ qu'il participera à la bataille s'il est capable d'enfourcher son cheval pour nous rejoindre là-bas. Je n'ai jamais vu quelqu'un se remettre aussi vite d'une blessure. Il sera sans doute en si bonne forme à ce moment qu'il serait ridicule de se passer de son concours.

– Je pense comme vous. Très bien. Lequel de nous deux ira chercher l'autre, demain matin ? Vous ou moi ?

– Vous êtes plus lève-tôt que moi, Dafydd. Et, surtout, plus doué pour vous réveiller à une heure précise. Venez donc me sortir du lit dès que le ciel commencera à pâlir.

Jim continua :

– Retournons dans la grande salle. Il faut que j'observe ce foutu MacDougall si je veux pouvoir l'imiter quand j'aurai pris sa place.

Les deux hommes franchirent la porte.

– Vous commencez à jurer comme un bon Anglais, m'lord, et je dois dire que cela vous convient. Pousser fréquemment des jurons comme sir Brian en a l'habitude, c'est excellent pour évacuer les humeurs nocives. Et à vous ronger comme vous le faites pour tout et pour rien, ce ne sont pas les humeurs nocives à expulser qui vous manquent.

Ils étaient arrivés au seuil de la salle. Jim lança un coup d'œil en coulisse à l'archer.

– Vous, vous ne jurez pas souvent.

– Ah ! C'est que je suis un fils des Galles. Et nous autres Gallois avons un point commun avec les Petits Hommes qui, comme vous l'avez fait remarquer, ont des besoins et des façons d'être différents.

Tous deux reprirent leur place à la table à la grande satisfaction de sir Herrac qui, faute d'avoir autre chose à faire, avait passé le temps à lever le coude. Il remplit deux coupes à leur intention. C'était maintenant un autre de ses fils qui dansait – ou essayait de danser – en s'efforçant de suivre les indications et les directives de Lachlan. Et l'Ecossais tenait manifestement en piètre estime les aptitudes chorégraphiques des frères de Mer.

Jim surveillait Ewen MacDougall. Liseth continuait toujours de jouer les statues de glace, ce qui le déconcertait. Ce n'était pas l'attitude qu'il lui avait demandé d'observer. Mais ne l'avait-elle pas prévenu ? Qu'il lui fasse confiance, lui avait-elle dit, même si elle ne se comportait pas exactement comme il s'y attendait. Non, il n'y avait pas à s'inquiéter : il était évident qu'elle estimait faire ce qu'il fallait pour amener MacDougall à ramper à ses pieds comme un petit toutou.

Et sa méthode semblait efficace : plus le temps passait, plus MacDougall se faisait pressant. Et, peu à peu, la statue de glace donnait l'impression de commencer à fondre devant tant d'insistance.

Finalement, Liseth accepta d'être sa cavalière, à condition, toutefois, que ce soit pour une danse de cour. Il se trouva que Christopher connaissait un air convenant à ce genre de danse. Tandis qu'il grattait les cordes, MacDougall, les bras gracieusement tendus, conduisait la jeune fille, lui expliquant au fur et à mesure les pas et les mouvements à exécuter. Jim n'aurait pas juré que ces directives étaient indispensables mais Liseth les suivait avec docilité.

Cependant, lorsque la danse eut pris fin et qu'elle se fut rassise, elle redevint l'iceberg qu'elle était un peu plus tôt et le resta jusqu'au moment où elle quitta la table pour monter se coucher.

Jim imita peu après son exemple. La nuit serait courte et il savait que s'il s'attardait et descendait les quantités de vin qu'il serait alors obligé d'ingurgiter pour ne pas offenser ses hôtes, il serait comme une bûche quand Dafydd viendrait le réveiller avant l'aube.

22

Précédés par Snorrl, ils suivaient la route menant au territoire des Petits Hommes. Herrac et Jim, revêtus de leur armure, étaient munis de leur lance. Dafydd, qui fermait la marche, portait son arc long en bandoulière et son carquois bien garni se balançait à sa hanche. Liseth elle-même, qui chevauchait à côté de son père quand la largeur du chemin le permettait, était ceinte d'une épée que dissimulaient les plis de sa robe et sa mante.

Qu'une femme soit ainsi armée était chose inouïe, mais Jim était convaincu que si elle avait l'épée au côté, c'était avec l'approbation de son père. Et si Herrac était d'accord, c'était qu'elle avait appris à s'en servir.

Et elle devait certainement avoir une autre arme cachée quelque part. Les Ecossais comme Lachlan n'étaient pas les seuls à avoir dans leurs chausses un *skean du*, ce « couteau noir », poignard à la lame courte mais large et aussi acérée qu'un rasoir. Une arme redoutable dans le corps à corps et qui avait l'avantage de passer inaperçue le reste du temps. Il était fort possible que Liseth ait glissé un *skean du* dans sa botte.

Mais à la seule évocation de la jeune fille, Jim se remémora le nouveau problème qui avait surgi. La veille, Brian les avait rejoints au souper, comme promis. En dépit de ses protestations, Liseth et lui l'avaient soutenu pour descendre l'escalier et il avait noté que, de temps à autre, son ami s'appuyait lourdement sur lui. C'étaient sans doute ces quelques jours d'alitement qui étaient responsables de sa démarche quelque peu incertaine. Un sang neuf devait avoir maintenant remplacé tout celui qu'il avait perdu. Le seul point délicat était la blessure elle-même, qui ne devait surtout pas s'infecter, même si elle cicatrisait avec une rapidité remarquable.

Quand Brian avait fait son entrée, tout le monde lui avait réservé un accueil chaleureux – Ewen MacDougall lui-même lui avait souhaité le bonsoir – quoique d'un air distant et hautain.

Etait-ce le ton qu'il avait employé ou une sorte d'antipathie spontanée ? Toujours est-il que l'hostilité était immédiatement née entre les deux hommes. MacDougall s'était délibérément mis à parler des réjouissances en honneur à la cour et Brian l'avait laissé parler sans l'interrompre, jusqu'au moment où l'autre avait abordé le chapitre des tournois.

A ce moment, il était intervenu pour évoquer quelques-uns de ses souvenirs en la matière, précisant avec désinvolture qu'il avait eu la chance de remporter telles et telles joutes, qu'il avait eu l'honneur de croiser une fois le fer avec sir Walter Manny et une autre avec sir John Chandos. Le vicomte avait-il jamais eu la bonne fortune de rompre quelques lances avec ces gentilshommes renommés ou d'autres de réputation égale ? s'était-il enquis d'un ton dégagé.

Brian avait indéniablement trouvé là le défaut de la cuirasse de son interlocuteur. MacDougall avait, certes, participé à des joutes courtoises mais beaucoup moins souvent que Brian. Les victoires que collectionnait ce dernier étaient pour lui, en effet, le moyen de faire tant bien que mal bouillir la marmite. Normalement, le vainqueur recevait le cheval, l'armure et les armes de son adversaire à moins que celui-ci ne les lui rachète moyennant espèces sonnantes et trébuchantes. C'était pratiquement la seule source de revenus qui permettait à Brian de maintenir encore à peu près debout son château qui menaçait ruine.

Et ce n'était pas encore tout. MacDougall ayant livré ses tournois en Ecosse, il était dans l'incapacité de citer des adversaires au nom prestigieux, bénéficiant de la célébrité internationale dont pouvaient se prévaloir un Manny ou un Chandos. Aussi, pour la première fois depuis que MacDougall avait mis les pieds au château de Mer, l'image du grand seigneur rompu aux usages de la cour qu'il s'appliquait à donner de lui-même perdait un peu de son vernis.

Brian, en tenant ces propos, avait conservé un masque impassible, MacDougall s'était appliqué à ne pas laisser soupçonner qu'il se rendait compte, si peu que ce soit, qu'on l'humiliait et aucun des autres convives, même pas Liseth, n'avait semblé s'apercevoir que Brian s'employait à le déprécier, mais tous avaient, bien sûr, parfaitement conscience du duel qui était en train de se dérouler sous leurs yeux.

Cependant, Jim jugeait cet épisode des plus regrettables. Ce genre d'affrontement entre deux chevaliers, pouvait fort bien se solder par un règlement de comptes en champ clos et il était fort contrarié de devoir les laisser en la seule compagnie de Lachlan et des fils d'Herrac. Le premier était tout aussi capable de les exciter l'un contre l'autre que de prévenir une éventuelle explication les armes à la main. Et aucun des fils de Mer n'avait ni l'âge ni l'autorité qu'il aurait fallu pour empêcher que deux hommes aussi titrés que Brian et MacDougall, jouissant, en outre, de la réputation qui était la leur, ne finissent par en découdre si jamais ils perdaient leur sang-froid.

Brian n'était pas encore en état de se battre contre un adversaire en pleine possession de ses moyens. Si les choses devaient en arriver là, non seulement il perdrait la face mais il risquerait, qui plus est, d'être gravement blessé, voire de se faire tuer. Et cela, même si le duel prenait la forme d'un combat courtois. La plaie qui labourait son côté n'était pas encore suffisamment cicatrisée pour pouvoir supporter sans inconvénient les efforts musculaires qu'impliquait le combat.

Mais c'était comme ça et pas autrement. Jim ne pouvait rien y faire. Cependant, contrairement à ce qui ce serait passé s'il avait été dans les bottes d'un Dafydd, se dire cela ne chassait pas pour autant son inquiétude.

En fait, elle continua de le ronger jusqu'au moment où ils atteignirent un surplomb dominant un bout de prairie cerné de falaises escarpées.

La paroi qu'ils descendirent aboutissait à une charmante petite vallée évasée à l'extrémité de laquelle on distinguait ce qui pouvait être des bâtiments et, peut-être, des terres labourées. Mais devant eux, à moins de cinquante mètres, était massé un « schiltron » – ce fut le mot de « phalange » qui vint d'abord à l'esprit de Jim – de Petits Hommes alignés au cordeau, piques baissées.

Il reconnut celui qui se tenait un peu devant le premier rang : c'était Ardac, fils de Lutel. Le chef du schiltron gardait les yeux fixés sur lui, ignorant plus ou moins le reste du groupe qui s'approchait sous la conduite de Snorrl.

– Nous ne vous considérons point comme importuns, ni vous ni vos amis, magicien, dit-il quand ils eurent fait halte. Mais nous n'aimons guère que des étrangers viennent aussi souvent fouler notre terre.

– C'est une affaire d'une importance cruciale qui m'amène, répondit Jim. Nous avons à discuter avec vous d'une chance qui nous est offerte d'accomplir une tâche grandiose. Elle vous enthousiasmera comme elle nous enthousiasme nous-mêmes.

Jim tira légèrement sur ses rênes pour que son

cheval qui faisait écran s'écarte et qu'Ardac puisse voir ses compagnons à loisir.

– Connaissez-vous tous mes amis ? Vous vous rappelez Dafydd ap Hywel qui a combattu avec nous...

– Nous avons bien d'autres raisons de nous souvenir de lui. Mais continuez.

– Je n'ai pas besoin de vous présenter Snorrl, bien sûr. Vous connaissez Liseth. Et aussi sir Herrac de Mer, son père.

– Nous les connaissons tous. (Les yeux d'Ardac s'attardèrent un instant sur Herrac, puis son regard revint à Jim.) Nous attendons toujours de savoir pourquoi vous revenez chez nous.

– Je vous l'ai dit. Nous nourrissons un projet dont je pense que vous souhaiterez débattre avec nous, ainsi que les autres chefs de votre peuple. Pouvons-nous les rencontrer ? A moins que vous ne préfériez que nous les attendions ici ? Ou que soit mise sur pied une sorte de conférence où nous pourrions vous exposer nos plans ?

– Nous allons voir cela.

Ardac fit demi-tour et alla dire quelque chose à l'un des guerriers qui, sans lâcher ni sa pique ni son bouclier, s'élança au pas de course. Il contourna le schiltron et, toujours en courant, s'éloigna en direction des bâtiments.

– Il va vous falloir patienter un peu, dit le chef du schiltron. Vous pouvez mettre pied à terre et vous asseoir, si vous voulez. Nous attendrons, nous aussi.

Il tourna la tête vers la formation et lança un ordre bref. Les guerriers posèrent aussitôt leurs armes à leurs pieds et, sans rompre les rangs, s'assirent, jambes croisées. Dafydd et Liseth sautaient déjà à bas de leurs montures. Jim et Herrac en firent autant. Tous les quatre s'assirent à leur tour.

– Nous avons appris qu'un de vos compagnons avait été blessé lors du combat contre les Hommes

Creux, dit Ardac qui s'était accroupi à quelques pas de Jim. Comment se porte-t-il ?

– Bien. La cicatrisation se fait très rapidement. En fait, ce n'était qu'une blessure légère. Gênante, simplement. Une estafilade qui lui a entaillé superficiellement la cage thoracique.

– Je suis heureux que ce n'ait pas été plus grave. En ce qui nous concerne, l'un de nos hommes est mort. Quant aux blessés, leur rétablissement est en bonne voie.

– Vous m'en voyez très heureux, moi aussi. (Jim faisait tout son possible pour rendre l'atmosphère moins guindée et plus amicale.) La façon dont votre troupe s'est comportée lors de cette rencontre m'a fortement impressionné. Je crois que personne n'aurait pu vous égaler.

De la gorge d'Herrac s'échappa une espèce de grognement, aussitôt étouffé. Ardac tourna les yeux vers le chevalier à la stature colossale et, pour la première fois, un léger sourire étira ses lèvres moustachues.

– Vous voulez dire que les hommes de votre race auraient fait aussi bien ou même mieux, sir Herrac de Mer ? dit-il. Je n'argumenterai pas sur ce point. C'est une affaire d'opinion. Que chacun d'entre nous s'en tienne à la sienne. Cela vous agrée-t-il ?

– Cela m'agrée, Ardac, fils de Lutel.

Le ton d'Herrac était aussi neutre que l'avait été celui d'Ardac. Brusquement, il ébaucha à son tour un sourire.

Le Petit Homme lui tendit la main. Sans un mot, il la serra dans la sienne.

– Si la raison qui vous amène est valable, sir Herrac, vous êtes le bienvenu chez nous.

– Je vous remercie de votre courtoisie, Ardac, fils de Lutel.

– La courtoisie est une denrée qui n'a pas cours ici. Nous ne connaissons que des amis et des ennemis. J'ai seulement voulu dire que je vous comptais parmi nos amis, c'est tout. La courtoisie n'a rien à voir là-dedans.

– Je comprends, fit Herrac en hochant lentement la tête.

Son ton était aussi serein que celui du chef des Petits Hommes et Jim eut presque l'impression qu'Ardac perdait un peu de sa roideur.

Snorrl, couché sur le flanc, avait fermé les yeux et paraissait profondément endormi. Ils attendaient. Personne n'ouvrait plus la bouche, le soleil était chaud et Jim se sentait gagné par la somnolence. Mais il se secoua en se rappelant la gravité de la situation.

Ardac les avait salués du nom d'amis. Néanmoins, le schiltron était toujours là, leur barrant l'entrée de la vallée, aussi infranchissable que la paroi d'une montagne. Si les Petits Hommes acceptaient leur présence sur leurs terres, il était clair qu'ils leur refusaient l'accès de leurs demeures.

Après une attente qui lui parut interminable, mais qui n'excéda probablement pas une demi-heure, Jim distingua un mouvement au fond de la vallée. Bientôt, il vit qu'il s'agissait de quatre équipes de huit petits guerriers, des perches passées en travers de l'épaule, transportant chacune un fauteuil où était assis un Petit Homme d'âge vénérable, dont la barbe était aussi blanche que la robe.

En dépit de leur charge, les porteurs couraient, mais leur allure était si égale, que les vieillards étaient à peine secoués. Quand ils furent arrivés, ils déposèrent les sièges devant le schiltron.

Les choses n'ont pas l'air de trop bien se présenter, se dit Jim qui avait l'impression que les quatre ancêtres les considéraient, lui et ses amis, d'un œil furibard. Finalement, celui de droite leva la main. Les porteurs reprirent les fauteuils pour aller les déposer, cette fois derrière le schiltron, hors de portée d'oreilles. Ardac avait accompagné les Barbes Blanches et il était visible qu'une discussion s'engageait.

Au bout d'un moment, Ardac revint.

– Nous sommes prêts à vous entendre, annonça-t-il à Jim.

Ce dernier prit une profonde inspiration.

– Nous avons un plan grâce auquel nous pourrons regrouper tous les Hommes Creux en un même lieu. Alors nous les exterminerons. Ainsi, quand nous les aurons tous anéantis sans exception, il n'en restera aucun pour faire revenir les autres à la vie – si tant est que ce terme soit celui qui convient.

– Nous connaissons vos projets, dit Ardac.

Jim fronça les sourcils.

– Comment est-ce possible ?

– Parce que je les ai portés à sa connaissance, laissa tomber Snorrl, toujours paresseusement couché sur le sol mais qui avait les yeux ouverts, maintenant. Le peu que je ne savais pas encore, je l'ai appris en vous écoutant quand vous avez attaqué cette petite troupe qui venait d'Ecosse. Plus ce que j'ai surpris de vos conversations avec Lachlan et votre prisonnier dans la cabane où vous avez passé la nuit.

Jim se tourna vers Ardac.

– Si vous étiez au courant avant notre arrivée, pourquoi nous avez-vous réservé cet accueil et avez-vous fait venir vos... (faute de savoir quels étaient les titres et la qualité des Barbes Blanches, il se contenta de les désigner de la main) ... pour nous mettre en leur présence ?

– Nous ne savons pas tout. Ce que nous ignorons et désirons savoir, c'est la raison pour laquelle vous voulez que nous fassions cause commune avec les autres hommes grands. Nous connaissons mieux que personne ce pays et ses habitants. Nous savons qu'il y a plus de Frontaliers qu'il n'en faut pour gagner une pareille bataille à eux seuls. Tout comme nous savons que nous sommes plus nombreux qu'il n'est nécessaire pour tuer tous les Hommes Creux à l'endroit que vous avez choisi. (Ardac ménagea une pause avant de poursuivre :) Vous n'avez jamais vu que ce schiltron mais il en existe bien d'autres. Si c'est moi et non un autre chef de schiltron qui vous ai accueillis, c'est uniquement parce que nous nous sommes déjà rencontrés précédemment. Bien. Maintenant, il me faut savoir pourquoi vous souhaitez que les Petits Hommes et les Frontaliers unissent leurs forces pour anéantir les Hommes Creux alors que ce n'est pas indispensable ?

– Je crois qu'il est capital que les Petits Hommes et les Frontaliers coopèrent étroitement pour mener à bien cette opération. D'abord, parce que eux et vous avez également pâti des exactions des Hommes Creux. Mais il y a plus important encore. Peut-être sera-t-il un jour indispensable, pour vous comme pour les Frontaliers, de vous unir afin de faire face à un ennemi commun. Si vous faites alliance pour éliminer les Hommes Creux, une habitude sera née pour l'avenir, quand vous n'aurez guère d'autre choix que de vous battre côte à côte.

Jim se tut. Ardac ne dit rien mais paraissait réfléchir. Il ne fit même pas mine d'aller transmettre ces propos aux quatre vieillards qui attendaient un peu plus loin.

– Je ne vous demande pas de faire d'eux vos amis intimes, reprit Jim. Je ne le leur demande pas davantage à eux. Je vous demande simplement aux uns et aux autres de combattre ensemble, pour une fois. Pour que vous sachiez, eux comme vous, que c'est possible. C'est important mais je ne suis pas en mesure de vous en apporter la preuve. Acceptez-vous ou non de me croire sur parole ?

La réponse d'Ardac fut inattendue :

– Vous avez raison, dit-il soudain. C'est tout ce que nous avons – votre parole.

Sur ce, il alla retrouver les vieillards.

Jim, qui les regardait s'entretenir, éprouvait une certaine irritation à l'idée que les quatre chefs à la barbe blanche, au lieu de venir parler directement avec lui, jugent bon de passer par le relais d'Ardac. Mais une voix retentit à son oreille, à peine un chuchotement que personne ne pouvait entendre en dehors de lui : c'était Dafydd.

– Les barbus ne sont pas ce que vous vous figurez, sir James. Ce ne sont pas des dirigeants, seulement des anciens et des sages qu'Ardac consulte. Ce sera en fonction de ces délibérations et en s'appuyant sur leur sagesse qu'il prendra sa décision – une décision que la totalité des Petits Hommes feront alors leur.

– La totalité des Petits Hommes ? répéta Jim dans un murmure en prenant soin de ne pas se tourner vers Dafydd afin que personne ne se rende compte qu'ils étaient en train de dialoguer. Mais il disait qu'il n'était qu'un chef de schiltron parmi beaucoup d'autres. J'avais l'impression que les chefs de schiltron étaient tous égaux.

– Ils sont égaux, en effet, mais comme j'ai déjà eu l'occasion de vous le dire, ils ne sont pas comme... nous. (Dafydd avait marqué un infime temps d'hésitation avant de prononcer ce dernier mot.) Ils sont différents et ils ont des façons de faire différentes, comprenez-vous ? Si Ardac décide de combattre avec les Frontaliers comme vous le souhaitez, tous les autres chefs de schiltron se rallieront à lui. De la même façon, si un autre chef de schiltron prenait une décision, Ardac lui emboîterait le pas. Lui et tous ceux qui commandent ces unités sont les véritables dirigeants des Petits Hommes. Encore que, en vérité, c'est un peuple qui n'a pas de chefs dans le sens où nous entendons ce mot. Mais, au fil des siècles, ils ont appris à penser à peu près de la même manière et ils ont plus confiance les uns dans les autres qu'il n'en va chez... nous.

Cette fois encore, Dafydd avait prononcé ce « nous » avec une imperceptible réticence.

– Je vois.

Au même instant, Ardac, quittant les anciens, vint le rejoindre.

– Je pense, lui dit-il, que nous combattrons les Hommes Creux avec vous, sous réserve que toutes les dispositions qui s'imposent soient prises. Mais il reste une question à trancher. Qui assurera le commandement de l'opération ?

– Je... je ne sais pas exactement. C'est-à-dire que, sur ce point, rien n'a encore été définitivement réglé. Il se peut que ce soit moi qui l'assume nominalement mais des guerriers judicieux et éprouvés, comme vous pour les Petits Hommes et Herrac pour les Frontaliers, auront certainement leur mot à dire sur l'organisation de l'expédition...

– Dans ce cas, ne comptez pas sur nous.

– Pourquoi donc ?

– Parce que les Petits Hommes ne sauraient être commandés que par quelqu'un qui soit de leur sang. Peut-être que moi et d'autres chefs de schiltron serons invités à vos conseils. Mais nous n'y participerons pas. Ce ne serait possible que si l'un des nôtres appartenait à l'état-major suprême.

– Mais c'est une exigence irréalisable ! Il est exclu...

Jim n'alla pas plus loin. Il avait été sur le point de dire qu'il était exclu que les Frontaliers acceptent un Petit Homme comme chef.

– Il ne saurait en aller autrement. Les Petits Hommes ont toujours été un bloc soudé pour livrer bataille. Si vous devons combattre aux côtés des Frontaliers, eux et nous devrons aussi faire bloc. Ce qui signifie que l'un d'entre nous devra être membre à part entière de l'assemblée des chefs et considéré comme tel par les Frontaliers.

Jim avait enfin compris.

– Vous voulez dire que les Frontaliers devront avoir envers celui qui sera à la tête des Petits Hommes la même confiance que celle qu'ils portent à leurs propres chefs ?

– Exactement.

– Mais, je vous le répète, c'est impossible. Nous avons d'un côté les Petits Hommes et, de l'autre, des humains. Il n'y a pas moyen de sortir de ce dilemme.

Liseth et son père s'étaient rapprochés. Jim souhaitait désespérément que l'un ou l'autre intervienne pour l'aider à surmonter cet obstacle. Mais il savait en même temps qu'ils n'en feraient rien. La seule possibilité était d'insister sur la nécessité que les deux partis unissent leurs forces pour livrer bataille. Il ouvrait déjà la bouche pour plaider en ce sens mais une autre voix s'éleva avant qu'il ait pu prononcer un mot :

– Peut-être les Petits Hommes m'accepteront-ils comme leur chef au sein de l'état-major des Frontaliers ?

C'était la voix douce de Dafydd. Jim demeura muet. Il avait complètement oublié la façon dont les Petits Hommes avaient salué l'archer lors de leur première rencontre.

Ardac gardait le silence. Soudain, et toujours sans avoir prononcé un mot, il pivota sur lui-même et se rendit à nouveau auprès des anciens.

Sa réaction avait convaincu Jim qu'il n'y avait pratiquement aucun espoir que les Petits Hommes disent amen à la proposition de Dafydd. Mais même dans le cas improbable où ils l'accepteraient pour chef, quel accueil les Frontaliers portant la ceinture de chevalier réserveraient-ils à l'archer ? Jim les voyait mal se résigner à admettre la présence d'un plébéien au sein de leurs conseils de guerre.

Mais, déjà, Ardac revenait. Il s'arrêta devant Jim.

– Magicien, nous reconnaissons Dafydd ap Hywel comme notre chef. Mais à condition qu'il porte le titre qui lui revient : *Prince des Montagnes que Baigne la Mer.*

– Prince ! s'exclamèrent d'une seule voix Jim et Herrac.

D'un même mouvement, tous deux se tournèrent – et Liseth avec eux – vers Dafydd qui, appuyé sur son arc, fronçait les sourcils.

– Il y a longtemps que mes ancêtres ont renoncé à ce titre, dit-il. Je ne sais si j'ai, en leur nom, le droit de le porter à nouveau.

– Ou il en ira comme j'ai dit, ou vous vous battrez seul, seigneur magicien, laissa alors tomber Ardac.

Il y eut un long silence. Enfin, Dafydd, poussant un soupir, se redressa de toute sa taille.

– Je reprends le titre qui est mien par héritage, *Prince des Montagnes que Baigne la Mer*, mais seulement pour la durée de cette bataille. Quand elle sera terminée, je demande non seulement que l'on cesse de me le donner mais que l'on oublie, autant que faire se pourra, que je l'ai jamais porté. Telle est la condition que je pose.

– Je suis d'accord, dit sans hésitation Jim.

Il tourna la tête vers Herrac qui, les sourcils à demi froncés, regardait toujours fixement l'archer. Enfin, il se leva, imité par Jim.

– Ce n'est pas un titre pour rire, alors ? fit-il.

– Certainement pas, répondit Dafydd en le regardant droit dans les yeux. Lorsque nous repartirons, je serai le prince des Montagnes que Baigne la Mer et je le resterai jusqu'à la fin de la bataille. Tout le monde devra en être d'accord. Les Petits Hommes s'engagent-ils à respecter cette exigence ?

Il s'était tourné vers Ardac et avait plongé son regard dans ses yeux.

– Nous nous y engageons, fit celui-ci.

– Moi aussi. (Jim regarda à nouveau Herrac.) Qu'en est-il de vous et des autres Frontaliers ?

– Je ne peux faire de promesses en leur nom avant de leur avoir parlé et tant qu'ils ne se seront pas prononcés de manière ferme. Mais, pour ce qui est de moi, je me plierai à cette condition afin d'assurer le triomphe de notre cause commune. Et... (il s'adressait maintenant directement à Dafydd) ... parce que je vous ai vu à l'œuvre et connais votre réputation, noble sire.

– Je vous prierais de ne me donner mon titre qu'en cas d'absolue nécessité. N'oubliez point, sir Herrac, que quels que soient notre dignité et notre rang, nous sommes d'abord et avant tout des hommes, comme nous l'avons toujours été et le serons dans les temps à venir.

Il tendit la main à Herrac – un archer tendant la main à un chevalier était une chose impensable –, qui la lui serra longuement.

– Eh bien, la question est réglée, dit Ardac. Et maintenant, quand allons-nous établir notre plan de bataille ?

– Accordez-moi une semaine et demie ou deux semaines, répondit Jim. Je dois d'abord m'occuper de différentes choses. Mais, dans l'intervalle, il serait utile que nous gardions le contact.

– L'un d'entre nous restera en permanence aux abords du château de Mer durant les deux semaines à venir, dit Ardac. Vous n'aurez qu'à envoyer le faucon Grisailes, il viendra à nous. A l'instar de Liseth, votre fille, sir Herrac, nous parlons avec les oiseaux comme avec d'autres bêtes.

Snorrl sortit soudain de son silence :

– C'est la vérité. C'est pour cela que nous, le libre peuple des plaines et des bois, avons lié amitié avec eux depuis tant de siècles.

D'un même mouvement tous se tournèrent vers le

loup, à présent debout sur ses pattes, qui s'étirait et bâillait comme s'il venait tout juste de se réveiller.

– Maintenant, ajouta-t-il, il est temps que je vous reconduise à cette coquille de murs clos que vous appelez château.

23

– Prince des Montagnes que Baigne la Mer, marmonna Herrac entre haut et bas. Prince des Montagnes que Baigne la Mer...

Il parlait quand même assez fort pour que les autres l'entendent.

– Auriez-vous quelque problème avec le titre de notre ami ? s'enquit Jim.

– Cela embrouille un peu la langue. Et puis, on dirait qu'il sort tout droit de je ne sais quelles vieilles légendes et je me demande si les autres Frontaliers le prendront au sérieux. Surtout quand ils verront Dafydd qui aura toujours l'air d'un archer, même si on lui met sur le dos des habits de cour empruntés à notre hôte... MacDougall.

– Il gardera la tenue qu'il a, rétorqua Jim. Vous n'aurez qu'à expliquer à vos amis que c'est un prince déguisé. Qu'à leur confier son titre sous le sceau du secret en prétendant que personne ne doit être au courant de sa présence dans la région.

– Oui, j'avais déjà pensé que c'était ce qu'il faudrait leur raconter. Mais quand même... ce nom ! Les Frontaliers ne sont pas habitués aux titres de fantaisie. Pas plus qu'à ceux qui vous empêtrent la langue.

– Je pourrais peut-être vous aider à résoudre ce petit problème, intervint alors Dafydd. *Prince des Montagnes que Baigne la Mer* est ce que vous diriez dans la langue que l'on parle de nos jours. Mais, autrefois, on disait... (Suivit une enfilade de mystérieuses syllabes à la sonorité liquide manifestement imprononçables pour Jim et les autres.) Préféreriez-vous utiliser l'ancienne dénomination ? leur demanda Dafydd en souriant.

Tous s'y essayèrent consciencieusement mais les sons qui sortaient de leurs bouches étaient sans aucun rapport avec ce qu'ils venaient d'entendre.

– C'est sir James qui s'est le plus approché de la bonne prononciation, conclut Dafydd. Le mieux serait peut-être que vous adoptiez sa version quand vous vous adresserez à moi en me donnant mon titre.

Herrac se tourna vers Jim.

– Qu'avez-vous dit, sir James ? Auriez-vous l'amabilité de répéter ?

– *Merlon.*

Jim se rendait parfaitement compte que deux syllabes au moins manquaient à l'appel et que son élocution était loin d'avoir la musicalité de celle de Dafydd. Mais, au moins, ce mot, il pouvait l'articuler – et les autres aussi, sans doute.

– *Merlon*, répéta Herrac. En tout cas, cela sonnera mieux aux oreilles de mes amis de la Frontière que « Prince des Montagnes que Baigne la Mer ». (Son expression s'éclaira brusquement.) Et, avec votre permission, noble sire, ajouta-t-il à l'adresse de Dafydd, on pourrait encore améliorer les choses à leur intention. Verriez-vous un inconvénient à ce que l'on prononce plutôt *Merrrlon* ? (Il avait roulé les *r* pour faire plus écossais.) Ce sera plus proche des sonorités dont ils ont normalement l'habitude.

– Appelez-moi comme vous voudrez, cela m'est égal, sourit Dafydd. Quand nous sommes en petit comité, je continue d'être Dafydd ap Hywel, maître archer de son état. Mais je veux bien être le prince Merlon – encore que je sois incapable de faire rouler les *r* comme vous, sir Herrac – pour les autres. Cela ne change rien à rien. C'est là un titre éphémère voué à disparaître avant longtemps.

– Excellent ! approuva Herrac.

Et la chevauchée se poursuivit.

Quand ils eurent rejoint le château, Jim constata avec soulagement que Brian et MacDougall ne s'étaient pas encore crêpé ouvertement le chignon. Mais le premier, maintenant qu'il avait goûté au plaisir d'être sur ses deux jambes, avait la ferme intention de ne pas réintégrer son lit. Toutefois, se soumettant à l'oukase de Jim qui avait exigé qu'il réduise sa consommation d'alcool, il avait estimé avoir épuisé sa ration de vin autorisée pour la journée et s'était remis au régime de la petite bière.

Il était assis à la haute table en compagnie de MacDougall. Ayant, tous deux à l'évidence, jugé préférable de ne pas se heurter de front, ils conversaient en faisant preuve d'une mutuelle affabilité. Jim entraîna Herrac dans un coin retiré où ils pourraient parler librement.

– J'aimerais rencontrer les Frontaliers le plus tôt possible, commença-t-il. Faut-il que Dafydd soit présent à ce colloque ? Je vous laisse le soin d'en décider, sir Herrac.

– Cette réunion sera facile à organiser. En fait, j'ai prévu qu'elle aurait lieu ce soir ici même. Mais dans la plus grande discrétion. Elle ne se tiendra pas dans la salle d'honneur. Les participants arriveront sans tambour ni trompette et ils s'éclipseront dès que la séance sera levée. Par ailleurs... (Herrac tourna les yeux vers Dafydd) ... veuillez me pardonner, prince Merlon, mais je crois que vous présenter dès maintenant à eux serait prématuré. Toutefois, si sir James est d'un autre avis, je me rendrai à ses raisons. Sa présence à lui, au double titre de chevalier estimé et de magicien, sera acceptée d'office. Mais il me semble préférable que nous leur parlions de vous au préalable. Il en va de même en ce qui concerne les Petits Hommes avec qui nous mettrons la dernière main à notre plan de bataille.

– Je m'en remets entièrement à votre jugement, répondit Dafydd. Je ne quitterai pas les abords du château pour le cas où vous auriez besoin de moi. En tout état de cause, si j'en crois ce qu'a dit sir James, l'opération visant à prendre les Hommes Creux au piège ne sera pas déclenchée avant une semaine ou deux, n'est-ce pas ?

– C'est exact, dit Jim. Je suggère que nous ne parlions de vous ce soir que si cela nous paraît opportun et, si nos interlocuteurs ne soulèvent pas d'objections, je vous appellerai. Après cette réunion, il faudra que je m'absente à nouveau – pour plusieurs jours, cette fois. Le moment approche, en effet, où je devrai prendre les traits de MacDougall et rencontrer les chefs des Hommes Creux. Aussi, je partirai demain avec l'or. Et, à la réflexion, pourquoi ne viendriez-vous pas avec moi, Dafydd ? Cela m'éviterait de demander à sir Herrac de me prêter quelques hommes d'escorte. Moins nous serons nombreux, moins nous éveillerons les soupçons des Hommes Creux.

– Je suis à votre entière disposition, répondit Dafydd.

Il n'y avait plus rien à ajouter et ils rejoignirent les autres autour de la table. On bavarda le reste de l'après-midi en attendant le souper. Mais lorsque le repas toucha à sa fin, Brian commençait à montrer des signes de fatigue. Après quelques protestations de pure forme, il accepta que Jim et Liseth l'aident à regagner sa chambre. La montée de l'escalier fut l'occasion pour Jim de lui dire deux mots en particulier.

– Serez-vous capable de ne pas faire de vagues avec MacDougall pendant mon absence ?

– S'il se tient correctement, je n'irai pas lui chercher des poux dans la tête. Mais s'il me provoque, il trouvera à qui parler.

– Soyez raisonnable, Brian. Votre blessure vous handicaperait et vous ne seriez pas en position de force si vous l'affrontiez les armes à la main. En outre, il est notre prisonnier et on ne se bat pas en duel avec un prisonnier.

– Alors, tout dépendra de lui. (Jim ne pouvait que constater que Brian n'avait pas pris d'engagement.) Mais, soit dit entre nous, je ne pense pas qu'il cherchera la bagarre. Il a eu le temps de prendre ma mesure. En face de moi, je ne crois pas qu'il tiendrait plus de quelques minutes, pas plus à cheval et lance au poing qu'en combat singulier à l'arme blanche. Je suis sûr qu'il s'en rend compte.

– C'est certain, fit Jim.

Au moment où ils s'engageaient dans le couloir, Brian vacilla sur ses jambes.

– C'est fou ce que la petite bière peut vous monter à la tête ! dit-il avec une ébauche de sourire.

– La petite bière n'y est pour rien. La faute en revient à tout le vin que vous avez bu aujourd'hui. Et au fait que vous n'êtes pas encore complètement remis. N'oubliez pas que MacDougall le sait et il pourrait être tenté d'en tirer avantage. Dans notre intérêt à tous, Brian, abstenez-vous d'entrer en conflit ouvert avec lui.

Ils étaient arrivés à la chambre. Brian se dirigea vers le lit sur lequel il s'allongea précautionneusement. Alors, il laissa échapper un profond soupir.

– Je ferai de mon mieux, James, promit-il. Vous savez que je fais toujours de mon mieux.

Il ferma les yeux. Jim et Liseth n'étaient pas encore sortis qu'il dormait déjà. Tous deux revinrent alors sur leurs pas dans l'intention de rejoindre les autres.

Mais Jim avait décidé qu'il ne resterait pas longtemps en leur compagnie ; il avait, en effet, besoin d'une bonne nuit de sommeil car il partirait tôt pour se mettre à la recherche des Hommes Creux. Il avait déjà demandé à Dafydd de le réveiller de bonne heure. L'exactitude de l'archer était aussi infaillible que celle d'un réveille-matin, à condition que les instructions soient formulées à la mode de l'époque : « au point du jour »... « à la nuit tombée »... « au lever de la lune », etc. Sans compter la sonnerie des cloches appelant les fidèles aux divers offices.

Mais Herrac qui guettait Jim en bas de l'escalier l'entraîna incontinent dans une autre pièce de la tour. Celle-ci, en dépit de l'architecture apparemment sommaire des fortifications du château, était un véritable dédale, un fouillis de recoins de toutes les dimensions. Jamais Jim n'aurait soupçonné l'existence d'une pièce pareille. C'était une salle de vastes proportions où vingt à trente personnes auraient tenu à l'aise. Mais il n'y en avait que huit, alignées le long de l'imposante table au haut bout de laquelle Herrac s'immobilisa pour faire les présentations.

– Mes amis, commença-t-il, ce noble seigneur est le baron James Eckert de Bois de Malencontri.

– Je suis honoré de faire votre connaissance, messires.

Ceux-ci se contentèrent de répondre par des hochements de menton ou de vagues murmures. Ils étaient tous fort occupés à faire honneur aux mets et aux cruchons de vin disposés sur la table.

En s'asseyant à côté d'Herrac, Jim balaya les convives du regard. Ils portaient tous l'épée, preuve qu'il ne s'agissait pas d'une simple visite de bon voisinage. Mais qu'ils fussent armés était bien leur seul dénominateur commun. « Disparate » était le premier mot qui venait à l'esprit pour qualifier ce groupe. Il n'y en avait pas deux qui soient habillés de la même façon. Certains étaient en kilt, d'autres en *trews*, ces pantalons bouffants s'arrêtant aux genoux qui évoquaient les culottes de golf, taillés dans des tartans ayant chacun son motif particulier. Quelques-uns étaient simplement vêtus de chausses et d'une casaque matelassée, comme n'importe quel chevalier anglais qui a mis à bas son armure.

Herrac continuait de faire les présentations.

– Le seigneur immédiatement à votre gauche, messire, est sir John le Graeme, qui pourra faire sauter deux cents hommes en selle s'il juge bon de se joindre à nous. A son côté, voici sir William de Berwick qui, quant à lui, mettrait cent vingt cavaliers à notre disposition. Ensuite...

Sous cette avalanche de noms qui se succédaient en rafale, la tête de Jim eut tôt fait de se brouiller. Certains étaient des noms de domaines mais il y avait aussi de simples noms de clans.

Enfin, la cérémonie des présentations arriva à son terme. Les Frontaliers, qui avaient cessé de faire ripaille, gardaient les yeux fixés sur Jim. Ce fut John le Graeme qui rompit le silence :

– Les ballades vous présentent comme un magicien, sir James.

Herrac avait eu raison : les Frontaliers acceptaient Jim sans aucune réserve.

Il nota aussi que sir John le Graeme avait dit « sir James » et non « messire ». Il en déduisit que le fait qu'il soit, croyaient-ils, un représentant de la noblesse anglaise ne parlait pas nécessairement en sa faveur. La Frontière se considérait comme un monde à part et il était certain que les Northumbriens qu'il avait eu l'occasion de rencontrer n'avaient pas oublié que leur province avait jadis été, sous le nom de Northumbrie, un royaume de plein droit.

– Je suis magicien, en effet, sir John. Sans doute pas un magicien de rang très élevé mais un magicien néanmoins qualifié.

– Peut-être auriez-vous l'obligeance de nous donner une preuve de vos pouvoirs magiques ?

– Sir John ! s'exclama Herrac. Mon fils, sir Giles, a

été témoin de sortilèges que sir James a opérés. S'il n'est pas avec nous présentement, il est au château et, si je le fais appeler, il sera là dans les minutes qui suivront. Mettriez-vous sa parole en doute ?

– *Och !* Si sir Giles s'en porte garant... certainement pas. Simplement, dans une situation telle que celle-ci, qui est assez inhabituelle et qui peut impliquer la mort de vaillants guerriers, il m'apparaît que vérifier les dires d'un homme qui se prétend magicien est chose naturelle.

– *Se prétend* est un mot qui ne...

Le ton d'Herrac commençait à enfler d'inquiétante manière. Jim se leva et lui posa la main sur l'épaule.

– Je serai très heureux de vous faire une démonstration, sir John, dit-il.

Songeant à la modicité de son crédit magie, il croisa mentalement les doigts en faisant le vœu que l'autre ne le prenne pas au mot.

– Montrez-moi seulement que vous êtes une fine lame ainsi que doit l'être tout chevalier : levez-vous, tirez votre épée et frappez-en votre voisin.

Les Frontaliers avaient des réflexes prompts. Le chevalier assis à droite de sir John le Graeme – Jim avait oublié son nom – avait déjà bondi sur ses pieds.

– Tout doux, Wullie... calmez-vous, lui dit d'une voix apaisante sir John qui n'avait pas quitté son siège. (Son regard revint à Jim.) Vous avez marqué un point, sir James. Vous ne m'avez point vu au combat et je ne vous ai point vu faire de tours de magie. Le combat et la magie sont choses dont on ne fait pas la démonstration à la légère. Vous avez parfaitement raison et j'implore votre pardon. Nous devons nous faire mutuellement confiance. Et faire confiance à la parole de notre hôte estimé et de son digne fils, sir Giles. (Il se tourna vers son voisin de table.) Rasseyez-vous, Wullie. Vous savez que je ne désire pas plus vous passer au fil de l'épée que vous ne désirez vous-même me pourfendre de la vôtre...

Sir William de Berwick se rassit.

– Maintenant, sir James, dit Herrac d'une voix lourde de menaces, si vous êtes pleinement rassuré pour ce qui est de la personnalité des présents...

– Certes... certes, le coupa sir John en agitant une main presque aussi massive que celle d'Herrac. Continuons. Peut-être sir James aura-t-il la bonté de nous faire part de ses projets.

Jim se demanda s'il devait se rasseoir. En fin de compte, il jugea préférable de rester debout.

– Je présume, commença-t-il, que vous les connaissez déjà – sir Herrac vous en aura touché un mot, mais si vous souhaitez les entendre de ma bouche, j'aurais plaisir à vous les exposer moi-même. J'ai l'intention de faire en sorte que tous les Hommes Creux se rassemblent en un lieu donné dont vous aurez ultérieurement connaissance. Je saurai à quel moment ils opéreront ce regroupement. Dès qu'ils seront tous concentrés à cet endroit, nous nous approcherons, masqués par les arbres qui bloquent la seule issue du site qui est cerné de falaises infranchissables.

Jim s'interrompit pour se rendre compte de la réaction des Frontaliers. Ils l'écoutaient avec une vive attention mais en observant une prudente réserve.

– Je les réunirai là sous prétexte de leur verser une somme qui leur a été promise s'ils acceptaient d'être le fer de lance d'une expédition que le roi d'Ecosse projette contre l'Angleterre. Moins, d'ailleurs, pour les ravages qu'ils pourraient semer sur leur passage que pour la terreur qui envahirait le cœur des Anglais en se voyant attaqués par une horde de fantômes. Je vous ferai savoir quel sera, à mon sens, le dispositif de combat à adopter une fois que nous serons sur place. N'importe comment, vous me verrez car je me tiendrai sur une plate-forme rocheuse pour procéder à la distribution de l'or que j'aurai apporté.

Jim ménagea une nouvelle pause. Les Frontaliers l'écoutaient, toujours avec la même impassibilité.

– Cet or sera, enchaîna-t-il, l'appât qui nous garantira que pas un seul d'entre eux ne manquera à l'appel. J'aurai, en effet, posé comme condition préalable que les Hommes Creux ne toucheront leur dû que s'ils se présentent en personne pour le recevoir. Une expérience vieille de plusieurs siècles nous a appris qu'ils se méfient trop les uns des autres pour accepter que le règlement du magot se fasse par l'intermédiaire d'un trésorier choisi parmi leurs congénères. Quand je donnerai le signal dont nous serons convenus, vous passerez à l'attaque. Rappelez-vous que nous devons avoir l'assurance que les Hommes Creux seront tués en totalité afin qu'aucun survivant ne puisse rendre vie aux morts.

– Ce devra être un foutu champ clos, l'endroit dont vous parlez, dit un chevalier assis au bout de la table et dont Jim avait complètement oublié le nom.

– Il ne saurait en être autrement. Pour la bonne raison qu'il est indispensable d'en finir avec les Hommes Creux une fois pour toutes.

– Cela risque fort de faire un sacré bain de sang, dit un autre chevalier dont Jim était totalement incapable de se rappeler le nom.

– Il sera difficile qu'il en soit autrement. La seule justification d'une telle action de ce genre est d'en finir irrévocablement avec les Hommes Creux. Le prix en sera bien faible comparé à ce que vos familles ont payé depuis des siècles en biens, en argent et en vies humaines.

– C'est vrai, dit sir John en contemplant pensivement ses mains croisées sur la table. Mais si le chiffre de deux mille Hommes Creux qu'a avancé sir Herrac...

– Quelqu'un a-t-il une meilleure évaluation à proposer ?

Silence...

– Je disais, reprit sir John, ignorant la question qu'avait posée Jim, que ce chiffre signifie que nous devrons tous autant que nous sommes engager la quasi-totalité de notre potentiel militaire dans la bataille et peut-être même faire appel à des forces complémentaires si nous voulons être sûrs que pas un Homme Creux n'en réchappera.

– Exactement. C'est pourquoi j'ai pris langue avec les Petits Hommes et obtenu leur accord. Ils se battront à nos côtés.

Ces mots provoquèrent une certaine agitation autour de la table. Les chevaliers avaient l'air quelque peu stupéfaits.

– Je ne leur avais pas parlé de cela, murmura Herrac à l'oreille de Jim.

Celui-ci n'y alla pas par quatre chemins :

– L'un d'entre vous a-t-il une bonne raison à avancer pour s'opposer à ce que, en cette affaire, nous recourions au concours des Petits Hommes ? Ils ont, eux aussi, souffert des exactions des Hommes Creux, et ce depuis bien plus longtemps que vous. Ils les ont vaillamment combattus, défendant leurs frontières pour leur interdire de s'infiltrer dans leur territoire. Ils ont le droit de participer en personne à l'anéantissement de leurs ennemis séculaires. Et, qui plus est, leur présence à nos côtés, compte tenu de l'armement particulier dont ils disposent et de leur technique de combat, nous permettra de remporter plus rapidement la victoire.

Sir John le Graeme riva son regard à celui de Jim.

– Les Petits Hommes ne sont pas des mortels ordinaires et ils ne sont pas chrétiens. Ils ne sont pas de notre race. Comment pouvons-nous savoir s'ils ne sont pas enfants de Satan ? Ou s'ils ne sont pas secrètement complices des Hommes Creux ? Ce ne serait pas la première fois qu'un allié vendrait des justes à leurs ennemis.

– Je peux vous assurer qu'ils ne sont pas de connivence avec eux et que vos inquiétudes sont sans objet.

– Pardonnez-moi si je parais mettre de nouveau vos affirmations en doute, répliqua sir John le Graeme qui semblait de plus en plus parler au nom de toute l'assemblée des Frontaliers, mais votre garantie est un bien frêle roseau auquel s'accrocher si nous jetons toutes nos forces dans cette bataille.

– Je puis peut-être vous tranquilliser sur ce point. Les Petits Hommes, en effet, ont refusé de suivre un chef qu'ils n'auraient pas eux-mêmes choisi. Et ils n'accepteront qu'un seul d'entre nous pour chef : un homme qui se présente comme un simple archer mais est en réalité un seigneur de haute noblesse qui n'a fait confidence du titre qui est le sien qu'à sir Herrac et à moi-même. Ce sera lui et personne d'autre. Ce seigneur est ici, au château. Si vous le souhaitez, je peux aller le quérir.

La surprise fut générale.

– Il n'entrera bien entendu dans cette salle qu'avec votre permission, sir Herrac, fit James sur un ton peut-être un peu plus grandiloquent qu'il n'était utile. Je l'ai prié de rester à proximité afin qu'il puisse se présenter à vous si besoin était. Peut-être est-ce maintenant le moment ?

Des yeux, Jim fit le tour de la table. Enfin, l'un des chevaliers acquiesça, puis un autre et, finalement, ils opinèrent tous sans exception. Comme Jim s'y attendait un peu, John le Graeme fut le dernier à approuver sa proposition.

Il regarda Herrac qui hocha le menton, puis se leva et alla ouvrir la porte.

– Noble sire, daigneriez-vous entrer si tel est votre bon plaisir ?

Du coin de l'œil, il vit que tous les chevaliers se raidissaient. « Noble sire » était l'appellation réservée aux personnes de sang royal, et à elles seules.

Dafydd fit son entrée. Sans arc et sans carquois

mais, comme l'avait dit Herrac, nul ne pouvait se méprendre sur son état, quel que fût son costume : cet homme était indéniablement un archer. Tout, dans le moindre de ses mouvements comme dans sa façon de se tenir, proclamait que c'était un professionnel de l'arc. Tandis que Jim refermait la porte, il s'avança et s'immobilisa derrière Herrac, face aux chevaliers.

Jim retourna à sa place mais ne s'assit pas.

– Puis-je prier Votre Altesse, demanda-t-il à Dafydd, de bien vouloir se présenter elle-même à cette compagnie car personne d'autre ne saurait le faire ainsi qu'il convient ?

– Bien volontiers, répondit Dafydd. Messeigneurs, je suis le prince de...

Suivit ce ruissellement de syllabes que personne n'avait été capable de reproduire.

– Sir Herrac, dit alors Jim, comme nous ne connaissons Son Altesse que sous le nom d'emprunt qu'elle a adopté afin que sa véritable identité ne soit pas ébruitée, voudriez-vous dire à ces gentilshommes quel est son vrai nom ?

– Vous avez devant vous le prince Merlon.

Herrac, faisant rouler les *r*, avait prononcé « Merrrlon ».

Tous les yeux étaient braqués sur Dafydd. L'un des Frontaliers finit par rompre le silence :

– Pardonnez-moi, noble sire, fit-il en veillant soigneusement à donner au nouveau venu le titre honorifique qu'exigeait son rang, mais ne seriez-vous pas gallois ? Il y a dans votre accent quelque chose qui en donne l'impression.

– Certes, sourit Dafydd. Comment pourrait-il en être autrement puisque mon déguisement est celui d'un archer gallois ?

Jim se tourna vers Herrac.

– Avec votre permission, sir Herrac – et celle de Son Altesse –, je vais expliquer à vos amis la raison de sa présence en un moment où elle est particulièrement bienvenue.

– Faites, dit Dafydd.

– Avez-vous oublié les bonnes manières, messeigneurs ? Pas un seul d'entre vous ne s'est levé alors que Son Altesse est encore debout ?

Herrac repoussa le banc et se leva. Les autres se hâtèrent d'en faire autant.

– Rasseyez-vous, je vous en prie, fit Dafydd avec un grand geste du bras. Et si quelqu'un a la bonté de m'approcher un siège, je me joindrai à votre assemblée.

Lentement, tout le monde se rassit. Jim offrit son propre banc à l'archer qui s'y posa, donnant l'inimitable impression de s'y étaler mollement – et princièrement, qui plus est – alors que les autres étaient raides comme des piquets. Certes, ils avaient trop l'habitude de la selle pour se tenir autrement ; néanmoins, aucun n'aurait pu égaler la décontraction de Dafydd.

Jim s'assit à son tour.

– Le prince Merlon, messires, a eu vent du problème que nous posent les Hommes Creux. Et comme son peuple a été autrefois confronté à un problème analogue, il est venu nous prêter assistance. Inutile de demander aux gentilshommes que vous êtes de ne divulguer ni son nom ni son titre véritables. Je crois qu'il résoudra le problème que pose une éventuelle alliance avec les Petits Hommes. Ceux-ci ont su qui il était dès qu'ils l'ont vu car ils ont une longue mémoire, vous ne l'ignorez pas. Et ils l'ont accepté pour chef.

Plusieurs chevaliers commencèrent à parler tous en même temps. Quand ils se turent, celui qui avait dit que les Petits Hommes n'étaient pas des mortels reprit la parole.

– Votre Altesse pourrait-elle nous dire où est situé son royaume ?

Jim se hâta de répondre à la place de Dafydd.

– Il se trouve près des Galles et c'est pour cette raison que Son Altesse s'est déguisée en archer gallois. (Il se creusa la cervelle pour inventer une explication.) Toutefois, c'est un royaume très ancien à présent recouvert par les flots. Son peuple, néanmoins, continue magiquement à vivre sous les eaux et nul dans cette île n'en a jamais entendu parler. Est-ce bien cela, Votre Altesse ?

– Tout à fait, répondit Dafydd, imperturbable.

– Une muraille magique s'interpose entre ce royaume et la terre ferme, de sorte qu'il semble qu'il n'y a rien hormis la mer. Mais, étant magicien, il m'a été possible de franchir ce rempart pour avoir une audience avec Son Altesse. J'ai sollicité son aide et elle a eu la grâce de céder à mes instances. Connaissant le chevalier de Mer, elle n'a pas hésité à se rendre à son château comme je l'en priais.

C'était maintenant Herrac qui avait l'air étonné. Jim lui adressa un regard entendu. Aucun de ceux qui étaient présents dans la salle n'ignorait que le seigneur de Mer était un ondin. Rien d'étonnant, donc, qu'il pût aller et venir dans le royaume sous-marin qu'avait décrit Jim.

– Le peuple de ce royaume connaissait bien les Petits Hommes – des siècles avant que vos premiers ancêtres se soient établis dans la région. Il avait des liens d'amitié avec eux à l'époque où le pays de Son Altesse n'avait pas encore été submergé. C'est pourquoi ils l'ont immédiatement reconnue et acceptée pour chef s'ils doivent combattre à vos côtés – et force m'est de vous dire qu'ils n'étaient pas chauds pour faire alliance avec vous si cette condition n'était pas remplie.

Jim se tut quelques instants pour que ses auditeurs s'enfoncent bien cela dans le crâne.

– A dire vrai, ils ont carrément refusé jusqu'à ce que Son Altesse ait consenti à prendre leur commandement, continua-t-il. Contrairement à vous, voyez-vous, il sait que les Petits Hommes sont des mortels. Toutefois, ils sont à leur manière des magiciens tout comme j'en suis un moi-même car seuls des humains peuvent pratiquer des enchantements. Les élémentaux et toutes les créatures engendrées par les Noires Puissances, ou qui sont à leur service, détiennent des pouvoirs en rapport avec le rôle qui leur est imparti mais ne les contrôlent pas, pas plus qu'un faucon ne contrôle son aptitude à distinguer les détails du sol quand il plane à de grandes hauteurs.

Jim se tut. Il y eut un très long silence. Enfin, sir John le Graeme se tourna vers Dafydd.

– Noble sire, dit-il en le regardant dans les yeux, combattre avec vous pour régler cette petite affaire sera un honneur pour nous.

24

Jim et Dafydd, convoyant le coffre contenant l'or que transportait un cheval de bât, s'enfonçaient dans les monts Cheviot, guidés par un Snorrl pratiquement invisible et qui ne surgissait à l'improviste devant eux que pour leur indiquer le chemin avant de redisparaître.

Maintenant que Jim était parvenu à ses fins, il lui semblait qu'obtenir la coopération des Frontaliers n'avait pas constitué un vrai problème, bien qu'il sût parfaitement qu'il n'en était rien. Toujours est-il qu'à présent il avait un nouveau – et sérieux – sujet de préoccupation : quelle attitude adopter exactement avec les chefs des Hommes Creux quand il serait face à face – une expression pour le moins inadéquate – avec eux.

Snorrl se matérialisa soudain à son côté.

– Nous ne sommes plus très loin du point de rendez-vous, lui annonça-t-il en se mettant à trotter pour rester à sa hauteur. Il y a déjà plusieurs jours que vos interlocuteurs sont là. Et je ne crois pas que cet endroit charmera l'odorat du deux-pattes que vous êtes.

– L'odeur ne peut pas être tellement épouvantable, si ce ne sont que des fantômes, dit Dafydd.

– A l'heure qu'il est, ils ne sont pas des fantômes, maître archer. Ils sont tout aussi humains que vous, sauf qu'on ne peut les voir que quand ils ont quelque chose sur le dos. Et ils font le même genre de salopiauteries que vous, les humains. Pires, même, parce qu'ils ne respectent rien ni personne, pas même eux. Sauf moi... il n'y a que moi qu'ils respectent.

Snorrl ouvrit la gueule toute grande en son sourire de loup.

– Comment cela se fait-il ? demanda avec curiosité Dafydd qui n'était pas présent quand Snorrl avait parlé à Jim de l'effroi qu'il inspirait aux Hommes Creux.

– Je n'en sais rien – et je m'en moque. Ça me fait seulement plaisir de voir qu'ils ont aussi peur de moi que les humains ont peur des fantômes. Je suppose, sir James, que vous ne désirez pas que j'assiste à cette rencontre sous la forme que votre magie me donnera ?

– Non, il ne faut pas qu'ils te voient avant l'instant décisif. L'impact que tu auras sur eux sera d'autant plus fort.

Snorrl rit à nouveau.

– Il est bien possible que vous ayez raison. (Soudain, il leva le museau pour humer l'air.) Ils ont posté une sentinelle. Elle est cachée derrière les arbres. Quand vous aurez encore un peu avancé, elle vous verra. Je vous laisse. Je vous retrouverai.

La seconde d'après, le loup avait disparu.

Il allait falloir procéder à l'inévitable et indispensable sortilège, songea Jim. Il avait pris le cheval de MacDougall mais avait revêtu ses propres effets et sa propre armure car le prisonnier était malheureusement beaucoup plus petit que lui. Mais il avait passé par-dessus le flamboyant surcot du vicomte : cela devrait suffire pour que les Hommes Creux avec qui il avait rendez-vous croient avoir affaire à l'envoyé du roi d'Ecosse en personne.

Sur l'imaginaire tableau noir de son front, il calligraphia :

Il eut brusquement l'impression de flotter dans ses vêtements. Il avait complètement oublié à quel point les charmes magiques devaient être pris à la lettre et il avait soudain rapetissé. Maintenant, il n'avait pas seulement les traits de MacDougall : il avait aussi son corps.

Heureusement, la rigidité de son armure dissimulait cet inconvénient et le surcot qui en ornait le pectoral était toujours aussi impressionnant. Jim poussa un soupir. Pas étonnant que le Département des Comptes ne l'ait placé qu'au dernier échelon de la hiérarchie des magiciens, même s'il avait pour maître l'un des trois seuls mages de classe AAA+ qui officiaient en ce monde. Il était probablement condamné à la classe D à perpétuité, se dit-il mélancoliquement.

Chassant ces pensées déprimantes de son esprit, il poursuivit son chemin. Ni Dafydd ni lui ne virent la moindre sentinelle, mais l'odeur du camp des Hommes Creux parvint à leurs narines longtemps à l'avance. Enfin, ils l'atteignirent. Il était installé dans une clairière. Des armures et des vêtements allaient et venaient, flottant dans les airs. Sans rien à l'intérieur.

– J'ai eu du mal à croire le loup lorsqu'il disait qu'ils mangeaient et buvaient quand ils étaient « vivants », murmura Dafydd à l'oreille de Jim. C'est pourtant diablement vrai.

Ainsi, même cet homme pourtant accoutumé aux odeurs qu'on respirait au XIVe siècle avait senti ces effluves pestilentiels, mélange d'excréments humains et de nourriture avariée ! Enfin... Jim espérait que c'était bien de nourriture avariée qu'il s'agissait et non du cadavre en voie de décomposition d'un malheureux qui aurait eu la malchance de croiser le chemin des Hommes Creux.

Mais aucun cadavre n'était en vue. Les Hommes Creux étaient agglutinés au milieu de la clairière. Jim ne tira sur ses rênes que quand il fut à six pieds d'eux.

Quelques-uns, certains entièrement habillés, d'autres partiellement, s'approchèrent immédiatement du cheval transportant le coffre.

– N'y touchez pas ! leur lança Jim d'une voix sèche. Si vous le volez, vous pourrez faire votre deuil de ce qui doit suivre.

Une rafale de blasphèmes et d'obscénités jaillit de la visière baissée du personnage en armure qui se tenait devant le groupe des Hommes Creux, ordonnant aux candidats pilleurs de reprendre leur place. Ils obéirent, visiblement à contrecœur.

– Alors, c'est vous, MacDougall ? demanda l'armure. Moi, je suis le seigneur Eshan. Il semble qu'on est tous les deux des seigneurs, pas vrai ?

– Si l'on veut, fit Jim avec une indifférence étudiée. (Imitant un des gestes familiers de MacDougall, il sortit de son ceinturon un mouchoir qu'il agita doucement devant son nez.) Quelle puanteur !

– Faut nous prendre comme on est, MacDougall. Maintenant, descendez de cheval, vous et celui qui vous escorte. On a à parler. (L'armure se tourna à demi vers les autres.) Ce qui veut dire que vous pouvez écouter mais sans ouvrir votre gueule, vous autres. C'est moi qui causerai. Allez ! Qu'on apporte du vin et trois godailles.

Jim et Dafydd sautèrent à bas de leur selle et s'assirent en tailleur devant l'armure qui en avait déjà fait autant. Une chemise – plus une chemise de nuit qu'autre chose, d'ailleurs – s'approcha en voletant. A quelques centimètres du poignet de sa manche gauche flottait une outre en peau de cheval – on en voyait encore les poils – grossièrement cousue. Trois tasses dont les anses se touchaient flottaient également à quelques centimètres de la manche droite, tout aussi vide que la gauche.

Les mains invisibles posèrent les récipients à terre, puis penchèrent l'outre pour les remplir avant de la reboucher et de la déposer à côté du gantelet de l'Homme Creux en armure. Ce dernier porta une des tasses à la hauteur de sa visière qu'il souleva. Quand il la reposa, la tasse était vide. Il la remplit à nouveau, sans se soucier des visiteurs.

Ceux-ci avaient, pendant ce temps, approché leur tasse de leur bouche. Jim eut l'impression que l'odeur de ce vin était aussi putride que celle qui empestait le camp. Quant au récipient, c'était une vieille tasse encrassée. Néanmoins, il se dit qu'il était peu probable que des hommes morts depuis tant d'années puissent être porteurs de maladies contagieuses, si avancé que pût être l'état de putréfaction de ce qu'ils ingurgitaient, solide ou liquide. Aussi se força-t-il à incliner sa tasse, mais en faisant tout de même en sorte qu'elle ne touche pas ses lèvres et en se gardant d'avaler une goutte de son contenu. Quand il la reposa, il nota que Dafydd avait apparemment fait comme lui.

Il se tamponna la bouche de son mouchoir.

– J'ai tout lieu de supposer que l'on vous a déjà fait savoir ce que le roi d'Ecosse attend de vous, dit-il au personnage en armure sur un ton empreint de dédain. Il m'a chargé d'être son envoyé spécial auprès de vous. Il est, naturellement, impératif que les deux parties tiennent leurs engagements – vous, les vôtres... et nous, les nôtres, bien entendu. En conséquence, le règlement se fera en deux temps. Une fois que vous aurez accompli votre travail – pénétrer en territoire anglais et y semer la panique –, le gros de l'armée écossaise fera sa jonction avec vous. On pourra à ce moment-là considérer votre tâche comme terminée. Tel est le sens que nous donnons au contrat que nous avons passé avec vous. Sommes-nous bien d'accord ?

– Mais bien sûr, par Mithra ! Maintenant, ouvrez ce coffre.

Jim leva la main.

– Un peu de patience. Je n'ai pas encore dit tout ce que j'ai à dire. Le règlement définitif n'interviendra que lorsque l'armée écossaise vous aura rejoints. Vous y consentez ?

– Mais oui, mais oui ! Maintenant, montrez voir un peu la couleur de votre or.

– Je n'ai pas fini.

Dafydd se leva et s'étira. Puis, baissant les bras, il fit glisser l'arc passé à son épaule, l'empoigna et tira presque distraitement sur la corde. Il donnait l'impression de ne même pas se rendre compte de ses gestes ; mais il tenait son arc dans la main gauche et sa main droite, le pouce dans sa ceinture, frôlait son carquois dont le couvercle était béant.

– Mon compagnon, dit Jim, est un archer que m'a prêté un chevalier voisin. Ce n'est pas un mauvais garçon mais il faut qu'il tripote tout le temps son arc. Me croiriez-vous si je vous disais qu'il pourrait vous balancer une flèche en pleine poitrine avant qu'aucun de vos gens ait eu le temps de faire un mouvement ?

– Vous me menacez ? gronda l'Homme Creux.

– Moi ? Vous menacer ? Certainement pas. Je ne fais que parler poliment de choses et d'autres comme nous faisons généralement, nous autres nobles, même quand celui de rang inférieur a de moins bonnes manières.

– Je crois qu'il est temps qu'on le voie, cet or.

Mais la voix d'Eshan avait perdu de son assurance première.

La visière de son heaume était tournée vers Dafydd qui avait sorti une flèche de son carquois et, après l'avoir examinée de la pointe à l'empennage, en faisait aller et venir la coche le long de la corde de son arc.

– Vous ne pouvez pas voir les autres mais nous sommes plus de vingt, reprit l'Homme Creux. Un seul archer, si habile qu'il soit, ne saurait planter une flèche dans la poitrine de tous ceux qui sont avec moi. Il serait réduit en pièces bien avant.

– Mais il n'en est pas question. Même si nous méditions un projet de ce genre, une seule cible intéresserait Dafydd : vous.

– Vous ne me faites pas peur. Si vous me tuez, quarante-huit heures plus tard, j'aurai retrouvé la vie.

– Mais quelqu'un d'autre aurait peut-être pris entre-temps le commandement des Hommes Creux, répliqua négligemment Jim. C'est dans le domaine du possible, vous ne croyez pas ?

– Non, absolument pas. (Mais la voix de l'armure semblait quelque peu manquer de conviction.) Bon... A présent, il est temps d'en finir. Dites le reste de ce que vous avez à dire pour que nous passions aux choses sérieuses.

– Après tout, on pourrait peut-être déjà commencer par ouvrir le coffre, suggéra Jim avec un soupçon d'hésitation dans la voix.

Les Hommes Creux massés derrière leur chef n'attendirent pas sa permission : ils se ruèrent sur le cheval de bât. Le coffre tomba à terre avec un choc sourd accompagné d'un cliquetis métallique – on avait tranché les cordes qui l'assuraient.

– C'est malin d'avoir coupé ces cordes ! Nous aurons encore besoin de ce coffre pour apporter le reliquat de l'or qui vous a été promis.

Une exclamation retentit dans son dos :

– Mais il est presque vide, Eshan ! C'est tout juste s'il contient une poignée de pièces ! Il n'y en a même pas assez pour nous – sans compter les autres !

– Vous avez une explication à me donner? demanda Eshan en se mettant pesamment debout, aussitôt imité par Jim.

– Oui, tu as intérêt à demander des explications vite fait, Eshan, brailla la même voix. C'est toi qui nous as entraînés avec tes belles paroles et qu'est-ce qui se passe ? On n'a pas plus de jaunets que si on avait détroussé une malheureuse poignée de voyageurs !

– Par les ossements de saint Pierre, ne sautez pas si rapidement aux conclusions, dit nonchalamment Jim. Notre roi a décidé de vous accorder sa confiance contre l'avis de ceux qui jugeaient que vous ne la méritiez absolument pas. J'ai encore certaines choses à ajouter. Vous feriez mieux de m'écouter.

– Soit, bougonna Eshan. Tous derrière moi, vous autres ! Cet or, on le veut, non ? Alors, écoutons-le. Il faut qu'on sache ce qu'il a à nous dire. Et si ses réponses ne nous satisfont pas, nous savons ce qu'il nous restera à faire !

– Et pour le cas où quelqu'un serait derrière nous sans rien sur lui qui pourrait trahir sa présence, dit Jim en chassant avec son mouchoir une mouche qui s'était posée sur son genou, sachez qu'un autre de nos compagnons est caché dans les bois en train d'observer ce qui se passe ici. Si jamais quelqu'un de votre bande essayait de nous faire un mauvais parti, à Dafydd ou à moi, sous le couvert de l'invisibilité, il nous avertirait immédiatement.

L'armure déversa un nouveau torrent d'invectives.

– Vous mentez ! Ces bois, nous les connaissons. Nous vous avons vus approcher avant même que vous sachiez que vous étiez presque arrivés. Vous étiez seuls tous les deux.

– Grande est votre erreur. (Jim haussa le ton.) N'est-ce pas ? N'es-tu pas là à nous surveiller, ami ?

– Je suis là, répondit une voix gutturale, si proche qu'elle paraissait presque retentir dans la clairière elle-même.

Les Hommes Creux groupés derrière leur chef se mirent à s'agiter fébrilement et à murmurer entre eux.

Jim entendit l'un d'eux murmurer avec inquiétude :

– ... C'était la voix d'un loup.

– C'est un loup qui est là-bas ? demanda Eshan.

– Mais, par tous les Apôtres, vous posez bien des questions ! fit Jim en prenant un ton minaudier. Revenons-en plutôt à la procédure à suivre pour que vous receviez le reste de votre dû. Etes-vous maintenant disposé à ce que je vous mette au courant de ce détail ?

– Que croyez-vous donc que j'attende depuis que vous êtes là ? Expliquez-vous, et vite !

– Pour cela, vous pouvez être tranquille, dit Jim avec toujours autant d'affectation en tamponnant à nouveau délicatement son nez. J'ai encore plus hâte que vous que cette conversation prenne fin pour ne plus avoir à supporter pareille puanteur. Eh bien, c'est tout simple. J'ai choisi un endroit. Il est indiqué sur ce plan... (Il posa aux pieds d'Eshan un carré de tissu blanc sur lequel était grossièrement tracé au charbon l'emplacement où devait avoir lieu la rencontre.) Connaissant les monts Cheviot comme vous les connaissez, je suis certain que vous le trouverez sans difficulté. Sur place, un drapeau – un morceau d'étoffe blanche noué à un simple bâton – vous permettra de l'identifier. Vous me suivez ?

– Oui, oui. Continuez.

– Vous ne pourrez d'ailleurs pas vous tromper sur l'aspect des lieux. Le site est bordé sur deux côtés par des falaises. Au pied de l'une d'elles, vous verrez une sorte de saillie. C'est là que s'effectuera la distribution de l'or. Nous nous tiendrons, vous, moi, Dafydd ici présent et peut-être un ou deux autres, sur cette plate-forme. Les Hommes Creux seront payés en main propre. Cela parce que nous n'avons pas en vous une confiance pleine et entière, comprenez-vous ?

Jim fit une pause pour bien souligner ses paroles. Comme Eshan ne réagissait pas, il poursuivit :

– Il sera remis à chacun une avance représentant le quart de la somme totale qui doit lui revenir. Le solde sera versé, comme je vous l'ai déjà dit, lorsque l'armée écossaise aura fait sa jonction avec vos forces en territoire anglais et si vous avez bien accompli la mission qui vous est impartie. Ces conditions vous agréent-elles ?

– Mais bien sûr, bien sûr ! Continuez.

– Nous nous retrouverons donc dans dix jours au lieu de rendez-vous marqué sur la carte. J'essaierai d'y être dans le milieu de la matinée. Il se peut que je ne puisse pas arriver avant midi au plus tard. Mais l'ensemble des Hommes Creux désireux de prendre part à cette expédition où il y a tant d'or à gagner devront déjà se trouver sur place. Tous ceux qui se présenteront après mon arrivée ne seront pas recrutés et ne toucheront pas un sol.

– Que les ânes chient sur votre tombe ! s'exclama Eshan avec colère. Nous n'acceptons pas ces dernières clauses. C'est nous, les chefs, qui ferons la distribution, et personne d'autre. Nous non plus, nous ne vous faisons pas confiance.

Jim haussa les épaules et fit mine de se lever.

– Dans ce cas, inutile de prolonger cet entretien...

– Rasseyez-vous ! gronda l'Homme Creux. Oui, je vous dis de vous rasseoir ! Au fond, on pourrait opérer de cette façon. Somme toute, c'est peut-être la meilleure. Tous nos bonshommes voudront être sûrs et certains que chacun touche la part qui lui revient et c'est le moyen de les rassurer sur ce point. Oui, l'idée n'est pas mauvaise. Eh bien, c'est entendu. Dans dix jours à l'endroit prévu. Vous pouvez compter sur nous. Mais amenez une quantité d'or suffisante, parce que tous les Hommes Creux seront dans le coup, sans exception.

Sortant de sa gaine le poignard fixé à son ceinturon, Eshan en posa la pointe sur l'emplacement qu'indiquait le plan, puis se tourna vers les Hommes Creux massés derrière lui.

– Pas d'objection ? demanda-t-il sur un ton comminatoire.

Pas une seule voix ne s'éleva.

Il fit à nouveau face à Jim.

– Eh bien, c'est entendu comme ça. Nous serons là-bas dans dix jours à compter d'aujourd'hui. Mais il y a intérêt à ce que nous trouvions ce drapeau et que vous apportiez l'or comme promis. Et pas de coups tordus !

– Des coups tordus... répéta dédaigneusement Jim en se levant après avoir accroché son mouchoir au fourreau de son épée. Nous laissons ce genre de gamineries aux gens de votre espèce.

Il fit demi-tour et se dirigea vers les chevaux. Le coffre, couvercle béant, gisait à terre. Il était complètement vide de son contenu.

Jim se tourna vers Eshan.

– Il faut remettre le coffre sur le dos de ce cheval, lui dit-il, faute de quoi nous ne pourrons pas vous apporter l'or qui doit vous être distribué le moment venu.

– Qu'on le rattache !

Une poignée d'Hommes Creux à la vêture incomplète se mirent à l'œuvre. Un moment plus tard, le coffre avait repris sa place.

Jim mit le pied à l'étrier. Dafydd remit sa flèche au carquois et son arc en travers de son épaule, sauta à son tour en selle et empoigna la longe du cheval de bât.

– C'est parfait. Maintenant, en témoignage de la profonde confiance que nous avons en vous, voici quelque chose pour vous, les chefs – puisque les chefs doivent toujours toucher plus que ceux qui sont sous leurs ordres.

Jim sortit de sous sa selle un rouleau de toile qui

paraissait très lourd et le lança en direction des Hommes Creux. Le rouleau décrivit une parabole dans les airs et fit entendre un tintement sonore quand il toucha terre.

Les Hommes Creux se ruèrent dessus comme une meute de molosses qui se jettent sur un morceau de viande, tandis que Jim et Dafydd faisaient faire demi-tour à leurs montures et s'enfonçaient dans les bois où le premier ne perdit pas un instant pour reprendre son apparence normale.

Dès qu'ils furent hors de vue – et de portée d'oreilles – de la clairière, Snorrl surgit et se mit à trotter à côté de Jim.

– Vous retournez à ce que vous appelez le château ? lui demanda-t-il.

– Oui. Par la route la plus directe et en perdant le moins de temps possible.

La rencontre avec les Hommes Creux s'était bien passée mais Jim éprouvait bizarrement et sans raison apparente comme un mauvais pressentiment.

Midi était largement passé quand ils arrivèrent enfin au château. Ils constatèrent immédiatement que les préparatifs en vue de la bataille avaient commencé.

Les forges étaient allumées, on aiguisait les fers des lances, on affûtait les épées, on vérifiait les armures en les martelant à l'occasion pour en faire disparaître les creux et les bosses trop marqués. Toutes ces activités se déroulaient, cela va sans dire, dans les bâtisses de bois installées tout autour de la cour. A l'exception des torchères, le feu était en principe interdit de séjour à proximité immédiate et à l'intérieur du château, excepté dans la cuisine aux murs de pierre. Il était l'ennemi héréditaire de toute demeure médiévale, de la plus humble à la plus somptueuse.

Brian était là, bien sûr. Assis sur un tabouret à côté d'une des forges, il surveillait la remise en état de sa propre armure. A la vue de Jim, il se leva.

– James ! Dafydd !

Il fit quelques pas dans leur direction mais il vacillait un peu sur ses jambes.

– Ne bougez pas ! lui cria Jim. Nous venons à vous.

Arrivé à la hauteur du chevalier, il arrêta sa monture et mit pied à terre, imité par Dafydd qui le suivait de près. Des palefreniers vinrent aussitôt pour conduire leurs chevaux aux écuries, tandis que Brian serrait tour à tour Jim et l'archer dans une étreinte d'ours.

– Voir tous ces gens s'activer ainsi sans se ménager pour le succès de la noble cause qui est la nôtre ne vous réjouit-il pas le cœur, James ? s'exclama-t-il. Quand la bagarre va-t-elle commencer ?

– Dans dix jours.

– Dans dix jours ? D'ici là, je serai frais comme un gardon ! Quelle bonne nouvelle vous m'apportez là !

Mais Jim se disait dans son for intérieur que Brian avait beau se remettre de sa blessure avec une rapidité peu ordinaire, il ne serait quand même pas en état de participer à la bataille. Comment l'en tenir à l'écart ? C'était là un problème qu'il lui faudrait trouver le moyen de résoudre avant que sonne l'heure du départ.

– Et les Hommes Creux ? (Se rendant compte qu'il avait quasiment braillé, Brian baissa la voix et ce fut presque en chuchotant qu'il poursuivit :) Ont-ils mordu à l'appât ?

– Oui, répondit Jim sur le même ton.

Non qu'il craignît que les Hommes Creux ne fussent à l'écoute. Mais trop d'oreilles traînaient dans les parages. Quelqu'un risquait de recueillir l'information et de l'ébruiter, même sans penser à mal.

– Ah ! Eh bien, allons boire un coup ! dit avec exubérance Brian qui, prenant Jim et Dafydd par les épaules, se dirigea vers la poterne du château.

Si, de temps à autre, il s'appuyait un peu lourdement sur eux, aucun des deux n'en fit la remarque.

La table de la salle d'honneur était déserte. Comme les trois hommes y prenaient place, Jim demanda à Brian où était MacDougall.

– En haut de la tour ou sur les remparts en train de contempler le paysage – avec Liseth.

Ces deux derniers mots furent accompagnés d'une brève crispation de la joue, ébauche d'un sourire, que seul Jim remarqua. Il ouvrit la bouche pour demander davantage de précisions à Brian mais celui-ci avait déjà tourné la tête pour ordonner à grands cris à la valetaille d'apporter du vin car, s'il y avait des gobelets sur la table, les cruchons étaient vides.

Son mauvais pressentiment revint à la charge, plus prononcé, cette fois. Jim n'avait pas parlé à Brian du plan qu'il avait mis au point avec Liseth pour qu'elle embobine MacDougall afin qu'il se dévoile et lui permette ainsi de copier son comportement. Et il ne voyait pas pour quelle autre raison Brian trouverait secrètement divertissant le fait que Liseth soit avec MacDougall, alors que la dernière fois que lui-même les avait vus tous deux ensemble, la jeune fille donnait l'impression d'avoir toutes les peines du monde à supporter la compagnie du vicomte écossais.

Mais l'occasion d'interroger plus avant Brian était déjà passée, à supposer même qu'elle se fût un instant présentée. D'ailleurs, à la façon dont le chevalier avait annoncé la nouvelle, il était clair qu'il n'avait pas l'intention d'évoquer ce sujet en présence de Dafydd. Et, là encore, Jim ne comprenait pas pourquoi.

Du coup, il se demanda si le vague sentiment de malaise qu'il éprouvait ne le poussait pas à chercher une signification inexistante à des choses parfaitement banales. C'était possible. Mais quelque chose au fond de lui refusait d'admettre cette explication.

Plus tard, alors que deux des fils de Mer, qui les avaient rejoints, interrogeaient avidement Dafydd sur ses prouesses passées, il sentit que Brian le tirait par la manche. Quand il se tourna vers lui, son ami lui fit signe de quitter discrètement la table.

25

Jim suivit donc Brian. Il était en proie à une angoisse diffuse.

Brian franchit la porte du corridor sur lequel s'ouvrait la salle où s'était tenu le colloque avec les Frontaliers. Mais il s'arrêta dès qu'il fut hors de portée d'oreilles et attendit Jim.

– James, dit-il d'une voix blanche quand celui-ci l'eut rejoint, c'en est fait de moi !

– Que vous arrive-t-il donc, mon ami ? s'enquit Jim, sincèrement ému par l'air bouleversé, presque tragique, du chevalier.

Brian posa la main sur le bras de Jim.

– James, je suis amoureux.

– Ah oui ? fit Jim, un peu interloqué. Qui donc pourrait demeurer indifférent aux charmes de damoiselle Geronde Isabel de Chaney ? Mais pourquoi cela vous met-il dans un tel état ?

– Mais ce n'est pas elle... enfin, ce n'est plus elle que j'aime.

– Ah bon ? Mais alors de qui s'agit-il ? (Un affreux soupçon vint brusquement à l'esprit de Jim.) Ce n'est pas...

Brian ne lui laissa pas le temps d'aller jusqu'au bout de sa phrase :

– Si. Cet ange venu sur Terre... Liseth de Mer.

– Brian ! Vous ne parlez pas sérieusement !

– Oh que si ! Sur mon âme, répondit Brian en posant sa main sur sa poitrine à l'endroit où il imaginait que se trouvait son cœur. A dire vrai, il visait nettement trop à gauche.

Jim en demeura sans voix. C'était bien la première fois qu'il voyait Brian Neville-Smythe dans un état pareil. En fait, il n'avait guère rencontré de médiévaux qui parlaient sérieusement d'amour. L'amour était un mot avec lequel on jouait dans les débats courtois, qui faisait partie du vocabulaire des ménestrels, mais Jim n'avait jamais connu d'hommes de ce temps qui le prissent au sérieux, à l'exception de quelques rares personnes – sir Herrac, par exemple. Et voilà que Brian se pâmait presque !

– Mais, s'exclama-t-il, incapable de trouver autre chose à dire, vous êtes fiancé avec lady de Chaney !

Il n'avait pas bégayé, mais c'était tout juste. Brian baissa la tête.

– Hélas !

– Hélas ? Brian, cela fait près de deux ans que nous nous connaissons. Vous êtes mon meilleur ami et nous avons partagé bien des bons et des mauvais moments. Mais j'ai toujours eu l'impression que vous nourrissiez pour Geronde Isabel de Chaney un amour ardent.

Brian laissa échapper un profond soupir.

– C'était ce que je croyais, en effet, et je le croirais peut-être encore si je n'étais pas venu ici. Elle est d'une grande beauté, celle qui me tient en sa faveur depuis toutes ces années – depuis que son père s'en est allé guerroyer en Terre sainte. Mais, comparée à Liseth de Mer, elle n'est que la flamme d'une chandelle à côté d'une étoile.

Jim commençait à mettre un peu d'ordre dans ses idées.

– Quand êtes-vous tombé amoureux de Liseth ?

– A l'instant où elle est apparue à ma vue.

– Et ce n'est que maintenant que vous me le dites ? Pourquoi ?

A nouveau, Brian se perdit dans la contemplation de ses pieds. Enfin, il releva la tête.

– Je ne me le suis avoué à moi-même que lorsque je l'ai vue faire les yeux doux à ce freluquet d'Ecossais. Oh ! je sais que ce n'est que de la comédie – elle me l'a dit elle-même quand je me suis risqué à lui déclarer ma flamme. Mais quand même...

– Que vous a-t-elle dit exactement ?

– Elle a ri, répondit douloureusement Brian. Elle a ri !

Jim ne prit pas de gants :

– Elle essayait probablement de vous opposer une fin de non-recevoir polie en prenant la chose comme une plaisanterie.

– Je ne doute pas que c'était son intention. Outre toutes les autres vertus qu'elle possède, elle est la bonté et la douceur mêmes. De plus, elle n'ignorait pas que je savais que mon amour était voué à être sans retour.

– Et, tout en le sachant, vous lui en avez quand même fait l'aveu ?

– Il le fallait. Sinon, j'aurais éclaté ! Ou je serais devenu fou furieux et j'aurais passé MacDougall au fil de l'épée – même en sachant qu'il n'est pas mon rival.

– Et... (Jim hésita.) Pourquoi étiez-vous aussi sûr que votre amour était condamné à ne pas être payé de retour ?

– Comment pourrait-il en être autrement ? Elle est fille d'une famille honorable et c'est une femme d'honneur. Tout comme je suis moi-même un homme d'honneur. Et, comme vous me le rappeliez, je suis fiancé à Geronde Isabel de Chaney. Je lui ai donné ma parole. Ma vie est d'ores et déjà tracée. Je rentrerai dans mes terres et je l'épouserai un jour. Mais quand ce jour viendra, je saurai que j'aurai quitté pour l'éternité la seule femme que j'aurai jamais véritablement aimée... Liseth.

– Il est possible à un homme, dit Jim après un silence, de ne pas se marier avec la femme qu'il s'était engagé à épouser.

Brian redressa les épaules.

– Pas à un homme d'honneur ! Non ! Je suis lié par ma parole. Le gentilhomme et le chrétien que je suis ne la rompra en aucun cas.

– Mais quels sentiments éprouvera lady de Chaney si elle a jamais connaissance de votre amour pour Liseth ?

– Oh ! elle en aura connaissance car l'honneur me fait obligation de le lui avouer.

– Brian !

Jim ferma les yeux et porta les mains à ses tempes – une attitude théâtrale qu'il n'aurait pourtant jamais cru adopter ! Il fallait à tout prix qu'il aide Brian à sortir de cet invraisemblable imbroglio et à revenir sur terre.

– Avez-vous songé à la peine qu'éprouvera lady de Chaney si elle apprend que vous ne l'épousez que par devoir et non par amour véritable ?

– Certes, elle en sera malheureuse, mais l'honneur me fait obligation de le lui dire. Comme de la prendre pour femme et ne plus jamais revoir Liseth.

– Ecoutez-moi, Brian... commença Jim.

Mais il s'arrêta sur sa lancée : il ne savait pas très bien ce qu'il devait lui dire.

– Oui, James ?

– De quelle couleur sont les cheveux de Liseth ?

– Ils sont blonds. Vous ne pouvez pas ne pas l'avoir remarqué.

Brian paraissait un peu surpris.

– Oui, naturellement, je l'ai remarqué. Je voulais juste être sûr qu'il en allait de même pour vous. Dites-moi maintenant quelle est la couleur de ceux de lady Geronde Isabel de Chaney.

– Elle est blonde, elle aussi. Mais à quoi riment ces questions, James ?

– Un peu de patience. Répondez-moi d'abord : lady de Chaney est-elle grande ou petite ?

– Petite. Mais...

– Et lady Liseth de Mer ?

– Elle est petite, elle aussi. Vraiment, James, la raison d'être de ces questions m'échappe.

– Vous allez la comprendre dans un instant. Vous aimiez Geronde Isabel de Chaney tout au long de ces années mais sans pouvoir l'épouser parce que son père, qui est son tuteur et la seule personne habilitée à vous accorder sa main, s'en est allé se battre en Terre sainte et que l'on n'a plus eu de nouvelles de lui depuis son départ. Vrai ou faux ?

– Oui, c'est vrai, bien sûr, James. Je vous l'ai moi-même répété bien des fois.

– Fort bien. Maintenant, promettez-moi de réfléchir sérieusement à ce que je vais vous dire.

– Assurément, James. Tout ce que vous me direz, vous qui êtes mon meilleur ami et mon meilleur conseiller, sera forcément pour mon bien. J'y prêterai la plus grande attention, je vous en fais promesse.

– Il y a près de quatre ans, vous êtes tombé amoureux de lady Geronde Isabel de Chaney qui est belle, petite et blonde. Il ne vous a pas été possible de vous marier malgré le vif désir que vous en aviez l'un et l'autre. Et puis, vous rencontrez au château de Mer une autre jeune femme qui est petite, blonde et que vous trouvez belle, c'est hors de doute. C'est exact ?

– C'est pure vérité qui sort de votre bouche, répondit Brian avec solennité. Mais je veux bien être damné si je sais où vous voulez en venir !

– J'y arrive. Attiré comme vous l'êtes par les femmes de petite taille, blondes et jolies, vous êtes tombé amoureux d'une damoiselle répondant à ce portrait et qui était votre voisine, mais qu'à votre grand chagrin il ne vous a pas été possible d'épouser. Or, quatre années plus tard, voilà que vous faites la connaissance d'une autre jeune fille, petite, blonde et jolie mais qui est, elle, libre de contracter mariage. Ne serait-il pas possible, sir Neville-Smythe, que, dans votre détresse, vous ayez transféré l'espoir irréalisable que vous aviez d'épouser Geronde Isabel de Chaney sur Liseth de Mer qui est, elle, susceptible de convoler en justes noces ?

Sir Brian regardait intensément Jim.

– Je vais réfléchir à votre question, James, dit-il avec impétuosité. Et sans plus tarder.

Et il resta immobile et muet, les yeux fixés sur son ami. Les minutes succédaient aux minutes, et plus le temps passait, plus Jim se sentait mal à l'aise. Enfin, Brian sortit de son silence.

– Non, James, dit-il. Après avoir tourné et retourné le problème dans tous les sens, je suis arrivé à la conclusion que je n'ai jamais aimé Geronde Isabel de Chaney au sens réel et profond du terme. Ce n'a été qu'une passade, qui a duré trois ans. Nous nous voyions souvent et je me suis imaginé que cela nous liait. Mais c'est Liseth de Mer que j'aime d'un pur et véritable amour.

– Brian ! s'exclama Jim avec exaspération – mais l'autre ne parut pas l'entendre.

– Alors, James, qu'est-ce que je fais ?

Jim poussa un profond soupir.

– Je ne sais pas, Brian. Enfin... je ne vois pas quel conseil je pourrais vous donner pour l'instant. Accordez-moi un délai. Attendons d'en avoir terminé avec les Hommes Creux, voulez-vous ? Je vais réfléchir. Mais vous ne direz pas un mot de cela à quiconque, n'est-ce pas ? Et vous vous garderez de perdre la tête et de faire un mauvais parti à Ewen MacDougall ?

– Je vous le promets sur mon honneur. Si, de son côté, il ne me cherche pas querelle, je ne le regarderai même pas de travers, qu'il soit ou non en compagnie de Liseth.

– Bien. Allons maintenant retrouver les autres.

Ils regagnèrent la grande salle. Entre-temps, Liseth et MacDougall étaient revenus. Assis au bout de la table, ils bavardaient entre eux à voix si basse qu'il était difficile d'entendre ce qu'ils se disaient.

Il n'y avait d'ailleurs guère de danger que qui ce fût pût surprendre un mot de leur entretien car Christopher et Alan de Mer harcelaient Dafydd de questions et quand l'un des deux ouvrait la bouche, la puissance de son organe noyait le bruit des autres conversations.

Jim et Neville-Smythe prirent place de part et d'autre de Dafydd, séparés de MacDougall et de Liseth par toute la longueur de la table. Fidèle à sa promesse, Brian ne regardait même pas le couple. Il ne prêtait attention qu'aux propos que tenaient les deux frères et l'archer, et il se mêla bientôt à leur conversation, l'enrichissant à son tour de souvenirs personnels.

Jim, quant à lui, plongé dans ses propres réflexions, ne songeait qu'aux difficultés qu'il allait devoir surmonter pour obtenir que les Petits Hommes et les Frontaliers acceptent de faire cause commune. Pour autant qu'il pouvait s'en rendre compte, Liseth avait l'air de prendre plaisir à la compagnie de MacDougall. Presque trop, à vrai dire.

Quel joyeux pétrin ce serait si elle finissait par tomber vraiment amoureuse du galant Ecossais ! Et ce serait encore pis si jamais elle mettait Brian au courant de ses sentiments. Dans l'état d'esprit qui était actuellement le sien, il n'aurait de cesse de pousser MacDougall à bout jusqu'à ce que celui-ci le provoque et cela finirait par un duel. Et Jim ne doutait pas un instant que MacDougall n'aurait aucune chance devant un adversaire tel que lui – à condition, toutefois, que Brian soit au summum de sa forme physique.

Depuis l'âge de seize ans, Brian, dont les terres et le château partaient à vau-l'eau, ne subsistait que grâce à la seule activité à laquelle pouvait s'adonner un homme de son rang : combattre.

Par ailleurs, MacDougall était nettement plus petit et pesait probablement moins lourd que lui. Il serait étonnant que dans un de ces duels à l'épée qui étaient le péché mignon des chevaliers de ce siècle Brian ne le réduise pas en charpie, quelle que pût être, au demeurant, l'habileté de l'Ecossais.

Jim en était là de ses méditations, quand sir Herrac fit son entrée. Aussitôt, il quitta la table pour entraîner le vieux seigneur à l'écart dans l'intention de tirer avec lui les conclusions de sa rencontre avec les Hommes Creux.

Sir Herrac le conduisit à nouveau dans la pièce retirée que Jim avait baptisée son « bureau » où il l'écouta en silence sans que son expression change d'un iota. Cependant, quand Jim se tut, il soupira.

– Dix jours, cela nous laisse fort peu de temps pour faire nos préparatifs. Et ce délai est d'autant plus court qu'il nous faudra aussi trouver un terrain d'entente pour être sûrs que les Petits Hommes et les Frontaliers accepteront de faire bloc. Ils ont, certes, donné les uns et les autres leur accord de principe. Mais les principes sont une chose, leur application en est une autre. Et quand sonnera l'heure du combat... D'abord, quelle place leur assigner aux uns et aux autres dans le dispositif d'ensemble ? (Herrac marqua un temps d'hésitation.) Les Petits Hommes utilisent la pique et combattent à pied à la manière des Ecossais des plaines alors que les Frontaliers préfèrent être à cheval. Mais, avec les arbres, il n'y aura pas suffisamment d'espace pour que des cavaliers puissent prendre assez de vitesse et de cohésion pour se lancer à la charge.

– Si, dit Jim, je crois que l'on peut envisager une charge à condition de prendre certaines dispositions. Regardez. (Il sortit de la très futuriste poche intérieure de sa chemise une copie du plan qu'il avait donné au chef des Hommes Creux et l'étala sur la table devant Herrac.) Je suggérerais que les Petits Hommes attaquent les premiers. Les Hommes Creux ne se rendront pas compte sur-le-champ que je les ai dupés, ni qu'ils sont tombés dans le piège que je leur aurai délibérément tendu.

Jim laissa cette idée faire son chemin dans l'esprit d'Herrac. Quand ce dernier hocha la tête, il poursuivit :

– Mettant à profit le temps qu'il leur faudra pour réaliser qu'ils sont attaqués, les Petits Hommes les feront reculer, les éloignant de la lisière du bois. Et lorsque les Hommes Creux auront compris ce qui se passe et commenceront à riposter, les schiltrons s'enfonceront dans leurs rangs, ouvrant ainsi le passage aux Frontaliers qui s'infiltreront par ces brèches.

Jim ménagea une nouvelle pause.

– Continuez, le pressa Herrac.

– La situation sera alors la suivante : les Frontaliers montés en découdront avec les Hommes Creux qui seront venus au rendez-vous sur leurs montures invisibles tandis que les Petits Hommes s'expliqueront avec ceux qui seront à pied. En fin de compte, les Frontaliers et les Petits Hommes encercleront l'ennemi. Alors, les premiers s'écarteront pour permettre aux schiltrons de se grouper pour repousser les Hommes Creux jusqu'aux falaises et les massacrer une fois qu'ils seront dos au mur. Que pensez-vous de mon plan ?

– Je n'y vois qu'une seule objection. Il prévoit que les Frontaliers se replient afin que les schiltrons puissent se regrouper. Or, obtenir qu'un Frontalier rompe le contact une fois qu'il s'est lancé dans la bataille n'est pas chose facile.

– Je pense que ce n'est pas l'ouvrage qui leur manquera, avec les Hommes Creux qui auront échappé à l'encerclement et essaieront de prendre la fuite. Les Frontaliers devront faire un second cercle pour que pas un seul ne puisse échapper au filet.

Herrac étudia la carte, son doigt traçant des lignes en l'air ici et là au-dessus d'elle.

– Cela pourra peut-être marcher, finit-il par conclure. Mais, et je le sais d'expérience, on n'est jamais assuré qu'un plan de bataille se réalise sans accroc, le vôtre pas plus que n'importe quel autre.

Levant les yeux de la carte, il dévisagea Jim.

– Vous n'ignorez pas que les Frontaliers escompteront que l'or que vous aurez apporté pour le donner aux Hommes Creux leur reviendra pour prix de leur concours. Les Petits Hommes formuleront-ils la même exigence ?

– J'ai posé la question à Dafydd après mon entrevue avec les Hommes Creux. Il ne pense pas que l'or les intéresse. Tout ce qu'ils veulent, c'est débarrasser leur territoire des Hommes Creux, pour que leurs femmes et leurs enfants ne soient plus en danger et qu'ils puissent tous vivre en paix. L'or n'a pas pour eux l'attrait qu'il exerce sur nous autres.

– Dieu m'est témoin qu'entendre dire qu'il existe des gens à qui la perspective d'empocher de l'or ne fait pas perdre la tête est une chose qui me réjouit le cœur ! Mais il est très important que vous ayez confirmation que ce sera bien là la réponse des Petits Hommes.

– C'est bien mon intention. Demain, je vais rencontrer à nouveau les Petits Hommes pour leur faire savoir quand l'opération sera déclenchée et leur dire que nous tiendrons conseil dans la nuit précédant le jour J. De votre côté, pourriez-vous demander aux Frontaliers de lever tous les hommes dont ils pensent avoir besoin ?

– Vous pouvez compter sur moi.

– Parfait. Quand je serai de retour après mon entrevue avec les Petits Hommes, nous irons tous deux conférer avec les Frontaliers. Dafydd nous accompagnera. Il est fort possible qu'ils attachent plus de crédit à ses paroles qu'à celles des Petits Hommes, même s'il leur tient un langage identique. La seule chose, c'est que les Petits Hommes voudront peut-être qu'un des leurs, au moins, assiste à cet entretien pour savoir de façon certaine comment les Frontaliers accueilleront les déclarations de Dafydd.

– Je ne sais pas si mes amis de la Frontière admettront la présence de Petits Hommes à leur conseil, dit Herrac.

– Il vous faudra les convaincre d'accepter celle de quelques-uns d'entre eux. Au moins les chefs. Et, à ce propos, il est de la plus haute importance à mes yeux que, dans le cadre de cette opération, vous soyez, vous, le chef des Frontaliers.

Herrac marqua un temps d'hésitation.

– J'ai toujours évité d'assumer ce rôle, finit-il par répondre sur un ton pensif, bien que beaucoup, je le sais, souhaiteraient me voir occuper cette fonction. Mais, qu'il le veuille ou non, un chef se fait des ennemis et je ne voulais pas faire naître de dissensions ni d'inimitiés dont mes fils auraient à supporter les conséquences quand je ne serais plus là. J'ai toujours laissé la primauté à sir John le Graeme.

– C'est à vous qu'il revient d'être leur chef, rétorqua Jim. Vous vous souvenez de la confrontation que nous avons eue, sir John et moi ? Il voudra à tout prix mener l'affaire à sa manière, ne serait-ce que pour bien montrer que je ne lui force pas la main. En revanche, vous qui comprenez les nécessités qu'impose la situation, vous agirez comme nous sommes convenus entre nous que vous deviez agir.

– Eh bien... (Herrac eut une nouvelle hésitation.) Soit. Je briguerai la fonction de chef. Mais il faudra qu'un nombre suffisant de mes amis décident de se soumettre à mon autorité. Et que sir John n'en conçoive pas un dépit exagéré. C'est que son influence est grande dans la région et je ne souhaite pas que mes fils l'aient un jour pour ennemi. En outre, s'il refuse de prendre part à l'expédition, d'autres se retireront aussi et nous avons besoin de tous.

– Sir John m'a fait l'effet d'être un homme avisé. Qui n'hésiterait pas à user de la force pour obtenir ce qu'il veut mais qui sait aussi plier, dans le sens du vent dominant. A mon avis, si, dans leur masse, les Frontaliers souhaitent que vous soyez leur chef, il ne cherchera pas vraiment à s'opposer à vous.

Herrac eut un léger sourire.

– Vous lisez en lui comme dans un livre. C'est à croire que vous avez passé toute votre vie sur la Frontière.

– L'expérience m'a appris que, quand il s'agit de commander ou d'obéir, les hommes, où qu'ils soient, réagissent sensiblement de la même façon. En fin de compte, la plupart de ceux qui obéissent veulent obéir à celui en qui ils ont le plus confiance. Et je crois que les Frontaliers ont plus confiance en vous qu'en personne d'autre.

– Peut-être. Espérons-le. Puis-je garder cette carte pour la montrer à mes amis ?

– Je vous en prie. C'est précisément dans ce but que je l'ai dessinée.

Les deux hommes regagnèrent la grande salle. L'heure du souper approchait et Herrac reprit sa place au haut bout de la table. Jim s'assit à côté de lui. Lachlan était là et tous les fils de Mer se trouvaient maintenant réunis. Les conversations allaient bon train et Herrac lui-même ne tarda pas à y participer.

26

Traiter avec les Petits Hommes se révéla une tâche encore plus ardue que Jim ne l'avait prévu.

Il n'était pas tout à fait midi, le lendemain, quand, guidés par Snorrl, Dafydd et lui arrivèrent à l'orée de la vallée.

– Et combien de vos Frontaliers seront présents à cette réunion à laquelle vous voudriez que nous assistions, nous aussi ? fut la première chose que lui demanda le lendemain Ardac, fils de Lutel.

– Ils étaient huit lors de la première. Ils viendront plus nombreux cette fois-ci. J'avancerais le chiffre de dix-huit.

– En ce cas, nous enverrons dix-huit de nos chefs de schiltron.

Jim s'était attendu à ce que les Petits Hommes veuillent être représentés à la conférence, mais pas qu'ils exigent que leur délégation ait une telle ampleur.

– C'est là une revendication exagérée, protesta-t-il. Trois ou quatre, je ne dis pas. Peut-être même cinq. Mais pas davantage, si vous souhaitez vraiment faire cause commune avec les Frontaliers pour anéantir les Hommes Creux.

– Et pourquoi ne serions-nous pas aussi nombreux qu'eux ? Nous fournirons au moins la moitié des combattants – et même probablement plus, si je connais bien les Frontaliers. Je crois d'ailleurs vous avoir déjà dit que nous sommes capables de régler cette affaire nous-mêmes.

– Mais vous auriez alors moins de chances de succès, rétorqua Jim. Sans oublier que, si vous livrez seuls la bataille, cela ne fera pas avancer d'un pouce la perspective d'un rapprochement entre vous et les Frontaliers. Et je crois vous avoir précédemment dit de mon côté, en tant que magicien, qu'un jour viendra où vous devrez combattre côte à côte dans des guerres de plus vaste importance.

Ardac tourna un instant la tête vers les anciens à la barbe fleurie – ils étaient cinq, aujourd'hui – qui se tenaient derrière lui.

– Ils nous traquent comme du gibier, ils racontent sur notre compte mille et mille histoires qui ne sont que calomnies, ils nous accusent de mille et mille choses qui nous sont étrangères, quand elles ne sont pas carrément fausses en soi. Et nous devrions participer sous-représentés à ce conseil ?

– Sir James ne fait que vous exposer l'état d'esprit de ces hommes, intervint Dafydd.

– Et nous ? Ne sommes-nous pas aussi des hommes ? s'emporta Ardac. Nous n'avons jamais attaqué personne – et nous sommes là depuis des milliers d'années – alors que nous avons été de tout temps la proie des autres. Rome nous a écrasés sous son talon de fer. Les Normands, les Scots, les Pictes... tous ont fondu sur nous pour s'emparer de nos terres et de nos biens. Nous ne nous sommes jamais battus que pour les refouler. (Ardac s'interrompit un bref instant avant de reprendre d'une voix plus calme :) Jusqu'au moment où il nous est apparu qu'il n'y aurait pas de paix tant qu'ils n'auraient pas été repoussés au-delà de leurs propres frontières. Alors, nous avons gagné du terrain et nous sommes descendus jusqu'à...

Le nom qu'il énonça avait une sonorité très voisine de celui du « Royaume des Montagnes que Baigne la

Mer » tel que l'avait prononcé Dafydd dans cette langue inconnue. Qu'il vienne aussi facilement à la bouche du Petit Homme alors que tous les autres, lui y compris, étaient incapables de l'articuler laissa Jim sans voix.

– Et là, nous avons trouvé un peuple... (les yeux d'Ardac se posèrent sur Dafydd) ... le vôtre ! Un peuple qui ne nous agressait pas, qui nous traitait comme des hommes traitent d'autres hommes, ce que nous sommes. Certes, nous avons appris au cours des siècles un peu de magie pour nous aider à survivre mais nous n'en sommes pas moins des *hommes* ! Et ceux-là étaient les seuls à nous accueillir comme tels. Aussi, nous avons vécu en harmonie avec eux jusqu'à ce que leur terre se soit abîmée dans la mer. Mais, à cette époque, nous subissions l'assaut de nouveaux envahisseurs, les Normands, cette fois, de sorte que nous nous sommes repliés sur ce territoire. Et nous mourrons plutôt que d'en céder ne serait-ce qu'un pouce. Mais, je vous le répète, nous sommes des hommes ! *Des hommes !* Tout autant que les Frontaliers. Et, cela, il faut qu'ils le comprennent !

– Je crois qu'ils y arriveront, dit Dafydd. Mais ce sera long. Parce que l'humanité, votre peuple et le mien compris, est ce qu'elle est. Quand il s'agit de questions aussi capitales, les hommes ne changent pas d'opinion du jour au lendemain. Il faut du temps pour que la vérité commence à faire son chemin dans leur esprit. Si vous voulez, enchaîna-t-il, nous pouvons, sir James ou moi-même, demander aux Frontaliers qu'ils acceptent que vous veniez en personne avec, tout au plus, trois ou quatre de vos compagnons. N'oubliez pas que je parlerai en votre nom et, comme ils voient en moi un chevalier d'un rang considérablement plus élevé que le leur, vous ne serez pas sous-représentés, n'ayez aucune crainte.

– Il faut que nous étudiions cette proposition.

Ardac rejoignit les cinq vieillards avec qui il

s'éloigna pour palabrer. Quand le conciliabule eut pris fin, il revint, toujours accompagné par les anciens.

– Il en ira donc ainsi, dit-il alors à Dafydd. Nous nous en remettons à votre parole. Mais qu'il soit bien entendu que nous n'admettrons aucune remarque méprisante, aucune allusion laissant entendre que l'on nous considérerait comme inférieurs aux hommes. Promettez-moi aussi que vous ferez connaître nos conditions aux Frontaliers avant que s'engagent les pourparlers.

– Je vous le promets sur mon honneur.

Dafydd se tourna vers Jim.

– Vous avez aussi ma promesse. Et si jamais les Frontaliers vous manquaient de respect, je déclarerais moi-même la discussion close.

– Mais vous écouteront-ils ?

– Ils m'écouteront. (Jim eut un soudain mouvement de colère.) Je suis un magicien. Et je peux, s'il me plaît, mettre fin à la discussion, que cela plaise ou non à ceux qui y prennent part !

– Nous vous ferons donc confiance. Je serai à l'heure et au jour dits au rendez-vous avec trois ou quatre chefs de schiltron. Le plan de bataille que vous nous avez soumis a notre agrément. Toutefois, s'il est modifié, peut-être reviendrons-nous sur notre accord de principe – à moins que les changements qui y seraient apportés ne soient de nature à le rendre encore plus satisfaisant à nos yeux.

Jim et Dafydd avaient repris le chemin du château. Le premier se taisait. Il prévoyait que les tractations qu'il allait avoir à mener avec les Frontaliers poseraient de sérieuses difficultés. Ce fut finalement Dafydd qui brisa le silence.

– Essayez donc de les comprendre, James.

Il était rare que l'archer s'adresse à lui en l'interpellant directement par son prénom sans le faire précéder de son titre de noblesse et Jim en fut touché.

– Je comprends le point de vue des Petits Hommes, croyez-moi, Dafydd, lui dit-il. Comme peut le comprendre, tout au moins, quelqu'un de l'extérieur. Comment pourrais-je prétendre éprouver exactement ce qu'ils éprouvent ? Je n'ai pas vécu ce qu'ils ont été contraints de vivre, eux, depuis des générations et des générations. Toujours est-il qu'ils ont le droit d'être représentés comme ils l'entendent. C'est un droit qu'ils ont plus que mérité. Seulement, notre objectif n'est pas, hélas, de reconnaître ce qui est juste et légitime : c'est d'être efficaces. Je ne peux pas vous l'expliquer, Dafydd, mais je suis certain, et je vous le dis de façon catégorique, que les Petits Hommes et les Frontaliers devront un jour œuvrer la main dans la main, devenir amis et même, qui sait ? ne plus former qu'un seul et même peuple. Peut-être n'y aura-t-il plus alors de Petits Hommes mais seulement, ici ou là, un Frontalier qui n'aura pas la taille des autres.

– Il se peut que vous ayez raison, James... je ne sais pas. Je suis totalement coupé, maintenant, de ce royaume désormais recouvert par les flots dont ils parlent. Ceux d'entre nous qui ont choisi de vivre sur la terre ferme, ont perdu tout contact avec leur peuple englouti. Mais il existe un lien qui les rattache à lui et je sens un lien semblable qui me rattache aux Petits Hommes. Si, finalement, ils survivent, si leur sang doit survivre et couler dans les veines de ceux qui naîtront dans l'avenir, ils devront être reconnus comme nos semblables, comme membres à part entière de la race des hommes.

Le silence retomba. Philosopher sur l'avenir des Petits Hommes, c'était bien joli, se prit à songer Jim, mais, comme il venait de le dire, c'était avec ces réalités bien présentes qu'ils avaient à s'escrimer. Et l'une de ces réalités était que les Frontaliers n'admettraient pas de bon cœur l'idée que les Petits

Hommes puissent avoir voix au chapitre, au même titre qu'eux.

Ah ! si seulement il disposait du crédit magie illimité qu'il s'était naïvement imaginé détenir un an plus tôt, en France, quand il lançait sortilèges et enchantements à tour de bras ! Maintenant, pour parvenir à ses fins, il ne lui restait plus que son acquis d'homme du XXe siècle et son astuce naturelle. Qu'il aurait d'ailleurs besoin d'affûter un tantinet, ajouta-t-il *in petto* avec amertume, car, pour le moment, il ne voyait pas très bien comment il s'y prendrait pour vaincre les réticences des Frontaliers.

Ses craintes ne se révélèrent que trop fondées, le lendemain, lors de l'assemblée qui se tint dans un château voisin de celui des De Mer. Cette fois, ce n'étaient pas huit, mais vingt-quatre chevaliers qui y participaient. De toute évidence, la nouvelle s'était répandue et la réunion faisait recette. A tel point que seuls une douzaine d'entre eux avaient pu prendre place autour de la massive table rectangulaire en bois de chêne. Les autres étaient forcés de rester debout, adossés aux murs. Herrac et Jim eurent droit à des bancs. On en proposa aussi un à Dafydd, mais comme à regret et uniquement à cause du rang élevé qui était le sien en tant que présumé prince d'un lointain pays. Se rendant compte de ce manque d'empressement, Dafydd déclara qu'il préférait rester debout, lui aussi, et offrit gracieusement le banc qui lui était destiné à sir John le Graeme qui accepta et le remercia – poliment mais avec froideur.

Il prit place derrière Jim et Herrac, l'arc toujours à l'épaule et le carquois à la hanche. Il les avait conservés parce que tous les chevaliers présents avaient gardé l'épée au côté, cela en dépit des règles courtoises faisant obligation de la laisser au vestiaire quand on rendait visite à un voisin – même si l'on dissimulait d'autres armes sur sa personne. Apparemment, tout le monde semblait admettre qu'il ne s'agissait pas d'une réunion entre amis mais bel et bien d'un conseil de guerre.

On commença par présenter à Jim et à Dafydd ceux qui n'étaient pas présents à la précédente conférence. Jim avait d'ailleurs oublié le nom de la plupart des participants, à part quelques-uns dont celui, par exemple de William de Berwick, un type d'une quarantaine d'années, rondouillard et le visage poupin, dont les cheveux grisonnants s'éclaircissaient.

Le silence se fit presque instantanément quand Herrac prit la parole. Depuis la précédente réunion, dit-il, Jim s'était entretenu et avait conclu des accords avec les Hommes Creux d'une part, les Petits Hommes d'autre part, exploit que seul avait pu réaliser un chevalier doublé d'un magicien. Après ce préambule, Herrac passa le flambeau à l'intéressé afin qu'il relate ces deux rencontres en détail.

Jim se leva pour que tout le monde puisse non seulement l'entendre mais aussi le voir et commença par exposer une fois de plus le plan qu'il avait conçu pour attirer tous les Hommes Creux en un lieu donné sous prétexte de leur verser un premier acompte au nom du roi d'Ecosse. Puis il passa à son entrevue avec Eshan, leur chef.

Les Frontaliers écoutaient en silence. Quand Jim eut fini, il y eut des murmures d'approbation.

– Voilà qui est bien joué ! s'exclama sir John. Et d'après ce qu'a dit sir Herrac, c'est le lendemain même que vous avez parlé aux Petits Hommes ?

– En effet. Comme vous le savez, sir John, vous et peut-être aussi quelques chevaliers ici présents, sir Herrac m'accompagnait ainsi que Son Altesse le prince Merlon. (Jim se tut une seconde pour juger de l'accueil fait à ces derniers mots mais il n'y eut aucune réaction.) Nous avons parlé avec Ardac, fils de Lutel, et les cinq conseillers des Petits Hommes. Je leur ai expliqué tout ce que j'avais fait jusque-là et leur ai précisé la date à laquelle serait lancée l'opération contre les Hommes Creux. Je n'ai pas fixé d'heure précise pour le dernier conseil de guerre qui la précédera mais j'ai proposé qu'il se tienne la veille au soir. Je le leur confirmerai si vous êtes d'accord. (Jim ménagea une pause. L'instant critique était arrivé.) J'ai également suggéré que ce conseil ait lieu au château de Mer. C'est, me semble-t-il, l'endroit qui s'impose puisque, si j'ai bien compris, ce sera probablement sir Herrac que vous choisirez pour diriger l'expédition.

Quelques « Oui ! » isolés retentirent, presque aussitôt suivis par un brouhaha d'approbations. Sir John, qui avait déjà ouvert la bouche pour intervenir, la referma et se tassa sur son banc. Sa physionomie s'était quelque peu rembrunie.

Mais ce n'était que reculer pour mieux sauter :

– Je pense, cependant, continua Jim, qu'il serait bon que sir Herrac nous dise lui-même s'il accepte cette responsabilité. L'acceptez-vous, sir Herrac ?

– Je ne suis pas de ceux que le rôle de chef attire, répondit Herrac – et tout le monde parut presque surpris d'entendre soudain résonner sa voix caverneuse. Je crois que vous le savez tous. Mon devoir est de veiller sur mes fils et sur mon patrimoine – le château et le domaine. Néanmoins, dans le cas présent et parce que la destruction définitive des Hommes Creux doit primer toute autre préoccupation, j'accepte.

Quand les acclamations qui avaient salué cette déclaration se furent tues, sir John se tourna vers Jim. Son regard était glacé.

– Vous vous apprêtiez à évoquer la teneur des accords que vous avez passés avec les Petits Hommes, sir James. Continuez, de grâce.

– Ils ont commencé par me demander combien de Frontaliers assisteront à ce conseil. Dix-huit, ai-je répondu – mais je constate que j'étais en dessous du compte. Ardac, fils de Lutel, m'a alors dit que, dans ce cas, les Petits Hommes enverraient dix-huit des leurs.

Une clameur s'éleva à ces mots – une demi-douzaine de voix parlant toutes en même temps sur un fond de sourds et furieux murmures.

– Qu'est-ce qui leur fait croire que nous ferons bon accueil à dix-huit d'entre eux ? s'écria William de Berwick en abattant son poing sur la table. Un seul à qui communiquer notre décision serait plus que suffisant. Après tout, c'est sous nos ordres qu'ils se battront.

– Non, répliqua Jim – qui se félicitait de s'être mis debout. Non, ils ne seront pas sous vos ordres mais sous ceux de leur propre chef, le prince Merlon, qui a, par ses ancêtres, des affinités de sang avec les Petits Hommes.

– Mais c'est insensé ! s'exclama sir John. Deux chefs, c'est le désastre assuré. Certes, j'admets qu'il est délicat de demander à Son Altesse de se soumettre à l'autorité d'un simple chevalier, fût-il noble, tel sir Herrac...

– J'y suis tout disposé.

La voix de Dafydd, aussi douce que d'habitude, portait néanmoins d'un bout à l'autre de la salle.

William de Berwick assena un nouveau coup de poing sur la table.

– Palsambleu ! Quel besoin avons-nous des Petits Hommes ? C'est notre droit que d'anéantir les Hommes Creux à nous tous seuls. Et nous les anéantirons aisément !

Il y eut soudain un bruit sourd et tous se figèrent sur place : une flèche venait de se planter au centre de l'épaisse table de chêne.

– Permettez-moi de contester ce dernier point, sir William, dit alors Dafydd.

A cette époque et dans ce pays où les archers étaient gens de peu, où quiconque portant ceinture et armure regardait de son haut les vilains qui n'avaient qu'un arc pour tout potage, jamais un chevalier n'avait imaginé quelle arme ce pouvait être. Ni songé un seul instant qu'un arc pouvait être utilisé entre quatre murs.

Sir William, les yeux fixés sur la tige de la flèche dont la pointe était enfoncée dans le plateau de la table, ne pipait plus mot.

– Je voudrais vous montrer quelque chose, reprit Dafydd. J'ai simplement pincé la corde de mon arc pour que ma flèche se plante toute droite dans la table. Vous allez voir maintenant ce qui se serait passé si je l'avais tendue davantage.

Avec une rapidité qui semblait presque tenir de la magie, il encocha et tira une seconde flèche. Celle-ci traversa toute l'épaisseur de la table. Sa pointe reposait maintenant sur le sol et l'on ne voyait plus que son extrémité empennée.

– Comme vous pouvez le constater, dit Dafydd, mon arc n'est pas une arme négligeable. En fait... sir Herrac, peut-être devriez-vous faire appeler votre fils, sir Giles ? Il était en France avec sir James et moi, et il pourrait nous narrer l'histoire de l'épée avec laquelle il a défendu le prince héritier de la Couronne d'Angleterre contre une vingtaine de chevaliers aux ordres d'un magicien noir. Auriez-vous cette bonté, messire Herrac ?

Pour toute réponse, Herrac se borna à tourner la tête et à émettre un beuglement dont la sonorité dut ébranler rudement les tympans du valet qui se tenait derrière la porte :

– *Holà ! qu'on aille quérir sir Giles... illico !*

La porte s'ouvrit presque instantanément et sir Giles fit son entrée dans la salle.

– Point n'était besoin de me faire chercher, père, dit-il en refermant le battant. J'étais là pour attendre les résultats de votre réunion.

– Son Altesse désire que tu parles de l'épée avec

laquelle tu t'es battu l'an dernier en France, pour défendre le prince Edouard.

– Comme il vous plaira, père. (Giles haussa la voix pour que tous puissent l'entendre.) Cette épée avec laquelle j'ai eu l'honneur de combattre pour sauver notre jeune prince m'avait été donnée par le prince Merlon lui-même. Noble sire, que souhaitez-vous que je dise à ces gentilshommes à son propos ?

– Tout. Comment, après être tombée entre mes mains, comme je vous l'ai raconté, elle est passée dans les vôtres.

– C'était avant la bataille de Poitiers et le prince Edouard n'avait pas d'épée. Il a demandé que l'un d'entre nous lui prête la sienne car il était indigne qu'un Plantagenêt de sang royal soit sans arme quand il allait falloir se battre. (Il regarda Dafydd qui lui fit signe de continuer.) En vérité, nous répugnions, tous autant que nous étions, à nous défaire de nos épées. Qu'est donc, en effet, un chevalier sans épée ?

Un murmure d'assentiment accueillit ces paroles. Les Northumbriens ne se sépareraient visiblement pas de gaieté de cœur de leurs épées, eux non plus !

– Comme nous hésitions, Son... le prince Merlon dit au prince Edouard, qui ne voyait en lui qu'un simple archer, qu'il pourrait peut-être résoudre ce problème. Il s'est absenté un moment. Quand il est revenu, il apportait une merveilleuse épée de chevalier au fourreau incrusté de pierreries qu'il a donnée au prince. Celui-ci l'a à demi dégainée, l'a contemplée quelques instants et il a dit d'un air manifestement gêné : *« Je ne peux pas porter cette épée. »*

Giles tenait son auditoire en haleine : un silence de mort régnait à présent dans la salle. Il prit une profonde inspiration.

– Alors, je me suis senti honteux de ne pas lui avoir offert ma propre épée. Je me suis avancé vers lui, ai décroché l'épée de ma ceinture et la lui ai présentée en disant : *« Daignez me faire l'honneur de bien vouloir accepter l'épée d'un simple chevalier. »* Le jeune prince l'a gracieusement acceptée. J'ai alors pris celle dont le prince Merlon lui avait fait présent et l'ai fixée à mon côté. Et c'est avec elle que je me suis, plus tard, efforcé de défendre l'héritier de la Couronne contre ses assaillants.

Giles se tut.

– Je vous remercie, sir Giles, dit Dafydd. Mais vous n'avez pas encore expliqué comment elle était entrée en ma possession.

– Oh ! pardonnez-moi. Il me faut vous dire à tous que Daf... (il se reprit juste à temps) ... que Son Altesse le prince Merlon nous a narré la chose. Il était, en ce temps-là, déguisé en archer comme il l'est aujourd'hui mais c'était dans les anciennes Galles qui sont à présent territoire anglais. Or, le gouverneur de cette marche, à l'époque, tenait à ce que des tournois soient organisés afin de montrer la vaillance de ses chevaliers, et ce à l'intention, en particulier, des Gallois, ses sujets. Ce jour-là, il avait imaginé de corser le spectacle. Ayant entendu dire que l'archer qu'était censé être le prince Merlon était très versé dans son art, il l'avait fait quérir pour qu'il se mesure en champ clos avec cinq chevaliers en armure et lance au poing. Ils ont donc chargé mais les flèches du prince les ont tous abattus avant même qu'ils fussent parvenus à sa hauteur.

Giles marqua une nouvelle pause mais c'était, cette fois, pour donner aux murmures qu'avaient soulevés ces paroles le temps de s'éteindre.

– Le prince Merlon avait préalablement sollicité une faveur : s'il l'emportait, les armes et les armures de ses adversaires lui reviendraient, la coutume voulant, en effet, qu'elles soient remises aux vainqueurs. Le gouverneur s'était esclaffé mais il avait néanmoins accepté sa requête. C'est ainsi que Son Altesse est entrée en possession des armes et armures des chevaliers qu'il avait tués. Mais il n'a voulu conserver que cette épée – l'épée qu'il devait plus tard offrir au prince Edouard. Et c'est avec elle que j'ai essayé de protéger ce dernier contre ses agresseurs.

– Je vous remercie, sir Giles, dit Dafydd. Si j'ai voulu que vous entendiez ce récit, messires chevaliers, et que vous voyiez ces flèches plantées dans la table, ce n'était pas sans raison. Les chevaliers n'ont pas coutume de se servir de l'arc, sinon pour chasser ou se divertir. C'est cependant une arme d'une grande efficacité et je n'ai, pour ma part, nullement le sentiment de déchoir sous prétexte que j'ai pris l'apparence d'un simple archer. Aussi, je voudrais que vous considériez ceci : jamais un chevalier n'a constitué avec ses pairs un schiltron pour affronter un ennemi à pied et à la javeline. Or, c'est ce que font les Petits Hommes, et ils le font bien. Puis-je attirer votre attention sur le fait que, tout au long des siècles, ils ont interdit aux Hommes Creux de forcer leurs frontières ? Vous savez, vous qui avez eu l'occasion d'affronter ici et là des bandes d'Hommes Creux cherchant aventure, que ce n'est pas là tâche facile.

Il marqua une pose avant de reprendre. Le silence était complet.

– Au nom des combats qu'ils ont menés, du sang qu'ils ont versé et des vies qui ont été sacrifiées, les Petits Hommes ont tout autant que vous le droit d'être là pour en finir une fois pour toutes avec les Hommes Creux. Ce droit, ils l'ont acquis sur d'innombrables champs de bataille. Je suis fier qu'ils m'aient désigné pour être leur chef et je ne suis pas moins fier de combattre sous les ordres de sir Herrac, notre chef suprême. Mais comme je sais que les Petits Hommes font grimacer beaucoup d'entre vous, je leur ai demandé de réduire leur représentation au conseil de guerre qui précédera la bataille. Au lieu de dix-huit délégués, ils n'en enverront pas plus de cinq. Ils m'ont donné leur accord. Etant leur chef, ce n'est pas une requête que je vous présente, mais une condition *sine qua non*.

27

Le silence s'éternisait et plus il se prolongeait, plus la tension qui, maintenant, régnait dans la salle se faisait palpable.

Enfin, sir Herrac le brisa – et sa voix profonde était comme la proue d'un navire fracassant la surface d'une eau prise par les glaces.

– Vous m'avez choisi pour chef et, à ce titre, j'accepte la proposition formulée par le prince Merlon, à savoir que cinq Petits Hommes assistent à l'ultime conseil de guerre que nous tiendrons avant la bataille. Que ceux qui ne souhaitent pas prendre part à l'action dont j'assurerai le commandement le déclarent sur l'heure et se retirent. Je ne veux pas avoir sous mes ordres un seul homme qui obéisse à contrecœur.

Le silence persista encore quelques instants. Puis la tension commença à se dissiper comme un ressort qui se détend.

– Je suis heureux que vous soyez tous disposés à me prêter votre concours, reprit alors Herrac. En effet, toute notre force et celle des Petits Hommes seront nécessaires si nous voulons en finir définitivement avec les Hommes Creux. Ce ne sera pas une tâche aisée. (Il ménagea une pause pour souligner ces derniers mots.) J'ai déjà songé à plusieurs plans de bataille. Je continuerai à y réfléchir. Faites-en autant de votre côté. S'il vous vient une idée susceptible d'accroître nos chances de l'emporter en limitant nos pertes au minimum, vous la soumettrez au conseil qui se réunira la veille de la bataille. Dans l'immédiat, je vais déclarer close la présente séance, à moins qu'il n'y ait encore quelques questions importantes à débattre.

– Sir Herrac a raison, approuva John le Graeme. Je ne vois pas de raison de prolonger cette réunion. Rendons-nous donc dans la grande salle où, si je suis bien informé, une collation nous attend, grâces en soient rendues à notre hôte.

Il y eut un soudain brouhaha de voix et ce fut la bousculade quand tout le monde, sir Herrac ouvrant la marche, Jim, Dafydd et sir John le Graeme sur ses talons, sortit de la salle. Et, selon les us et coutumes de l'époque, après avoir parlé affaires, on se mit à festoyer.

Jim, arguant qu'il avait certaines obligations, quitta bientôt la table pour ne pas boire plus de vin que de raison.

Dafydd le suivit et Herrac également, ce qui ne manqua pas de le surprendre.

– Je pensais que vous seriez obligé de rester, sir Herrac, lui dit-il comme ils regagnaient le château de Mer en compagnie de sir Giles, escortés de quelques hommes d'armes.

– Personne ne remarquera mon absence. D'ailleurs, si j'étais resté, certains auraient peut-être été tentés de m'entretenir en privé. Et d'autres de se regrouper autour de quelqu'un comme sir John le Graeme, qui pourrait encore décider de n'en faire qu'à sa tête et d'entraîner quelques chevaliers.

– Vous avez sagement agi, murmura Dafydd.

– J'estime, continua Herrac, qu'un chef doit maintenir une certaine distance entre lui et ceux qu'il commande. Ce principe ne saurait s'appliquer à vous deux, qui êtes mes hôtes. Mais ou je commande, ou je ne commande pas. Et si je commande, mon premier souci est de créer cette distance.

Jim faisait sienne la position du vieux chevalier. C'était un chef-né et seules les autres responsabilités qu'il avait à assumer l'avaient jusqu'à présent empêché de suivre sa pente naturelle. Jim se demanda si sir Herrac se réjouissait d'avoir été élu par ses pairs.

– Sir Herrac, fit-il, vous avez tout à l'heure pris la parole à point nommé juste après que Dafydd eut annoncé que cinq Petits Hommes assisteraient au prochain conseil de guerre. Il n'était pourtant pas question pour nous que vous dussiez prendre toute la responsabilité de l'entreprise sur vos épaules...

– C'est désormais là mon travail, le coupa Herrac. Ne penseriez-vous pas la même chose si c'était à vous qu'était confié le commandement suprême, sir James ?

Jim réfléchit quelques instants et sa conclusion le surprit un peu.

– Oui... oui, je penserais sans doute exactement comme vous. Cependant, ce sont votre présence et votre voix qui ont emporté l'adhésion générale. Je ne pense pas que j'aurais obtenu l'assentiment des autres Frontaliers, quelque persuasif que je sois !

– Ils me connaissent, se borna à répondre Herrac.

Evidemment ! Avec sa force et sa stature, et même sa nature d'ondin, Herrac devait faire figure de légende vivante auprès des Frontaliers. Mais le moment était mal choisi pour parler de cela. Aussi Jim préféra-t-il garder le silence.

Ils arrivèrent au château sans encombre et tout le monde regagna sa chambre, sauf Jim qui accompagna Dafydd pour faire une courte visite à Brian. Celui-ci, trop fatigué pour rester aussi longtemps debout, était au lit. Mais cette oisiveté forcée et le fait de n'avoir pu se rendre à la réunion le faisaient bouillir de fureur.

Aussi fut-ce avec un vif intérêt qu'il écouta le

compte rendu que lui en firent Jim, Dafydd et sir Giles, qui avait tenu à les accompagner. Il gloussa de joie quand ils lui dirent comment Herrac avait exigé que les Petits Hommes assistent au conseil de guerre et, lorsque Jim lui rapporta sa remarque à propos de la nécessité pour un chef de garder de la distance entre lui et ses subordonnés, il applaudit des deux mains.

– Il a on ne peut plus raison ! s'exclama-t-il. Je n'ai jamais vu un chef digne de ce nom qui ne gardait pas ses distances avec ses hommes. Les chefs qui sont à tu et à toi avec leurs subordonnés sont invariablement aimés et populaires, certes. Mais ils ne sont pas toujours obéis comme il se devrait. Il est préférable que chacun reste dans son coin et même... oui... même que l'on soit détesté de ceux que l'on commande, pour être considéré.

– C'est plus ou moins ce que je lui ai dit, fit l'archer.

– Et j'ai approuvé Dafydd, dit Jim. Comme je vous approuve, Brian. Sir Herrac est un chef-né. C'est dans sa nature.

– Nous, ses fils, le savons depuis notre petite enfance, intervint Giles. Vous ne pouvez imaginer à quel point père se sentait responsable vis-à-vis de sa famille. Et de notre mère qu'il aimait passionnément. C'est dans cet esprit que nous avons été élevés.

Il y avait dans les derniers mots de Giles une ombre de tristesse qui aurait pu assombrir l'atmosphère si Brian ne s'était hâté de changer de sujet de conversation.

– Maintenant, James, dit-il en se tournant vers Jim, il faut que vous commenciez immédiatement à vous entraîner. Mais à bonne distance du château pour que personne ne voie que vous êtes peut-être un peu rouillé ou pas encore aussi habile au maniement des armes que vous pourriez l'être.

– Quelle façon élégante de dire les choses, Brian !

Vous savez comme nous tous que, dans ce domaine, je ne vaux pas tripette. Lors de mon fameux combat avec l'Ogre, j'ai bénéficié des réflexes de Gorbash le dragon dans le corps duquel je me trouvais. Il n'aurait pas fallu une minute à l'Ogre pour me réduire en charpie si je n'avais pas bénéficié de cet avantage.

– Vous vous améliorerez, James. Surtout si vous vous entraînez sous ma direction. Mais, je vous le répète, cela devra se faire sans témoins. Et si vous m'en croyez, même sir Herrac – pardonnez-moi, sir Giles – devra rester dans l'ignorance de vos lacunes en ce qui concerne l'utilisation de l'épée – pour ne parler que de cet instrument.

– Vous avez raison, convint Jim.

– Dès demain, nous nous rendrons tous en catimini dans quelque endroit écarté où nous serons sûrs d'être seuls... enfin, tous sauf vous, Dafydd, à moins que vous ne souhaitiez venir avec nous. Là, vous vous entraînerez au maniement de différentes armes avec sir Giles comme adversaire et sous ma direction, car je ne serai sans doute pas en état de vous prendre moi-même en main avant un jour ou deux.

Cela demandera bien plus qu'un jour ou deux, songea Jim, mais il garda ce commentaire pour lui.

– Ce n'est pas vraiment nécessaire, Brian. Rappelez-vous notre plan de bataille. Je me tiendrai avec Dafydd sur cette plate-forme fermant la prairie où les nôtres en découdront avec les Hommes Creux. Je ne devrais pas avoir à prendre directement part aux combats.

– Et comment la quitterez-vous, votre plate-forme ? Et comment traverserez-vous la horde des Hommes Creux pour rejoindre sain et sauf nos lignes avancées qui leur tailleront des croupières ? rétorqua Brian. Pardonnez-moi ma franchise, James, mais vous n'avez pas encore compris ce qu'est un combat de ce genre. Dans la fièvre et le tumulte de la bataille, le frère d'armes peut fort bien frapper le frère d'armes par inadvertance. Il vous faudra peut-être même vous servir de votre écu pour vous protéger des Frontaliers eux-mêmes quand vous aurez pénétré dans leurs rangs. Non, non ! Ces séances d'entraînement sont indispensables : nous ferons comme j'ai dit.

Dès lors, tous les matins, Jim sautait à cheval avec Brian et Giles, très souvent accompagnés de Dafydd, pour gagner une clairière isolée à une demi-heure du château. Et là, il se familiarisait avec des armes de toutes sortes. La première fois que Brian lui mit une masse en main, il protesta :

– Mais je n'aurai pas de masse, là-bas !

– Aucune importance, répliqua Neville-Smythe. L'exercice, c'est l'exercice.

Et c'est ainsi que Jim noua connaissance avec de nouvelles armes. Un jour, lorsqu'il n'en put plus et eut l'impression que le poids de l'instrument allait lui désarticuler l'épaule, il déclara forfait et réclama une pause. Otant son casque pour éponger son front ruisselant de sueur, il se tourna vers Dafydd qui les avait accompagnés.

– Et si vous faisiez un peu d'entraînement, vous aussi, Dafydd ?

– Je vous ai regardé faire avec beaucoup d'intérêt, répondit l'archer. Mais je n'aurais pas l'audace de demander à un chevalier de m'initier aux méthodes de combat des chevaliers, moi qui, vous le savez, ne suis, en réalité, qu'un simple archer.

– Au diable ces raisons qui n'en sont pas ! s'exclama Brian dont le désir de jouer les sergents instructeurs était si virulent qu'il en salivait presque. Je suis à votre entière disposition. Voulez-vous être mon élève ?

– Certes. Les armes, je peux les emprunter, mais j'aurais besoin d'une armure.

– La mienne devrait vous aller, à peu de chose près, dit Jim. Nous avons sensiblement la même taille, même si vous êtes un peu plus large d'épaules et un peu plus svelte que moi. Voulez-vous l'essayer ?

– Je ne demande pas mieux.

Aussitôt dit, aussitôt fait, et Brian put s'en donner à cœur joie avec son nouvel élève, un élève qui se révéla avoir beaucoup plus d'aptitudes à assimiler ses leçons que sir Giles et que Jim – mais ce dernier, et ils le savaient tous, était n'importe comment une cause perdue : c'est dès l'enfance qu'il aurait dû commencer à apprendre les rudiments, et même plus, de ce que Brian s'efforçait de lui inculquer. Les disciplines avec lesquelles Dafydd s'était familiarisé très jeune en s'initiant aux techniques de l'archerie l'aidaient à assimiler avec une rapidité déconcertante l'enseignement de Brian. Comme son instructeur, Dafydd était un athlète-né.

Pendant ce temps, les préparatifs en vue de la bataille se poursuivaient au château de Mer et chez les autres Frontaliers. Jim découvrit non sans étonnement qu'ils impliquaient la constitution d'un stock d'armes et d'armures supplémentaires et il lui fallut un certain temps pour réaliser, se souvenant de la bataille de Poitiers, que la durée de vie de ce matériel était limitée. Les armures étaient rapidement déformées et défoncées. Fléaux d'armes et autres instruments contondants eux-mêmes se brisaient et étaient mis définitivement hors d'usage en peu de temps.

Mais ces séances d'exercice n'étaient pas tout : il fallait que Jim ait une nouvelle entrevue avec les chefs des Hommes Creux et ceux des Petits Hommes pour peaufiner les ultimes détails et que tout soit bien clair dans l'esprit des uns comme des autres.

En particulier, il rappela à Eshan que tous les Hommes Creux devraient s'être rassemblés avant son arrivée. Ceux qui se présenteraient plus tard seraient impitoyablement refoulés et ils ne toucheraient pas un sol.

Il emmena Herrac avec lui quand il alla voir les

Petits Hommes et ils leur apprirent que le seigneur de Mer avait stipulé que cinq de leurs représentants pourraient participer au prochain conseil de guerre avant de leur annoncer diplomatiquement que les chevaliers présents seraient plus de dix-huit – vingt au minimum. Le bon côté de la chose, souligna Jim, était que les chevaliers lèveraient au total quelque dix-huit cents hommes, ce qui soulagerait en partie la pression à laquelle seraient soumis les schiltrons.

Ardac rétorqua que de toute manière l'armée des Petits Hommes serait au grand complet, et cela pour deux raisons : Un, parce que les Frontaliers ne viendraient peut-être pas aussi nombreux qu'ils le promettaient. Deux, parce qu'ils voulaient être sûrs que leurs effectifs seraient au moins égaux aux leurs lorsque la bataille s'engagerait. Par ailleurs, il accepta sans difficulté que ce soient les Petits Hommes qui passent les premiers à l'attaque pour ouvrir ensuite leurs rangs afin de permettre aux Frontaliers de charger les Hommes Creux montés sur leurs chevaux invisibles.

– J'ajouterai, sir Herrac, conclut-il, que je suis heureux que ce soit vous qui preniez la tête des Frontaliers. J'espère – et j'escompte – qu'ainsi, ceux de mon peuple seront honorablement traités.

– Vous en avez ma parole, répondit Herrac. Reste une question que je ne vous ai pas posée plus tôt parce que je n'étais pas encore leur chef à ce moment-là. Je dois vous demander, pour la forme, si, après la bataille, vous réclamerez une partie de l'or écossais ?

– L'or ne présente aucun intérêt pour nous, dit Ardac. Je sais que ceux de votre race y attachent un très grand prix. Mais les espèces sonnantes et trébuchantes n'existent pas chez nous et nous ne confectionnons ni colifichets ni bijoux comme vous le faites, vous. En outre, l'or n'entre pas dans la fabrication des outils et des armes. Je dois dire, enfin, que, sachant quelles passions il suscite chez vos semblables, nous préférons ne pas connaître cette soif de l'or. S'il y en a, que les Frontaliers le prennent, nous ne demandons pas mieux.

– Soyez-en remercié, Ardac. Je savais d'avance quelle serait votre réponse, mais en tant que commandant en chef des Frontaliers, j'étais tenu de vous poser la question. Le comprenez-vous ?

– Je le comprends. Maintenant, passons à autre chose. Vous prévoyez de regrouper les Frontaliers à une certaine distance de l'endroit où les Hommes Creux seront concentrés, n'est-ce pas ?

– En effet. Ils prendront position très tôt, mais assez loin du lieu de rendez-vous pour ne pas donner l'éveil aux Hommes Creux. Comment comptez-vous rassembler vos schiltrons ?

– Lorsque vous serez en place, nous ferons mouvement pour vous rejoindre. Ne me demandez ni comment s'effectuera ce mouvement, ni où nous nous masserons, ni comment nous ferons la liaison avec vous. Il vous suffit de savoir que nous sommes un peuple plus ancien et de plus grande expérience que le vôtre. Et nous connaissons ces bois et ces rochers comme seul peut les connaître un peuple qui y a vécu des siècles et des siècles. Nos guerriers, dispersés et invisibles, sont capables de se former presque en un clin d'œil en schiltrons aussitôt prêts à se lancer à l'assaut. C'est tout ce que vous avez besoin de savoir. Bien ; quand voulez-vous que nos forces respectives se rejoignent et passent à l'attaque ?

Ce fut Jim qui répondit :

– J'ai dit aux Hommes Creux que j'arriverais un peu avant midi. Il faudrait donc que les deux troupes se soient rejointes au plus tard à tierce afin que nous soyons en position dans les bois à sexte au plus tard. A ce moment, sir Herrac et le prince Merlon...

La façon dont Jim estropiait l'ancien nom de Dafydd arracha un sourire de résignation au Petit Homme.

– Nous n'utilisons pas vos mesures de temps chrétiennes mais nous savons que tierce correspond au mitan de la matinée et sexte à notre midi. Ces heures nous conviennent et nous serons exacts au rendez-vous. Je vous suggère qu'à ce moment, sir James, le prince Merlon... (cette fois, c'était la bonne prononciation, et le léger sourire qui fleurit sur les lèvres d'Ardac rappela à Jim sa prononciation défaillante) ... ainsi qu'une ou deux autres personnes de votre choix, si vous le jugez bon, nous retrouviez, moi et les autres chefs de schiltron, avant que nous ne fassions mouvement en direction de la cuvette où les Hommes Creux se seront regroupés.

– J'en suis d'accord. Nous viendrons au moins avec le sire Brian Neville-Smythe, un preux chevalier et un guerrier éprouvé. Je crois que vous le connaissez déjà ?

– Oui. Il s'est battu à nos côtés à l'occasion d'une escarmouche avec les Hommes Creux. Il sera le bienvenu.

– Parfait. (Herrac regarda le ciel.) Nous allons maintenant prendre congé. Nous ne nous reverrons plus avant cette rencontre qui précédera l'assaut.

– Entendu.

Arrivés au château, Herrac retourna à ses affaires tandis que Dafydd et Jim montaient rapporter à un Brian que rongeait l'impatience les résultats de leur entretien avec Ardac.

Jim avait l'impression que la perspective de la bataille imminente obsédait exagérément son ami, et cela le surprenait un peu. Jusqu'au moment où il comprit que l'idée du combat était la seule chose qui pouvait détourner les pensées de Brian de son amour tout neuf pour Liseth – et d'Ewen MacDougall qui la suivait comme son ombre.

Il sautait aux yeux que l'Ecossais éprouvait un vif

sentiment pour la jeune fille, mais que, pour employer une expression qui aurait laissé les médiévaux pantois, il n'avait pas « fait un panier » avec elle, physiquement parlant. Sinon, l'ardeur d'un garçon comme lui, habitué aux façons de faire en usage à la cour – une partie de jambes en l'air vite fait bien fait après le bref intermède galant de rigueur –, se serait déjà refroidie.

Quant à savoir si Liseth éprouvait si peu que ce fût des sentiments analogues à son égard, c'était une question à laquelle Jim était bien incapable de répondre, et elle l'intriguait de plus en plus. Si tel n'était pas le cas, Liseth était une comédienne sans pareille, ce qui était pour le moins étonnant, s'agissant d'une jeune fille qui avait grandi dans un château isolé de ce Northumberland presque désert, coincé entre la mer et la frontière écossaise. Mais, quoi qu'il en soit, Jim n'avait pas son mot à dire dans cette affaire. Aussi, il tira purement et simplement le rideau et tourna ses pensées vers ce qui était la priorité du moment : se préparer au combat.

Il poursuivait ses séances d'entraînement avec assiduité. Brian avait maintenant suffisamment récupéré pour jouer les maîtres d'armes – ce dont Jim, d'ailleurs, ne revenait pas. Le chevalier voulait à tout prix faire partie du détachement des Frontaliers quand sonnerait l'heure de la confrontation avec les Hommes Creux.

Ainsi, alors que Jim avait pensé que l'attente lui paraîtrait interminable, le temps passait à une vitesse fulgurante.

Brusquement, on en fut à la veille de la bataille : c'était ce soir qu'allait se tenir le dernier conseil de guerre.

28

Le conseil se tiendrait tout à l'heure sous la présidence de sir Herrac dans la salle haute, ce qui laissait du temps à Jim pour essayer une dernière fois d'établir le contact en rêve avec Carolinus. Curieusement, les tentatives qu'il avait faites ces derniers jours pour le joindre s'étaient toutes soldées par des échecs.

Les derniers rayons du soleil à son déclin passant par les barbacanes percées dans le mur éclairaient la petite chambre où il s'était isolé. S'allongeant sur son matelas, il ferma les yeux et écrivit la formule *ad hoc* derrière son front :

MOI DORMIR/RÊVER ——➤ CAROLINUS

Il s'endormit instantanément. Cette fois, ce fut dans la maison même du magicien qu'il se retrouva.

– Je suppose que vous êtes occupé mais je n'ai pas pu vous contacter plus tôt, lui dit-il. Je vous demande de m'excuser si je vous interromps, mais la situation a atteint un seuil critique.

– Non, mon garçon, tu ne me déranges nullement, répondit Carolinus. J'étais tout aussi impatient de parler avec toi.

Dans son rêve, Jim contempla le vieil homme à la barbe blanche. Sous la broussaille de ses sourcils, son regard, d'ordinaire si courroucé, était d'une douceur quasi angélique.

Jim sentit son estomac se nouer : c'était invariablement quand il avait de mauvaises nouvelles à lui annoncer que l'irascible magicien se montrait aimable. Comme pour amortir le choc.

– Je...

Mais Carolinus lui coupa la parole :

– Je dois d'abord te prévenir que tu affrontes à présent un moment à la fois dangereux et difficile. (Son ton avait presque retrouvé sa sécheresse habituelle.) Mais comme on n'y peut rien, il nous faut discuter de la meilleure façon d'aborder cette mauvaise passe.

– J'allais vous dire que les Petits Hommes et les Frontaliers sont d'accord pour s'entendre afin de tenter d'en finir une fois pour toutes avec les Hommes Creux. Autrement dit, les choses semblent bien se présenter sur ce point. La seule inconnue est de savoir si nous gagnerons ou non la bataille. Mais ce que je voulais vous demander, c'est si vous avez, *vous*, du nouveau en ce qui concerne le Ver et le rôle que peuvent éventuellement jouer en sous-main les Noires Puissances dans cette affaire.

– Non, non et non, répondit catégoriquement Carolinus. Notamment pour ce qui est du Ver, je ne sais ni pourquoi il est là-bas, ni ce qu'il est censé faire. Sa présence même va à l'encontre de la pratique habituelle des Noires Puissances qui maintiennent les créatures à leur service à proximité des lieux où elles règnent. Mais je ne saurais trop te conseiller de te tenir sur tes gardes et de te méfier de lui. Il a forcément une mission à remplir, sinon il n'aurait aucune raison d'être là. (Le mage s'interrompit le temps de reprendre sa respiration.) C'est tout ce que je peux te dire, je ne sais rien de plus. Idem pour les Noires Puissances. La seule chose que je sais, c'est qu'elles sont favorables à une invasion de l'Angleterre menée par l'Ecosse et appuyée par un débarquement français.

– Tout cela ne m'est pas d'un grand secours.

– J'aurais aimé pouvoir t'aider davantage, mon garçon. Vraiment. Où en est ton compte magie ?

– Il faudra que je tape dedans pour devenir la copie conforme d'Ewen MacDougall quand je distribuerai leur or aux Hommes Creux, demain. J'avoue que je n'ai pas osé demander au Département où mon compte en est exactement. Vous êtes sûr que vous ne pourriez pas me prêter...

– C'est absolument hors de question, dit fermement Carolinus. Le Département a été très clair là-dessus. Un maître n'accorde pas de prêt à son apprenti. Tu devrais t'informer auprès de lui pour connaître ta position. Il ne faudrait pas qu'au beau milieu de l'action, tu cesses brusquement de ressembler à MacDougall, non ?

– Ce serait le pire qui pourrait m'arriver. Mais je serai peut-être forcé de prendre ce risque.

La moustache de Carolinus se hérissa.

– Si tu veux un bon conseil, n'hésite pas. On n'arrive à rien si on ne prend pas de risques. De temps en temps, il faut savoir se jeter à l'eau.

– C'est bien ce que je compte faire. Mais j'ai pensé à une chose. Les Petits Hommes disent qu'ils possèdent quelques pouvoirs magiques, et je les crois. Pensez-vous qu'il me serait possible de leur emprunter un peu de leur magie ? Je ne leur en ai pas soufflé mot parce que je voulais d'abord avoir votre avis.

– Garde-t'en bien ! En premier lieu, aucune communauté n'acceptera de te faire un pareil prêt, bien que le Département des Comptes ne l'interdise pas formellement. Mais il n'existe tout simplement pas de mécanismes – de mécanismes magiques, j'entends – permettant de réaliser cette opération. D'autre part, les Petits Hommes attachent le plus grand prix à leurs pouvoirs et ce serait solliciter une faveur que tu ne peux pas décemment exiger d'eux.

– Bon, soupira Jim avec résignation. N'importe comment, ce n'était qu'une idée en l'air, n'en parlons plus. Nous allons tenir réunion ce soir vers l'heure du souper. Demain, nous nous réunirons à proximité de l'endroit où seront rassemblés les Hommes Creux. Là, je quitterai le groupe avec Dafydd – et Brian s'il y tient – pour leur distribuer l'or écossais. Alors, les Petits Hommes et les Frontaliers attaqueront. Ils les prendront en tenaille et il ne restera plus qu'à les liquider. Ce qui est dommage, ajouta Jim après un bref silence, c'est que je n'aurai pas le moyen de prendre contact avec vous en catastrophe si jamais le besoin s'en faisait sentir.

– Si, c'est tout à fait possible. Et sans enfreindre les règles à proprement parler... juste en les forçant un peu. Si tu as vraiment besoin de me joindre ou si tu sens des picotements dans ton coude droit, tu n'auras qu'à fermer les yeux et tu me verras. Mais ne me parle pas. Contente-toi de penser les mots dans ta tête. Tu pourras faire ça ?

– Avec joie !

Et ce n'étaient pas des paroles en l'air !

– Si je mets ce procédé en œuvre, ce n'est pas parce que tu pourrais avoir besoin de moi mais parce que je pourrais, moi, avoir besoin de toi, comprends-tu ? Un maître peut avoir une raison de convoquer son apprenti ou de lui poser une question, non ? Si cela défrise le Département des Comptes, il n'aura qu'à me demander de m'expliquer !

– Merci, dit Jim.

– Par Belzébuth et Balthazar ! gronda Carolinus, toute son acrimonie retrouvée. Arrête donc de passer ton temps à me dire merci ! Contente-toi de faire ton devoir d'apprenti, on ne t'en demande pas plus. Et maintenant, décanille ! J'ai à faire.

– Eh bien, je vous laisse. Bonsoir.

– Bon... (Carolinus s'était déjà évanoui.)

Jim était allongé sur son lit, ses yeux grands ouverts fixés sur la surface rugueuse du plafond de pierre.

Il se mit debout. Au moment de sortir, la tentation fut la plus forte et il n'y résista pas. Il s'immobilisa. Il n'y avait pas la moindre oreille à proximité.

– Département des Comptes ? appela-t-il.

La familière voix de basse s'éleva au niveau de son coude gauche.

– Oui ?

Jim tressaillit. Il ne savait pas pourquoi, mais la voix du Département avait le don de le faire sursauter chaque fois qu'il l'entendait.

– Je voudrais connaître ma position. Ce qui reste de mon crédit magie suffira-t-il pour que, demain, je puisse me métamorphoser à l'image d'un autre ?

– Cela dépendra du temps pendant lequel vous voudrez garder votre déguisement. D'autres questions ?

– Non, répondit Jim sur un ton lugubre.

Il aurait aussi bien fait de ne pas poser la question : il n'était pas plus avancé. A partir de quand le temps dont il disposerait serait-il épuisé ? Il n'en savait rien. Et, à bien y réfléchir, le Département des Comptes ne pouvait pas le savoir davantage puisque Jim serait obligé de continuer à jouer le personnage de MacDougall jusqu'au moment où, se rendant compte qu'ils étaient attaqués, les Hommes Creux cesseraient de s'intéresser à lui. Alors seulement, il pourrait baisser la visière de son heaume, sauter à bas de la plate-forme avec Dafydd – et Brian s'il était là aussi – et plonger au milieu de la masse des assaillants pour sortir de la mêlée.

Le soleil avait baissé et une pénombre crépusculaire baignait maintenant la chambre que n'éclairaient plus les meurtrières. Il sortit et s'engagea dans l'escalier. Il serait un peu en avance mais cela n'avait pas d'importance.

Quand il entra dans la grande salle, il eut la surprise de constater qu'il n'était pas le premier. Herrac et ses fils, Christopher excepté, étaient déjà assis autour de la table, en compagnie de Dafydd et de Brian. Seul Ewen MacDougall manquait à l'appel.

– Où est MacDougall ? demanda-t-il en s'asseyant à son tour.

– Dans sa chambre, lui répondit Herrac. Des gardes sont postés devant sa porte. Je lui ai dit sans détour que j'avais des affaires personnelles à régler et qu'il y resterait enfermé jusqu'à ce que je juge bon de lui rendre sa liberté de mouvement. Il a à boire et à manger. Les domestiques ont l'ordre de veiller à maintenir les torchères allumées et de vider son vase de nuit s'il en est besoin. Ne nous occupons plus de lui. Les autres ne vont pas tarder à arriver. En attendant, j'ai quelques recommandations à vous faire à tous.

Il toisa sévèrement ses fils qui parurent se recroqueviller comme à chaque fois qu'il les regardait ou s'adressait directement à eux.

– Nous devons être détendus, cesser de penser à ce qui se passera demain et paraître aussi indifférents que possible à ce qui nous attend. Il ne faut pas que ceux qui doivent nous rejoindre puissent penser que nous avons organisé ou manigancé Dieu sait quoi derrière leur dos.

– Voilà un excellent conseil, sir Herrac, dit Brian. (Il bâilla et allongea les jambes avec décontraction.) Après tout, cela va être une joyeuse journée. J'attends demain avec impatience !

– Vous avez, je le crains, plus de goût pour la bataille que beaucoup d'entre nous, sir Brian. Mais vous nous donnez là le bon exemple.

Comme Herrac disait ces mots, Liseth fit son entrée et gagna sa place.

– Tu peux rester avec nous pour le moment, Beth... grommela Herrac.

C'était la première fois que Jim l'entendait appeler sa fille ainsi. Ce devait être un petit nom familier. Il en aimait la sonorité.

– Merci, père, fit Liseth avec vivacité.

– ... mais tu t'en iras dès que nos premiers invités arriveront – ce que ta chère mère aurait fait sans qu'il eût été besoin de l'en prier.

– Oui, père. (Mais il y avait moins d'alacrité, cette fois, dans la voix de la jeune fille.) N'ayez crainte. Je serai la châtelaine et la lady que je dois être.

– C'est tout ce que je souhaite pour toi – et pour mes fils. Que tu sois toujours une gente dame, qu'ils soient toujours des gentilshommes et, plus tard, des chevaliers aussi honorables que vaillants.

– Je sais, père. (Liseth posa un instant la main sur le bras musculeux de Herrac.) Jamais aucun d'entre nous ne vous décevra. Vous le savez, père.

– Oui, je crois le savoir. (Brusquement, Herrac leva les yeux en direction de la porte d'entrée.) Et voici le premier de nos hôtes. Tu peux rester le temps de lui faire bon accueil, Liseth.

– Oui, père.

Liseth se leva et se tourna vers l'homme qui avait franchi le seuil. C'était William de Berwick. Il sourit à sa vue.

– Ah ! s'exclama-t-il en s'approchant d'elle. Mais où est donc passée la petite Beth que je faisais sauter sur mes genoux ? Quelle joie de voir la beauté que vous êtes devenue, lady Liseth !

– Merci, sir William. (Une petite révérence accompagna ces mots.) Mais je dois vous laisser vous entretenir de vos affaires, messires. Si vous avez besoin de quoi que ce soit, les serviteurs sont à portée de voix. Je vous souhaite la bonne nuit.

– Bonne nuit, Liseth, dit son père tandis qu'elle

disparaissait dans la cuisine. Asseyez-vous et prenez un peu de vin, Willie. Vous êtes le bienvenue.

– Oui, par saint Peter ! fit William en s'asseyant et en saisissant la coupe que Herrac venait de remplir à son intention. Vos fils ont grandi à l'égal de votre fille, à ce que je vois.

Il vida d'un seul trait sa coupe que Herrac remplit à nouveau dès qu'il l'eut reposée. Il n'en but, cette fois, qu'une gorgée, mais il la garda dans sa main, le coude posé sur la table.

– Je n'ai vu personne en chemin mais je crois qu'ils vont tous venir. Sir John le Graeme a travaillé au corps ceux qui auraient pu être tentés de tergiverser.

– Alors, il fait vraiment bloc avec nous ? demanda Herrac.

– Entièrement ! (William s'offrit encore une copieuse rasade.) Vous pensiez qu'il était jaloux de vous parce que nous vous avions élu pour chef ? Non, il ne croit pas que le pouvoir vous montera à la tête et que vous en ferez une habitude, Herrac. Nous savons tous où vous portent vos inclinations. Pas à mener des hommes au combat, en tout cas. Et, d'ailleurs, nous savons tous, aussi, que vous êtes le meilleur chevalier que nous pouvons avoir à notre tête.

– Absolument ! C'est là pure vérité ! s'exclama William, le cadet de Giles.

Le sire de Berwick le dévisagea d'un œil peu amène.

– Je parlais des hommes, pas des petits garçons.

– Qu'entendez-vous par là ? Que mes frères, les fils du seigneur Herrac, n'ont pas le droit de s'exprimer à cette table alors que, demain, ils combattront avec nous ? fit Giles d'un ton mordant, son épaisse et blonde moustache soudain retroussée. Est-ce cela que vous voulez dire, sir William ? Si tel est le cas, sachez que, fils de sir Herrac et chevalier adoubé moi-même, de tels propos ne sont pas de mon goût !

– Mon intention n'était nullement de vous classer parmi les blancs-becs, sir Giles, dit sir William avec une évidente volonté d'apaisement. Mais vos reproches n'en sont pas moins fondés pour autant. En parlant comme je l'ai fait, je me suis montré injuste envers vos frères. Qu'ils s'expriment comme ils le souhaitent : je m'abstiendrai désormais de traiter leurs interventions par le mépris.

– L'incident est donc clos, laissa alors tomber sir Herrac. Sir William reconnaît le plus gracieusement du monde qu'il a peut-être commis une erreur, Giles. Tu as beau être chevalier, je te conseille de tirer de son attitude la leçon qui convient, et ce pour ton propre bien. Ah ! mais voilà qu'arrivent nos amis !

Toutes les têtes se tournèrent vers la porte. Quatre hommes, en effet, s'avançaient vers la table, bientôt suivis d'un cinquième. Jim sentit une certaine tension s'emparer de lui. Et de l'excitation. La réunion était sur le point de s'ouvrir.

Observant la salle qui commençait à se remplir, il se rendit compte que les nouveaux venus avaient apparemment conscience du rang qu'ils occupaient respectivement dans la hiérarchie. La plupart s'asseyaient à la table basse. Seul le haut bout de la table haute était occupé, de sorte qu'aucun de ceux qui s'y tenaient ne tournait le dos à cette dernière. Herrac était à sa place habituelle – la place centrale –, Dafydd à sa droite – la place d'honneur qui revenait de droit au « prince Merlon » – et le baron de Bois de Malencontri à sa gauche. Venaient ensuite Brian, puis sir Giles et ses frères.

Toutefois, toutes les places à la droite de Dafydd demeuraient inoccupées. Sir William de Berwick, qui s'était installé en face de sir Herrac, se leva et s'approcha de celui-ci.

– Mais que diable cela signifie-t-il ? demanda-t-il en indiquant les sièges vides.

Jim se pencha en arrière ; ce fut alors qu'il remarqua que les cinq premiers bancs avaient été remplacés par d'autres, aux pieds surélevés, qui arrivaient presque au niveau du plateau de la table.

– Ce sont les sièges réservés aux représentants des Petits Hommes, répondit Herrac. Prenez le banc suivant. Ou, plutôt, celui d'après pour laisser celui-là à sir John le Graeme.

Quand il se fut rassis, sir William dévisagea Herrac.

– Tous les cinq prendront donc place à la table haute alors que la plupart des bons chevaliers que nous sommes devront siéger à la table basse ?

– Ce côté de la table haute est réservé à ma famille et aux chefs. Les Petits Hommes que nous avons conviés sont des chefs dont les prérogatives sont égales aux nôtres. C'est pourquoi ils prendront place sur les sièges qui ont été préparés à leur intention.

Sir William ne dit mot mais, quand il remplit à nouveau sa coupe, tout dans son attitude dénotait la désapprobation. Herrac fit mine d'ignorer sa réaction.

D'autres chevaliers arrivaient sans discontinuer. Sir John le Graeme, quand il eut fait son entrée, s'assit juste à droite des sièges prévus pour les Petits Hommes mais, contrairement au seigneur de Berwick, il ne fit pas de commentaire. De toute évidence, il avait compris au premier coup d'œil à qui ils étaient destinés. Finalement, celui qui, selon le compte de Jim, était le dernier Frontalier attendu, pénétra dans la salle.

Soudain, alors que tout le monde bavardait et trinquait, la porte s'ouvrit et les cinq Petits Hommes apparurent.

Les conversations se turent et ce fut dans un silence total que les chefs de schiltron, Ardac en tête, se dirigèrent vers la table haute. Ils virent les tabourets qui avaient été prévus pour eux et s'assirent.

La voix puissante de sir Herrac brisa alors le silence :

– Son Altesse le prince Merlon, le baron sir James de Bois de Malencontri et de Riveroak, nos alliés les Petits Hommes, conduits, je crois, par Ardac, fils de Lutel... (il lança un coup d'œil à ce dernier qui hocha imperceptiblement la tête) ...et ceux qui sont convoqués à cette assemblée semblent tous être là. Je déclare, en conséquence, que la discussion sur la tactique que nous emploierons demain pour affronter les Hommes Creux peut s'ouvrir.

29

Les débats commencèrent donc et Jim fut quelque peu surpris par leur sérieux. Les interruptions lancées à pleins poumons arrivant comme des cheveux sur la soupe qui caractérisaient les palabres à la bonne franquette auxquelles il lui avait été donné d'assister brillaient par leur absence.

En guise de préambule, Herrac indiqua le lieu et l'heure de l'ultime conseil qui se tiendrait à proximité de l'endroit où seraient concentrés les Hommes Creux. Puis il distribua des cartes qui, bien que rudimentaires, étaient tout à fait compréhensibles. Ceux qui connaissaient le chemin guideraient ceux qui ne le connaissaient pas. On fit ensuite le compte des effectifs que chacun pouvait rassembler.

Herrac, pour sa part, s'engagea à lancer cent vingt-trois hommes dans la bataille. Le nombre des hommes d'armes assurant, à sa connaissance, la défense du château étant bien loin d'atteindre ce chiffre, Jim en demeura abasourdi. Jusqu'au moment où il se dit que les terres de sir Herrac comptaient des quantités de serfs qui pouvaient être mobilisés si besoin était. Et qui se tenaient en alerte, prêts à prendre les armes.

Sir John le Graeme prit la parole quand Herrac en eut terminé.

– Il nous reste encore à entendre les porte-parole

de nos alliés, dit-il à haute et intelligible voix. Peut-être pourront-ils nous faire savoir quelle sera leur contribution en hommes et nous donner l'assurance que ceux-ci seront à pied d'œuvre au moment où nous aurons besoin d'eux ?

Compte tenu de la composition de l'assemblée, la question ainsi posée n'était pas très loin de la provocation, mais l'intention de sir John était claire : c'était un défi lancé aux Petits Hommes et personne ne s'y trompait.

Ardac tourna la tête vers sir John, puis son regard fit le tour de la table.

– Nous jetterons dans la bataille huit schiltrons de cent cinquante piquiers, soit, en comptant leurs chefs, douze cents combattants. Ce qui, je crois, est plus que le chiffre total que vous autres vous êtes engagés à fournir.

Une fois de plus, la profondeur de la voix d'Ardac impressionna Jim.

– En principe, poursuivit le Petit Homme, un schiltron comprend six rangs de vingt piquiers. Dans le cas présent, et afin d'avoir la certitude que le cercle qui se refermera autour des Hommes Creux sera sans faille de sorte que pas un seul d'entre eux ne puisse nous échapper, les schiltrons seront dédoublés. Nous disposerons par conséquent de seize schiltrons de trois rangs de piquiers seulement.

– Est-ce que... commença John le Graeme.

Mais Ardac n'avait pas l'intention de se laisser couper la parole.

– Excusez-moi, sir John, mais je n'en ai pas fini. Nous ne serons pas au rendez-vous que vous aviez prévu avant l'assaut. Toutefois, nos chefs prendront contact avec les vôtres une fois que vous serez à pied d'œuvre. Mais, cette rencontre mise à part, vous ne verrez aucun des nôtres avant que vous ayez pris position pour entourer l'adversaire. Nous avons une technique bien à nous pour nous glisser entre les arbres, mais cela est notre affaire et ne vous concerne pas. La seule chose qui compte pour vous est d'avoir l'assurance que nous serons sur vos arrières quand vous vous mettrez en mouvement. (Ardac tourna les yeux vers Dafydd :) Cette manœuvre se fera sous le commandement direct du prince Merlon.

Il avait donné leur prononciation exacte à ce titre et à ce nom, et c'était la première fois que les Frontaliers entendaient la musique de cette langue inconnue.

– Aussi, nous désirons qu'il nous accompagne tout à l'heure lorsque nous nous retirerons afin qu'il soit avec nous demain quand nous nous retrouverons avant l'attaque.

– Veuillez me pardonner, Ardac, fils de Lutel, dit Dafydd. Je serai, certes, à votre tête et vous représenterai en toute chose mais je ne partirai pas avec vous ce soir et je ne serai pas demain parmi vous. Je serai, en effet, aux côtés de sir James de Bois de Malencontri quand il distribuera l'or aux Hommes Creux. Un plan de la clairière vous a été remis. Vous savez donc qu'il y a au pied d'une des falaises une saillie rocheuse surplombant le sol de deux ou trois pieds. C'est sur cette plate-forme que sir James se tiendra afin que toute l'attention des Hommes Creux soit dirigée sur lui, et il est indispensable que je sois avec lui.

– J'y serai également, je vous en fais promesse, dit Brian.

– Et moi aussi ! fit en écho une voix gutturale.

Surgissant, eût-on dit, du néant, une silhouette noire bondit sur la table, juste devant Christopher, le plus jeune des frères de Mer. C'était Snorrl le loup qui avait soudain jailli d'un coin sombre de la salle où il était tapi. Il s'avança jusqu'à ce qu'il fût à la hauteur de Jim.

– Je suis Snorrl, loup de Northumbrie, annonça-t-il à la cantonade. Quelques-uns d'entre vous ont peut-être entendu mon chant par une nuit de gel. Je serai aussi sur cette plate-forme parce que les Hommes Creux ont autant peur des loups que vous autres, deux-pattes, avez peur de tout ce qui vient des ténèbres. Ceux d'entre vous qui l'ignoraient le savent maintenant s'ils m'écoutent. (Ouvrant toute grande la gueule, le loup émit son rire silencieux.) Et maintenant que Snorrl, dont le peuple régnait en maître sur cette terre quand aucun membre de votre race n'y avait encore posé le pied, vous a instruits, il vous laisse poursuivre votre futile bavardage. Que personne n'essaie de me suivre. Quiconque s'y risquerait s'en repentirait.

Il y eut un crissement de griffes. Snorrl pivota sur lui-même, bondit par-dessus la tête de Jim et disparut aussi vite qu'il s'était matérialisé.

Comme hypnotisés, tous, les Petits Hommes comme les Frontaliers, braquaient leurs yeux sur Jim. Le silence s'éternisant et menaçant de devenir embarrassant, celui-ci jugea préférable de le rompre.

– Je crois que quelques mots s'imposent, dit-il. Je suis un magicien aussi bien qu'un chevalier, tous ceux qui sont ici le savent. Vous ne m'avez pas vu pratiquer d'enchantements car l'art de magie requiert la discrétion. Mais la prochaine fois que vous me verrez sur cette plate-forme au pied des falaises, j'aurai une autre apparence. Je serai revêtu du costume d'Ewen MacDougall, l'envoyé du roi d'Ecosse chargé de remettre l'or aux Hommes Creux, et mon visage sera le sien. Peut-être me faudra-t-il effectuer quelques autres petits sortilèges mais cela ne vous concerne pas. Toutefois, il faut que vous autres, Frontaliers, sachiez ceci. Lorsque la tenaille se sera refermée autour des Hommes Creux et qu'ils auront été repoussés assez loin pour que vous puissiez vous engouffrer dans les couloirs que les Petits Hommes vous auront ouverts dans leurs rangs, ce sera pour moi le signal que la seconde étape aura été franchie sur la route de la victoire. Alors, sir Brian, le prince Merlon et le loup que vous venez de voir plongeront de haute lutte dans la mêlée comme moi. Quand nous émergerons de la masse des Hommes Creux, les Petits Hommes voudront bien nous ménager un passage. Je compte sur vous tous pour assurer notre protection. J'aurai alors recouvré mon vrai visage mais je porterai sur mon armure un surcot appartenant à Ewen MacDougall. Quand vous partirez tout à l'heure, vous pourrez voir ce surcot accroché à un pilier à côté de la poterne. Il est orné des armoiries de son propriétaire surmontant la devise de son clan : *Buaidh no Bas.*

Ce qui voulait dire *La Victoire ou la Mort*, Jim le savait grâce à Giles qui lui avait traduit ce cri de guerre gaélique. Il n'en était pas un seul parmi les Frontaliers qui n'eût compris les trois mots que Jim venait d'écorcher.

– Ce sera le signe de reconnaissance à la vue duquel vous vous écarterez pour nous laisser passer. Et attention : quand je dis *nous*, je veux dire *nous tous*, y compris le loup. Que nul d'entre vous ne s'avise de lever son arme contre aucun de mes amis, qu'il marche sur quatre pattes ou sur deux jambes. Je vous promets sur mon honneur de magicien que quiconque passerait outre à cette injonction le regretterait. Sur mon honneur de magicien, je le répète.

Jim se tut. Dans la salle régnait toujours le même silence. Il n'avait pas détendu l'atmosphère comme cela avait été son intention. Au contraire, elle s'était encore alourdie. Mais il avait été indispensable qu'il dise ce qu'il venait de dire. Il était probable que ces hommes s'adonnaient à la chasse au loup quand l'occasion s'en présentait. Et, quelle que fût sa force, Snorrl n'aurait pas fait le poids face à une troupe de Frontaliers ivres de sang.

Ce fut, cette fois, Herrac qui brisa le silence, toujours aussi pesant.

– Je crois, messires, que nous avons entendu tous ceux qui avaient quelque chose à dire. (Sa voix tonnante eut l'effet d'un électrochoc sur l'auditoire qui sortit de sa stupeur.) Quelqu'un a-t-il une observation à faire ?

Son regard se posa d'abord sur sir John le Graeme, qui fit non de la tête, puis sur Ardac.

– Nous avons dit ce que nous avions à dire, laissa tomber ce dernier. Nous allons maintenant nous retirer.

Il se leva, imité par ses compagnons, et les cinq Petits Hommes se dirigèrent vers la porte.

On eût dit que le bruit qu'elle fit en se refermant derrière eux dissipa la tension qui paralysait les Frontaliers. On se remit à parler à ses voisins et à remplir les coupes. Mais la voix d'Herrac s'éleva à nouveau, dominant le brouhaha des conversations particulières :

– En ce cas, je déclare la discussion close. Nous nous retrouverons donc demain matin à l'heure et au lieu convenus. Que ceux qui souhaitent s'en aller s'en aillent. Mais ceux qui désirent s'entretenir avec les autres sont libres de rester.

La rumeur des bavardages reprit avec une véhémence accrue. Jim attendait de voir si quelqu'un avait envie de lui poser des questions. Mais aucun des chevaliers assis autour de la table basse ne se levait.

Brian se pencha vers lui et lui chuchota à l'oreille :

– Comment le loup est-il entré ?

Jim haussa les épaules.

– Rappelez-vous Aragh, répondit-il sur le même ton. Il allait et venait sans que personne ne le voie. Apparemment, passer inaperçu est le propre de tous les loups. Mais la raison pour laquelle Snorrl est venu nous tenir ce discours saute aux yeux. Si les Frontaliers ici présents ne savaient pas pourquoi il sera demain sur la plate-forme avec nous, rien ne les empêcherait de se jeter sur lui quand nous nous replierons, même si nous n'avons, nous, rien à craindre d'eux.

– Quand même, murmura Dafydd, se joignant à leur conciliabule, il y en aura peut-être plus d'un qui, dans l'ivresse du combat et assoiffé de sang, cherchera à lui faire un mauvais parti. Le mieux, quand nous partirons, sera que nous lui fassions un rempart de nos corps. Vous, James, vous avancerez en tête, moi à votre droite et Brian à votre gauche un peu en arrière.

– Personne ne semble particulièrement désireux de venir nous parler, fit Jim.

– C'est peut-être à cause du rang honorifique qui est maintenant celui de Dafydd, dit Brian, toujours à voix basse. Ou de notre notoriété qui est, je n'en doute pas, parvenue aux oreilles de tous. Ce sont des hommes fiers, ces Northumbriens. Ils n'aimeraient pas donner à leurs voisins l'impression qu'ils sont avides de lier connaissance avec des gens qui ont un nom célèbre ou un titre. Si nous montions dans ma chambre pour discuter devant un cruchon de vin de ce que nous ferons demain sur cette plate-forme ?

– Voilà une idée judicieuse, dit Dafydd.

– Tout à fait, approuva Jim.

Tous trois se levèrent comme un seul homme, enjambèrent le banc, saluèrent sir Herrac et quittèrent la salle.

Le ménage avait été fait, le lit préparé. Les torchères brûlaient mais la chambre n'était pas trop enfumée. Un cruchon et des coupes trônaient sur la table. Un valet – on avait réduit le nombre des domestiques de garde maintenant que l'état de Brian s'améliorait de jour en jour – était assis par terre dans un coin. Il se leva précipitamment à l'entrée de Jim et de ses compagnons.

– Un autre cruchon, lui ordonna Brian. Et quand tu l'auras apporté, tu attendras dehors.

Tous trois prirent place autour de la table et Brian remplit les coupes. Jim but une gorgée et reposa la sienne : il n'avait aucune envie d'avoir la gueule de bois demain – surtout demain !

– Alors, James, ouvrez-nous votre cœur, lui demanda Brian après s'être, pour sa part, offert une généreuse rasade. Comment les choses vont-elles se passer demain ?

– Tout devrait marcher comme sur des roulettes. Quand ils nous verront arriver tous les trois dans la clairière avec un cheval chargé de deux coffres remplis d'or, vous pouvez être tranquilles : ils s'écarteront pour nous laisser le passage afin que la distribution puisse commencer. J'ai examiné la plate-forme avec attention et je crois qu'il sera possible d'y faire grimper les chevaux. Elle n'est pas très large mais elle est suffisamment longue pour les rassembler à son extrémité, détacher les coffres... A propos, c'est nous-mêmes qui les détacherons. Il ne faudra pas que les Hommes Creux nous aident : l'un d'eux pourrait profiter de l'occasion pour s'adjuger une poignée d'or en douce.

– C'est, en effet, un danger, dit Dafydd. Mais vous pourriez peut-être protéger les coffres par quelque sortilège et, quand nous serons sur la plate-forme, avertir les Hommes Creux qu'il arrivera les pires désagréments à ceux qui auraient le malheur de toucher à l'or avant que nous les ayons ouverts.

– Voilà une excellente suggestion, Dafydd, approuva Brian.

– Je vais vous confier un secret, dit Jim. Vous m'avez tous les deux déjà entendu parler du Département des Comptes, n'est-ce pas ?

Brian plissa le front.

– Oui, bien sûr. Mais je ne vois pas très bien le rapport, James.

– Il faut que vous sachiez, même si vous êtes les seuls, que mon crédit magie est presque entièrement épuisé. Il me reste juste assez de pouvoir pour prendre l'aspect d'Ewen MacDougall – en espérant que mon visage restera à l'image du sien pendant tout le temps où nous nous tiendrons sur la plate-forme. En outre, je serai forcé d'utiliser encore un peu de ce reliquat pour faire en sorte que Snorrl ait l'air d'avoir deux fois sa taille réelle. Je crois que cela frappera énormément les Hommes Creux. Mais il ne faudra pas que cela vous impressionne, vous. En dépit des apparences, il sera toujours le même loup doté de la même puissance.

– Vous avez eu raison de nous prévenir, James, dit Dafydd après un silence.

– Oui, tout à fait et...

Brian s'interrompit car la porte s'ouvrit brusquement. Le valet, hors d'haleine, s'engouffra dans la chambre avec un cruchon de vin qu'il alla déposer sur la table.

– Je resterai dans le couloir, messeigneurs, dit-il d'une voix saccadée, en esquissant maladroitement une révérence avant de ressortir.

Brian attendit qu'il eût refermé pour reprendre le fil de son discours :

– Comme je disais, je suis entièrement de l'avis de Dafydd. Je ne sais pas trop comment j'aurais moi-même réagi devant un loup deux fois plus gros que la normale – encore qu'Aragh ne soit pas tellement loin du compte, pardieu, et que j'en aie pris l'habitude. A propos, James, quand Snorrl doit-il nous retrouver ?

– Il le fera quand il jugera que le moment en est venu et nous ne le verrons pas une seconde plus tôt. Je suppose qu'il se manifestera avant que nous soyons parvenus à la clairière parce qu'il tiendra à la traverser en notre compagnie – à l'aller comme au retour –, rien que pour avoir le plaisir de voir les Hommes Creux reculer avec effroi à son approche.

– Il est quand même étrange que ces gens qui, à un

détail près, sont des fantômes soient ainsi terrifiés à la vue d'un loup, dit Dafydd.

– Donc, enchaîna Jim, lorsqu'il nous aura rejoints et que nous serons sur la plate-forme, nous descendrons de cheval et nous détacherons les coffres nous-mêmes. Alors, nous commencerons la distribution. Chaque Homme Creux recevra deux écus d'or français.

– Palsambleu ! s'exclama Brian. Ils ne sont pas bon marché, les Hommes Creux !

– Le fait est, convint Jim. Deux *francs à cheval*[1] d'or fin récemment frappés par le roi de France pour financer l'invasion de l'Angleterre qu'il projette. Son effigie à cheval orne l'avers de la pièce.

– Et dire que ce sera dans les poches des Frontaliers que tombera ce trésor ! soupira Brian, songeant manifestement à ce qu'une poignée de cet or signifierait pour lui et son château menaçant ruine. Enfin ! Nous avons du vin, notre force (il regarda les deux autres et sourit) et nos amis.

Jim et Dafydd lui rendirent son sourire.

– Absolument, fit Dafydd de sa voix douce. Et n'est-ce pas là le bien le plus précieux de tous ?

Jim but une nouvelle gorgée de vin, un peu plus généreuse que la première, et reposa sa coupe sur la table.

– Toujours est-il que, je l'espère, les Petits Hommes passeront à l'attaque avant que nous ayons distribué la moitié de ces pièces et feront reculer les Hommes Creux, pris de surprise, vers le fond de la clairière. Selon toute probabilité, ils se borneront alors à rester maîtres du terrain conquis jusqu'à ce que les Frontaliers surgissent à leur tour et s'engouffrent à travers les couloirs qu'ils ouvriront dans leurs rangs pour les laisser passer. A ce moment, nous sauterons en selle et nous nous replierons l'arme haute.

1. En français dans le texte.

– Et l'or ? s'enquit Brian.
– Si vous voulez mon avis, nous ne nous en encombrerons pas. D'abord, je l'ai promis aux Frontaliers. En outre, si jamais un des Hommes Creux soupçonnait que nous en emportons une partie, il nous serait encore plus difficile de prendre le large car ils essaieraient de se saisir de nous dans l'intention de nous dépouiller.
Brian lâcha un soupir.
– Oui, c'est juste. Eh bien, c'est entendu comme cela. Mais encore une question, James. Beaucoup d'Hommes Creux seront invisibles, exception faite de leurs vêtements – et ils pourront fort bien en changer. Comment saurez-vous si certains ne se font pas payer plusieurs fois et si d'autres, au contraire, ne touchent pas leur obole ? Dans ce cas, vous n'aurez plus rien à donner aux derniers qui viendront réclamer leur part du pactole.
– Je leur fais confiance pour que les choses se passent de façon régulière. On leur a expliqué qu'il y aurait juste la quantité d'or voulue pour que chacun d'eux reçoive son dû. Aucun n'acceptera d'un cœur léger que ce soit un autre qui touche sa part à sa place. Et n'oubliez pas qu'Eshan et quelques-uns de ses sous-fifres seront avec nous sur la plate-forme. Eux aussi veilleront à ce que chacun touche son dû, et rien que son dû – ne serait-ce que parce qu'ils espéreront qu'il restera un reliquat qu'ils pourront se partager en arguant de leur qualité de chefs. Mais je compte surtout sur Snorrl et son odorat pour s'assurer que pas un seul ne se fera payer deux fois.
– Il y aura peut-être quand même des façons de tricher auxquelles nous ne pensons pas, murmura Dafydd.
– J'espère que non, c'est tout ce que je peux faire. Après tout, notre seul objectif est de les concentrer de manière que les Petits Hommes et les Frontaliers les taillent en pièces, puis de filer du mieux que nous

pourrons à travers la mêlée pour nous mettre en sécurité.

– Certes, dit Brian. Mais cela ne signifie naturellement pas que l'un ou l'autre d'entre nous ne pourra pas, après, faire demi-tour pour participer au combat s'il le désire.

– J'espère que vous ne ferez rien de tel, Brian, répliqua Jim. Je sais que vous avez remarquablement récupéré compte tenu du temps qui s'est écoulé depuis que vous avez été blessé. Mais si l'on n'est pas au mieux de sa forme, prendre part à une bataille de ce genre est pure folie. N'oubliez pas que vous risquez de vous retrouver entouré de quatre ou cinq adversaires en même temps sans personne qui soit assez près pour vous prêter main-forte.

– C'est vrai. Mais quand même...

Brian n'en dit pas plus et Jim n'insista pas, espérant seulement que l'argument ait porté. En définitive, la seule question était de savoir si le chevalier aurait ou non assez de force d'âme pour résister à l'attrait du combat. Il avait tout du joueur de football désigné comme remplaçant qui se tortille sur son banc en faisant des vœux pour que l'occasion lui soit donnée de participer au match.

On avait maintenant fait le tour de la question et Jim avait fourni aux deux autres toutes les informations qu'il voulait leur communiquer.

– Le mieux serait que Dafydd vienne vous chercher dans votre chambre dès que vous serez levés et habillés, lui dit Brian. Nous pourrons alors nous mettre tous les trois en route. Autant que personne ne sache quel chemin nous prendrons pour rejoindre la clairière, ne croyez-vous pas, James ?

– Oui, vous avez raison.

Jim repoussa sa coupe, se leva en même temps que les autres et s'étira. Inexplicablement, il se sentait soudain très las. Ce n'était pas vraiment une fatigue physique, ni même mentale. Simplement de la lassitude. Il comprit ce que c'était : il avait besoin d'être seul. Et, aussi, peut-être, envie de penser un peu à Angie dans la solitude de sa chambre avant de s'endormir.

– Allez... je vous souhaite la bonne nuit, dit-il aux deux autres.

– Bonne nuit, James, lui répondirent-ils en chœur.

Ce fut à peine s'il distingua la silhouette du valet assis, adossé au mur, dans le corridor plongé dans l'obscurité et qui, à sa vue, bondit sur ses pieds.

– Trouvez-moi une torche, je vous prie, lui ordonna Jim. Et qu'on vienne allumer la torchère de ma chambre.

30

Une bonne et fidèle épée,
Un cœur loyal et sincère,
Et les Répugnants Hommes Creux sauront à leurs [dépens
De quoi est capable un Neville-Smythe !

Ainsi chantait Brian dans le petit matin tandis que Jim, Dafydd et lui s'enfonçaient dans les bois pour gagner la clairière où les attendaient les Hommes Creux.

Cette chanson, Jim avait déjà entendu Brian la chanter avec des paroles légèrement différentes près de deux ans auparavant. A l'époque, ceux qui allaient savoir de quoi un Neville-Smythe était capable étaient les dragons des marais. Or, Jim habitait alors précisément le corps d'un dragon. Un dragon du nom de Gorbash.

Ç'avait été leur première rencontre. Quelques instants seulement après que sa voix de baryton eut frappé ses oreilles, Brian était arrivé devant l'arbre quelque peu rabougri aux branches duquel Jim se cramponnait et l'avait sommé de descendre se mesurer à lui. Et Jim s'était désespérément efforcé de le convaincre qu'il n'était pas un dragon mais un homme qui se trouvait malencontreusement et sans y être pour rien dans un corps de dragon.

On pourrait donc penser qu'entendre à nouveau cette chanson rappelait de mauvais souvenirs à Jim. Mais il n'en était rien. Tout s'était finalement bien arrangé. Brian était devenu le premier des compagnons avec qui il avait délivré Angie, à présent sa femme.

En tout cas, Brian était pour l'heure de belle humeur. Il s'était, comme ses deux amis, gorgé de pain, de viande et de vin. Ce n'était pas exactement sur un petit déjeuner de ce genre que, s'il n'en avait tenu qu'à lui, Jim aurait jeté son dévolu. Il avait quand même fini par se faire au régime alimentaire de l'époque.

Sir Herrac avait raison de dire que rares étaient ceux qui avaient le même amour du combat que lui. Si la perspective de cette bataille imminente ne suscitait aucun enthousiasme chez Jim, Brian semblait comme à l'accoutumée jubiler à la pensée des coups qu'il porterait à l'adversaire.

Enfin... il avait un joli brin de voix et, comme toujours, sa bonne humeur était contagieuse. Sa gaieté et la chaleur naissante du soleil matinal finirent par dissiper la morosité de Jim.

Brusquement, Brian s'interrompit au milieu d'un vers de sa chanson et tourna la tête vers Dafydd qui se tenait de l'autre côté de Jim – en effet, maintenant qu'ils étaient hors de vue du château, ils se comportaient en égaux et chevauchaient tous les trois de front.

– Dafydd... Votre Altesse... commença-t-il en bafouillant un peu.

L'archer ne le laissa pas aller plus loin :

– Dafydd, sir Brian. Je suis toujours pour vous Dafydd ap Hywel.

– Oui. Mais... je voulais dire... Ce titre de prince Merlon que vous donnaient les Petits Hommes comme s'il vous revenait de plein droit... est-il authentique ? Etes-vous réellement un prince ? C'est que, vous comprenez, je ne voudrais surtout pas enfreindre les règles de la courtoisie en m'adressant à vous et vous appeler...

Dafydd se mit à rire.

– Oh ! il est on ne peut plus authentique. Mais être prince reconnu de quelques centaines de milles d'océan qu'on ne saurait contrôler et où jamais nul ne s'aventure, qu'est-ce que cela signifie ? Oui, j'ai droit à ce titre, c'est vrai, mais il y a longtemps qu'il a perdu son sens. Etre Dafydd ap Hywel, maître de tous les maîtres archers, est autrement plus gratifiant qu'être prince de tout ce que vous voudrez. Autrement dit, une fois franchis les remparts du château de Mer, je cesse d'être prince.

– Eh bien, si vous voulez qu'il en aille ainsi... (Brian fronçait les sourcils.) Mais je trouve ça tout à fait... incroyable, par la mordieu ! Partout dans le monde, il y a des gens qui se morfondent parce qu'on ne leur donne pas du baron ou du duc. Prince, je n'en parle même pas ! Et vous qui êtes un vrai prince, vous voulez qu'on vous traite comme si vous étiez un archer ordinaire...

– Un archer tout à fait *extra*-ordinaire, corrigea Jim.

– Bon... extraordinaire si vous voulez. N'empêche que, moi, je ne trouve pas cela normal. C'est grâce à la civilité et aux bonnes manières que nous nous élevons au-dessus des bêtes brutes. Et, aussi, parce que nous avons une âme, naturellement. Connaître le rang d'un homme et le traiter en conséquence, c'est ça, la marque de la vie en société. Alors, il me semble, Dafydd... Votre Altesse... que si vous êtes vraiment un prince, vous devez l'admettre pour qu'on vous traite avec le respect qui vous est dû.

– Ce ne sont là que calembredaines, rétorqua Dafydd. Prince de quoi ? Prince de l'Air ? Mon titre n'a pas plus de sens pour nous, hommes d'aujourd'hui. Ce que je suis ? Un archer, et qui n'a pas honte de l'être. Qu'est-ce que le fait d'être prince m'apporterait de plus ? Le plus grand plaisir que vous pourrez me faire, Brian, sera de voir en moi celui que vous avez toujours connu et de me laisser chevaucher derrière vous comme d'habitude quand nous ne sommes pas seuls, ainsi qu'il convient à un manant.

– C'est vraiment ce que vous voulez, Dafydd ?

– Oui, Brian, c'est ce que je veux.

– Dans ce cas, n'en parlons plus. On se doit de respecter le vœu d'un ami. Vous avez ma parole. Hors de l'enceinte du château de Mer, je vous traiterai comme l'archer dont j'ai fait la connaissance il y a deux ans. Pardieu ! N'est-ce point là une appellation honorable ? Avec un arc, je suis aussi balourd que James... (Brian toussota avec gêne) ...que quelqu'un qui n'a encore jamais tenu une arme.

Diplomatiquement, Jim feignit de ne pas avoir remarqué le lapsus.

– Je ne vous contredirai pas, fit Dafydd en souriant, mais je gage que si, une année durant, vous n'aviez pas d'autre arme qu'un arc pour vous défendre, vous deviendriez un archer tout à fait digne de ce nom.

– Bien, dit Jim. Si la question du titre de Dafydd est réglée, puis-je me permettre d'aborder un autre sujet ? Nous voulons assister tous les trois à la conférence que vont tenir les chefs des Frontaliers et des Petits Hommes. Mais quand elle aura pris fin, je pense que nous devrions effectuer un vaste mouvement tournant pour que, quand nous arriverons à l'endroit où ils seront rassemblés, les Hommes Creux croient que nous venons du Nord – de la frontière écossaise. Et là, il y a un problème qui me tracasse. Une fois dévêtus, on ne peut pas les voir. Ils peuvent donc patrouiller dans les bois sans que rien ne trahisse leur présence. C'est ce qui me turlupine : s'ils nous espionnent sous le couvert de leur invisibilité, ils risquent de nous entendre et de deviner le piège que nous leur tendons.

– Ne craignez rien !

Ils tournèrent la tête en entendant retentir soudain une voix rauque qu'ils connaissaient bien. C'était celle de Snorrl, qu'ils avaient maintenant la surprise de voir trottiner à côté d'eux en riant de tous ses crocs.

– Je vous suis depuis que vous avez quitté le château, ou presque. Et, que vous me voyiez ou pas, je continuerai de vous escorter jusqu'à ce que vous arriviez à destination. Je vous donne l'assurance que pas un seul Homme Creux ne viendra rôder assez près de vous pour vous apercevoir ou surprendre vos propos sans que vous en soyez avertis. Allez ! poursuivez votre route. Vous ne me verrez pas mais je serai là.

Sur quoi, Snorrl redisparut. Pourtant, il n'y avait apparemment pas alentour le moindre fourré susceptible de lui servir de cachette, Jim en aurait juré.

– Voilà qui me rassure, dit-il. Cela fait déjà un souci de moins. Si nous continuons à la même allure, nous arriverons en avance à notre rendez-vous avec les Frontaliers. La conférence pourra commencer plus tôt et ce sera un avantage pour nous si nous devons faire un large détour pour rejoindre les Hommes Creux.

Quand ils atteignirent le point de rendez-vous, à peine un tiers des Frontaliers, apparemment, étaient là. La clairière choisie comme lieu de rencontre était trop petite pour que tous les détachements puissent s'y rassembler, d'autant qu'ils répugnaient à se mélanger. Aussi, la plupart des Frontaliers, disséminés dans le sous-bois entourant l'espace défriché, échappaient-ils aux regards.

Jim et ses compagnons se dirigèrent vers Herrac qui, avec ses fils et son contingent de cent vingt-trois hommes, occupait la place qu'il estimait lui revenir de droit, c'est-à-dire le centre de la clairière.

– Ah ! je suis heureux que vous soyez là, Votre Altesse, messire et vous, sir Brian ! s'exclama le seigneur de Mer. Nous vous attendions.

– Mais les commandants d'unité ne sont pas tous présents, me semble-t-il, fit remarquer Jim.

– Non, il en manque un grand nombre, en effet. Je n'ai pas encore désigné ceux qui rencontreraient les Petits Hommes. Mon intention était que seuls quelques-uns d'entre eux, les plus importants, soient mis en présence d'Ardac, fils de Lutel, et de ses chefs de schiltron. (Le front d'Herrac se plissa imperceptiblement.) Je suis prêt à parier qu'il ne sera pas escorté par plus d'une demi-douzaine de ses subalternes. Pour ce qui est de nous, sir John le Graeme, sir William de Berwick, sir Peter Lindsay et ceux dont le rôle sera capital lorsque l'action s'engagera sont déjà là. En outre, nous ne pouvons pas attendre indéfiniment car certains risquent de nous faire purement et simplement faux bond.

– Alors, vous voulez que la conférence se tienne tout de suite ?

D'après le soleil, il était à peine tierce, l'heure de l'office, que Jim traduisait en son for intérieur par dix heures du matin.

– Dès que j'aurai réuni tout notre monde. Ne bougez pas.

Herrac donna ses instructions à ses fils, qui partirent tous dans des directions différentes. Ils revinrent avec huit Frontaliers. La délégation se réduirait donc à onze membres. C'est parfait en ce qui concerne les Petits Hommes, se dit Jim – à condition que les autres responsables Frontaliers acceptent sans protester qu'on les laisse sur la touche. Ce fut Brian qui apaisa son inquiétude. Se penchant vers lui, le chevalier lui dit à l'oreille :

– Les choses se passent souvent ainsi, James, ne

vous alarmez pas. En général, si un conseil de guerre est retardé, c'est simplement parce que quelques-uns de ceux qui devraient y assister ne se présentent pas ou qu'un nombre conséquent de ceux qui se sont engagés reviennent sur leur promesse. Après tout, c'est à celui qui a le commandement de décider quand et comment les choses doivent se faire, qu'il s'agisse de débattre en conférence ou d'attaquer l'ennemi.

– Je vois, murmura Jim en hochant la tête.

Une demi-heure plus tard, les onze délégués et les huit représentants des Petits Hommes, et, avec eux, Lachlan qui semblait faire montre d'une jubilation en tout point égale à celle de Brian, étaient réunis – suffisamment à l'écart pour que les Frontaliers qui ne participaient pas aux délibérations ne puissent pas entendre ce qui allait se dire.

– Je crois, commença Herrac après avoir échangé les salutations d'usage avec Ardac, qu'il ne nous reste plus qu'à nous assurer que rien n'a été changé aux plans que nous avons mis au point hier soir et que tout se passe comme prévu. A quel signal les Frontaliers devront-ils se mettre en mouvement ?

– Je soufflerai dans ma trompe, répondit Ardac en portant à sa bouche la corne qui lui pendait à l'épaule. Ecoutez. Aucune autre n'a la même résonance.

Il souffla dedans. Il n'avait pas menti. Jim s'était attendu à entendre quelque chose de semblable au beuglement rauque propre aux cornes de vache utilisées par les chasseurs. Mais celle-ci émettait une sonorité à la fois douce et aiguë qui paraissait porter très loin et se perdre dans la distance.

Sous la broussaille de sa moustache, un sourire étira les lèvres d'Ardac quand il eut fait sa démonstration.

– Cette sonnerie ne manquera pas d'intriguer certains d'entre vous, dit-il. Mais ils ne sauront où regarder car, contrairement à ce qui est le cas avec les trompes que vous utilisez, vous autres, il est impossible de savoir d'où vient le son de celle-ci. En outre, l'ayant entendu une fois, ils le reconnaîtront au moment voulu. Et, vous pouvez m'en croire, il dominera tous les bruits de la bataille. Cette corne est justement conçue pour cela.

– Que voilà une trompe qui sonne joliment ! fit Herrac. C'est parfait, nous serons à l'écoute de son appel. A quelle étape de leur attaque en seront vos schiltrons quand elle retentira ?

– Leur première charge, même en tenant compte du fait que nous les avons dédoublés, devrait avoir pour résultat d'enfermer les Hommes Creux dans la nasse et de les faire reculer vers le fond de façon à dégager un quart de l'espace de la clairière ou davantage.

– Par le bras de saint Christopher ! s'exclama William de Berwick. Vous avez une fichtrement haute opinion de vous-mêmes si vous pensez réussir une opération de ce genre alors que vous aurez peut-être affaire à quelque mille cinq cents Hommes Creux !

– Deux mille, sinon plus, rectifia Ardac. Nous les connaissons un peu mieux que vous et votre peuple, sir William. Vous pensez que ce n'est pas possible ? Que feriez-vous si un peloton de piquiers s'étageant sur trois rangs vous chargeait à l'improviste au pas de course ? Dans ce cas, c'est instinctif : on recule. On détale, même. Non, je vous le répète, nous pourrons les repousser et dégager peut-être même un tiers de la clairière. Mais une fois que les Hommes Creux seront remis de leur surprise et feront front pour riposter, ce sera une autre affaire. Aussi, quand je sonnerai du cor, je vous demande d'accourir aussi rapidement que possible parce que nous aurons le plus grand besoin de vous. Si vous tardez, nous serons débordés et il n'aura servi à rien de les avoir acculés aux falaises.

– Je vous fais promesse que, quand vous soufflerez

dans votre corne, tous les hommes sous mon commandement, à pied ou à cheval, qui espèrent pouvoir à nouveau me regarder en face viendront à votre aide aussi vite qu'ils le pourront, dit Herrac d'une voix cassante. (Et sans laisser à personne le temps de placer un mot, il enchaîna :) Je pense que le moment est maintenant venu de nous séparer. Il est temps pour vous, Ardac, fils de Lutel, et vos chefs de schiltron de prendre position. Son Altesse, sir James et sir Brian doivent, de leur côté, se mettre sans tarder en route s'ils veulent avoir rejoint les Hommes Creux avant notre arrivée. Je déclare donc cette assemblée close.

Herrac fit demi-tour et s'éloigna à longues enjambées. Les Frontaliers lui emboîtèrent le pas – presque automatiquement, songea Jim. Ardac les suivit un instant des yeux, puis se tourna vers Dafydd.

– Nous avions espéré que vous seriez avec nous, cela nous aurait donné du cœur au ventre, lui dit-il. Je regrette qu'il n'en soit pas ainsi.

– Je le regrette également, répondit Dafydd, mais je n'ai pas le choix. Je dois impérativement être sur cette plate-forme avec ces deux vaillants chevaliers pour que l'attention des Hommes Creux demeure fixée sur nous afin que vous puissiez bénéficier de l'effet de surprise quand vous fondrez sur eux par-derrière.

– Sir James et sir Brian ne pourraient-ils pas faire suffisamment diversion à eux seuls ?

– Non.

Dafydd avait parlé de la voix suave qui lui était habituelle mais Jim et Brian eux-mêmes sentirent ce que ce « non » avait d'irrévocable. Ardac et ses compagnons aussi, sans aucun doute, car ils levèrent tous leurs javelines pour le saluer. Puis ils pivotèrent sur eux-mêmes et disparurent dans les profondeurs des bois presque aussi rapidement et silencieusement que l'aurait fait Snorrl.

Jim fit face à ses deux compagnons.

– Voulez-vous tenir le rôle de chef de détachement, Dafydd ? demanda-t-il à l'archer.

– Non, James. Je vous laisse ce soin.

– Et vous, Brian ? Votre expérience du combat est de loin supérieure à la mienne.

– Pour ce qui est du combat, je ne dis pas. Mais approcher les Hommes Creux sous l'aspect d'un autre et leur distribuer leur or en s'y prenant de manière à ne pas éveiller leurs soupçons... ça, je crois que c'est quelque chose dont vous vous tirerez mieux que nous deux, James. Je suis de l'avis de Dafydd : c'est à vous de marcher en tête.

– Soit, dit Jim.

Il sauta en selle, imité par les deux autres. Dafydd prit automatiquement le licol du cheval chargé des coffres d'or.

Ils partirent cap au nord. Quand ils furent assez loin, ils tournèrent à angle droit et prirent la direction de l'est. Peu après, ils retrouvèrent le sentier où ils s'étaient emparés de la personne d'Ewen MacDougall – mais à plusieurs kilomètres du lieu de l'embuscade – et le suivirent jusqu'à ce qu'ils atteignent un point situé un peu au nord du lieu de ralliement des Hommes Creux. Alors, ils obliquèrent vers le sud-est. A peine s'étaient-ils enfoncés dans le sous-bois qu'une voix familière – celle de Snorrl – héla Jim :

– Une de leurs sentinelles va vous repérer avant longtemps. Vous ne croyez pas que le moment est venu de vous livrer aux petits tours de passe-passe dont vous nous avez parlé pour modifier votre apparence et la mienne ?

– Tu as raison, répondit Jim sans s'étendre sur le fait qu'il avait tout simplement attendu que Snorrl se manifeste, prévoyant que le loup n'aurait pas apprécié qu'il l'appelle.

Il tira sur ses rênes, imité par Brian et Dafydd, et sauta à bas de sa monture. Un détail le tracassait depuis quelque temps. Il avait constaté, lors de sa première rencontre avec les Hommes Creux, que sa magie l'avait transformé – de la tête aux pieds – en Ewen MacDougall, avec toutes les conséquences que cela sous-entendait, à savoir qu'il avait flotté dans son armure devenue trop grande pour lui. Il avait intensément réfléchi et reculé devant la complexité d'avoir à emporter une armure de MacDougall pour la porter lors de sa rencontre avec les Hommes Creux. En effet, si sa magie cessait d'agir pendant qu'il était encore sur la plate-forme, il se retrouverait avec une armure trop petite qui se démantibulerait alors qu'il aurait besoin de se frayer, avec Brian, Dafydd et Snorrl un chemin à coups de flamberge à travers la horde des Hommes Creux.

Il s'était rabattu finalement sur une solution qui avait le mérite de la simplicité : il se contenterait de changer de visage et porterait sa propre armure sur laquelle flotterait le surcot de MacDougall. Il était peu vraisemblable qu'Eshan ait prêté suffisamment d'attention à l'Ecossais lors de leur entrevue pour remarquer que son interlocuteur aurait plusieurs pouces de plus, serait plus carré d'épaules et aurait les membres plus longs. Le surcot ferait toute la différence et, comme Jim garderait levée la visière de son heaume, le visage que le chef des Hommes Creux aurait devant lui serait bien celui de l'envoyé du roi d'Ecosse. Et, qui plus est, cette solution élégante présentait un avantage supplémentaire : elle permettrait à Jim de faire durer plus longtemps le peu de crédit magie dont il disposait encore.

Debout à côté de son cheval, il inscrivit l'équation-sortilège derrière son front :

MON VISAGE ⟶ VISAGE D'EWEN MACDOUGALL

Comme à l'accoutumée, il ne ressentit strictement rien. Mais la réaction de Snorrl fut stupéfiante : d'un seul bond, il se catapulta dix pieds en arrière et, ramassé sur lui-même, ouvrit la gueule en grondant.

– Du calme, Snorrl ! lui dit Jim avec irritation. C'est toujours moi. J'ai seulement pris la tête de MacDougall. Es-tu prêt à changer d'aspect à ton tour ?

Le loup se décrispa au bout de quelques instants et se remit debout sur ses pattes.

– Est-ce que ça me fera mal ? voulut-il savoir.

– Absolument pas. Tu ne sentiras même rien. Il faudra que tu ailles te mirer dans une mare pour t'apercevoir de la différence. Oh si, quand même ! Tu domineras le sol d'un peu plus haut que d'habitude.

– Bien. Alors, allez-y.

Jim écrivit une nouvelle formule derrière son front :

SNORRL ⟶ TAILLE DOUBLE

Ce fut plus rapide que l'éclair. Un instant, le loup avait sa taille normale, l'instant d'après il avait celle d'un petit poney. Les chevaux se cabrèrent et essayèrent de s'enfuir au galop. Jim eut beau planter ses talons dans la terre, il fut entraîné par Gorp jusqu'à ce que Brian, qui avait repris le premier le contrôle de sa monture, un destrier bien dressé, le rejoigne et se saisisse des rênes du cheval emballé.

– Par saint Pierre ! s'écria-t-il avec un grand rire. Si votre loup fait le même effet aux Hommes Creux, nous pourrons traverser leurs rangs aussi facilement qu'une lame de couteau chaude une motte de beurre !

A eux deux, ils finirent par calmer Gorp et Jim remonta en selle. Mais, entre-temps, Snorrl avait à nouveau disparu.

– Allons bon ! Où est-il encore passé, celui-là ? fit Jim, vexé.

Brian haussa les épaules et Dafydd secoua la tête.

Il était clair que, pour eux, Snorrl s'était une fois de plus évaporé, selon son habitude. Mais Jim avait à peine refermé la bouche que le loup se rematérialisa.

– C'était une bonne idée que vous m'avez donnée là, lui dit-il. J'ai trouvé une flaque d'eau assez grande pour me regarder dedans. Oui... J'aimerais bien rester comme ça définitivement.

– Je suis désolé mais tu reprendras ta taille normale dès que ma réserve de magie sera épuisée – ce qui peut fort bien se produire quand nous serons encore sur la plate-forme. Dans ce cas, nous retrouverons toi et moi notre apparence réelle et il ne nous restera plus qu'à faire ce que nous pourrons pour nous frayer de force un chemin avec l'aide de sir Brian et de Dafydd ap Hywel.

– Eh bien, si c'est comme ça, on fera avec, dit Snorrl après quelques secondes de réflexion. Que je sois surdimensionné ou que j'aie mon gabarit normal, je vous promets que je passerai au travers de la masse des Hommes Creux. Vous trois, vous n'aurez qu'à me filer le train... si le cœur vous en dit.

31

Un moment plus tard, comme ils approchaient de la clairière où les Hommes Creux devaient être massés, Snorrl annonça soudain :

– Ça y est, ils nous ont vus.

Baissant les yeux, Jim le regarda avec curiosité.

– Comment as-tu pu flairer un guetteur ? Nous avons le vent dans le nez, pas dans le dos.

– Je ne l'ai pas flairé. Je l'ai vu et entendu. D'abord quand il se tenait à l'affût, ensuite quand il a pris le pas de course pour aller prévenir les autres de notre arrivée. Vous l'auriez parfaitement vu et entendu, vous aussi, si vous n'étiez pas devenus à moitié aveugles et à moitié sourds à force de marcher sur deux pattes.

C'était là un argument sans réplique puisque Snorrl, et il était loin d'être le seul, jugeait tout le monde à son aune.

– Nous ne sommes plus très loin, reprit le loup.

Jim leva les yeux vers le ciel : le soleil n'était pas encore tout à fait au zénith. Il eut une pensée fugitive et nostalgique pour la montre de précision qu'il avait portée quatorze ans à son poignet et qui était restée dans le monde du XXe siècle, ce monde qui était à des méga-années-lumière – voire à des méga-univers – de celui où il se trouvait maintenant.

Bientôt, les arbres commencèrent à s'éclaircir et ils arrivèrent à l'orée de la forêt.

Les Hommes Creux étaient là. Et leur nombre était impressionnant. Si impressionnant que Jim sentit son estomac se nouer. Ardac avait raison : ils étaient plus de deux mille. Ils remplissaient presque entièrement cette clairière dont Jim avait pourtant jugé la superficie plus vaste que nécessaire. Encore heureux qu'il n'ait pas choisi le site mieux adapté que Snorrl lui avait fait visiter ! Un site en tout point idéal, certes, mais dont la superficie se serait indiscutablement révélée insuffisante.

De toute évidence, les Hommes Creux attendaient Jim et ses compagnons – mais pas Snorrl. Ceux qui formaient l'arrière-garde étaient partiellement ou entièrement revêtus de guenilles alors que ceux qui se tenaient massés sur vingt ou trente rangs de profondeur autour de la plate-forme étaient, eux, en armure. Si quelques-uns montaient des chevaux fantômes, la plupart étaient à pied. Mais c'était sur Snorrl que tous avaient les yeux rivés.

A mesure que les trois hommes et le loup avançaient, les Hommes Creux reculaient et s'écartaient comme si un invisible coin fendait leur masse. Aucun ne tenait manifestement à s'approcher de plus de dix ou quinze pieds de Snorrl, qui savourait la crainte qu'il leur inspirait. Il marchait devant Jim et ses deux compagnons, tournant la tête tantôt à gauche, tantôt à droite, comme s'il cherchait à identifier chacun des Hommes Creux qui fuyait son regard.

Et, en un sens, il les identifiait effectivement, se disait Jim. Son sens olfactif mémorisait l'odeur particulière de chacun d'entre eux.

Le petit groupe continuait d'avancer. Jusqu'au moment où ce furent les rangs des armures qui s'ouvrirent à leur tour devant lui. Le silence était total. Enfin, ils atteignirent l'extrémité du saillant en pente douce qui rejoignait presque le niveau du sol.

Les chevaux, dont les sabots glissaient sur la roche nue, renâclèrent bien un peu mais ils finirent par obéir sans trop rechigner.

Jim et ses amis se laissèrent alors glisser à bas de leur selle. Cinq cavaliers dont les armures étaient en excellent état se tenaient à l'extrémité opposée de la plate-forme. Jim était à peu près sûr qu'Eshan était parmi eux. Certes, leur visière était levée mais cela ne servait pas à grand-chose puisque à l'intérieur du heaume il n'y avait que du vide. Mais il était inimaginable qu'Eshan ne se fasse pas reconnaître à un moment ou à un autre.

Jim, accompagné de Snorrl, alla vérifier les cordes qui maintenaient les deux coffres dont était chargé le cheval de bât. Brian et Dafydd lui emboîtèrent le pas.

En fait, son seul but était de gagner du temps. A en juger par la hauteur du soleil, il n'était pas encore tout à fait midi – il s'en fallait de quelques minutes. Toutefois, cette diversion lui permit de jeter un bref coup d'œil à la limite de la clairière mais Jim en fut pour ses frais : aucun signe ni des Petits Hommes, ni des Frontaliers. Cependant, il fut frappé par la quantité inhabituelle de faucons et autres grands oiseaux, notamment des corbeaux, qui décrivaient des cercles au-dessus d'eux.

– Pourquoi y a-t-il autant d'oiseaux ? demanda-t-il à Snorrl à mi-voix pour que les Hommes Creux ne puissent l'entendre.

Le loup, qui regardait férocement les cinq armures, répondit sans tourner la tête :

– Ce sont les Petits Hommes qui les ont appelés. Ils sont les amis des oiseaux aussi bien que des animaux à quatre pattes. Liseth ne vous a pas expliqué comment ils sifflent son faucon quand elle l'envoie à leur recherche ?

– Les Petits Hommes me l'ont plus ou moins laissé entendre, effectivement. Mais pourquoi ont-ils fait venir tous ces oiseaux ?

– Les oiseaux peuvent voir... ou sentir les Hommes Creux – comment ? je n'en sais rien –, même quand ils n'ont rien sur le dos. Exactement comme moi je les flaire. Cela aidera grandement les Petits Hommes s'ils essaient de s'échapper en se rendant invisibles. Mais qu'est-ce que nous attendons ?

– J'essaie de gagner du temps, chuchota Jim. Il n'est pas encore midi et je n'ai aucun moyen de savoir si les Petits Hommes et les Frontaliers ont déjà pris position.

– C'est tout ? J'aurais pu vous dire que les Petits Hommes sont à leur poste. Et s'ils sont là, les Frontaliers ne doivent pas être très loin. Pas un ne voudrait rater une journée comme celle-là.

A ces mots, Jim éprouva un profond soulagement.

– Allons-y, lança-t-il à l'adresse de Brian et de Dafydd – et il commença à dénouer la longe du cheval de charge.

Comme les trois hommes et le loup avançaient, les cinq personnages en armure reculèrent d'un ou deux pas – mais pas plus. Jim tira sur le mors pour faire arrêter son cheval quand il fut à peu près au milieu de la corniche.

– Approchez ! ordonna-t-il aux armures. C'est bien pour me surveiller pendant que je distribuerai la paie que vous êtes là, non ? J'avais supposé que vous seriez à côté de moi pour m'avoir constamment sous les yeux.

Il y eut un moment d'hésitation et, après un conciliabule, les cinq armures avancèrent de trois mètres, puis s'immobilisèrent.

– Je suis Eshan, dit l'armure de tête. Vous ne pouvez peut-être pas me reconnaître mais vous devez vous souvenir de moi puisque nous nous sommes déjà rencontrés. Maintenant, faites ce que vous avez à faire. Mais ne laissez pas ce loup approcher !

Jim se fendit d'un sourire engageant. Presque charmeur.

– Il ne vous causera aucun ennui tant que nous n'en verrons pas la nécessité. (Pivotant sur lui-même, il ouvrit le premier coffre et y puisa une poignée de pièces.) Comme je ne peux voir de vous que l'armure ou les vêtements que vous portez, reprit-il en forçant la voix pour que toute la foule puisse l'entendre, je suis incapable de vous distinguer les uns des autres. Mais il en va autrement du loup qui m'accompagne. Si l'un d'entre vous essaie de se faire payer deux fois, il le lui fera regretter.

Une sorte d'ondulation parcourut les premiers rangs des Hommes Creux en armure, comme s'ils voulaient reculer pour s'éloigner de lui, mais la pression qu'exerçait la masse derrière eux rendait toute retraite impossible. Cependant, la ligne avancée parut quand même s'incurver juste en face de l'endroit où se tenait Snorrl.

– Chacun d'entre vous, continua Jim, va recevoir deux de ces écus que le roi de France vient de faire frapper en vue de financer l'imminente invasion de l'Angleterre qu'il projette. (Il prit une pièce entre le pouce et l'index et, levant le bras, la fit tournoyer pour qu'elle miroite au soleil et que tout le monde la voie.) On les nomme *francs à cheval* parce qu'ils portent l'effigie du roi à cheval.

Une sourde rumeur monta de la foule dont les deux ailes, là où les Hommes Creux étaient moins étroitement agglomérés, se rapprochèrent de la plate-forme.

On ne pouvait plus attendre davantage.

– Maintenant, que le premier se présente ! lança Jim à pleins poumons. Et que chacun vienne ensuite à son tour.

Il y eut quelques instants d'hésitation. Puis l'un des personnages en armure du premier rang s'avança et s'immobilisa aussi loin du loup que possible en tendant la main. Jim déposa deux *francs à cheval* sur la paume de son gantelet. L'Homme Creux les enserra de ses doigts d'acier et battit en retraite, presque aussitôt remplacé par un de ses congénères qui fit le même geste.

Ainsi commença la distribution.

Les gantelets succédaient aux gantelets, chacun de leurs propriétaires se tenant toujours à distance respectueuse de Snorrl.

Jim n'avait pas imaginé un instant que ce serait une tâche aussi éreintante. Après que le soleil eut atteint son zénith et amorcé sa course descendante, le vertige commença à s'emparer de lui. Il avait l'impression que d'innombrables mains s'avançaient sans trêve, qu'elles continueraient à jamais à se tendre vers lui comme autant de becs de vautours réclamant pitance. C'était comme à une réception où l'on accueille une ligne sans fin d'invités et qu'il faut répéter et répéter sans fin le même geste jusqu'à ce qu'il devienne mécanique et que la tête vous tourne.

Heureusement que Snorrl était là. Si Jim avait été seul, il aurait eu tôt fait de renoncer à essayer de prendre sur le fait d'éventuels resquilleurs tentant de toucher double part. Toutes ces mains étaient semblables, toutes ces silhouettes étaient identiques, c'était comme si un seul et même Homme Creux ne cessait de se présenter.

De temps à autre, Jim, sous prétexte d'essuyer son front dégoulinant de sueur – il n'y avait pas un nuage dans le ciel et le soleil était féroce –, balayait d'un bref coup d'œil le rideau d'arbres entourant la clairière dans l'espoir d'apercevoir un signe révélateur de la présence des Petits Hommes. Mais, chaque fois, il en était pour ses frais. Il n'y avait que les oiseaux qui tournaient en rond de plus en plus bas en criaillant. Des appels qui étaient peut-être des engueulades. Jim savait que les cris de la plupart des oiseaux étaient des cris d'intimidation destinés aux intrus qui mordaient sur leur territoire. Ou alors des avertissements, des signaux d'alerte. Dans la seconde éventualité, en tout cas, c'était plus à leurs congénères qu'aux Petits Hommes que ceux-là semblaient s'adresser.

Mais si les Petits Hommes avaient mobilisé la gent ailée, ce n'était certainement pas sans raison.

La première caisse était à moitié vide. Et, maintenant, aux Hommes Creux revêtus d'armures complètes commençaient à se mêler d'autres qui ne portaient que des éléments d'armures disparates par-dessus leurs vêtements. Souvent, c'était seulement une manche s'arrêtant net au poignet qui se tendait vers Jim, et essayer de déposer la pièce au bon endroit dans le vide était loin d'être évident. Pour y arriver, Jim avait trouvé une astuce : il lâchait les pièces juste au-dessus de l'endroit où s'arrêtait la manche et laissait au bénéficiaire le soin de les rattraper.

Quand il n'y eut plus une seule pièce dans le second compartiment du coffre, il fit faire demi-tour au cheval de bât pour ouvrir la caisse fixée à son autre flanc. Cela lui donna enfin l'occasion de scruter plus attentivement l'orée des bois cernant la clairière. Un instant, il crut distinguer quelque chose qui brillait au milieu des arbres. Mais c'était peut-être simplement un effet de son imagination.

Une colère irrationnelle commençait à bouillir en lui. Les Petits Hommes et les Frontaliers auraient déjà dû être depuis longtemps en position. Pourquoi ne se lançaient-ils pas à l'attaque ? S'ils ne se grouillaient pas, il finirait par arriver au bout de sa réserve d'or. Alors, très probablement, les Hommes Creux – ceux en armure, en particulier – leur feraient un mauvais parti, à lui et à ses deux compagnons. S'ils ne les tuaient pas sur-le-champ, ce serait pour les exécuter plus tard après leur avoir fait subir une séance de tortures raffinées.

Et, peu à peu, la situation se dégradait. A force de piétiner dans la clairière, la horde soulevait un épais nuage de poussière. Maintenant, les oiseaux rasaient presque leurs têtes et leurs cris stridents rendaient les Hommes Creux nerveux. Enfin, la cupidité de ceux qui n'avaient pas encore touché leur part commençait à avoir raison de la peur que leur inspirait Snorrl. Ils se bousculaient et se battaient pour assiéger le généreux donateur.

En outre, et ce n'était pas fait pour arranger les choses, les Hommes Creux en armure rangés au pied de la plate-forme considéraient visiblement qu'occuper cette position rapprochée était leur privilège. Ce n'était qu'à contrecœur qu'ils consentaient à s'écarter pour laisser passer ceux qui, seulement revêtus de pièces d'armures ou sans armure du tout, se trouvaient plus loin. Les défavorisés en étaient réduits à se bagarrer pour s'ouvrir un chemin à travers la cohue, la colère grondait et le ton des voix montait.

Jim sentit un gantelet se refermer soudain sur son bras. Il se retourna et se trouva en face du heaume vide d'un des cinq Hommes Creux du comité d'accueil.

– Plus vite ! cria la voix d'Eshan, dominant le tumulte.

– Il n'y a pas moyen de faire plus vite, hurla Jim à son tour.

Il dégagea son bras mais Eshan resta plusieurs minutes à ses côtés, son visage invisible sans doute grimaçant de rage, avant de reculer pour rejoindre les quatre autres armures.

Jim plongeait le bras dans le second compartiment du coffre pour y puiser une poignée d'écus quand, du coin de l'œil, il aperçut à travers le nuage de poussière quelque chose qui miroitait derrière les arbres. Il reprit précipitamment la distribution. C'était la mission qui lui revenait : veiller à ce que l'attention des Hommes Creux demeure braquée sur lui quand les Petits Hommes se lanceraient à l'assaut. Bien qu'il lui en coûtât, il se forçait à garder la tête baissée, ce qui lui interdisait de voir ce qui se passait derrière les Hommes Creux alignés juste devant lui.

Mais lorsqu'il se tourna pour puiser à nouveau dans le coffre et que son regard passa au-dessus de la horde, il eut le temps d'entr'apercevoir un spectacle qui le transporta de joie : un mur sans faille de Petits Hommes qui chargeaient, javelines baissées, sur trois et parfois même quatre rangs de profondeur. Il se hâta de revenir aux Hommes Creux qui, tendant les mains, réclamaient leur or à grands cris, mais la première vague des attaquants devait déjà être entrée en contact avec l'arrière-garde de l'adversaire.

Le vacarme changea brusquement de tonalité en même temps qu'il gagnait en ampleur. Les braillements qui s'élevaient des derniers rangs de la horde dominaient maintenant le tumulte général. Mais les Hommes Creux qui, attendant leur pécule, se trouvaient dans le champ de vision immédiat de Jim se pressaient et se bousculaient toujours devant lui. Le mieux était encore de continuer à répandre l'or à pleines mains pour que ceux-là, au moins, ne se rendent pas compte de la tournure imprévue qu'avaient soudain prise les événements.

Aussi, une ou deux minutes s'écoulèrent avant qu'il entende siffler les premières flèches. A présent, tous les Hommes Creux, sauf ceux du tout premier rang, avaient tourné la tête vers l'extrémité opposée de la clairière. Jim jeta un coup d'œil à droite : quatre armures, une des flèches de Dafydd sortant du pectoral, gisaient sur la plate-forme. La cinquième n'était plus là.

Il était largement temps de tirer sa révérence. Jim prit deux poignées d'écus qu'il balança en plein dans les visages inexistants de ceux qui attendaient devant lui et, pivotant sur lui-même, s'élança en courant. Brian, qui avait enfourché Blanchard de Tours, son destrier, et tenait Gorp par la bride, le rejoignit au milieu de la plate-forme.

Empêtré dans son armure, Jim était incapable de sauter en selle d'un seul bond comme l'avait fait son ami. Ce qui était vexant, c'était que la force exceptionnelle des muscles de ses jambes lui permettait de sauter assez haut – mais invariablement, il manquait son but. En conséquence, il s'en tint à la technique de base : il utilisa l'étrier pour se hisser sur sa monture et les deux hommes se hâtèrent de dévaler la pente.

Dafydd, à cheval, lui aussi, les rattrapa, l'arc à l'épaule, une épée dans la main droite et un écu emprunté au château de Mer au bras gauche. Comme ils arrivaient en bas de la plate-forme, un groupe d'Hommes Creux en armure montés sur leurs chevaux invisibles qui s'apprêtaient à déguerpir pour se soustraire à l'assaut des Petits Hommes changèrent d'avis et foncèrent droit sur eux.

Jim sentit toute espérance l'abandonner. Ils ne parviendraient jamais à ouvrir une brèche dans cette impénétrable muraille d'acier ! Mais au moment même où il se rendait à cette évidence, Gorp ploya l'échine comme s'il avait soudain encaissé un coup d'une extrême violence. Dans la seconde qui suivit, une forme noire et velue passa par-dessus l'épaule de Jim pour s'abattre sur l'Homme Creux qui l'attaquait. Un long museau s'enfonça sous le camail et des crocs se refermèrent sur la gorge invisible.

C'était Snorrl qui arrivait à la rescousse et, à cette vue, leur ardeur belliqueuse déserta presque immédiatement les Hommes Creux qui les chargeaient. Se dispersant, presque tous tentèrent de reculer pour se perdre dans la masse de leurs congénères.

Jim eut soudain un coup au cœur en s'apercevant que Snorrl avait recouvré sa taille et son apparence normales. Il porta la main à sa figure. Le visage qu'il toucha lui était incontestablement familier. Il avait épuisé la totalité de son crédit magie et, emportés par leur rapacité, les Hommes Creux ne s'étaient même pas aperçus que l'homme devant qui ils faisaient la queue avait changé de tête.

Sans doute son déguisement tenait-il encore quand

Eshan s'était approché de lui et lui avait parlé, sinon il aurait immédiatement remarqué que l'homme auquel il s'adressait était James Eckert et non Ewen MacDougall.

Mais, désormais, cela n'avait plus d'importance. Snorrl ouvrait maintenant à Jim et à ses deux compagnons un passage au milieu de la horde des Hommes Creux. Avec un peu de chance, ils réussiraient à rallier les rangs des Petits Hommes et des Frontaliers.

Les coups pleuvaient dru sur l'écu derrière lequel Jim se cachait littéralement. Brian, à sa gauche, ne se servait pas de sa lance, hommes et bêtes étaient trop imbriqués pour qu'elle fût d'une quelconque utilité. En revanche, son bouclier et son épée ne chômaient pas, pas plus que ceux de Dafydd, qui se tenait à sa droite.

Glissant un œil derrière le bord de son écu, Jim, faisant tournoyer son épée, se risqua à frapper de plein fouet l'Homme Creux qui se trouvait le plus près de lui. Il l'abattit. Mais il s'aperçut au même instant que d'autres, à pied, ceux-là, étaient en train d'essayer de tuer ou d'estropier Gorp. S'ils y parvenaient, il viderait aussitôt ses étriers. C'étaient donc eux qui constituaient le danger immédiat.

A sa grande surprise, Jim bénéficia du concours direct et inattendu de Gorp lui-même : paniqué par le vacarme et la confusion générale, le destrier se mit à ruer dans toutes les directions, mordant tous ceux qui se trouvaient à portée de ses dents, qu'ils eussent une armure ou pas.

32

Alors, ce fut comme si Jim se débattait dans un brouillard où le temps s'était arrêté. Une peur dévorante le fouaillait jusqu'au cœur et, en même temps, il éprouvait étrangement un sentiment d'exaltation. Mais cela restait en filigrane. Ce n'était pas l'heure de s'abandonner à ses émotions. Il n'avait qu'une chose à faire : frapper d'estoc et de taille pour faire le vide devant lui, s'ouvrir une voie et foncer, épaulé par Snorrl, Brian ou Dafydd. L'odeur de la poussière lui emplissait les narines.

Tout parut se passer en un clin d'œil... et durer une éternité. Et puis, il vit soudain scintiller le fer des piques des Petits Hommes qui s'écartaient pour leur livrer passage. Les trois hommes et le loup s'engouffrèrent dans cette trouée qui se referma aussitôt derrière eux, bloquant l'élan de leurs poursuivants.

Plus besoin, maintenant, de jouer de l'épée. Sous son armure, Jim nageait dans la sueur – il espérait, du moins, que c'était seulement de la sueur, pas du sang.

A gauche, tout disparaissait encore derrière le voile de poussière et les piques qui faisaient écran. A droite, s'étirait un autre couloir dans lequel les Frontaliers à cheval se ruaient pour acculer les Hommes Creux aux falaises.

Quand la vague d'assaut fut passée et qu'ils furent

sortis de la zone des combats, ils purent enfin faire halte et Jim jeta un regard circulaire autour de lui. Il vit alors Herrac entouré de ses fils, immobiles sur leurs selles.

Il ne s'était pas attendu que le seigneur de Mer fût là, car, au Moyen Age, un chef de guerre n'avait pas coutume de demeurer à l'écart de la bataille. Il se dirigea vers lui, flanqué de Brian et de Dafydd. Snorrl n'était pas là. Etait-il reparti au combat ou avait-il disparu dans les bois ? Impossible de le savoir.

Herrac, qui avait fait basculer son heaume et dont le visage était nu, tourna la tête vers les trois hommes.

– Louanges à Dieu ! dit-il quand Jim et ses deux compagnons l'eurent rejoint.

– A présent, pouvons-nous charger avec les autres, père ? demanda Alan.

– Dans un instant, lui répondit Herrac. Force m'a été d'attendre pour m'assurer que Son Altesse, sir James et sir Brian étaient hors de danger. Maintenant qu'ils sont en sécurité, nous allons livrer bataille avec nos amis.

Il remit son heaume mais n'en abaissa pas la visière.

– Je vais retourner là-bas avec vous, sir Herrac ! dit Brian.

Mais sa voix était mal assurée. Voyant qu'il vacillait un peu sur sa selle, Jim allongea le bras et souleva la visière qui dissimulait son visage. Brian était d'une pâleur de cire.

– Non, pas question, dit Jim. Vous resterez avec nous, Brian. C'est un ordre.

– Et, s'il le faut, je ferai en sorte qu'il soit obéi ! ajouta Herrac. Giles, je te charge de t'occuper de ces seigneurs, de sir Brian en particulier pour le raccompagner au château et veiller à ce que lui soient prodigués les soins que réclame son état. Toi aussi, Christopher.

– Père ! protesta l'adolescent.

– Tu m'as entendu, Christopher. Il n'y a pas à revenir là-dessus. Quant à vous autres, baissez vos visières, et qui m'aime me suive !

Sur quoi, Herrac rabattit la sienne, éperonna son cheval et, ses trois autres fils derrière lui, s'élança au galop vers la brèche que les Petits Hommes ouvraient pour eux dans leurs rangs. Christopher et Giles les regardèrent s'éloigner d'un air lugubre.

– Dépêchons-nous, dit Jim avec impatience. Vous vous tiendrez chacun d'un côté de sir Brian.

Celui-ci protesta faiblement :

– Je n'ai pas besoin qu'on...

Jim lui coupa la parole :

– Il en ira comme j'ai dit. Giles... Christopher ! Exécution !

Les deux frères se placèrent l'un à droite, l'autre à gauche de Brian et Giles lui passa un bras autour de la taille. Jim prit la tête du cortège. Il faisait aller son cheval au pas. Au bout d'un moment, il se risqua à passer au trot et se retourna.

– Est-ce qu'il peut soutenir cette cadence, Giles ? s'enquit-il.

– Comme si le galop me faisait peur... grommela faiblement Brian.

Mais Giles ayant hoché affirmativement la tête, Jim reprit :

– Bon. Dans ce cas, vous garderez cette allure. (Mais Jim eut brusquement l'impression qu'une main s'abattait sur son épaule. Il tira sur ses rênes.) Brian, vous n'avez pas reçu de nouvelles blessures ? Vous ne saignez pas ?

– Saigner, moi ? Foutre pas ! (La voix de Brian était à peine audible.) Je suis seulement... foutrement faible...

Et il s'affaissa sur sa selle.

– Dafydd, dit Jim, prenez le commandement et...

– Non, James, fit Dafydd. (Son ton était calme mais catégorique.) Giles et Christopher suffisent amplement. Vous vous assurerez de temps à autre que son ancienne blessure ne s'est pas rouverte, poursuivit-il, s'adressant aux deux frères. S'il saigne, ralentissez l'allure et, au besoin arrêtez-vous. En cas de nécessité, vous couperez deux arbustes que vous attacherez pour en faire une litière sur laquelle vous l'allongerez et que vos chevaux tireront. Vous m'avez bien compris ? (Giles et Christopher acquiescèrent.) Et s'il s'affaiblit au point de ne même pas pouvoir effectuer le trajet dans ces conditions, Giles restera avec lui pendant que Christopher se rendra au château à bride abattue pour ramener Liseth qui s'occupera de lui.

– Dafydd... commença Jim.

– C'est au prince Merlon que vous parlez, sir James, l'interrompit l'archer sans hausser la voix. Je reste ici, moi aussi.

Bien que cela ne réglât pas les choses aux yeux de Jim, ce fut là un argument décisif pour Giles et Christopher. Passant tous les deux, cette fois, un bras autour de la taille de Brian, ils s'enfoncèrent dans les bois en retenant leurs chevaux.

Le cœur serré d'angoisse, Jim les regarda disparaître sous les futaies.

– J'espère qu'il s'en sortira, murmura-t-il, plus pour lui-même que pour Dafydd.

– Il est robuste et il a de la ressource, James. Mais si vous avez une raison qui vous commande de rester, il en va pareillement pour moi. J'ai une responsabilité envers les Petits Hommes. Je ne sais quelle est la raison qui vous anime, vous, mais voulez-vous que nous mettions nos responsabilités respectives en commun ?

Jim dévisagea Dafydd.

– Oui. Ni vous ni moi ne pouvons partir avant

d'avoir l'absolue certitude que les Hommes Creux ont été totalement anéantis. Alors...

Il s'interrompit.

– Alors ?

– Alors... (Jim se tut à nouveau, se demandant ce qu'il s'était préparé à ajouter. L'état de Brian n'était pour rien dans le sentiment d'angoisse qui l'étreignait.) Je ne sais pas. Il y a peut-être autre chose.

– Autre chose ? répéta Dafydd, les yeux rivés aux siens. Quoi donc ?

– Je ne sais pas, répéta Jim. Pour le moment, c'est juste une impression.

– Eh bien, si vous voulez que je vous dise, j'ai, moi aussi, comme une prémonition. Et vous savez qu'il m'arrive, de temps à autre, d'avoir des intuitions qu'il est préférable de ne pas traiter à la légère. Peu de temps après que nous avons fait connaissance, quand vous avez décidé d'aller avec Brian et les autres reprendre le château de Chaney avant de tenter de délivrer lady Angela, j'ai senti... quelque chose – vous vous rappelez ? Et l'année dernière, je vous ai dit à tous – à vous, à Brian, à Giles et au prince Edouard – que, quand je faisais mes bagages avant de partir pour la France et de quitter la femme que j'aime, tout ce que je touchais me semblait glacé. Vous vous en souvenez ? (Jim opina.) Tout – sauf l'épée dont le prince n'a pas voulu et qui est revenue à Giles. Cette épée, à cause de laquelle il a connu une mort momentanée, lui a valu d'accéder à un honneur sublime. J'éprouve actuellement un sentiment analogue mais qui, cette fois, a rapport avec vous, James. Le sentiment que je ne dois pas plus vous quitter qu'abandonner les Petits Hommes.

– Je ne peux évidemment pas vous donner congé, dit Jim avec un sourire forcé. Comme vous me l'avez fait observer, vous êtes le prince Merlon.

– Le fait est. Mais je sens aussi que vous éprouvez quelque chose qui n'a rien à voir avec les événements d'aujourd'hui. Pourtant, il semble bien que les Petits Hommes et les Frontaliers soient en train de gagner la bataille, non ?

Le regard de Jim balaya la clairière. La poussière était en grande partie retombée. Dos au mur, les Hommes Creux survivants – une poignée – résistaient avec l'énergie du désespoir aux Petits Hommes et aux Frontaliers qui les avaient acculés contre les falaises. Des tas de vêtements et des armures vides jonchaient le champ de bataille : c'était tout ce qui restait des autres.

– Sauf s'il n'y en a pas qui feignent seulement d'être morts, comptant sur leur immobilité pour que nous n'y voyions que du feu, dit Jim pris d'une soudaine appréhension.

– Snorrl et les oiseaux ne s'y laisseront pas tromper.

– Mais Snorrl est parti.

– Pas bien loin, dit Dafydd en tendant le bras. Regardez là-bas.

Jim tourna les yeux dans la direction que l'archer lui indiquait. A travers le voile maintenant plus ténu de la poussière, il distingua au fond de la clairière la silhouette du loup qui flairait les armures éparpillées. Les oiseaux étaient toujours là ; ils continuaient de tourner en rond et les plus petits – certains n'étaient pas plus gros que des passereaux – rasaient pratiquement le sol.

L'issue de la bataille était maintenant inéluctable. Dans les deux camps, on se battait avec une détermination et une férocité égales : les derniers Hommes Creux pour leur survie, les Petits Hommes et les Frontaliers animés par la haine accumulée depuis tant d'années. Curieusement, on n'entendait pas un cri, pas un bruit hormis celui de l'acier heurtant l'acier.

La ligne des Hommes Creux coincés entre les falaises s'amenuisait lentement. Au bout d'un moment, il n'y en eut plus que quelques-uns, disséminés ici et là – puis plus aucun.

Les Petits Hommes et les Frontaliers commencèrent à décrocher. Ils avaient rompu les rangs et, maintenant mêlés les uns aux autres, ils se regardaient comme s'ils se voyaient pour la première fois.

Au pied de la falaise, les armures des derniers Hommes Creux semblaient être des tas de feuilles mortes poussées par le vent.

Les Petits Hommes et les Frontaliers finirent par se regrouper, les Petits Hommes avec les Petits Hommes, les Frontaliers avec les Frontaliers. Bien que la bataille fût terminée, c'était toujours le silence. Herrac, entouré de ses trois fils, fit avancer son cheval jusqu'à un point de ralliement à l'opposé de la falaise. Quand il l'eut atteint, il se retourna.

– Frontaliers ! A moi ! cria-t-il.

Le son de sa voix tonnante qui déchirait le silence semblait presque sacrilège. Mais les Frontaliers firent mouvement vers lui tels des hommes marchant dans un rêve et les Petits Hommes reformèrent leurs rangs, lentement et sans ordre. Jim éperonna Gorp et rejoignit Herrac, Dafydd à son côté.

– Vous avez réussi... vous et les Petits Hommes, dit le seigneur de Mer quand il fit halte devant lui. L'objectif est atteint. Et la page tournée.

S'apercevant que le vieux chevalier regardait fixement quelque chose derrière lui, Jim se retourna.

Ardac et cinq de ses congénères, encore en armes, les avaient rejoints.

– Si nous avons réussi, c'est grâce à votre aide, dit Herrac au chef des Petits Hommes. Seuls, nous n'aurions jamais pu. Vos piques qui les clouaient à la falaise leur ont interdit toute fuite.

– Seuls, nous n'aurions pas réussi, nous non plus, répondit Ardac. Nous le savons... vous, moi et beaucoup de ceux qui sont ici. Maintenant, nous allons partir. Ce qui vient d'avoir lieu, nous nous le rappellerons. Mais dans quelques jours, dans quelques mois, d'ici une génération, on l'aura oublié. Les choses redeviendront ce qu'elles ont toujours été. Vous, votre race et vos descendants, vous nous ferez la guerre et nous nous battrons pour défendre nos frontières.

– Non, fit Jim. Désormais, rien ne sera plus jamais comme avant.

– Croyez-le si vous voulez, mais, moi, je pense comme j'ai toujours pensé : il n'y aura pas de changement...

Ardac s'interrompit. Un des Petits Hommes lui avait touché le coude. Il tourna la tête et tout le monde regarda dans la même direction.

Dans un silence total, glissant le long de la falaise, se coulant entre les rochers et les éboulis, un Ver encore plus gigantesque que celui que Jim avait vu lors de la bataille de la Tour Répugnante s'approchait en rampant. Lentement, inexorablement. Un homme en armure le chevauchait. Sa visière était relevée et l'intérieur de son heaume était vide.

Et de ce vide jaillit une voix.

La voix d'Eshan.

– Vous croyiez avoir remporté la victoire ! grondait-elle. Mais vous ne pourrez jamais nous vaincre ! Je suis vivant, et tous les autres reviendront bientôt à la vie ! Venez donc me tuer, si vous le pouvez !

Personne ne fit mine d'avancer. Bien au contraire, tous, Petits Hommes comme Frontaliers, reculèrent d'un même mouvement bien que la distance qui les séparait du Ver et de son cavalier fût encore grande.

Mais ce n'était pas la vue d'Eshan qui les faisait ainsi reculer. Ni même celle du Ver, si hideux et colossal qu'il fût, qui laissait dans son sillage une traînée de bave luisante sur les rochers. Epais d'un mètre trente à un mètre cinquante et long de près de trois mètres cinquante, il pointait deux yeux pédonculés étrangement vitreux qui pivotaient pour explorer le terrain à mesure qu'il progressait. En dessous, pas trace de nez mais une bouche ronde en forme de ventouse, suffisamment entrouverte pour découvrir plusieurs anneaux concentriques hérissés de minuscules dents d'ivoire. Tous les regards étaient braqués sur l'autre extrémité du champ de bataille.

Des cliquetis métalliques, le bruit de sabots martelant le sol... et une voix :

– Je suis là !

C'était celle de Brian.

Jim se retourna vivement. Brian tenait mieux sur son cheval, à présent. Sa visière était relevée et, bien qu'encore pâle, son visage n'était plus aussi livide que tout à l'heure. Giles et Christopher, qui le suivaient, avaient l'air d'être dans leurs petits souliers.

– Pardonnez-moi, sir James, dit le premier en arrêtant sa monture à côté de celle de Brian. C'est ma faute. Mais il jurait qu'il nous livrerait bataille si nous ne le laissions pas rebrousser chemin. Ni Christopher ni moi ne pouvions nous battre contre lui. Alors, nous sommes revenus tous les trois.

– Ta conduite est injustifiable, Giles ! tonitrua Herrac.

– Ne lui faites pas de reproches, répliqua Brian sans même regarder le vieux chevalier. Rien ni personne n'aurait pu m'empêcher de revenir. Mon devoir est d'être ici. Je ne savais pas pourquoi il l'exigeait, mais maintenant je le sais. Il reste un Homme Creux en vie et un Ver le protège. Or, j'ai eu l'occasion de livrer combat à un Ver et je suis le seul à savoir comment il faut faire. Je dois encore terrasser celui-là.

– Non, fit Jim avec un fatalisme tranquille. Non, vous ne pouvez pas vous attaquer à lui dans l'état où vous êtes. Il ne vous serait pas possible de le détruire. C'est moi qui l'affronterai et vous me donnerez vos directives comme vous l'avez toujours fait. C'est à nous deux que cette tâche incombe.

– Vous dites vrai, hélas ! s'exclama rageusement

Herrac. Parce que, même moi, je suis incapable d'approcher ce... cette chose. Et aucun de ceux qui sont ici ne saurait davantage l'approcher à part vous deux ! Ce n'est pas seulement le Ver... c'est lui et c'est aussi autre chose !

Le vieux chevalier avait raison. Si effrayant que fût le Ver, quelque chose de plus épouvantable encore se dégageait de lui. Comme un vent polaire qui glaçait les spectateurs jusqu'aux os, les pénétrait, les fouaillait pour amener au jour toutes les mauvaises pensées qu'ils avaient eues au cours de leur vie, toutes les méchantes actions qu'ils avaient jamais commises. Et pas à pas, ils reculaient devant ce froid soufflant en rafales.

– Non, James, vous ne pouvez vous battre contre lui, dit Brian sans quitter le Ver des yeux. (D'une main tâtonnante, il sortit son épée du fourreau.) Vous n'êtes pas de force, vous le savez aussi bien que moi.

– Je le pourrai, cette fois, il le faut ! dit Jim. Rengainez-moi cette épée !

– Attendez ! intervint Dafydd. (Il tenait son arc à la main et en caressait presque amoureusement la tige fuselée.) Il est possible que mes flèches soient sans effet sur ce Ver si son cuir est aussi épais que Carolinus et Brian l'affirmaient en évoquant celui de la Tour Répugnante. Mais je pourrai peut-être avoir raison du dernier des Hommes Creux qui le chevauche.

Tout en parlant, il avait sorti une flèche de son carquois. Il l'encocha et tendit la corde jusqu'à ce que l'attache de la pointe touche le bois de l'arc. Un instant plus tard, il la lâcha. Elle décrivit une parabole dans l'air. Au moment où elle touchait presque sa cible, le Ver, dans un mouvement fulgurant, détendit la partie supérieure de son corps et referma sa bouche sur elle. Ses innombrables crocs la réduisirent instantanément en charpie et, une seconde plus tard, il l'avait avalée.

Eshan hurla de rire en se balançant d'avant en arrière sur le dos de sa monture improvisée.

– Tire-moi dessus autant qu'il te plaira, archer ! brailla-t-il. Aucune de tes flèches ne m'atteindra tant que je chevaucherai ce coursier !

Pendant ce temps, le Ver poursuivait sa progression.

Jim se tourna à nouveau vers Brian.

– Regardez donc la vérité en face. Vous ne pouvez pas vous battre contre lui. C'est à moi que revient cette besogne. Expliquez-moi seulement comment je dois m'y prendre !

– Que Dieu me vienne en aide ! (La consternation et le dépit se lisaient sur les traits de Brian. Il remit l'épée au fourreau.) Je ne peux rien vous dire de plus que ce que Carolinus m'a dit à la Tour Répugnante, James. Essayez d'abord de trancher ses pédoncules oculaires. Après, faites ce que vous pourrez pour transpercer son épiderme – il est aussi résistant et aussi coriace qu'une peau boucanée de plusieurs pieds d'épaisseur et pourrait presque tordre le tranchant d'une lame – car ses organes vitaux sont logés profond à l'intérieur de son corps.

Brian reprit sa respiration et continua d'une voix plus calme :

– Il faut en passer par là. Peut-être... peut-être que vous vous en tirerez aussi bien que moi, et même mieux encore, James. Vous n'êtes pas doué pour l'escrime... pardonnez-moi : je devrais dire que vous êtes plus habile à l'épée. Mais, ici, ce n'est pas l'habileté qui compte, c'est la force physique, et elle seule. En premier lieu, tranchez-lui les yeux pour le rendre aveugle. Ensuite, faites de votre mieux pour crever son épiderme juste *derrière* la partie de son corps qu'il a redressée pour attraper la flèche de Dafydd au vol.

– Pour ce qui est des yeux, au moins, je peux peut-être vous aider, fit Dafydd.

Et, avec la même rapidité et la même précision, il tira deux nouveaux traits.

Cette fois encore, le Ver redressa ce que, faute de mieux, on pourrait appeler son « torse » en une fraction de seconde et ne fit qu'une bouchée des deux flèches.

– Il vous faudra passer derrière son dos pour lui trancher les yeux, James, dit Brian. C'est la tactique que j'ai employée à la Tour Répugnante. Ils peuvent se tourner mais leur acuité est alors imparfaite et c'est grâce à cela que j'ai réussi à les sectionner. S'il est indispensable de commencer par le rendre aveugle, c'est aussi pour une autre raison. Cette créature a un handicap dont on doit tirer avantage. Une fois privée de la vue, si elle sait que vous la frappez, en revanche elle ne sait pas comment vous vous y prenez. Alors, elle se tortille pour vous rendre coup pour coup, mais à l'aveuglette.

– Si vous la travaillez au corps, je réussirai peut-être à atteindre l'Homme Creux avec une flèche, suggéra Dafydd.

C'est alors qu'une voix inattendue mais familière, en tout cas, à Jim, Dafydd et Brian, retentit :

– Je ne crois pas.

Tous se retournèrent et eurent la surprise de voir Carolinus. Le vent glacé qui continuait de souffler pour saper leurs forces faisait voltiger sa barbe et ses moustaches de neige. Revêtu de son habituelle robe d'un rouge passé qui lui tombait jusqu'aux pieds, comme le vieux magicien avait l'air frêle !

– Je ne crois pas, Dafydd, répéta-t-il. (Il leva le bras.) Regardez.

Ils se retournèrent juste à temps pour voir Eshan se laisser glisser du haut de sa monture et se couler sous le ventre du Ver.

– L'unique moyen qu'il a de s'échapper est de

contourner ce rocher branlant, là-bas, pour courir se mettre à l'abri derrière la falaise, poursuivit Carolinus. Alors, il sera à découvert. Surveillez ces éboulis et soyez prêt à tirer. C'est la seule façon que vous avez maintenant d'aider James, Dafydd.

– Oui.

L'arc bandé, Dafydd fit quelques pas sur sa gauche afin de pouvoir voir toute la surface du rocher en équilibre instable.

– Il n'est pas dans l'intention des Noires Puissances que vous l'aidiez de quelque façon que ce soit. (La voix de Carolinus portait loin dans l'épais silence qui enveloppait la clairière. Même les oiseaux qui continuaient de décrire des cercles dans les airs – mais plus haut, maintenant – s'étaient tus.) Et vous voyez, Brian, c'est James qu'elles mettent à l'épreuve. C'est à lui que le Ver est destiné – à lui, et à personne d'autre.

– Vous ne pourriez pas lui donner quelques informations supplémentaires qui lui seraient utiles, mage ?

Il y avait presque de la supplication dans la voix de Brian.

Carolinus secoua la tête.

– Non, je ne peux pas. Et même si je le pouvais, je n'en aurais pas le droit. C'est à toi de jouer, James.

Brian se tourna vers Jim :

– Alors, le mieux est encore que vous y alliez à pied. Quand vous vous approcherez, levez votre épée aussi haut que possible pour qu'il ne la plaque pas contre votre flanc. Et protégez-vous derrière votre écu, son bord supérieur appuyé à l'épaulière de votre armure et sa pointe contre votre jambière. Les coups qu'il vous portera ne le briseront pas et sa bouche est ainsi faite qu'elle ne pourra le saisir ni par le haut ni par le bas pour vous l'arracher.

– Très bien. (Jim lança un regard circulaire autour

de lui.) J'aimerais bien boire d'abord quelque chose. J'ai la bouche sèche comme de l'amadou.

– Hélas... commença Herrac qui s'était rapproché.

Mais Carolinus était déjà en train de verser dans un épais gobelet de verre bleu le contenu du flacon qui était brusquement apparu dans sa main. Il le tendit à Jim qui le porta à ses lèvres. Le liquide avait l'aspect et le goût du lait, la seule boisson dont Carolinus faisait usage, mais il avait aussi quelque chose de plus. Non seulement il apaisait la soif qui dévorait Jim mais, en outre, un brûlant flot d'énergie s'infiltrait en lui. Soudain, il se sentait léger et débordant de force.

Mais le vent surnaturel l'assaillit à nouveau. Il éprouvait encore la terreur glacée inséparable de ce phénomène mais, en même temps, une sorte de résignation, d'acceptation de ce qui l'attendait. Il mit pied à terre, s'assura que la courroie de l'écu tenait solidement à son bras, tira son épée et commença à avancer à la rencontre de la monstrueuse créature.

33

La créature, en dépit de sa taille et des oscillations fulgurantes de son « torse », se déplaçait avec une relative lenteur et Jim constata que son corps ne touchait pas le sol. Elle était montée sur des sortes de patins, ou quelque chose d'approchant, qui faisaient des bosses sous la peau de son ventre, de sorte qu'elle ne se tortillait pas à la manière d'un reptile : sa progression était rectiligne. Un détail que Jim n'avait pas remarqué lors de la bataille de la Tour Répugnante, car son attention était alors totalement concentrée sur l'Ogre qui était son adversaire immédiat.

Il avançait dans un silence absolu, l'esprit entièrement vide.

Non... pas entièrement vide. Quelque chose le tarabustait. Un vieux souvenir le travaillait, obsédant parce qu'il était susceptible de le mettre sur la piste d'une idée qui pourrait peut-être augmenter ses chances de vaincre le Ver.

Et cela lui revint brusquement. Il s'arrêta net, fit demi-tour et revint sur ses pas aussi rapidement que le lui permettait le poids de son armure.

– Je viens de penser à quelque chose, annonça-t-il d'une voix haletante aux autres quand il les eut rejoints. Gorp est loin d'être aussi nerveux et impressionnable que votre destrier, Brian, et je crois que, contrairement à Blanchard qui a trop d'imagination pour cela, il pourra me porter jusqu'au Ver. Quand j'étais dans le corps de Gorbash le dragon, j'ai commis l'erreur de fondre du haut des airs en plein sur la lance de sir Hugh de Bois de Malencontri à qui appartenait alors le château qui est à présent le mien. Pourtant, Smorgl, le grand-oncle de Gorbash, m'avait formellement déconseillé d'attaquer un chevalier lance au poing. Mais j'avais complètement oublié sa mise en garde. Je n'ai fait aucun mal à sir Hugh mais, moi, sa lance m'a traversé de part en part et j'ai bien failli y rester, vous vous souvenez ?

– Si je m'en souviens ? Et comment !

– Je viens de me rappeler cette aventure et ça a été pour moi une illumination, enchaîna Jim avec excitation. Je n'ai rien à perdre à sauter sur un cheval et à essayer d'attaquer le Ver à la lance. Si je charge au grand galop, le fer de la lance – mon poids et celui de ma monture aidant – ne pourra manquer de s'enfoncer assez profondément dans son corps pour occasionner de sérieux dégâts à ses organes vitaux. Ou, à tout le moins, les lésions provoqueront une hémorragie interne et il sera affaibli quand, ensuite, je le combattrai à pied.

– Que voilà une idée excellente ! s'écria Brian. Une idée merveilleuse ! Mais pas vous, James. Pas vous ! Vous savez que c'est à la lance que votre habileté au combat laisse le plus à désirer. Moi, en revanche, je n'ai pas assez de doigts aux deux mains pour compter tous les tournois que j'ai remportés. Et, par ailleurs, vous vous trompez du tout au tout. Ce n'est pas le Ver qui a tellement terrorisé Blanchard à la Tour Répugnante : c'est l'Ogre. Il faisait douze pieds et, aux yeux de Blanchard, il était haut comme une montagne. Sans compter la massue qu'il brandissait. Non, c'est moi qui vais le charger et je vous garantis que ma lance s'enfoncera dans son corps au bon endroit, là où elle fera le maximum de dégâts ! (Brian se retourna.) Une lance ! Qui me passera une lance ? Qu'on se hâte de m'en apporter une !

– Vous n'avez qu'à prendre la mienne, dit Herrac. Je l'ai laissée derrière un arbre quand j'ai compris que les lances ne serviraient à rien dans les conditions où allaient se dérouler la bataille. Alan ! Tu sais où elle est. Va la chercher !

Alan enleva son cheval. Un moment plus tard, il revenait avec la lance de son père.

Brian, les joues en feu, se tenait parfaitement droit sur sa selle, à croire que le malaise qu'il avait eu un peu plus tôt n'avait jamais existé. Saisissant la lance, il la posa en travers des épaules de Blanchard, en coinça le talon sous son aisselle et la leva verticalement.

– C'est une belle lance – une bonne arme !

Sa pointe brillait, immobile au-dessus du chevalier. Mais au bout de quelques instants, sa hampe commença à osciller et à pencher, si bien que Brian fut forcé de la reposer sur les épaules de Blanchard pour qu'elle ne se fiche pas en terre.

Il y eut un silence gêné. Brian s'affaissa sur sa selle, le dos rond.

– Misérable que je suis ! s'exclama-t-il rageusement. J'avais cru avoir recouvré mes forces mais ce n'a été qu'un feu de paille. Et pour embrocher le Ver comme il convient, il me faudrait garder la lance haute beaucoup plus longtemps. Je ne pourrai pas y arriver, James !

– Cela ne fait rien, dit Jim en se hissant sur le dos de Gorp. Donnez-la-moi.

Allongeant le bras, il s'empara de la lance que Brian, fixant d'un air accablé l'encolure de Blanchard, ne tenait plus que d'une main inerte.

– Vous n'y arriverez jamais, James, murmura-t-il d'une voix morne. Pardonnez-moi ! Mais évitez la tête du Ver et le pourfendre par-derrière cet serait – une tâche difficile, même pour moi.

– Je dois quand même essayer, répondit Jim.

Le seul fait d'avoir pris sa décision semblait lui infuser une force nouvelle. Il posa le talon de la hampe sur le pommeau de sa selle pour qu'elle ne pèse pas sur les épaules de Gorp et repartit en direction du Ver qui n'avait pas cessé d'avancer.

– Attendez ! cria Brian derrière son dos. Attendez une seconde, James ! Il y a quand même une chose que je peux faire, après tout ! (Il arriva à la hauteur de Jim qui s'était arrêté.) Oui, dit-il sur un ton presque triomphant en tirant sur le mors, je n'ai pas besoin de me servir de mes mains pour diriger Blanchard, mes genoux suffisent. Et je n'ai besoin de mes forces qu'un court instant pour mettre ce monstre sérieusement à mal. Accordez-moi juste cet instant !

– Soit. Mais je n'ai pas de temps à perdre.

– Ce ne sera pas du temps perdu. Ecoutez-moi, James ! Je chargerai le Ver au galop. Au dernier moment, quand nous serons juste à sa portée, je ferai faire un écart à Blanchard pour l'éviter. Alors, je me pencherai au passage, et, d'un coup d'épée, je trancherai ses pédoncules oculaires. Rien de plus simple. Ce sera un jeu d'enfant ! Si vous voulez me suivre, James, il importe que je sois devant pour le priver de la vue.

C'était à nouveau comme si Brian n'avait jamais été blessé, comme si sa défaillance n'avait été qu'un rêve.

Obéissant à l'appel des rênes, Blanchard prit le départ. Jim leva à son tour sa bride pour enlever son cheval mais il la laissa retomber presque aussitôt. Maintenant, il ne pouvait pas plus empêcher Brian de faire ce qu'il avait l'intention de faire que Gorp ne pouvait rattraper Blanchard de Tours. Le grand destrier blanc qui avait coûté à Brian tout son héritage, à l'exception de ses terres et de son château, était beaucoup plus rapide que sa taille et son poids ne pouvaient le laisser croire. Que ce soit au combat ou dans les tournois, sa vitesse donnait souvent à son maître un avantage auquel ceux qu'il affrontait ne s'attendaient pas.

Pour Jim comme pour Herrac et ses fils qui s'étaient groupés autour de leur père, le spectacle de Brian courant sus à la créature était le symbole même du triomphe de l'esprit sur le corps. Normalement, il n'aurait probablement pas pu faire dix pas sans s'écrouler, mais là, en selle, à cet instant, c'était un chevalier frais et dispos partant au combat.

Comme Blanchard l'approchait par le travers, le Ver amorça un mouvement tournant dans sa direction. Aussitôt, Brian fit obliquer sa monture pour arriver droit sur la créature. Des rangs des spectateurs rassemblés à la périphérie de la clairière monta une sourde plainte car tout semblait annoncer un choc frontal.

Mais à la dernière seconde, alors que le « torse » du Ver se haussait verticalement à la vitesse de l'éclair, Brian passa presque miraculeusement du côté opposé. En même temps, il se dressa sur ses étriers et, allongeant le bras, abattit son épée, sectionnant en leur milieu les deux pédoncules oculaires du monstre qui pointaient au-dessus de sa tête aplatie. Brian fit alors décrire à Blanchard un cercle complet et repartit en direction de Jim et des autres.

– Oh ! Admirable ! s'écria Herrac. Quel chef-d'œuvre ! Avez-vous apprécié la manœuvre à sa juste valeur, mes fils ? Vous n'aurez jamais l'occasion d'assister au cours de toute votre vie à une démonstration aussi sensationnelle de l'art de l'équitation et de l'art de l'épée. Sir Brian a dû calculer le moment exact où il lui fallait bifurquer pour ne pas arriver de front sur le monstre, la distance exacte à laquelle il devait l'éviter, la marge exacte de sécurité à laquelle il devait se trouver pour trancher ses cornes ! Mais il faut se dépêcher d'aller à sa rencontre... Vite, Alan... Giles ! Il ne pourra pas nous rejoindre sans aide !

Giles et Alan arrivèrent juste à temps à la hauteur de Brian. Effondré sur sa selle, celui-ci se laissait ballotter sur le dos de son cheval qui allait maintenant au pas. Déjà, il commençait à glisser quand les deux frères, l'un à sa gauche, l'autre à sa droite, passèrent chacun un bras autour de sa taille, et c'est en le soutenant qu'ils lui firent précautionneusement accomplir le reste du chemin.

– C'était superbe, Brian ! Superbe ! lui dit Jim à son arrivée.

Mais Brian était à nouveau blafard, son visage semblait s'être vidé de son sang. Son corps était flasque et son expression était celle d'un homme qui marche dans un rêve.

– Votre courtoisie me va droit au cœur, James... commença-t-il d'une voix sans timbre.

Mais il ne put continuer. Ses paupières se fermèrent et il bascula sur l'épaule d'Alan qui se tenait à sa gauche. Les autres fils d'Herrac se précipitèrent pour le retenir mais il était mou comme une chiffe et visiblement hors d'état de tenir en selle.

– Il faut le ramener en toute hâte au château, dit Herrac. Je crains qu'il ne soit peut-être déjà trop tard. Il est allé au-delà de ses forces.

– Ne vous faites pas de souci, lança une voix coupante – et Carolinus se matérialisa soudain devant eux. Je me charge de l'expédier au château. Et vous avec pour fournir des explications, ajouta-t-il en tendant le bras en direction de Giles et d'Alan. Hop !

Il fit claquer ses doigts. Brian, Giles, Alan et leurs montures s'évaporèrent instantanément.

– Voilà ! Ils sont dans la cour du château, dit le magicien au bout d'un moment. Votre fille Liseth, qui a déjà été prévenue, est en train d'accourir pour accueillir Brian, messire Herrac.

– Oh ! s'exclama Jim. Ça, Carolinus, le Département des Comptes va vous le faire payer cher !

– Je n'en serais pas autrement étonné, dit le magicien, la moustache hérissée. Mais il se trouve que j'aurai peut-être, moi aussi, deux ou trois mots à lui dire. (Il tourna la tête vers la clairière.) Mais il faut que tu ailles t'occuper de ton Ver. Rappelle-toi les conseils que t'a donnés Brian. L'épée haut brandie, l'écu plaqué contre le corps et tu frappes par-derrière. Tu pourras l'approcher par le côté, à présent. Il t'entendra venir parce que la peau de son ventre répercutera les vibrations du sol mais il ne pourra pas se retourner assez vite pour t'empêcher de le toucher.

– J'y vais, répondit Jim en empoignant ses rênes.

– Attends ! fit vivement Carolinus. Encore une chose. Lorsque tu l'auras piqué, enfonce simplement ton épée le plus loin possible. A ce moment, il t'immobilisera, son avant-corps plaqué contre ton écu, la gueule ouverte et ses dents prêtes à te broyer. Mais ton bras armé sera libre. A présent, va !

Jim, la lance en équilibre sur le pommeau de sa selle, fit faire demi-tour à Gorp et le lança au galop.

La distance qui le séparait du Ver était maintenant nettement réduite et la seule pensée sur laquelle il eut le temps de s'attarder fut celle d'Angie.

Sa propre vie et sa puissance magique étaient le seul rempart qui protégeait Angie en ce monde médiéval et, s'il mourait, elle se retrouverait dans une situation détestable.

Certes, elle serait toujours la maîtresse du château de Bois de Malencontri. Mais, ce monde et cette époque étant ce qu'ils étaient, il lui serait presque impossible de s'y maintenir privée du secours des pouvoirs magiques qu'il détenait.

L'unique solution qu'offrait à Angie cette société du XIVe siècle serait d'épouser en secondes noces quelqu'un qui deviendrait le seigneur de Malencontri et son seigneur à elle. Un homme de ce temps qui n'aurait pas la moindre idée de toutes les choses qu'elle savait et se rappelait.

Bref, si le Ver le tuait – une éventualité qui se situait à mi-chemin du possible et du probable –, Angie serait la première victime des retombées de sa mort.

Mais ce n'était plus le moment de laisser divaguer sa pensée. Jim et le Ver étaient maintenant face à face. Plus exactement, il était à trois mètres environ de la créature – la distance qu'il avait prévu de ne pas dépasser. Dans l'immédiat, tout au moins.

Malgré ses bons réflexes et les excellentes performances du joueur de volley-ball qu'il avait été en son siècle, Jim était un garçon qui se fiait plus à son intelligence qu'à ses muscles. Et, dans ce cas précis, il estimait qu'il n'avait qu'un seul et unique espoir.

Le Ver progressait avec lenteur – d'un bloc et en droite ligne. S'il ne pouvait se déplacer plus rapidement – et celui de la Tour Répugnante ne se mouvait certainement pas plus vite –, Jim avait peut-être une chance. Il tira sur la bride pour détourner la tête de son cheval et entreprit de décrire un cercle autour de l'immonde créature. Gorp, qui estimait que, de près, l'aspect de celle-ci n'avait, somme toute, vraiment rien d'attirant, ne fut que trop heureux de devoir regarder ailleurs.

Le Ver pivota sur lui-même pour essayer de faire face à Jim mais celui-ci, passant du pas au trot, puis du trot au galop, se mit à tourner à toute vitesse autour de lui. Cessant de se propulser en avant, la monstruosité rampante entreprit d'effectuer des rotations sur place.

Comme il l'avait espéré, Jim tournait autour du Ver plus vite que celui-ci n'était capable de pivoter. Il continua de décrire ainsi des cercles autour de lui jusqu'au moment où Gorp fut dans la position idéale : un peu derrière et perpendiculairement au Ver.

– *Hop !* hurla Jim d'une voix retentissante en enfonçant ses talons dans les flancs de son cheval.

C'était la seconde fois depuis qu'il était à son service que ce maître-là l'éperonnait. Gorp bondit littéralement et, prenant soudain le galop, fonça droit sur le Ver. Jim, le talon de sa lance étroitement serré sous l'aisselle, se concentra – et pria.

Il n'y a rien de plus difficile que de pointer directement une lance de trois mètres de long quand on est sur le dos d'un cheval lancé au galop. Chacun de ses mouvements en fait osciller la pointe, aussi bien de bas en haut que de gauche à droite. Jim s'appliquait à la maintenir le plus bas possible. Entre deux dangers, il est toujours préférable de choisir le moindre : tant qu'à faire, mieux valait risquer de la planter dans le sol que de la voir passer purement et simplement au-dessus du dos de la créature.

Tout se déroula en l'espace de quelques secondes. A l'instant précis où Gorp, arrivant au contact, n'avait pas d'autre choix que de sauter par-dessus le Ver, Jim braqua sa lance juste au milieu du corps de celui-ci.

Elle s'enfonça dans le flanc du monstre.

Déjà, Gorp amorçait le bond qui lui ferait franchir l'obstacle et Jim dut lâcher le talon de la hampe pour ne pas être éjecté de sa selle.

Quand il eut non sans peine calmé le malheureux Gorp affolé, il lui fit décrire un cercle pour revenir à son point de départ. La hampe s'était cassée net et le Ver, gueule grande ouverte, s'efforçait désespérément de tourner la tête pour arracher le moignon de la lance brisée fichée dans son flanc. Mais ses efforts étaient vains : elle était trop profondément enfoncée.

Elle avait sûrement atteint un organe vital, songea Jim, en proie à une soudaine exaltation. Il n'avait pas pu ne pas en toucher au moins un et l'hémorragie qui devait inévitablement s'ensuivre ne pourrait que lui faciliter la tâche.

Mais le plus dur restait à venir. Si le Ver était bel et bien blessé, tout indiquait qu'il était encore loin de l'être assez gravement pour ne plus présenter de danger.

Jim fit halte à une dizaine de mètres de la créature et sauta à bas de sa selle. Il dégaina, frappa Gorp du plat de la lame pour l'éloigner, puis, brandissant son épée, s'élança au pas de course vers le tronçon de lance planté dans le flanc du Ver.

34

Il courait comme un dératé. Si seulement il réussissait à élargir la blessure produite par la lance... Le Ver avait cessé de se tortiller. Jim plongea de toutes ses forces la pointe de son épée dans son épiderme moucheté de taches brunes. La lame s'enfonça sur un bon tiers de sa longueur à quelques centimètres seulement du moignon de la hampe qui sortait de la plaie. Comme il essayait de la faire pénétrer plus loin encore, il se sentit soudain projeté avec une brutalité inouïe contre la créature dont l'avant-corps s'était retourné pour l'écraser. Son écu sonna en heurtant le flanc du Ver mais l'épaulière et la jambière de son armure limitèrent les dégâts. Toutefois, le bord supérieur lui entra dans la mâchoire, lui entamant la joue.

Sans se soucier du goût métallique du sang dans sa bouche, il s'évertua à plonger et replonger plus profondément son épée dans le corps du monstre pour élargir la plaie...

... Et encaissa un deuxième coup de boutoir.

Il n'en persévéra pas moins. La gueule suceuse s'efforçait de broyer l'écu mais ne parvenait pas à l'atteindre.

Troisième coup de boutoir. Et encore un autre. Finalement, Jim parvint à arracher l'épée des chairs de la créature et à l'enfoncer à nouveau obliquement afin que sa pointe rencontre celle de la lance. La vision de cette bouche immonde hérissée de dents assassines ne quittait pas son esprit.

Enfin, la lame heurta quelque chose de dur : elle avait atteint le bois de la lance. Jim entreprit alors de la faire glisser le long de celui-ci pour pénétrer jusqu'aux organes vitaux. Le Ver frappa de nouveau. Frappa. Frappa encore. Sous ces assauts incessants, les pensées de Jim se brouillaient. Il ne se rappelait plus pourquoi il faisait ce qu'il était en train de faire. Tout ce qu'il savait, c'était qu'il fallait que ce soit fait. Ces chocs répétés avaient fait pivoter son heaume et il ne voyait plus rien mais il continuait de frapper mécaniquement, au jugé. Il continuait, il continuait... Son écu, maintenant cabossé et ébréché, déformé sous cette avalanche de coups de « torse », se plaquait autour de sa cotte de mailles, de sorte que chaque impact retentissait dans tout son corps, presque comme s'il n'avait plus d'armure pour le protéger.

Et les coups qu'il encaissait gagnaient toujours en violence. Incroyable que le Ver doublement embroché à la fois par la lance et par l'épée – dont la lame disparaissait maintenant dans sa chair jusqu'aux trois quarts de sa longueur – soit encore capable de cogner avec une force aussi inouïe !

Jim sentit soudain qu'une de ses côtes cédait. Le coup qui suivit accentua la fracture et il commença aussitôt à avoir l'impression d'étouffer. Le poumon avait sans aucun doute été déchiré.

Il allait mourir. Le Ver allait mourir. Le tout était de savoir lequel des deux mourrait le premier. A présent, l'épée était enfoncée presque jusqu'à la garde dans le corps de la créature.

Jim avait maintenant perdu tout sens de la réalité. Il était sourd, muet et aveugle, un gigantesque forgeron fou l'aplatissait sous son marteau. Tout ce qu'il savait, c'était qu'il devait continuer – pourquoi ? il avait oublié – d'enfoncer toujours son épée plus avant. Aussi longtemps qu'il le pourrait. Et il l'enfonçait, l'enfonçait, l'enfonçait...

Il avait conscience que quelque chose le retenait. Qu'on desserrait ses doigts crispés, soudés au pommeau de son épée. Le martèlement avait miraculeusement cessé.

Mais il était toujours aveugle et pratiquement inconscient. Il sentit vaguement qu'on le soulevait et qu'on l'emportait. Il pleura un peu dans la nuit de son heaume parce que, après tout, on l'empêchait de finir le travail qu'il avait commencé.

Puis son heaume fut remis en place. Quand la visière en fut relevée, il vit le visage de Carolinus. Et ceux, brouillés, de Dafydd, d'Herrac et d'un de ses fils. Il était par terre, allongé sur le dos. Carolinus se penchait sur lui et approchait un gobelet bleu de sa bouche.

Il voulut le repousser mais ses mains pesaient des tonnes. Impossible de les bouger. Il sentit le bord du gobelet contre ses lèvres et, quand un peu de liquide lui coula dans la bouche, il se rendit brusquement compte qu'il mourait de soif. Il but avidement.

Lorsque le gobelet fut vide, il se dressa sur son séant. Il aurait voulu boire encore mais n'avait pas la force de demander qu'on remplisse à nouveau le gobelet.

Puis le monde changea – lentement mais irrésistiblement. C'était comme si son estomac s'embrasait, irradiant une flamme qui s'épanouissait dans son corps tout entier, lui insufflant une énergie nouvelle. Ses côtes se ressoudaient. Son poumon déchiré retrouva son intégrité et le rythme de sa respiration redevint normal. Quand on lui ôta son casque, son champ de vision s'élargit. Il était assis dans une prairie jonchée à perte de vue de pièces d'armures et de vêtements vides. Le Ver se trouvait un peu plus loin.

Mais il ne bougeait pas. De son flanc sortait le tronçon de la lance et une épée – la sienne – dont seule la poignée était visible.

Un feu magique courait maintenant dans les veines de Jim et il se réveillait. Le philtre que Carolinus lui avait fait boire lui redonnait une force qu'il croyait avoir perdue. Correction : qu'il *avait* perdue mais que la magie lui restituait.

Il dévisagea le mage et essaya de parler. Cette fois, il y parvint.

– Qu'est-il arrivé ? demanda-t-il d'une voix rauque. Qu'est-ce que...

– Tu l'as vaincu, James, répondit le magicien. Essaie de te mettre debout, tu dois pouvoir, maintenant.

– Aidez-moi.

Des mains secourables le soulevèrent.

– Et Eshan ? s'enquit-il quand on l'eut remis sur ses pieds.

Dafydd le prit par le bras, l'entraîna jusqu'à un endroit de la clairière où l'on voyait la paroi latérale des falaises sous un angle différent et tendit le bras.

Jim regarda dans la direction que lui indiquait l'archer. Tout d'abord, il ne vit rien de particulier. Enfin, il distingua une armure gisant sur le sol juste au-delà d'un tas d'éboulis amoncelés au pied de la muraille rocheuse. L'extrémité empennée d'une flèche – pas plus de quelques centimètres – sortait du pectoral. Il resta un long moment les yeux fixés sur elle.

– Mais il est encore vivant ! s'exclama-t-il.

Tous deux regardèrent avec attention mais rien ne bougeait. Tout à coup, le brassard remua faiblement comme si le blessé cherchait à arracher la flèche qui lui transperçait la poitrine.

A cette vue, Jim et Dafydd s'élancèrent, suivis, mais à une allure plus modérée, d'Herrac et de ses fils. Ceux-ci avaient commencé par partir au galop et ils les auraient devancés si leur père ne les avait rappelés à l'ordre sur un ton sévère.

Arrivés à sa hauteur, les deux compagnons s'agenouillèrent à côté de l'Homme Creux. Sa visière était baissée. Jim la releva et contempla l'intérieur vide du heaume.

– Eshan ? fit-il.

Quelques instants s'écoulèrent, puis une voix creuse, lointaine et empreinte d'une profonde lassitude, retentit comme sortant du néant :

– Il n'en reste donc plus un seul ? Tous sont morts... sauf moi ?

– Oui, répondit Jim.

Il y eut un soupir suivi d'une sorte de gloussement fantôme.

– Alors, j'ai au moins l'honneur d'être le dernier. Mais mon tour est venu de mourir. C'est fini pour nous. Il était grand temps.

– Il était grand temps ? C'est bien ce que vous avez dit ? s'étonna Dafydd.

– Oui, répondit Eshan. Cela durait depuis si longtemps... si longtemps. J'étais fatigué. Nous étions tous fatigués. (Sa voix commençait à s'affaiblir.) Mais maintenant, nous allons nous reposer... enfin !

Ce furent les dernières paroles d'Eshan. Rien ne signala l'instant où il rendit l'âme mais Jim crut presque sentir la vie quitter l'armure sur laquelle il se penchait. Brusquement, ce ne fut plus qu'une masse de métal bosselé.

Dafydd et lui se relevèrent. Carolinus était debout à côté d'eux.

– Eh oui, laissa tomber le magicien. C'en est fini d'eux, désormais.

Il fit demi-tour et, en compagnie de Jim et de Dafydd, il rejoignit Herrac et ses fils qui attendaient un peu plus loin.

– Alors, le dernier est mort ? demanda le seigneur de Mer.

– Quasiment dans nos bras, répondit Jim. Je crois que les Hommes Creux étaient tous las de ce qu'ils appelaient la vie. Peut-être, comme Eshan qui vient de passer, nous sont-ils reconnaissants de les avoir délivrés.

Un long silence succéda à ces mots. Tout le monde se taisait, non seulement ceux qui entouraient Jim mais aussi les Petits Hommes et les Frontaliers toujours massés à la limite de la clairière. Le silence et un calme étrange... Jim se rendit subitement compte que le vent maléfique avait cessé de souffler. Surpris d'entendre soudain Carolinus glousser de rire, il tourna la tête vers lui.

– Le Département des Comptes ! dit le magicien sur un ton véhément en guise d'explication. Ils cherchent à me joindre depuis un bon moment. Maintenant, c'est *moi* qui vais les contacter... bientôt ! (Il se frotta les mains avec presque autant d'allégresse qu'en montrait Brian à la perspective d'une bataille.) Mais pas tout de suite. Qu'ils poireautent donc un peu ! J'ai encore une petite chose à faire. Je suppose, James, que tu veux rentrer au château pour savoir où en est ton ami Brian ?

– Oh, oui ! s'écria Jim qui se sentit soudain mauvaise conscience : il avait complètement oublié Brian. Il va bien ? Je veux dire...

Il n'osait pas formuler le fond de sa pensée. Et si Brian, plus grièvement blessé qu'on ne l'avait cru, était mort ?

– Mais non, mais non, fit sèchement Carolinus. Tu n'as qu'à aller vérifier toi-même. Je t'accompagne jusqu'à sa chambre.

Le temps d'un battement de cils et Jim se retrouva au château de Mer dans la chambre de Brian. Deux valets attendaient, debout dans un coin, et Liseth était penchée au-dessus du chevalier assis dans le lit, adossé à un coussin et vif comme un gardon.

– ... et du vin ! lui disait-il. Et de la viande et du

pain ! J'ai une de ces faims ! Une fringale à dévorer un cheval !

– Je ne sais pas si sir James serait d'accord pour... commença Liseth – mais Brian qui venait d'apercevoir Jim ne lui laissa pas le temps de terminer sa phrase.

– James ! s'écria-t-il. Vous êtes là ? La bataille est finie ? Comment s'est-elle passée ? Est-ce que le Ver...

– Il est mort, laissa laconiquement tomber Jim.

– Oh ! Mais comment ? Comment ? s'écria Brian, tellement surexcité qu'il paraissait prêt à s'extraire de son lit si la réponse à sa question se faisait attendre.

– Eh bien, un coup de lance heureux...

– Vous l'avez tué ! Et à la lance ? J'étais sûr que vous réussiriez !

Jim ne put s'empêcher de répondre sur le mode sarcastique :

– Ah bon ? Même en sachant combien je suis empoté avec cet instrument ?

– Oh ! James ! fit Brian sur un ton de reproche.

Jim mit les pouces.

– Eh bien, vous avez raison. Je l'ai chargé à la lance mais, pour le tuer vraiment, c'est de mon épée que j'ai dû me servir.

– Oh, j'étais sûr que vous trouveriez un moyen ! Nous allons arroser ça. Et avec Liseth. Le Ver est mort ! (Brian s'assombrit brusquement.) Et les Hommes Creux ? demanda-t-il avec anxiété. Est-ce qu'ils sont morts, eux aussi ?

– Oui. Dafydd a tiré une flèche sur leur chef, Eshan, pendant que je m'expliquais avec le Ver. Et Eshan était le dernier survivant. Il est mort un peu plus tard sous nos yeux. Les Hommes Creux ne ressusciteront plus.

– Alors, il faut vraiment fêter ça ! Comment se fait-il, milady, (c'était à Liseth, maintenant, qu'il s'adressait), que vous n'ayez pas déjà fait quérir du vin pour célébrer dignement un pareil événement ?

Liseth s'était déjà tournée vers les serviteurs.

– Humbert, descends à la cuisine chercher un cruchon de vin et des coupes. Tu ramèneras aussi du pain et de la viande pour sir Brian.

Elle n'eut pas besoin d'ajouter : « Cours ! » le dénommé Humbert s'était déjà rué hors de la pièce à la vitesse d'une flèche éjectée par l'arc de Dafydd. Ce qui, se dit Jim, ne s'expliquait pas uniquement par son empressement de serviteur stylé mais aussi par la hâte qu'il avait d'annoncer la nouvelle en cuisine. Mais, pour Brian, une seule chose importait : qu'il file et revienne le plus vite possible avec son plateau.

Ce qui ne tarda pas.

Tout en engloutissant voracement son en-cas, le chevalier harcelait Jim de questions : il voulait que celui-ci lui narre en détail son combat avec le Ver.

– Et vous vous êtes tout le temps rappelé mes recommandations, n'est-ce pas ? l'interrompit-il lorsque Jim lui relata comment il avait attaqué le Ver à la lance après avoir tourné tout autour de lui jusqu'à se trouver dans le bon axe. Une idée astucieuse, ce mouvement tournant, ajouta-t-il pensivement entre deux gorgées de vin. Franchement, j'avoue que je n'y aurais pas pensé.

Après quoi, il interrogea Jim sur la manière dont il s'était servi de sa lance :

– Vous la teniez la pointe dirigée vers le bas comme je vous l'avais montré ? On ne peut pas viser directement son objectif comme le fait un archer qui tire une flèche sur une cible fixe. La lance doit être tenue de façon que l'on ait assez de jeu pour accompagner les mouvements du cheval. Ce n'est qu'au dernier moment qu'on la serre vigoureusement. Vous la teniez donc la pointe en bas ?

– Oui, répondit Jim.

Puis Brian passa au travail à l'épée. Les coups de

boutoir que le Ver avait assenés à Jim avec la partie antérieure de son corps alors qu'il n'avait plus l'usage de ses yeux retinrent son attention.

– Mon Ver à moi faisait la même chose. Même aveugles, ces saletés-là savent où se trouve leur adversaire.

– Cela n'a rien d'étonnant, répliqua Jim. Tenez... Fermez les yeux et essayez de vous toucher le nez avec le bout de votre pouce.

Brian s'exécuta. Et, à sa grande surprise, l'essai fut concluant.

– Nous avons quelque chose en nous qui nous permet de savoir où les différentes parties de notre corps sont situées les unes par rapport aux autres, lui expliqua Jim. Ce doit être pareil pour les Vers.

– Oui... oui. Vous avez sûrement raison. (Brian s'interrompit pour bâiller – un bâillement prodigieux.) Je ne sais pas ce que c'est, mais, brusquement, j'ai un coup de fatigue terrible. Je crève de sommeil.

Cela, songea Jim, n'avait rien d'étonnant puisque, au départ, Brian était déjà à bout de forces. Et maintenant, après tout ce qu'il avait bu et mangé, la fatigue lui tombait dessus comme une avalanche. Il faudrait qu'il dorme tout son soûl avant de pouvoir à nouveau tenir sur ses jambes.

– Nous allons vous laisser vous reposer.

Jim lança un coup d'œil à Liseth qui hocha la tête. Les yeux de Brian se fermèrent : il dormait déjà.

– Veillez bien sur lui, dit Liseth aux serviteurs en quittant la chambre avec Jim.

Tous deux descendirent l'escalier pour gagner la salle haute. Jim remarqua alors les traits tirés de la jeune fille et la tristesse de son expression.

– Y a-t-il quelque chose qui ne va pas, Liseth ? lui demanda-t-il en lui posant la main sur le bras.

Elle s'arrêta et, enfouissant son visage contre la poitrine de Jim, fondit soudain en larmes.

– Oh, sir James ! sanglota-t-elle. Je l'aime tant !

Allons bon ! s'exclama Jim dans son for intérieur. Il ne manquait plus que ça ! Brian qui tombe bêtement amoureux d'elle et elle qui tombe à son tour amoureuse de lui ! Mais Liseth continuait sur sa lancée :

– ... et je suis condamnée à épouser Ewen MacDougall que je déteste. Oh oui ! je le *déteste !* bredouillait-elle d'une voix entrecoupée de sanglots.

Jim, qui, par pur réflexe, lui avait enlacé les épaules dans un geste de réconfort, sursauta.

– Epouser Ewen MacDougall ? répéta-t-il. Vous ? Et pourquoi ?

Liseth leva son visage vers lui, s'essuya les yeux et se dégagea de son étreinte.

– Je n'ai pas le choix. Sinon, il dira au roi d'Ecosse que c'est mon père et mes frères qui, avec votre aide, ont massacré les Hommes Creux, rendant ainsi probablement impossible l'invasion de l'Angleterre. Nous devons donc, soit remettre MacDougall en liberté, soit le tuer. Et, si méchant homme qu'il soit, il vaut mieux le laisser rentrer en Ecosse que le tuer, ce qui ferait de nous des assassins.

– Mais s'il ne raconte pas cette histoire au roi d'Ecosse ?

– Comment l'en empêcher ? fit Liseth avec désespoir. L'or français s'est volatilisé et les Hommes Creux aussi. S'il ne trouve pas une explication, le roi d'Ecosse lui mettra cela sur le dos. Il est de loin préférable pour Ewen MacDougall de rejeter sur nous la responsabilité de ce double échec. Alors, le roi lancera ses armées contre nous. Le château de Mer sera détruit. Peut-être serons-nous capturés avant d'avoir pu fuir en plongeant dans la mer et nous mourrons au cours de la bataille – ou après, et d'une mort encore plus douloureuse. Tout cela parce que ce fieffé menteur qu'est Ewen MacDougall aura pour une fois dit la vérité en nous accusant d'être responsables de la disparition de l'or et de l'anéantissement des Hommes Creux !

– Ah, il dira ça ? (Jim réfléchit fiévreusement. Son crédit magie devait avoir été réapprovisionné maintenant qu'il avait tué le Ver.) Je connais peut-être un moyen de l'en empêcher.

– Comment cela ? En utilisant un sortilège de votre façon, sir James ?

– Euh... oui, mais pas tout à fait de la manière que vous pensez. Il faudra simplement que je sois un petit moment seul dans la cour avec MacDougall, c'est tout. J'aimerais que vous restiez tous à l'écart et que les domestiques ne puissent ni me voir ni m'entendre pendant que j'aurai une petite conversation en tête à tête avec lui.

– Vous ne pouvez pas me donner une idée de ce que vous envisagez de faire ?

– Je préfère ne rien vous dire parce que je ne sais pas au juste si mon plan marchera. (Jim prit le bras de Liseth et ils se remirent en marche.) Maintenant, nous allons attendre les autres dans la salle. Ils ne tarderont pas à arriver, ce sera l'affaire d'une heure ou deux.

Mais il se trompait sur ce point : Carolinus avait fait revenir tout le monde, chevaux y compris, d'un coup de baguette magique. Jim fit la grimace : le Département des Comptes n'apprécierait sûrement pas cette méthode de transport en commun. Le vieux mage allait se faire passer un sacré savon !

Quand Liseth et lui pénétrèrent dans la grande salle, ils entendirent un bruit de voix venant de la cour et ils s'approchèrent de la porte. Dafydd, Herrac et ses fils étaient en train de mettre pied à terre.

Et MacDougall était également là, un vague sourire aux lèvres. Il y avait aussi un cheval chargé de provisions qui, visiblement, n'attendait que lui. Il était clair qu'on allait lui rendre la liberté.

Son sourire minaudier s'effaça brusquement, cédant la place à une expression inquiète, quand Carolinus surgit et lui décocha un regard menaçant. A sa seule vue, on devinait immédiatement que l'on avait affaire à un magicien – ce qui n'était pas le cas pour Jim !

– James ! glapit Carolinus. Où est James ?

– Je suis là, dit Jim en sortant dans la cour, Liseth à son bras.

– Ah ! tu tombes bien. Maintenant, que tout le monde s'approche. J'ai quelque chose à dire au Département des Comptes...

– Est-ce que cela ne peut attendre un peu, Carolinus ? l'interrompit Jim. Il faut que je parle en particulier à ce gentilhomme, ajouta-t-il en désignant MacDougall du doigt.

– C'est important, James ? Parce que ce que j'ai à dire, moi, l'est extrêmement.

– Oui, c'est important. Et, si vous n'y voyez pas d'inconvénient, j'aimerais d'abord vous parler en particulier. Oui, c'est de la plus haute importance.

– Soit. Je pense que je peux patienter encore un moment.

Carolinus fit signe à Jim de le suivre.

– Alors, de quoi s'agit-il, mon garçon ? lui demanda le magicien sur un ton irascible quand ils se furent suffisamment éloignés pour que personne ne puisse les entendre.

– Eh bien, il semble qu'Ewen MacDougall ait l'intention d'exercer un petit chantage sur la famille de Mer. Malheureusement, ce qu'il menace de révéler est la vérité. Et le prix qu'il réclame en échange de son silence n'est autre que Liseth elle-même... (Et Jim rapporta en détail les exigences de MacDougall qu'Herrac, après bien des hésitations, avait non sans répugnance fini par accepter juste avant que soit lancée l'attaque contre les Hommes Creux.) Je crois pouvoir faire changer MacDougall d'avis, enchaîna-t-il, mais je voudrais d'abord vous poser une question.

Pensez-vous que j'aie quelque chose à mon crédit magie maintenant que j'ai tué le Ver, que la menace que les Hommes Creux faisaient peser en permanence n'existe plus et que l'invasion de l'Angleterre par les Ecossais est devenue irréalisable ?

– Pour ce qui est de cela, tu n'as aucun souci à te faire. (Carolinus eut un sourire sardonique.) Mais ce n'est encore rien à côté de ce qui va suivre.

– Ah bon ?

Jim n'avait guère prêté attention à la dernière phrase de Carolinus. Tout ce qui l'intéressait était de savoir s'il disposait ou non d'une réserve de magie suffisamment conséquente et la première partie de la réponse du magicien l'avait rassuré sur ce point.

– Eh bien, il ne me reste plus qu'à avoir une petite conversation en privé avec MacDougall.

35

Quand ils rejoignirent le reste de la compagnie, Herrac vint à leur rencontre et prit Jim à part.

– Liseth m'a dit qu'elle vous avait mis au courant pour elle et MacDougall, commença-t-il à mi-voix. Je n'aurais jamais donné mon accord à un pareil projet si les circonstances n'avaient pas été exceptionnelles. Mais croyez-vous pouvoir vraiment faire quelque chose pour que MacDougall renonce ?

– J'en suis sûr et certain. Il faut seulement que je dispose d'un coin tranquille pour m'entretenir avec lui sans témoins.

– Liseth m'en a averti et je m'en suis occupé. En fait, j'ai déjà conduit MacDougall dans un endroit isolé qui devrait vous convenir. Venez avec moi.

L'endroit en question n'était pas, contrairement à ce à quoi s'attendait Jim, au-dehors de la cour mais de l'autre côté de la cour ronde qui constituait le cœur du château, là où elle rejoignait le mur d'enceinte. Cela formait un petit espace triangulaire au centre duquel se tenait planté un MacDougall qui n'avait pas du tout l'air d'apprécier la situation.

Bien qu'il fût courant, en ce siècle, d'arborer une expression courroucée quand on voulait masquer l'incertitude, la peur ou toute autre émotion, Jim se sentit encouragé par la mine que tirait l'Ecossais.

S'arrêtant à quelques pas de lui, il se tourna vers Herrac :

– Auriez-vous maintenant l'amabilité de nous laisser seuls tous les deux, sir Herrac ? Personne ne devra nous déranger ni nous entendre pendant un quart d'heure – peut-être moins.

– Vos désirs seront exaucés, soyez sans crainte.

Sur quoi, Herrac tourna les talons.

– Pourquoi m'a-t-on fait venir ici ? demanda MacDougall en redressant les épaules. Quelle farce inepte avez-vous en tête ?

– Je vous garantis que cela n'a rien d'une farce, répondit Jim en commençant à se dévêtir.

– Si vous avez l'intention de me sauter dessus à la manière d'un de ces bravaches des Highlands qui se battent nus comme Lachlan MacGreggor, dit MacDougall en portant la main à son épée qu'on lui avait rendue, rappelez-vous que je suis à nouveau armé.

– Je ne songe à rien de tel.

Jim, qui avait fini de se déshabiller, inscrivit derrière son front le charme qui n'arrêtait pas de lui trotter dans la tête depuis l'instant où Liseth lui avait annoncé qu'elle s'était engagée à prendre MacDougall pour époux :

MOI ⟶ DRAGON

Comme d'habitude, il ne sentit rien quand son corps se transforma en un corps de dragon. Simplement, la perspective se modifia d'un seul coup : il voyait à présent MacDougall en plongée, comme s'il le regardait de très haut.

Mais la réaction de celui-ci fut la preuve manifeste que le charme avait opéré et que la métamorphose avait bien eu lieu. Adieu, l'indignation simulée et le mépris affecté de l'Ecossais ! Il lâcha son épée, tomba à genoux et se signa ; puis, levant les yeux, il regarda Jim d'un air implorant.

– S'il faut que nous nous battions, ne pouvez-vous, au moins, vous battre comme un homme ? s'exclama-t-il. Je suis prêt à vous affronter même sous la forme que vous avez prise parce que, moi, je suis un homme et un MacDougall. Mais faut-il que vous soyez couard pour refuser de vous mesurer à moi d'homme à homme !

– Il n'est pas question que nous nous battions, dit Jim.

Sa tonitruante voix de dragon que renvoyaient les murs qui les entouraient ne fit qu'augmenter l'effroi de MacDougall. Il se releva et ramassa son épée.

– Assez de paroles ! bredouilla-t-il. Vous allez voir comment Ewen MacDougall sait mourir !

– Rangez votre épée, rétorqua Jim sur un ton encore plus sépulcral. Je veux seulement vous charger d'un message à l'intention du roi d'Ecosse.

MacDougall écarquilla les yeux. La pointe de son épée vacillait.

– Un message ? répéta-t-il.

– Oui. Ecoutez et gravez-le dans votre mémoire. Vous lui direz la vérité, c'est-à-dire qu'on vous a volé votre or et que les Hommes Creux ont été massacrés par des Frontaliers que vous n'avez pas vus et que vous ne connaissiez pas. Vous communiquerez ensuite au roi un message personnel. Si jamais lui ou les siens tentent d'attaquer le château de Mer et ses occupants, moi, James Eckert, baron de Bois de Malencontri, le CHEVALIER DRAGON, je lancerai contre lui tous les dragons d'Angleterre et d'Ecosse réunis et il ne restera plus rien ni de lui ni de sa cour. Tel est l'avertissement que je vous charge de lui transmettre.

Son épée échappa des mains de MacDougall qui ouvrit la bouche toute grande.

– Vous... vous pouvez faire cela ? bégaya-t-il.

Jim mentait effrontément, bien entendu, en menaçant de lancer tous les dragons d'Angleterre et d'Ecosse contre le monarque si tel était son bon plaisir. Il n'aurait probablement pas été capable d'en recruter un seul pour attaquer qui que ce soit – sauf, peut-être, Secoh, le dragon des marais, qui lui vouait un véritable culte. Il n'avait même pas pu, l'année précédente, obtenir des dragons du voisinage qu'ils viennent aider les forces anglaises débarquées en France et avait dû recourir au chantage pour que les dragons français acceptent de faire une apparition au-dessus du champ de bataille à Poitiers. Et encore leur avait-il laissé entendre qu'il s'agirait simplement d'une sorte de démonstration aérienne destinée à faire croire aux Français qu'ils allaient fondre sur eux. Et ils n'auraient même pas prêté une oreille à une suggestion de ce genre s'il ne les avait pas placés dans une situation délicate à l'extrême.

Mais Jim avait découvert que les hommes du XIVe siècle étaient prêts à croire à peu près à tout ce qui sortait de l'ordinaire. Surtout ce qui ressortissait peu ou prou au surnaturel – les dragons, par exemple, en qui, bien qu'ils ne fussent jamais, en réalité, que de grosses bêtes, la plupart des humains de ce temps voyaient des créatures prodigieuses.

– Qu'il lève le petit doigt contre le château de Mer et il verra bien ! répondit Jim en haussant encore le ton. Maintenant, allez ! Et transmettez sans faute mon message à qui de droit !

– Je n'y manquerai pas, m'lord, je vous en donne l'assurance.

– Alors, *allez !* vous dis-je.

MacDougall, qui s'était instinctivement recroquevillé sur lui-même, fit de son mieux pour se redresser et rengaina son épée, puis, sans quitter des yeux Jim qui déplaça légèrement son corps de dragon pour le laisser passer, il se glissa hors du recoin où il était bloqué. Une fois en sécurité, il tourna à l'angle du bâtiment et disparut. Un moment plus tard, Jim entendit le martèlement des sabots du cheval qui franchissait la poterne bride abattue.

Il reprit son apparence humaine et se rhabilla. Lorsqu'il réapparut dans la cour, sir Herrac l'intercepta avant qu'il eût rejoint les autres.

– Je vous félicite, lui dit-il sur un ton de conspirateur après l'avoir entraîné un peu plus loin.

– Vous avez entendu ?

– J'ai entendu celui des interlocuteurs qui avait la voix la plus puissante. J'ai alors compris que ce ne pouvait être que vous qui utilisiez une recette magique pour vous imposer à MacDougall et l'impressionner. Il a détalé comme s'il avait le feu aux fesses.

– Vous avez raison. C'est à peu près ce que j'ai cherché à faire, autant vous l'avouer maintenant.

Jim se serait volontiers donné des gifles. Il aurait dû se rappeler le timbre assourdissant qui était le propre de la voix des dragons, même quand ils s'efforçaient de parler bas.

Au point où il en était, autant tout raconter.

– Je me suis transformé en dragon – mais gardez cela pour vous, je vous prie – et je l'ai chargé d'une commission : dire au roi d'Ecosse que s'il avait le malheur d'essayer de s'en prendre au château de Mer ou à ses occupants, je lancerais tous les dragons d'Angleterre et d'Ecosse contre lui et sa cour, et qu'il ne resterait plus que ruines après leur passage.

Jim fut surpris de voir Herrac blêmir.

– Et vous pouvez faire cela ? demanda-t-il d'une voix mal assurée.

– Non, répondit lugubrement Jim, et c'est bien ça l'ennui. Mais si MacDougall et le roi d'Ecosse m'en croient capable, vous n'aurez plus rien à craindre. C'était tout ce que je souhaite.

– Personne n'aurait pu faire mieux. (La voix d'Herrac était plus assurée.) A présent, retournons avec les autres. Je ne répéterai pas un mot de ce que vous m'avez dit, même à ma famille.

Ils rejoignirent le petit groupe toujours rassemblé dans la cour et auquel s'était maintenant joint Lachlan MacGreggor. Liseth avait passé son bras sous le sien et se serrait contre lui, ce qui ne manqua pas d'étonner quelque peu Jim. Mais peut-être Lachlan était-il sur le départ et lui faisait-elle des adieux amicaux ?

– Je crois avoir convaincu Ewen MacDougall, leur dit-il, de faire savoir au roi d'Ecosse que les Hommes Creux lui ont volé l'or – ne me demandez pas comment – et qu'il ne le récupérera pas pour la bonne raison qu'une troupe de Frontaliers anglais qu'il n'a pas vus les ont massacrés jusqu'au dernier et ont fait main basse sur le trésor.

– Oh ! c'est merveilleux ! s'exclama Liseth en serrant plus fort le bras de Lachlan. Vous avez entendu ?

– Oui, bien sûr ! Comme ça, tout est bien qui finit bien pour le château de Mer et pour nous tous. Rien ne nous empêche donc plus de partir demain tous les deux pour l'Ecosse.

– Oh que non ! (Liseth dégagea son bras.) Je veux que la cérémonie de mariage soit célébrée ici même dans les règles. Et il faudra au moins deux mois pour faire ma robe de mariée, tout préparer, lancer les invitations et...

Jim était bouche bée.

– Vous allez épouser Lachlan ? balbutia-t-il.

– Oh oui ! (Liseth enlaça à nouveau le bras de l'Ecossais en levant son visage vers le sien.) Et le plus tôt sera le mieux, mon cher cœur.

Ce n'était indéniablement pas à Jim mais à Lachlan qu'étaient destinés ces derniers mots.

– Pourtant, je croyais... enfin, d'après ce que vous m'aviez dit après la visite que nous avions rendue à Brian, je pensais que c'était lui que...

– Que vient faire sir Brian là-dedans ? fit Lachlan

avec un froncement de sourcils de mauvais augure dont la voix avait soudain pris un ton inquiétant.

– Eh bien, je...

Mais Liseth ne laissa pas Jim aller plus loin :

– C'est ma faute, Lachlan. J'ai dit à sir James que j'étais follement amoureuse mais j'ai omis de préciser le nom de celui dont j'étais éprise. Comme, à ce moment, nous sortions de la chambre où reposait sir Brian, il a dû sauter à la conclusion que c'était à lui qu'allait mon amour. (La jeune fille se tourna vers Jim.) Depuis que je suis petite fille, il n'y a jamais eu d'autre homme que Lachlan dans ma vie. Cela fait des années que nous nous sommes promis l'un à l'autre. C'était d'ailleurs la raison de sa visite. Il voulait nous avertir de ce que tramait le roi d'Ecosse et il s'inquiétait de mon sort si son armée passait par ici.

– Euh... je comprends.

Le froncement de sourcils de Lachlan était moins agressif mais ne s'était pas encore complètement effacé.

– Vous êtes sûre qu'il ne s'est agi dans l'esprit de sir James que d'un simple malentendu ?

– Oh ! absolument ! fit vivement l'intéressé. Maintenant, je m'en rends compte. Comment ai-je pu faire preuve d'une pareille stupidité ?

Jim se frappa le front du poing dans un geste théâtral. Dans cette société, l'outrance était monnaie courante.

– Alors, dans ce cas... (L'expression de Lachlan recouvra toute sa sérénité et le sourire refleurit sur ces lèvres.) Tout va pour le mieux. Sauf que je ne suis pas d'accord pour retarder de deux mois notre mariage, Liseth. Ce n'est pas ainsi que les choses se passent en Ecosse, ajouta-t-il à nouveau rembruni.

– Savoir comment elles se passent dans votre pays de sauvages est bien le cadet de mes soucis ! répliqua la jeune fille. Ici, nous sommes en Northumbrie, ce château est celui de mon père et j'y suis chez moi.

J'aurai les noces que je veux avoir et c'est dans deux mois qu'elles auront lieu, pas avant !

Le regard fulminant qui accompagnait ces mots fit fondre Lachlan presque immédiatement.

– Bon ! dit-il. Depuis le temps que j'attends, deux mois de plus ne feront pas une bien grande différence. Néanmoins...

Carolinus, qui, depuis un moment tapotait avec impatience le sol du bout de sa poulaine, lui coupa sans plus de façons la parole :

– Tout cela est sans intérêt.

Lachlan en resta comme deux ronds de flan.

– Comment cela ? Mon mariage est sans intérêt ?

– Tsst-tsst ! Taisez-vous ! Je voulais simplement dire que vous aviez assez parlé comme ça. J'ai quelque chose de plus important à faire ici qu'à vous écouter et je voulais que vous soyez tous présents pour être témoins de ce qui va se passer. Je vais sans plus tarder avoir une conversation que je veux que vous écoutiez. Et que personne ne m'interrompe. Vous êtes ici comme témoins. Et comme pièces à conviction.

– Qu'est-ce que c'est qu'une « pièce à conviction » ? voulut savoir le seigneur de Mer.

– Aucune importance, Herrac, aucune importance, répliqua le magicien avec irritation. Si tout le monde passe son temps à m'interrompre, la journée n'y suffira pas. Je vais avoir un petit entretien avec un interlocuteur qui essaie de prendre contact avec moi depuis un bon moment, à savoir le Département des Comptes.

Le regard de Carolinus se perdit dans le vide. Une mouche virevoltait en bourdonnant mais elle fila sans demander son reste dès que les yeux du magicien se posèrent sur elle.

– *Département des Comptes !*

La voix de basse à présent familière à Jim retentit,

venant d'un point situé un mètre environ au-dessus du sol couvert de terre et de paille de la cour :

– Mage ! Nous avons essayé de vous contacter...

– Je sais. Eh bien, vous avez maintenant les réponses à vos questions. Il y a une autre petite affaire dont je voudrais vous parler.

Les autres n'entendirent rien mais Carolinus secoua la tête.

– Que cela vous plaise ou non, je m'en moque. Je vais vous dire ce que j'ai à vous dire et vous allez m'écouter. Vous m'avez compris ?

Devant Carolinus, ce fut comme si de légères turbulences agitaient l'air, mais toujours sans le moindre son.

– Eh bien, vous auriez intérêt ! J'ai déjà eu l'occasion de vous toucher un mot à ce propos, mais, de toute évidence, c'est entré dans une oreille inexistante et ressorti par l'autre. Aussi, nous allons revenir là-dessus si vous voulez bien. Et que cela vous plaise ou non, comme je viens d'avoir l'honneur de vous le dire. Vous ai-je, oui ou non, déjà parlé de James Eckert, mon apprenti ?

Un silence.

– Absolument. Et, les cinq fois, j'avais entièrement raison. Mais y avez-vous prêté attention ? Non. La réglementation et le solde créditeur, vous ne voyez pas plus loin. Vous croyez que c'est comme ça qu'on arrive à quelque chose ? Eh bien, moi, je vous dis que non...

La voix inaudible du Département des Comptes interrompit apparemment Carolinus.

– Je me balance de votre charabia. Je peux prouver que ce n'est pas comme ça qu'on parvient à un résultat. Quand une chose doit être faite, est-ce qu'on consulte le règlement avant de s'y mettre ? La plupart du temps, la réponse est non ! Dans la pratique, on établit ses propres règles en fonction de la situation telle qu'elle se présente – et elles fonctionnent !

En conséquence de quoi, elles sont incorporées au sacro-saint règlement.

Nouveau silence.

– Oh ! N'employez pas ce ton avec moi, messires ! Il semble que vous ayez oublié un léger détail. Est-ce vous qui avez créé la magie dont vous tenez les comptes ? Non. Elle a été créée par les magiciens eux-mêmes, des gens comme moi – et mon apprenti. Votre boulot consiste seulement à en tenir les comptes en règle et à faire savoir aux magiciens si leur crédit a ou non besoin d'être augmenté. Ainsi qu'à répondre à toutes les questions utiles auxquelles vous pouvez répondre. Bref, c'est vous qui travaillez pour nous – et pas le contraire. Maintenant, revenons-en à James Eckert.

Après une pause, trop brève pour que le Département ait eu le temps de répliquer, Carolinus rouvrit les vannes :

– Cet apprenti de classe D a terrassé un Ogre, chassé de la Tour Répugnante les créatures dont les Noires Puissances tiraient les ficelles, réussi à faire en sorte que la Seconde Bataille de Poitiers s'achève sans vainqueurs ni vaincus – et il vient de ruiner les espoirs d'une invasion de l'Angleterre dont rêvaient les Ecossais. Or, en dépit de tout cela vous persistez à le maintenir à l'échelon le plus bas. La classe D ! (Carolinus eut un ricanement sarcastique.)

Le Département des Comptes essaya manifestement de dire quelque chose mais le magicien était lancé.

– Les règlements, je n'en ai rien à cirer ! Ils n'ont jamais été autre chose que des points de repère destinés à vous guider dans la bonne direction. Ils ne sont pas coulés dans le bronze, savez-vous ? Je vous l'ai dit non pas une mais cinq fois : James Eckert n'est pas un apprenti de classe D ordinaire. Il a attiré sur lui l'attention des Noires Puissances. Aussi se trouve-t-il régulièrement en conflit avec elles – et cela n'est pas près de finir, il ne peut en aller autrement. Vous le savez parfaitement. Et pourtant, vous escomptez qu'il sortira miraculeusement vainqueur de toutes ces confrontations en disposant en tout et pour tout du ridicule crédit magie attribué à un apprenti de classe D !

Retour du silence.

– Oui, oui, fit Carolinus avec acrimonie, je sais très bien que la connaissance qu'il a de l'Art magique ne dépasse pas le niveau D en vertu de ces réglementations dont vous avez plein la bouche. Seulement, elles ne prévoient pas de dérogations lorsque se présente une situation sortant de l'ordinaire, ce qui est le cas pour James Eckert. Il a victorieusement affronté les Noires Puissances à différentes reprises. J'ai dû, une fois, venir à son aide en lui faisant des prêts magie avant que vous l'ayez interdit mais la plupart du temps il a gagné la partie en faisant appel au savoir spécialisé qu'il a apporté vous savez bien d'où. C'était là lui imposer un handicap parfaitement inique, vous entendez ? Il aurait dû être libre d'utiliser toute la magie qu'il voulait pour parvenir aux résultats qu'il a obtenus !

Cette fois, Carolinus écouta apparemment les objections à n'en plus finir que lui débitait le Département des Comptes.

– Non, non, *non* et NON ! Comme d'habitude, vous vous en tenez à la surface des choses. A la lettre, pas à l'esprit. Ce qu'il a puisé en lui-même était pour l'essentiel la matière première dont est faite la magie. En d'autres termes, il a créé une magie nouvelle – pour laquelle vous ne lui avez pas accordé une parcelle de crédit. Combien de fois ne vous a-t-on pas corné aux oreilles que la magie est un art et que ses adeptes sont des créateurs ? Vous, vous ne créez pas. Vous en êtes incapables. Alors, reconnaissez au moins la création magique quand elle vous crève les yeux. Maintenant, ce n'est plus une requête que je vous soumets, c'est un ordre que je vous donne. Je vous somme d'élever immédiatement James Eckert au moins à l'échelon de magicien de classe C et de lui attribuer un crédit illimité, plus le droit de me faire des emprunts si besoin en est.

La pause qui suivit fut à peine marquée.

– Ah bon ? C'est comme ça que vous le prenez ? (Carolinus bouillait visiblement de fureur.) Eh bien, je vais vous dire ce que, *moi*, je vais faire. Je vais prendre contact avec les deux autres magiciens AAA+ de ce monde et voir s'ils acceptent de suivre mon exemple. Et, en tout état de cause, qu'ils soient ou non d'accord, je reprends ma liberté vis-à-vis de vous et vous retire la gestion de mon compte. C'est mon droit, ne me dites pas le contraire ! Vous verrez alors comment la table qu'est la magie de notre monde tiendra debout quand elle n'aura plus que deux pieds pour la porter. Et ce n'est pas tout. Lorsque j'aurai rompu les ponts avec vous, je prêterai à mon apprenti toute la magie qu'il me plaira de lui prêter sans tenir aucun compte de vos réglementations. Me suis-je bien fait comprendre ?

La réponse du Département ne put assurément être que fragmentaire.

– Oh ! Non seulement je peux le faire mais je vais même le faire tout de suite. *Que tout le Royaume de Magie me prête l'oreille ! Moi, Silvanus Carolinus, déclare retirer en sa totalité mon actif magique et résilier...*

Carolinus s'interrompit.

Cette fois, il laissa le Département des Comptes répondre tout à loisir.

– Ah ! Voilà qui est mieux ! *Que le Royaume de Magie tienne ce que je viens de déclarer pour nul et non avenu*, continua-t-il d'une voix plus calme. Je n'ai jamais douté que vous vous inclineriez tôt ou tard devant les faits, messires. Je tiens donc pour acquis que James Eckert est désormais magicien de classe C ?... Fort bien. Et que, s'il est à nouveau confronté aux Noires Puissances, il aura accès à toute la magie qu'exigera la situation telle qu'elle se présentera éventuellement ?... Eh bien, c'est parfait. Voilà donc ce petit différend réglé. Maintenant, si vous ne me donnez plus de motif de mécontentement à ce sujet, vous n'entendrez plus parler de moi.

Il y eut une brève pause.

– Je vous crois. Alors, je rentre chez moi. J'ai mille choses à faire.

Et Carolinus disparut.

36

Une bonne et fidèle épée,
Un cœur constant,
Une lance bien droite...

Sir Brian s'interrompit une seconde, hésitant sur le vers suivant...

Et les Puissances des Ténèbres sauront à leurs [dépens...

Et, triomphalement :

De quoi est capable un Neville-Smythe !

Ainsi chantait à pleine voix sir Brian Neville-Smythe sur la route qui les menait chez eux, Jim, Dafydd et lui.

– Vous semblez être de bien belle humeur, Brian, lui dit Jim en souriant.

Comme à l'accoutumée, les trois hommes chevauchaient de concert.

– Et pourquoi ne le serais-je pas, James ? répondit joyeusement le chevalier. C'est une superbe matinée de printemps et nous rentrons à la maison. Giles viendra passer la Noël avec nous chez le duc. Je lui ai promis non seulement de lui expliquer les finesses de l'art de la joute quand nous assisterons aux tournois mais aussi que nous nous affronterons en combat courtois. Il souhaite ardemment se perfectionner. Et si vous vous joigniez à nous, cela ne vous ferait pas de mal, James.

– Euh... non, je vous remercie. Mes nouvelles responsabilités de magicien, vous comprenez...

– A vrai dire, je vous avouerai que non... je ne comprends point.

Cela n'avait rien de surprenant, puisque Jim venait d'inventer cette excuse sur l'inspiration du moment. Il pouvait facilement imaginer, en effet, quelle serait la réaction d'Angie s'il lui annonçait qu'il avait l'intention de participer à un tournoi. Se battre quand c'était une nécessité, passe encore, bien que ce fût déjà à peine excusable. Mais risquer sa vie *pour le sport*...

– Mais c'est quand même dommage parce que je sais que vous regretterez de tout votre cœur de ne pas pouvoir jouter avec nous, fit Brian avec son enjouement habituel. Toujours est-il que nous rentrons enfin chez nous. Je grille d'impatience tant j'ai hâte de retrouver Geronde. Comme vous, sans nul doute, de retrouver lady Angela et Dafydd de retrouver dame Danielle.

Jim le dévisagea.

– Vous êtes impatient de revoir lady de Chaney ?

– Certes oui ! Ne sommes-nous pas unis par un amour profond et engagés l'un à l'autre ? Nous nous marierons dès que son père, ce vieux – mais je ne dois pas mal parler de mon futur beau-père qui est un glorieux chevalier et un gentilhomme de cœur – reviendra de la croisade qui le retient depuis si longtemps loin de son foyer.

Jim avait du mal à trouver les mots qui convenaient.

– Mais je croyais que vous aviez changé d'idée et que vous offriez maintenant votre cœur à...

– ... à l'aimable lady Liseth de Mer ? Ce ne fut, hélas, qu'une amourette éphémère, James. Quand j'ai appris qu'elle aimait ce fou furieux d'Ecossais, Lachlan, j'ai compris avec tristesse que si elle pouvait s'enticher d'un tel personnage, elle n'était pas digne de mon amour.

– Pourtant, je croyais que vous vous entendiez fort bien avec Lachlan. Enfin quoi ! Toutes les soirées que vous avez passées à lever le coude ensemble !

– Comme compagnon de beuveries et compagnon d'armes, je l'aime fort, certes. C'est un valeureux combattant – *bony*, comme on dit dans son pays. Mais un homme qui se met tout nu pour attaquer un adversaire... comment pourrait-on voir en lui un gentilhomme ?

– Voyons, Brian ! C'est simplement une question de coutumes régionales, protesta Jim, contraint de se faire l'avocat, sinon du diable, du moins de Lachlan MacGreggor. Certains Ecossais préfèrent se battre nus, c'est tout.

– Peut-être, répliqua Brian avec solennité, mais c'est là un usage que je ne saurais en aucun cas approuver.

– Et s'il est là quand vous avez besoin de lui ? En dehors de sa tendance à vouloir parfois se battre en tenue d'Adam, il ne mérite que des louanges.

– C'est la vérité. Mais vous me paraissez négliger sa seule tare impardonnable : il n'est pas anglais.

L'expression de Brian était grave et compassée.

Jim en demeura sans voix. C'est là l'unique argument qu'il était dans l'incapacité de réfuter. Les hommes de ce siècle avaient l'intime conviction de se trouver au sommet – ou à proximité immédiate du sommet – de la pyramide sociale. Où qu'ils fussent, ils étaient les meilleurs et le pays où le destin les avait fait naître était par définition supérieur à tout autre. Jim ne pouvait pas plus faire changer Brian d'avis que faire accepter à Snorrl l'idée qu'un loup vivant au-delà des frontières northumbriennes fût un loup accompli, un loup de plein droit. Et, sans le moindre doute, Lachlan soutiendrait de son côté que le seul et irrémédiable défaut de Brian était de ne pas être écossais.

– C'est un fait devant lequel vous ne pouvez pas faire autrement que de vous incliner, James, conclut Brian avec une conviction farouche.

Jim soupira intérieurement.

– Oui, Brian, vous avez raison. Il n'est pas anglais.

– Eh bien, vous voyez ! Quelle que soit la question qui se pose, la réponse est toujours claire comme du cristal à partir du moment où elle est formulée en termes simples. Cela a toujours été ma ligne de conduite et, en conséquence, les décisions que j'ai eu à prendre me sont la plupart du temps apparues comme évidentes. N'est-ce pas aussi votre avis, Dafydd ?

– Absolument, répondit l'archer.

– Qu'est-ce que je vous disais, James ? (Brian posa sa main sur celle de Jim.) La vie devient tellement plus simple à partir du moment où l'on se concentre sur ses aspects importants en faisant abstraction de ceux qui ne méritent pas d'entrer en ligne de compte.

Mais les pensées de Jim avaient déjà pris une autre direction.

– Hmmm !... Vous avez probablement raison, laissa-t-il distraitement tomber. Dites-moi, Brian, connaissez-vous un endroit où je pourrais cueillir une belle brassée de fleurs printanières avant d'arriver au château ? J'aimerais bien en fourrer une gerbe dans les bras d'Angie... avant qu'elle ait eu le temps de prononcer un mot.

Science-fiction

Depuis 1970, cette collection est leader du genre en France. Tous les grands de la S-F sont présents : Asimov, Van Vogt, Clarke, Dick, Vance, Simak mais également de jeunes auteurs qui seront les écrivains de premier plan de demain : Tim Powers, David Brin...
Elle publie aussi des titres Fantasy (Conan, Gor...), genre en plein redéploiement aux Etats-Unis.

ANDERSON Poul
La reine de l'air et des ténèbres 1268/**3**
La patrouille du temps 1409/**3**

APRIL Jean-Pierre
Berlin-Bangkok 3419/**4** Inédit

ASIMOV Isaac
Les cavernes d'acier 404/**4**
Les robots 453/**3**
Face aux feux du soleil 468/**3**
Tyrann 484/**3**
Un défilé de robots 542/**3**
Cailloux dans le ciel 552/**3**
La voie martienne 870/**3**
Les robots de l'aube 1602/**3** & 1603/**3**
Le voyage fantastique 1635/**3**
Les robots et l'empire 1996/**4** & 1997/**4**
Espace vital 2055/**3**
Asimov parallèle 2277/**4** Inédit
Le robot qui rêvait 2388/**6** Inédit
La cité des robots 2573/**6** Inédit
Cyborg (La cité des robots 2) 2875/**6**
Refuge (La cité des robots 3) 2975/**6**
Robots et extra-terrestres
- Le renégat 3094/**6** Inédit
- L'intrus 3185/**6** Inédit
- Humanité 3290/**6** Inédit
Robots temporels
- L'âge des dinosaures 3473/**6** Inédit

BALLARD J.G.
La forêt de cristal 2652/**3**
Le monde englouti 2667/**3**
Salut l'Amérique ! 2704/**3**
La plage ultime 2859/**3**
La région du désastre 2953/**3** Inédit

BESSIERE Richard
Les 7 anneaux de Rhéa 2848/**2**

BLAYLOCK James
Homunculus 3052/**4** Inédit

BLISH James
Semailles humaines 752/**3**

BRIN David
Marée stellaire 1981/**5** Inédit
Le facteur 2261/**5** Inédit
Elévation 2552/**5** & 2553/**5**

BROOKS Terry
Le glaive de Shannara 3331/**8** Inédit

CANAL Richard
Swap-Swap 2836/**3** Inédit
Ombres blanches 3455/**4** Inédit

CARD Orson Scott
Abyss 2657/**4** Inédit

CARROLL Jonathan
Le pays du fou rire 2450/**4** Inédit
Ombres complices 2718/**3**

CHERRYH C.J.
Chasseurs de monde 1280/**4**
Les adieux du soleil 1354/**3**
Les Seigneurs de l'hydre 1420/**4**
Chanur 1475/**4**
L'Opéra de l'espace 1563/**3**
L'épopée de Chanur 2104/**3**
La vengeance de Chanur 2289/**4** Inédit
Le retour de Chanur 2609/**7** Inédit
Les légions de l'enfer 2814/**5** Inédit
Cyteen 2935/**6** & 2936/**6** Inédit
Volte-face 3144/**5**
Forteresse des étoiles 3330/**7**
Temps fort 3417/**8** Inédit

CLARKE Arthur C.

2001 : l'odyssée de l'espace 349/**2**
2010 : odyssée deux 1721/**3**
2061 : odyssée trois 3075/**3**
Les enfants d'Icare 799/**3**
Avant l'Eden 830/**3**
L'étoile 966/**3**
Rendez vous avec Rama 1047/**7**
Rama II 3204/**7** Inédit
Les fontaines du Paradis 1304/**3**
Les chants de la terre lointaine 2262/**4**
Base Vénus :
- **Point de rupture** 2668/**4** Inédit
- **Maelström** 2679/**4** Inédit
- **Cache-cache** 3006/**4** Inédit
- **Méduse** 3224/**4** Inédit
- **La lune de diamant** 3350/**4** Inédit
- **Les lumineux** 3379/**4** Inédit

CURVAL Philippe
Le ressac de l'espace 595/**3**
La face cachée du désir 3024/**3**

DANIELS Les
Le vampire de la Sainte Inquisition 3352/**4** Inédit

DE HAVEN Tom
D'un monde l'autre 3186/**5** Inédit
Le Mage de l'Apocalypse 3308/**5** Inédit

DICK Philip K.
Dr Bloodmoney 563/**4**
Le maître du Haut Château 567/**4**
A rebrousse-temps 613/**3**
Les clans de la lune alphane 879/**3**
L'homme doré 1291/**3**
Le dieu venu du Centaure 1379/**3**
Blade Runner 1768/**3**

DICK et NELSON
Les machines à illusions 1067/**3**

DICKSON Gordon R.
Le dragon et le georges 3208/**4** Inédit
Le Chevalier Dragon 3418/**8** Inédit

DONALDSON Stephen R.
L'éternité rompue 2406/**6**

FARMER Philip José
Les amants étrangers 537/**3**
L'univers à l'envers 581/**2**
Des rapports étranges 712/**3**
La nuit de la lumière 885/**3**
Le soleil obscur 1257/**4**

FERGUSSON Bruce
L'ombre de ses ailes 3226/**5** Inédit
Le poids des âmes 3474/**7** Inédit

FOSTER Alan Dean
Alien 1115/**3**
AlienS 2105/**4**
Alien 3 3294/**4**

FRÉMION Yves
Rêves de sable, châteaux de sang 2054/**3** Inédit

GIBSON William
Neuromancien 2325/**4**
Mona Lisa s'éclate 2735/**4** Inédit
Gravé sur chrome 2940/**3**

GODWIN Parke
En attendant le bus galactique 2938/**4** Inédit

HABER Karen
Le super-mutant 3187/**4** Inédit

HALDEMAN Joe
La guerre éternelle 1769/**3**
Immortalité à vendre 3097/**5** Inédit

HAMILTON Edmond
Les rois des étoiles 432/**4**
Le retour aux étoiles 490/**4**

HARRISON Harry
Le rat en acier inox 3242/**3**

HEINLEIN Robert A.
Une porte sur l'été 510/**3**
Etoiles, garde à vous 562/**4**
Double étoile 589/**2**

3620

Photocomposition Assistance 44-Bouguenais
Achevé d'imprimer en Europe (France)
par Brodard et Taupin à La Flèche (Sarthe)
le 18 janvier 1994. 62631-5
Dépôt légal janvier 1994. ISBN 2-277-23620-9

Éditions J'ai lu
27, rue Cassette, 75006 Paris
Diffusion France et étranger : Flammarion